AF217967

Ellinor Hamann

Bis zu den Sternen?

Roman

www.tredition.de

Verlag: tredition GmbH, Hamburg

ISBN
Paperback: 978-3-7323-6208-0
Hardcover: 978-3-7323-6209-7
e-Book: 978-3-7323-6210-3

Printed in Germany

Mit Freuden widme ich dieses Buch meiner Oma Marianne H, die die erste Person war, die mein Manuskript gelesen und mich dazu ermutigt hat, es zu veröffentlichen.

„Guten Morgen, Schönheit!"

Blinzelnd öffnete ich die Augen, um die bekannte Stimme der Person zuordnen zu können, die mir so eben zugerufen hatte. Reeve joggte gemächlich an meiner Sonnenliege vorbei. Dabei warf er einen verstohlenen Blick über die Schulter und zwinkerte mir zu. Seine Mundwinkel umspielte wieder einmal sein eindeutig einstudiertes *Bad-Boy-Grinsen*, dem ich nicht so recht entsagen konnte, obwohl ich für Reeve nicht sonderlich viel übrig hatte. Meine Sonnenbrille ein Stück an meiner Nase herunter geschoben, betrachtete ich ihn wortlos, während er in seinem Tempo innehielt und fortan auf der Stelle rannte. Ich war mir nicht sicher, ob ich genervt aufgrund seiner Gegenward oder belustigt sein sollte, dass ich ihm wieder einmal hier begegnete und er mich – wie schon so oft – mit einer hundertprozentig sarkastischen Bemerkung begrüßte, die sich auf vergangene Jahre zurückführen ließ.

„Los verzieh dich, Angeber!", entgegnete ich schließlich von einem Schmunzeln begleitet und verdrehte die Augen.

Er lachte hell auf und lief langsam rückwärts an.

„Hab ich dich etwa immer noch nicht aufgetaut? Nach all den Jahren?", stichelte er.

Innerlich hoffte ich, dass er stolpern und im Sand landen würde. Dieses Privileg wurde mir jedoch nicht zuteil.

„Gib es einfach auf, Devenport!"

Seine Zähne blitzten in der Sonne auf, als er erneut den Mund aufmachte, um mir etwas zuzurufen. Ich konnte mir ein gewieftes Lächeln nicht verkneifen. Reeve zog die Schultern in die Höhe und breitete die

Arme aus.

„Du weißt gar nicht, was du verpasst, Baby!"

Amüsiert schüttelte ich den Kopf, ließ meine Sonnenbrille wieder aufwärts gleiten und wandte mein Gesicht von ihm ab.

Heute, an diesem sechzehnten Februar, war einer der heißesten Tage dieses Jahres in Gange, was mich nach langer Zeit des *Allein-Zu-Hause-Rumsitzens* endlich wieder einmal dazu bewegte, mich an den Strand und in die Sonne zu legen. Die Luft glühte regelrecht, das Wasser lud zum Schwimmen ein und sogar die Brandung bot sich perfekt für jeden surfenden Australier an. Wochenlang nichts, außer dichten Regenwolken. Ich hatte die Hoffnung schon fast aufgegeben, dass endlich der Sommer anbrach, als sich endlich der erste Sonnenstrahl zeigte. Vor genau einer Woche hatte sogar einer unserer berühmt berüchtigten Willy-Willies, eine Art Tropischer Wirbelsturm, über der Timorsee, einem Nebenmeer innerhalb des Indischen Ozeans, gewütet. Die Stürme und schlechten Wetterbedingungen waren auf das feuchte Klima und die heiße Luft zurückzuführen. Zu dieser Jahreszeit, dem Sommerhalbjahr Ozeaniens, das von November bis April herrschte, hatten wir meist nur mit Klima dieser Art zu kämpfen. Nun jedoch war das schlechte Wetter der letzten Zeit vergessen und jeder genoss die herrliche Wärme. Vorausgesetzt natürlich, man war nicht eines der schmollenden Enkelkinder, die von ihren Großeltern nicht ins Wasser gelassen wurden, da die Wellen zu hoch für sie waren, um ungefährdet planschen zu können.

Aber nun zurück zu dem eingebildeten Chauvinisten, der gerade so elegant an mir vorbeigerannt war. Reeve Devenport. Wo fange ich nur an? Vielleicht besser am Anfang. In der sechsten Klasse, das war vor vier langen Jahren, hatte der damals elfjährige Reeve mir seine *unendliche Liebe* mit Hilfe eines ziemlich peinlichen Briefes kundgetan. Irgendwie hatten seine Freunde Wind davon bekommen, – möglicherweise hatte er sich verplappert – ihn ausgelacht und Witze über uns beide gemacht. Zu allem Übel war jener Brief dann auch noch aus meinem Schließfach gefallen und geradewegs in die Arme eines Mädchens namens Ariana. Es dauerte nicht lange und ich war der Mittelpunkt in den Geschichten, die in der Gerüchteküche brodelten. Ich sollte den Brief gefälscht haben, um mich beliebter bei den anderen zu machen. Immerhin war Reeve nicht gerade unbeliebt bei den Mädchen. Alles plausibel, doch es entsprach nicht der Wahrheit. Reeve stritt alles ab, wenn man ihn fragte, ob er den Brief geschrieben hatte und bestätigte, der Brief sei nicht von ihm gekommen. Ich war völlig sprachlos als sie mich zur Rede stellten und kaum in der Lage, mich zu verteidigen. Auch wenn ich nicht unbedingt dasselbe für ihn empfand, wie er es zu tun schien war ich doch enttäuscht, dass er die Sache nicht ins rechte Licht rückte, um sich selbst nicht zu schaden und einfach alles auf mir sitzen ließ. So sehr konnte er mich also nicht gemocht haben. Einige Zeit später, nach der ich den Mut hätte aufbringen können die Wahrheit zu sagen, hatte ich geschwiegen. Mir hätte sowieso niemand mehr geglaubt. Außerdem konnte man stets in die Situation geraten, einen Gefallen zu benötigen und den hatte ich mit Sicherheit gut bei Reeve, dachte ich. Alles auf meine Kappe genommen, beichtete ich den Brief gefälscht zu haben, um vor meinen Freundinnen angeben zu können. Es missfiel mir zwar, den anderen diese unsinnige, vollkommen erdachte Lüge auftischen zu müssen, doch es gelang mir, mich dazu durchzuringen. An etwas Derartiges hätte ich selbstverständlich nicht einmal im Traum gedacht. Die unreifen Idioten der Unterstufe jedoch hörten, was sie hatten hören wollen und kauften mir alles ab. Sie hielten nun mich allein für eine Lachnummer. Reeve war aus dem Schneider. Als ich etwas später auf dem Nachhauseweg hinter ihm lief, sprach ich ihn darauf an, dass er mir eindeutig etwas schuldig war. Alles was Reeve Devenport dazu zu sagen hatte war: „Sie hätten dir auch ohne deine Lüge nicht mehr geglaubt."

An diesem Tag war er ein für alle Mal für mich gestorben. Ich hatte zwar vorher auch nicht viel mit ihm zu tun gehabt, doch von diesem Zeitpunkt an, lag es verdammt fern, dass wir jemals Freunde werden konnten. Die Unterstufe war zur Hölle mutiert. Niemand kannte mich und doch taten sie so, als hätte ich ihnen etwas Furchtbares angetan. Ich war vermutlich nie jemand, den alle mochten, doch von da an ließen meine Mitschüler es mich auch spüren. Sie lachten. Sogar er hatte mitgelacht. *Er*, dessen Schuld das Ganze doch war. Und so war es auch heute noch. Zumindest in Gesellschaft anderer. Manchmal fragte ich mich, ob er inzwischen schon selbst glaubte, dass ich den Liebesbrief geschrieben hatte. Ihm dies zuzutrauen war nicht schwer. In meinen Augen war er immerhin noch nie der Hellste. Es war selbstverständlich nicht mehr der Brief, mit dem sie mich aufzogen, nein. Die Sache wurde nämlich von Jahr zu Jahr kreativer. Der neueste Stand über mich lautete wie folgt: „Caroline Swynford ist lesbisch!" An dieser Stelle sollte nun stehen, dass mir all diese Sprüche, die Lügen und Gerüchte, nichts ausmachten. Man sollte meinen, mit der Zeit gewöhnt man sich daran. Doch so war es nun mal nicht. Ich machte mir Gedanken darüber, zerbrach mir den Kopf deswegen. Es war schlichtweg Menschlichkeit, die mir beim Abstellen meines Verstandes im Wege stand. Wie auch immer. Reeve Devenport. Nie hatte ich jemanden gekannt, der alle Voraussetzungen erfüllte, um das perfekte Klischee eines Vollidioten darzustellen. Sportass, Arschloch, vorlaut, schlecht in der Schule, oberflächlich, ignorant, immer laut, immer in der Menge, chaotisch, einfältig, offen und vor allem *charmant* ohne Ende. Außerdem war Reeve schon immer einer dieser Typen gewesen, die nichts verkommen ließen, was Mädchen anging. Er sah eine Chance und ergriff sie. Ob es nun Ariana war, die weder Charakter, noch Gehirn hatte oder Niquita, die russische Austauschschülerin, die nur wenige Wochen blieb, ihm jedoch selbst in dieser kurzen Zeit eindeutige Zeichen gab. Reeve erkannte diese Zeichen und tat mit ihr genau das, was er mit allen Mädchen machte. Er brachte sie dazu, sich in ihn zu verlieben, seine charmante, witzige Seite kennenzulernen, und dann, wenn er bekommen hatte, was er wollte, ließ er sie fallen, wie eine heiße Kartoffel. Genau aus diesem Grund war *er* auf keinen Fall das, was ich mir unter einem *festen Freund* vorstellen konnte. Es war ja auch überhaupt keine Option, mit ihm zusammen zu sein. Mittlerweile nämlich war aus der Sache zwischen uns so etwas wie ein Insider-Spielchen geworden. Er machte eine gefällige Bemerkung darüber, wie schön ich doch wieder einmal aussähe, ich konterte mit einem sarkastischen Korb. Dieses Verhalten machte den Rest einigermaßen erträglich. So lief es jeden Tag, den wir uns sahen ab. Abgesehen von der Zeit, in der Leute um ihn herum waren. Währenddessen tat er lieber so, als würde ich die größte Lachnummer der Schule sein. So war es bis heute. Nie hatte ich einen größeren Egoisten kennengelernt. Die wichtigste Person in Reeves Leben war nun mal einzig und allein er selbst.

Um mich herum am Strand lagen ein paar alte Ehepaare auf ihren Handtüchern oder Sonnenliegen. Weiter vorn am Ufer spielten kleine Kinder im Matsch und schufen Kleckerburgen. Surfer beanspruchten ihre Wellen. Obwohl es erst neun Uhr morgens war fehlte es dem Byron Bay nicht an Fülle. Es schien, als gäbe es kaum einen Fleck mehr, der nicht von irgendeiner Touristenfamilie, einer Gruppe Jugendlicher oder einfach nur den Einwohnern der Stadt besetzt wäre. Als ich meinen Blick wieder zu Reeve schweifen ließ, war er schon mindestens fünfhundert Meter entfernt. Seine dunklen Haare wehten in demselben Rhythmus durch den Wind, wie seine Füße den Boden berührten. Am Leib trug, er knielange, schwarz-orangene Badeshorts. Sogar von weitem erkannte ich seinen braungebrannten, sehnigen Rücken. Obwohl ich Reeve noch nie so wirklich leiden konnte, war sein Anblick nichts, auf das ich freiwillig verzichtet hätte. Musste ich schließlich auch nicht. Jeden Morgen trainierte er am Strand, lief seine Strecke. Tag für Tag begrüßte er mich vor aller Welt – vorausgesetzt seine Kumpane waren nicht in der Nähe – mit einem neuen überholten Spruch. Jeden Tag begegnete ich ihm, denn Reeve Devenport wohnte genau nebenan.

Jeder kennt doch diese Idioten, die mitten am Strand ihr Handtuch in Windrichtung ausschütteln und diesen einem dann genau ins Gesicht fliegen lassen. Nun... Genau so einer war ich. Wenige Minuten später nämlich, erhob ich mich von meinem Platz im Sand und schüttelte das Handtuch aus, auf dem ich in meinem roten Lieblingsbikini ganze zwei Stunden lang gelegen hatte. Der Sand, der sich darauf angesammelt hatte, wehte durch die Luft und landete letztendlich im Gesicht einer mittelalten, faltigen Dame, die sich gerade eben erst mit Sonnencreme eingeschmiert hatte. Sie trug einen riesigen Hut auf dem dunkelgrauen Haar und war bis zu jenem Zeitpunkt in das Tagesblatt von New South Wales vertieft gewesen. Empört schrie sie auf und sah mich giftig an. Ihre Mundwinkel waren nach unten gezogen, ihre Hände in die Hüften gestemmt. Entschuldigend hob ich die Hände und lächelte peinlich berührt. Sie schüttelte nur verächtlich den Kopf und konzentrierte sich wieder auf ihre Zeitung. Ich verzog den Mund, als äffte ich sie nach und machte mich daran, zu den Dünen nach oben zu stolpern, denn der Sand verbrannte mir beinahe die Füße. Eilig tapste ich auf die Veranda zu und öffnete die große Schiebeglastür, um in das Haus meiner Familie hinein zu gelangen.

Seit meine Mom vor zwei Jahren bei einem Autounfall gestorben war, wohnten mein Dad, mein Bruder James, meine Schwester Kit und ich alleine in dem riesigen Strandhaus am Byron Bay der Nordküste Australiens, im kleinen aber feinen Ort *Byron Shire Council*, etwa achthundert Kilometer nördlich von Sydney. Der Autofahrer von damals hatte Fahrerflucht begangen und sich nie mehr gemeldet. Warum auch? Schließlich war er unentdeckt und folglich auch ungestraft davon gekommen. Seit Dad es erfahren hatte, damals an Thanksgiving, ausgerechnet einem Feiertag, auch wenn es nichts geändert hätte, wäre es kein Feiertag gewesen, war er nicht mehr derselbe. Er lachte nicht häufig, sang nicht mehr in der Küche, geschweige denn beim Kochen, wie er es früher immer mit Mom getan hatte und unternahm nichts mehr mit uns. Stundenlang saßen wir früher am Lagerfeuer und hörten ihnen zu, wie Dad Gitarre spielte und mit unserer Mutter Samaire irgendwelche *Hippie Lieder*, wie wir sie zu nennen pflegten, was in keiner Hinsicht etwas Negatives war, sang. Wir gingen nicht einmal mehr in unserem Stammlokal essen, wie es damals jeden Donnerstagabend Tradition gewesen war. Er sprach kaum noch ein Wort. James hatte gelernt, damit klarzukommen und sich auf andere Dinge zu konzentrieren, versucht sich von Moms Tod abzulenken. Zuerst war es die Schule gewesen, Vorbereitung aufs College, doch aus irgendeinem uns allen unerklärlichen Grund, war mein Bruder letztendlich bei unerträglich lauter Musik und Drogen angelangt, ließ sich kaum noch zu Hause blicken. Er war älter als ich. Zwei Jahre, um genau zu sein. Achtzehn. Meine jüngere Schwester Kit, eigentlich Katie, war zum damaligen Zeitpunkt gerade einmal zwei Jahre alt gewesen. Ich weiß noch, dass das Erste, an das ich gedacht hatte, als ich von Moms Tod erfuhr, meiner kleinen, unschuldigen Schwester in die großen, blauen Augen sah und mich zusammenreißen musste, nicht in Tränen auszubrechen oder wild um mich zu schlagen war, dass sie sie nicht mehr aufwachsen sehen konnte. Und dass Kit ihre Mom vergessen würde. Sie war zu jung, um sich an sie erinnern zu können. Ich hatte im ersten Augenblick weder an mich gedacht, noch an Dad, noch an Kit, noch an irgendetwas, was ohne sie mit ihnen passieren würde, mit uns, mit allem. An nichts, außer diese Sache. Meine Mutter hatte immer nur für eine Sache gelebt. Ihre Familie. Und dann hatte irgendein Arschloch ihr Leben beendet. Oft fragte ich mich, wie er damit leben konnte. Ob er damit klar kam? Natürlich wusste ich, dass er es höchstwahrscheinlich nicht geplant hatte, doch es machte mich noch heute furchtbar wütend. Dieser Mensch hatte einer Familie ihre Mutter genommen, einem Mann seine Frau, die dieser schon seit Kindheitstagen kannte. Dieser Mensch, wer auch immer er war, hatte mir meine Mom genommen. Sie war unmittelbar nach dem Aufprall sofort tot gewesen. Das hatten die Ärzte uns zumindest gesagt. Keine Schmerzen. Was sonst hätte man schon einer geschockten Familie erklären sollen? Die Polizei hatte einige Jungendliche verdächtigt, die sich kurz davor in einer Bar aufgehalten hatten. Es wurde mit Trunkenheit am Steuer gerechnet und eben jene hatten nicht wenig Erfahrung damit. Jemand hatte den Diensthabeneden den Tipp gegeben, er hätte eines ihrer Autos auf der Straße fahren sehen, kurz bevor es geschehen war. Die zuständigen Polizisten waren allerdings zu dem Entschluss gekommen, dass ohne konkrete Beweise, wie Kratzer im Lack und Beulen, die nicht vorhanden waren, sowieso nichts passieren konnte. Dad war ausgerastet, hatte ihnen alle möglichen Dinge an den Kopf geworfen, wie man nun einmal reagierte, wenn man hilflos war, wenn man sich etwas zu erklären versuchte, für das man keine Erklärung fand. Wir drei, James, Kit und ich hatten nur aneinander gedrängt auf der Couch gesessen und zugesehen, wie er in das Telefon brüllte, die Beamten anschrie und ihnen versuchte zu verstehen zu geben, dass sie sich irrten, sich irren mussten! Doch so war es nicht. Sie war tot.

Hinter mir schloss ich die Tür wieder und watschelte tiefenentspannt durch das Wohnzimmer, in dem mein Vater gelangweilt auf der Couch saß und in den Fernseher starrte.
„Morgen, Engel.", begrüßte er mich abwesend.
„Morgen, Daddy.", gab ich zurück und steuerte die Treppe an.
„Hast du deinen Bruder gesehen?", wollte er von mir wissen.
Noch immer sah er mich nicht an.
„Nein, Dad. Vielleicht ist er surfen.", entgegne ich leise, mir meiner geistlosen Lüge bewusst, und machte Anstalten die Treppe hochzugehen.
Ich hörte, wie er noch irgendetwas vor sich hin nuschelte, verstand jedoch nicht, was er sagte und beschleunigte meine Schritte. In meinem Zimmer angekommen, warf ich die Tür ins Schloss und schmiss mein Handtuch auf das Bett. Unruhig lief ich durch

mein Zimmer, den Blick auf den hellen, weichen Teppich gerichtet, den meine Mutter damals ausgesucht hatte, als wir das Haus bekamen. Leisten hatten wir uns dieses nur aus jenem Grund können, da meine Urgroßmutter Victoria kurz zuvor verstorben war und uns ihr gesamtes Vermögen vermacht hatte. Nervös knabberte ich an meinen Fingern.

Wo ist James schon wieder?

Eigentlich sollte ich mich bereits daran gewöhnt haben, dass er nie vor sechs Uhr morgens nach Hause kam, doch ich machte mir stetig Sorgen um ihn. Er war der große Bruder, und trotzdem war ich es, die Angst um ihn hatte. Er war verantwortungslos und egoistisch obendrein. Dabei war er einmal ganz anders gewesen. Offen und liebevoll, herzlich und lustig. Ich war immer stolz gewesen, ihn meinen Bruder nennen zu können. Was allerdings aus ihm geworden war, war keinesfalls mehr mein Bruder. Nicht mehr wirklich.

Es war bereits spät, kurz vor Mitternacht. Ich fühlte mich hundemüde und vor allem erschöpft. Gerade hatte ich es mir in meinem Wasserbett gemütlich gemacht, als plötzlich ein leises Geräusch an mein Ohr gelang. Sofort schreckte ich hoch und schaltete den Fernseher aus. Gespannt lauschend – in der Hoffnung, es könnte James sein, der sich mal wieder stockbesoffen durch die Hintertür ins Haus schleichen wollte – hielt ich den Atem an, um genauer hinhören zu können. Da war es wieder! Das Geräusch klang, als würde irgendetwas gegen ein Hindernis prallen. Hellwach sprang ich auf und rannte flink zu meiner Zimmertür. Gerade wollte ich die Klinke herunterdrücken, da bemerkte ich, dass das

Geräusch von meinem Fenster zu kommen schien. Das Hindernis, als das ich es vermutet hatte, war nichts Geringeres als meine eigene Fensterscheibe. Langsam trat ich darauf zu und beobachtete diese einen Moment. Wieder donnerte etwas gegen die Scheibe, ließ mich sofort zusammenzucken.

„Hey, Dornröschen!"

Ich verdrehte die Augen und stapfte auf mein Fenster zu. Kaum hatte ich es geöffnet, flog auch schon einer der Steine, die Reeve an mein Fenster warf, so dicht an meinem Ohr vorbei, dass ich dessen Geräusch hören und den Luftzug, den er verursachte, spüren konnte. Ich stolperte verdutzt zurück, aus Angst, womöglich noch einen Kiesel ins Gesicht zu bekommen.

„Hallo?!", gab ich gequält von mir und wagte es wieder, in die Gefahrenzone zu treten, um hinunter spähen zu können.

Von unten hörte ich ein ersticktes „Ups" ertönen und nahm unmittelbar danach ein Lachen wahr. Empört lehnte ich mich heraus und setzte eine allesvernichtende Miene auf. Als ich gerade meinen Kopf herausstreckte, stieß auch schon etwas ziemlich Hartes dagegen und ließ mich erneut zurückfallen. Der Idiot war doch tatsächlich das Blumenspalier an der Hauswand hinaufgeklettert und wagte es nun, durch mein Fenster einzusteigen. Das harte Etwas, das mir soeben vor die Birne geknallt war, war wohl Reeves Dickschädel gewesen. Mit einem lauten Knall sprang er in mein Zimmer und sah sich mit offenem Munde um, während er sich die Stirn rieb.

„Pssssst! Bist du verrückt, Devenport!?", fuhr ich ihn an und versuchte so leise wie möglich energisch zu klingen.

„Ja, verrückt nach dir, Süße!", schnurrte er und tat einen Schritt auf mich zu.

Das Zimmer war dunkel, doch ich erkannte Reeves Silhouette, seine strahlend weißen Zähne und die eisblauen Augen, an seinen Füßen die offen getragenen Boots. Er griff nach mir und zog mich in seine Arme, nur damit er mich nach links kippen und von oben herab ansehen konnte. Wir standen - obwohl ich eher in der Luft hing - nun in einer Position da, die mich unvermittelt an eine Figur aus dem Tango erinnerte. Ich kam mir unbeschreiblich blöd vor und versuchte die Situation vergeblich weniger peinlich zu frisieren, irgendwie zu dämpfen.

„Wenn du mich jetzt loslässt, dann bringe ich dich um!", drohte ich.

Wie ich feststellen musste, als er Anstalten machte breit zu grinsen, war mein Versuch vergebens. Es erfüllte nicht den gewünschten Effekt, welcher darin bestehen sollte, dass mein rasender Puls wieder herunterfuhr. Das mulmige Gefühl wurde nicht schwächer und meine Wangen brannten wie Feuer.

„Keine Sorge. Würde ich nie wagen.", stichelte er beinahe sarkastisch zurück.

„Ich warne dich!", zischte ich. „Weil ich dann sehr unsanft auf den Boden falle!"

Reeve lachte leise und richtete mich wieder auf.

„Du weißt doch, ich würde dich immer wieder auffangen."

Langsam drehte er sich herum und lief an meiner Kommode entlang, auf der einige Kosmetikutensilien und DVDs thronten. Er pfiff eine Melodie, die ich kannte, aber nicht zuordnen konnte. Wie hypnotisiert, beobachtete ich ihn dabei. Inzwischen gewöhnten sich meine Augen an das schwache Licht und ich konnte ihn besser sehen. Sein Haar war zerzaust. Der Pony hing ihm im Gesicht und bedeckte einen Teil seiner Stirn.

„Was machst du überhaupt hier?", fuhr ich ihn plötzlich an und stemmte die Hände in die Hüften.

„Ich wollte dich sehen, Prinzesschen. Kann schon seit heute Morgen an nichts anderes mehr denken, als an deinen süßen Duft und deine hübsche Visage..."

Mit jeder näheren Beschreibung seines *Verlangens* grinste er ein wenig mehr und näherte sich mir wieder.

„Haha.", schnaufte ich, ihn unterbrechend. „Reicht dann auch wieder. Wir wollen's ja nicht übertreiben heute. Sag schon, was du willst!"

„Dich.", gab er ohne zu Zögern zurück.

Ich warf meine schulterlangen, blond-braun gesprenkelten Haare über die Schulter und blinzelte verführerisch.

„Ja, ich bin hinreißend.", gab ich zu bekennen.

„Bezaubernd.", fügte er hinzu.

Aus irgendeinem Grund wurde ich rot, obwohl ich wusste, dass er mal wieder nur einen Scherz machte. Ich setzte wieder eine ernstere Miene auf.

„Komm schon! Warum bist du hier?"

Erst in diesem Moment wurde mir klar, dass er das erste Mal in meinem Haus war, in meinem Zimmer. Obwohl wir Nachbarn und Mitschüler waren, hatten wir nie sonderlich viel miteinander zu tun gehabt. Abgesehen von den *tiefsinnigen* Blicken und Bemerkungen. Er begann seinen Daumen zu betrachten und fuhr sich dann gekonnt mit den Fingern durch das Haar. Wieder fielen ihm Strähnen seines Ponys ins Gesicht.

„Nun ja...", fing er an. „Es sind Sommerferien. Und als ich gerade gelangweilt in meinem Bett lag, ist mir plötzlich bewusst geworden, dass alle meine Freunde entweder im Urlaub, oder anderweitig beschäftigt sind.", tat er kund.

Wow, er dachte an mich, während er gelangweilt und allein in seinem Bett lag.

„Und inwiefern hat das etwas mit meiner Wenigkeit zu tun?", stellte ich in Frage.

„Du bist allein und hast nichts zu tun. Ich habe nicht unbedingt etwas vor, das sich nicht durch etwas anderes ersetzen ließe, das mir mit Sicherheit besser gefallen würde..."

Er ließ den Satz verklingen, als wolle er, dass ich ihn für ihn beendete. Nun zwinkerte Reeve. Seit wann hatte *er* denn keine Lust mehr auf hemmungsloses Trinken mit seinen *kultivierten* Kumpanen?

„Also willst du, dass wir was zusammen unternehmen.", stellte ich fest und musste mir sichtlich das Lachen verkneifen.

„Ja. Was ist daran so witzig?", erkundigte Reeve sich verwundert.

Das Lächeln auf meinem Gesicht verblasste, als ich bemerkte, dass er es tatsächlich ernst zu meinen schien.

„Ähm...", stammelte ich und ließ die Arme fallen. „Und wie um alles in der Welt kommst du darauf, dass ich nichts zu tun hätte?"

Er legte den Kopf schief und musterte mich bedächtig. Dann fing er an zu lächeln und verschränkte die

Arme vor der Brust. Wie immer, wirkte er gelassen und entspannt. Ganz im Gegenteil zu mir. Da ich immer das Richtige sagen wollte, um nicht wie der letzte Idiot da zustehen, was mir im Endeffekt die meiste Zeit nicht sonderlich gut gelang, war ich angespannt und unruhig. Im Gegensatz zu heute Morgen trug er ein Shirt. Es war dunkelgrau und bedruckt mit dem Logo irgendeiner Band, die er gern hatte. Oft schon hatte ich seine dröhnende Musik bis in mein Zimmer schallen gehört. Meistens waren es Bands wie *Rise Against, Bring me the Horizon, Greenday* oder *Nirvana*.

Wollte Reeve mich etwa auf diese Tour dazu bringen, ihm hilflos zu erliegen? Sich in den Ferien mit mir anfreunden und mit seinen Freunden wetten, wann er es geschafft haben würde, mich in die Kiste zu ziehen? Das funktionierte bei mir nicht. So viel stand fest. Ich zwang mich, meinen Blick auf seine Augen zu richten und tippte mit dem Fuß ungeduldig auf den Boden herum.

„Komm schon, Zwerg.", grinste er und sah zu mir herunter.

Gut, er war locker einen Kopf größer als ich, doch war das ein Grund mich *Zwerg* zu nennen, und dann ungestraft davon zu kommen? Ich holte aus und versetzte ihm einen heftigen Schlag auf den Oberarm. Er zuckte nicht einmal mit der Wimper. Seine Schulter war hart und sein Fleisch wich kaum unter meiner unsanften Berührung zurück.

„Du willst doch nur, dass ich dir verfalle und für immer an deinen Lippen hänge!", raunte ich und näherte mein Gesicht dem seinen.

Sofort umspielte ein Lächeln seine Mundwinkel, das

ich nur allzu gut kannte.

„Das tust du doch schon längst."

Er näherte sein Gesicht ebenfalls dem meinen, hielt die Arme jedoch verschränkt. Mit einem tragischen Seufzer fuhr ich herum und starrte an die Wand.

„Ich weiß nicht.", schauspielerte ich gekonnt theatralisch.

„Komm schon! Nur als Freunde, bitte! Ich brauche dich!", lachte er und breitete die Arme aus. „Ich bin hilflos!"

„Das bezweifle ich nicht.", nuschelte ich und räusperte mich, als er mich mit einer erhobenen Braue von oben herab ansah. „Und in diesem Falle..."

Er hob überrascht das Kinn. Ich selbst war überrascht von mir. Spielte ich tatsächlich mit dem Gedanken, sein Angebot anzunehmen? Wieder an Reeve gewandt, warf ich ihm einen meisterhaften Augenaufschlag zu.

„Ja?!", hakte er hoffend nach und sprang einen Schritt auf mich zu, sodass der Boden bebte.

„Psssst!", herrschte ich und lauschte, ob mein Vater möglicherweise wach geworden war.

„Ja?", wiederholte er, diesmal ohne den Sprung.

„Na, schön."

„Gut! Jetzt, wo wir das geklärt haben, können wir ja was unternehmen!", grinste Reeve.

Ich hielt seinen kristallklaren, aufgeweckten Blicken ungläubig Stand.

„Jetzt? Es ist Mitternacht!", entgegnete ich amüsiert.

Er zuckte die Achseln und sprang auf mein Bett zu. Kaum hatte er bemerkt, dass meine Matratze mit Wasser gefüllt war, wippte er auch schon eigenartig darauf herum und kam aus dem Grinsen gar nicht mehr heraus.

„Lass uns 'nen Film sehen, Schneewittchen."

Es war mir beinahe ein Drang, mich über den Kosenamen aufzuregen, den er mir wieder einmal verpasst hatte. Wie immer, versuchte ich so gut es ging zu unterdrücken, was ich sagen wollte. Nämlich dass Schneewittchen und ich nichts und wieder nichts miteinander zu tun, oder gemeinsam hatten. Ihre Merkmale nämlich, auf die in dem Kindermärchen des Öfteren hingewiesen wird, besagten, sie habe Haar, so schwarz wie Ebenholz, Lippen, so rot wie Blut und Haut, so weiß wie Schnee. Ich hatte nichts davon. Mein Teint war gesund, meine Lippen eher blass und mein Haar naturgesträhnt blond. Selbstverständlich wusste ich, dass es verflucht unsympathisch und kindisch war, ihm dies nun unter die Nase zu reiben. Genau aus diesem Grund unterdrückte ich meine Gedanken ja auch.

Verwirrt, jedoch mit dem Bewusstsein wieder bei Reeve, zog ich die Augenbrauen zusammen und musterte ihn nachdenklich.

„Einen Film? Wie einfallslos.", witzelte ich und verschränkte die Arme.

„Findest du? Nun... Dann schlag etwas anderes vor, das du – wie du bereits erwähntest, um Mitternacht – bevorzugst."

Er warf sich auf die Kissen, was ein wasserbedingtes Platschen auslöste, sah mich überrascht an und grinste fortan. Ich seufzte tief und schleppte mich zu Reeve. Einer Sache war ich mir im Klaren: Das Ganze würde ich früher oder später noch stark bereuen müssen.

Es fühlte sich eigenartig an, ihm plötzlich so nah zu sein. Es kam unerwartet, dass wir plötzlich etwas miteinander zu tun hatten, Zeit miteinander verbrachten. Immer wieder wanderte mein Blick unauffällig zu Reeves Gesicht und glitt entlang seiner geraden Nase, den schmalen, weich aussehenden Lippen, dem markanten Kinn, den dichten Augenbrauen und verharrte bei seinen warmen, blauen Augen. Wie konnten blaue Augen so warm sein? War es erlaubt so gut auszusehen? Das machte es einem wirklich schwer ihn nicht ausstehen zu können. Seine klaren Augen wurden umrahmt von dichten Wimpern. Auf seiner Nase erkannte ich leichte Andeutungen von Sommersprossen und war fast überrascht, sie zu entdecken. Sie machten ihn in meinen Augen etwas menschlicher. Plötzlich trafen sich unsere Blicke. Einen kurzen Moment lang hatte ich das Bedürfnis, seinen Augen auszuweichen, hielt aber Stand, weil alles andere noch peinlicher gewesen wäre, als direkt erwischt zu werden. So, als fühlte ich mich ertappt. Das konnte ich auf keinen Fall zulassen.

„Ist was?", wollte er wissen und riss sich nur widerwillig vom *Breakfast Club* los.

„Nö. Ich kann dich ja wohl ansehen."

„Du siehst mich nicht an, du starrst, Belle."

Obwohl es nichts Besonderes zu sein schien, veränderte sich etwas in seinen Augen. Er wandte den Blick eilig wieder dem Fernseher zu. *Belle.* War das nicht das Mädchen aus *Die Schöne und das Biest*? War ihm etwa gerade klar geworden, dass er mich diesmal indirekt, und nicht sarkastisch, als *schön* bezeichnet hatte? Ich lächelte belustigt und konzentrierte mich ebenfalls wieder auf den Film.

„Der Film war furchtbar.", warf er plötzlich in die Stille hinein, als der Abspann verklang.

„Was?!", piepste ich empört. „*Du* bist furchtbar!"
Ich stand auf, lief zum Fernseher und holte die Disc aus dem Player. Dann sah ich ihn entgeistert an. Wie konnte er den *Breakfast Club* nur als *furchtbar* bezeichnen???

„Willst du mich verarschen? Verflucht, was?!", prustete ich los.

„Nö.", entgegnete er, woraufhin ich sofort die Hände zu Fäusten ballte und ihm drohend vor das Gesicht hielt.

„Ach, der Zwerg will seinen süßen Lieblingsfilm verteidigen?", schmollte er belustigt.

Ich richtete mich wieder auf, ließ die Arme hängen und sah ihn mit ernsterer Miene an.

„Woher willst du wissen, dass es mein Lieblingsfilm ist?", hakte ich nach und ließ mich neben ihm in die Kissen fallen.

Reeve schwieg einen Moment. Ich sah ihn weiterhin fragend an und bohrte meine Augen förmlich in die seinen.

„Ähm...na..."

„Ja?", warf ich ungeduldig zurück.

„Du...also...ich..." Plötzlich lachte er auf. „Ich kann manchmal durch dein Fenster sehen, weißt du?"

Mir stockte der Atem und ich konnte spüren, wie jeder Tropfen Blut aus meinem Gesicht wich. Mir kamen all die Male in den Sinn, die ich mich in meinem Zimmer umgezogen hatte, nachdem ich aus der Dusche gekommen war. All die Male, in denen ich mich kritisch im Spiegel betrachtet und gefragt hatte, ob mein Hintern zu dick sein könnte.

„Was?!", zischte ich schließlich.

Reeve schüttelte grinsend den Kopf.

„Natürlich nicht. Ich hab's offensichtlich erraten. Auf die Hülle sind Herzen gekritzelt."

Ich lächelte erleichtert und strich mir eine blonde Strähne hinters Ohr, was ich sonst nie tat, hasste es sogar, wenn sie hinter dieses geklemmt waren.

Ich schubste Reeve von mir weg und schlug ihm hart gegen den Arm. Diesmal schrie er erstickt auf, lachte jedoch im nächsten Moment wieder.

„Das war nur Spaß, Bambi!", lächelte er.

Reeve senkte den Blick und nickte still. Ein Schmunzeln konnte auch ich mir nun nicht mehr verkneifen. *So abartig* war dieser Mensch ja gar nicht.

Wieder flog mir der Gedanke durch das Unterbewusstsein, dass Reeve dies alles hier gerade nur aus irgendeinem für ihn vorteilhaften Grund abzog. *Zeit mit der Streberin verbringen.* War das eine Taktik? Tat er so, als würde er den Obermacho nur spielen, um bei den Mädchen anzukommen, bei denen er normalerweise keine Chance hatte, indem er ihnen zeigte, dass er *anders* war?

„Tja, ich werde dann mal besser gehen.", flötete er.

Reeve erhob sich von meinem Wasserbett und näherte sich dem Fenster. Wortlos sah ich ihn an und überlegte, was ich sagen könnte, um ihn aufzuhalten. Bis ich die Platte abrupt anhielt. Warum zur Hölle wollte ich ihn aufhalten?!

„Fall nicht runter.", gab ich ihm mit auf den Weg, bekam jedoch keine Antwort.

„Bis demnächst, Caroline!"

In seiner sonst so selbstsicheren, aufgeweckten Stimme klang ein gewisser Unterton mit. Reeve wirkte wegen irgendetwas angeschlagen. Für den Bruchteil einer Sekunde glaubte ich beinahe, dass er enttäuscht von etwas war. Dass er es möglicherweise *leid* war, dass jemand ihn für einen oberflächlichen Affen hielt, der des Nachts durch die Fenster seiner gleichaltrigen Nachbarinnen spähte. Von einem auf den anderen Moment verhielt er sich kühl. Dies jedoch fiel mir im Augenblick gar nicht so recht auf, denn etwas anderes lenkte meine gesamte Aufmerksamkeit auf sich. Er hatte mich doch tatsächlich am Namen genannt. Das hatte er das letzte Mal getan, als wir elf Jahre alt gewesen waren. In der siebten Klasse. Langsam trat ich ans Fenster und sah ihm dabei zu, wie er sich geschickt an dem Blumenspalier herunter hangelte.

„Pass auf! Die Rosen..."

„Ja, schon klar! Nicht kaputt treten!", unterbrach er mich und warf mir einen Blick zu, den ich nicht zu deuten vermochte, der jedoch meine Annahme, er wäre plötzlich wegen irgendetwas beleidigt, bestätigte.

„Das meinte ich nicht.", rief ich ihm zu, trotzdem immer noch darauf achtend, leise genug zu sein, meinen Vater nicht zu wecken, geschweige denn meine Schwester.

Er reagierte nicht, landete mit einem dumpfen Begleitgeräusch auf dem Boden und machte sich daran zu gehen.

„Ich wollte dich warnen. Die haben Dornen.", klärte ich ihn auf, verschränkte die Arme vor der Brust und sah ihn von oben herab schief lächelnd an.

Nun lenkte er seinen Blick wieder in meine Richtung, legte den Kopf in den Nacken und grinste mich verstohlen an. Trotz der Dunkelheit konnte ich seine Augen förmlich aufblitzen sehen.

„Na dann!"

Kopfschüttelnd und aus irgendeinem, mir unerklärlichen Grund noch immer grinsend, sah ich ihm nach, während er verschwand. Reeve drehte sich herum und lief in aller Ruhe die Einfahrt herunter. .

Wie war er nur dazu gekommen, in mein Haus einzudringen, um mit mir *einen Film zu sehen*? Meine Augen folgten ihm noch, bis er in seinem Haus verschwand. Aus diesem Jungen wurde man einfach nicht schlau. Noch immer verwirrt über das, was gerade geschehen war, stand ich wie angewurzelt an meinem Fenster und starrte das Haus der Devenports an. Es war hellblau gestrichen. An den zahlreichen Fenstern waren weiße Fensterläden angebracht. Von meinem Zimmer aus konnte ich, sofern das Licht brannte, in ein paar der Räume hineinsehen. Genau gegenüber von meinem Fenster war eines, an dessen Glasscheibe mit Edding irgendetwas gekritzelt stand. Es war auf jeden Fall ein Jugendzimmer. An den Wänden hingen Poster, manche zerrissen, manche bemalt und ein Schreibtisch mit unordentlich darauf verteilten Blättern stand an der Wand. Die geräumige Küche und das zukünftige Zimmer von Reeves Geschwisterchen konnte ich ebenfalls gut erkennen. Mrs. Devenport bekam nämlich ein Kind. Ihr drittes, um genau zu sein. Doch dazu später. Ich erinnerte mich noch daran, wie es mich damals geschockt hatte, dass Reeve sich so über die Nachricht freute. Er war mit einem breiten

Grinsen in die Schule gekommen und hatte jedem, den es interessierte (oder auch nicht) erzählt, dass er eine kleine Schwester oder einen Bruder bekäme und es gar nicht mehr abwarten könne, das Baby im Arm zu halten und mit ihm zu spielen. Ob das auch eine Taktik war, ließ sich in diesem Moment schwer einschätzen, denn er schien wirklich wahnsinnig glücklich zu sein. Den großen grünen Garten konnte ich ebenfalls beobachten, vorausgesetzt ich wollte. Es war ein Pool in den Boden eingesetzt. Sogar nachts war er hell erleuchtet. Plötzlich verspürte ich den Drang, darin zu schwimmen und riss meinen Blick von dem klaren, blauen Wasser los, um nicht in Versuchung zu geraten, hinüber zu klettern und mich hineinzuwerfen. Gähnend stützte ich mich am Fensterbrett ab und strich mir das blonde Haar aus dem Gesicht. Als ich meine Augen wieder auf das Haus richtete, ging plötzlich das Licht im Keller an. Durch ein winziges Fenster, das sich unmittelbar über dem Erdbodenbefand, konnte ich in einen nun hell erleuchteten Raum spähen. Ich erschrak und fragte mich, wer so spät noch etwas im Keller zu suchen hatte, es sei denn dieser jemand war ein Psychopath, der Haustieren die Haut abzog und sie dann im Untergeschoss des Hauses sezierte. Da dies jedoch nicht der Fall war, reckte ich meinen Hals, um besser hineinsehen zu können Es war Reeve. Ich legte den Kopf schief und konnte nicht anders, als ihn anzustarren. Plötzlich machte er Anstalten sich das Shirt über den Kopf zu ziehen. Warum zog der sich im Keller aus?! Eilig schloss ich das Fenster und zog die Gardinen zu. Für einen Augenblick lang spielte ich mit dem Gedanken, noch einen Blick zu riskieren, ließ es jedoch der Vernunft wegen bleiben. Dann tippelte ich flink zu meinem Kleiderschrank und zog mir meinen Lieblingsschlafanzug, bestehend aus einer langen buntkarierten Hose und einem locker sitzenden, einfarbigen Shirt an. Im Bad entfernte ich die Kontaktlinsen, die ich erst seit Kurzem benutzte. Dann hüpfte ich auf mein Bett und kuschelte mich unter die Decke. An Einschlafen war jedoch nicht zu denken. Immer wieder stellte ich mir diese Frage. Warum zur Hölle wollte Reeve ausgerechnet mit mir die Ferien verbringen? Plötzlich hörte ich, wie sich Musik anstellte, die gedämpft an mein Ohr drang. Sie kam vom Haus der Devenports. Dieser Verrückte hörte doch tatsächlich um Mitternacht Musik, so laut dass die ganze Straße davon wach hätte werden können. Die Melodie brannte sich in meinen Kopf, ebenso wie der Text, von dem ich allerdings nicht viel verstand. Die Band jedoch, erkannte ich. Es waren *Greenday*.

I can't take this feeling anymore

...

Kissed the demons out of my dreams,

I get the funny feeling, that's alright...

Ich begann aus heiterem Himmel zu grinsen. Was war eigentlich so schlimm daran? Eigentlich war er ja gar nicht so übel, Zeit mit ihm zu verbringen. Ich war sicher, er würde auf jeden Fall dazu im Stande sein, mich aufzuheitern, abzulenken. Außerdem roch er verboten gut. Unbewusst biss ich mir auf die Lippe und lächelte. Dieses Lächeln verflog jedoch im selben Moment wieder, da ich mir dem bewusst wurde, was ich gerade gedacht hatte.

Caroline Swynford!!!, ermahnte ich mich innerlich und klatschte mir die Hand an die Stirn.

Als ich am nächsten Morgen die Augen öffnete, blinzelten mir große, babyblaue Augen entgegen. Mein Herz blieb einen Moment lang stehen und ich sprang erschrocken zurück.

„Kit! Gott! Du hast mich zu Tode erschreckt!", hechelte ich und rutschte wieder unter die Bettdecke.

Kit grinste mich an und deutete mit dem Zeigefinger auf ihre Zähne.

„Guck mal, Caroline!", präsentierte meine kleine, vierjährige Schwester stolz.

Ich rieb mir die Augen ein paarmal, konnte ohne meine Brille jedoch gar nichts erkennen.

„Warte mal.", nuschelte ich und tastete hinter mir auf meinem Nachttisch umher.

Endlich bekam ich die große, knallpinke Hornbrille zwischen die Finger und setzte sie mir verschlafen auf, wobei ich mir fast ins Auge stach. Ich hasste die Brille, aber seit Moms Tod wollte Dad nichts verändern, was sie ausgesucht hatte. Also auch nicht meine Brille. Zum Glück hatte ich ihn vor ein paar Wochen wenigstens zu Kontaktlinsen überreden können.

„Guck!", wiederholte Kit lauter, euphorischer.

Ich sah mir ihre Zähne genauer an und stellte endlich fest, dass eine riesige, schwarze Lücke zwischen diesen prangte.

„Wow!", rief ich aus. „Du hast deinen ersten Zahn verloren!"

Sie klatschte in die kleinen Patschehändchen und

lächelte unverwandt. Während ich mich langsam erhob, auf die Zimmertür zu tapste und mir die Hose aus dem Po zog, hing mir Kit die ganze Zeit über am Bein.

„Kit, was ist denn los?", hakte ich nach und versuchte sie abzuschütteln.

„Dich kommt jemand besuchen!", piepste sie.

Ich legte die Stirn in Falten und musterte sie nachdenklich.

„Sag nicht, Mr. Mungos ist wieder da!", warnte ich und hob eine Augenbraue.

Mr. Mungos war ein erfundener Fantasiefreund meiner Schwester, der unmittelbar nach Mommys Tod aufgetaucht war. Kit hatte erklärt, er sähe aus wie eine Mischung aus Mango und Känguru. Nach etwa einem Jahr, als sie begonnen hatte Mom zu vergessen, war er dann weggelaufen, umgezogen oder so etwas in der Art. Sie schüttelte den Kopf und streckte die Arme nach mir aus. Ich beugte mich vor und hob sie hoch.

„Wer kommt mich denn besuchen?", wollte ich wissen und schleppte sie mühsam die Treppe herunter. Normalerweise hatte ich morgens nicht einmal die Kraft, mich in eine Jeans zu zwängen, geschweige denn, meine Schwester herumzutragen. In der Küche angekommen, setzte ich sie auf die Arbeitsfläche neben dem Waschbecken, was Dad ganz und gar nicht gefallen würde, und mischte uns einen Kakao.

„Der da!"

Meine Schwester zeigte mit dem Finger hinter mich und fing an zu grinsen wie ein Honigkuchenpferd. Als ich mich umdrehte und in das Gesicht meines am Küchentisch sitzenden Gegenübers blickte, lief ich knallrot an und sah an mir herunter.

„Süß.", grinste Reeve und stützte seinen Kopf auf die Arme.

Reeve stellte die Ellenbogen auf dem Tisch ab und stützte entspannt den Kopf auf seine Hand. Dann streckte er zwei Finger aus und machte eine Bewegung, die einem Winken am nächsten kam.

„Das...ich... Was machst du hier?", stammelte ich.

Ohne auf meine Frage einzugehen, fuhr er fort.

„Deine Schwester."

Ich nickte und sah meine Schwester an. Kit sprang von der Theke herunter und sprintete zu Reeve, der sie mit offenen Armen empfing. Stirnrunzelnd betrachtete ich die beiden. Kit saß nun auf seinem Oberschenkel und erwiderte seinen High Five lachend.

„Guck mal!"

Wieder deutete sie auf ihre Zähne und öffnete ihren Mund, soweit sie konnte.

„Wahnsinn! Dein erster?", entgegnete Reeve und riss die Augen auf.

Kit nickte heftig. Schien, als würden sich die beiden nach fünf Minuten schon besser kennen, als Reeve und ich uns nach zwölf Jahren.

„Dann kommt ja bald die Zahnfee!"

Kit sah Reeve fragend an.

„Jetzt sag nicht, du weißt nicht, wer die Zahnfee ist!", fuhr er fort und hielt ihre Hände fest, während er sie immer wieder nach hinten fallen ließ, um sie wieder hochzuziehen.

Ich konnte mir ein Lächeln nicht verkneifen und rührte fasziniert in meiner Milch, während Reeve (*Reeve Devenport!*) mit meiner Schwester spielte.

Sie schüttelte den Kopf und sah ihn aus großen Augen an.

„Du musst vor dem Schlafengehen deinen Zahn unter dein Kissen legen. Wenn du dann wieder aufwachst, liegt anstatt deines Zahns ein Geldschein drunter!"

Kit blieb der Mund offen stehen. Ihr Blick wanderte fragend zu mir, dann wieder zu Reeve.

„Ist das eine echte Fee? Mit Flügeln und Zauberstab?", wollte sie lauthals wissen.

„Na, klar doch!", bestätigte er und grinste mich an.

Kit sprang von seinem Schoß, stolperte die Treppe hoch. Zwar war es erst elf Uhr morgens (morgens für mich zumindest), doch die Uhrzeit hielt sie heute höchstwahrscheinlich nicht davon ab, freiwillig den normalerweise *verhassten* Mittagsschlaf zu machen.

„Wie kommst du hier rein?", wollte ich von Reeve wissen, der sich nun erhob und auf mich zu schlenderte.

„Durch die Haustür natürlich! Was denkst du denn? Ich würde bestimmt nicht durchs Fenster klettern. Wer macht denn sowas?"

Er blieb vollkommen ernst, zog jedoch die dunklen Brauen in die Höhe. Reeve lehnte sich neben mir an der Theke an und sah zu mir herunter. Erst gestern war er doch auf mein Dach gestiegen und durch mein Fenster gesprungen. Wollte er mich wieder einmal mit seinem Sarkasmus verwirren? Ich war gerade erst aufgestanden. Für Witze hatte ich noch nicht einmal den Hauch eines Nervs.

„Ich meine, wer dich rein gelassen hat.", stellte ich klar und rutschte ein Stück von ihm weg.

„Na, deine Schwester."

Reeve riss sich den zweiten Kakao unter den Nagel, den ich eigentlich für Kit zubereitet hatte. Diese jedoch, versuchte vermutlich gerade krampfhaft einzuschlafen, um den Schein unter ihrem Kissen vorzufinden, sobald sie wieder aufwachte.

„Tatsache? Und das obwohl ich ihr gesagt habe, dass sie niemals Fremde ins Haus lassen soll, wenn Daddy nicht da ist..."

Reeve lächelte. Ich wusste, dass er es amüsant fand, wenn ich unvermittelt meine Gedanken aussprach.

„Ich bin doch nicht fremd, Strolchi."

„Strolchi?", hakte ich empört nach.

Ich war mir sicher, er spielte auf meine zerzausten Haare an. Beleidigt stellte ich meinen kalten Kakao beiseite und sah ihm direkt in die Augen. In diesem Licht waren sie nicht eisblau, wie gestern Abend, sondern strahlend blau wie das Meer, verziert mit helleren Tupfen um die Pupille herum.

„Ich hab ihr gesagt, ich wäre ein Freund von dir und da hat sie mich begeistert hereingelassen.", erklärte Reeve und sah sich in der Küche um.

„Na toll. Ich wette, sie hätte auch den alten Sack rein gelassen, der immer vor der Mall sitzt und Leuten anbietet, sie zu wiegen, wenn sie ihm einen Dollar geben, wenn er gesagt hätte, ich wäre mit ihm befreundet.", brummelte ich und beäugte ihn von oben bis unten.

„Nee, ich rieche besser.", lachte Reeve.

Da hatte er allerdings recht. Der Geruch seines fast betörenden Aftershaves war mir schon in die Nase gestiegen, als ich in die Küche gekommen war. Allein daher hätte ich ihn schon bemerken müssen.

„Also, warum bist du hier?"

„Ich wollte doch, dass wir was unternehmen."

„Und? Was willst du unternehmen?"

„Also erst einmal solltest du duschen und dir was anderes anziehen, Honey. Wenn du willst komme ich sogar mit!"

Nun grinste er wieder. Ich sah ihn mit erhobenen Brauen an, dann legte ich die Stirn in Falten, verschränkte die Arme vor der Brust.

„Hmm..."

„Übrigens, hübsche Brille. Steht dir.", prustete er.

Oh je, die Brille!, fiel jene mir wieder ein.

Ich setzte sie ab und verzog das Gesicht.

„Idiot!"

„Duschen kannst du eigentlich weglassen. Wir gehen joggen!"

„Was?! Mit Sicherheit nicht!", protestierte ich.

„Du wolltest, dass wir was unternehmen, also unternehmen wir was. Joggen."

Reeve verschränkte ebenfalls die Arme vor der Brust und sah mich mit seinem typischen Bad-Boy-Grinsen an.

„Du wolltest doch...", begann ich. "Na, schön. Aber danach machen wir das, was ich will.", grinste ich, während ich krampfhaft unterdrückte, sabbernd seine Oberarme anzustarren.

Wir liefen zusammen runter zum Strand, nachdem ich mir Shorts und ein Top übergezogen, meine Haare gekämmt und zu einem Zopf gebunden hatte. Kurz vor dem Wasser blieben wir stehen und sahen uns an.

„Also...", fing Reeve an und packte mich an den Schultern, bevor er mich herumdrehte, sodass ich neben ihm stand, und nicht gegenüber. „...das schaffst sogar du ganz locker. Eine Meile dort lang und dann zurück."

Ich schluckte schwer. Für weitere Protestaktionen war keine Zeit, denn Reeve war bereits losgerannt.

„Warum soll ich das nochmal mitmachen?", fragte ich aus der Puste, nachdem wir etwa zweihundert Meter gerannt waren.

Noch vollkommen fit antwortete er mir.

„Weil du zugestimmt hast. Schon vergessen? Außerdem könntest du ruhig ein bisschen sportlicher aussehen!", grinste Reeve.

"Was?! Ich hasse dich!", keuchte ich.

„Das war ein Witz!", beteuerte er und sah mich von der Seite an.

„Hoffe ich auch!"

„Das Gegenteil von Liebe ist nicht Hass."

Er lief ein Stück vor, drehte sich zu mir herum und lief rückwärts weiter, während er mich grinsend ansah.

„Und weiter?", schnaufte ich neugierig auf seine Antwort.

„Naja, es ist Gleichgültigkeit. Dass du mich hasst, bedeutet lediglich, dass ich dir etwas bedeute.", zwinkerte er dreist.

„Ja, soviel, dass ich dir am liebsten ein Bein stellen würde.", warf ich zurück und mir wurde im selben Moment klar, wie kindisch das klang.

Ich sah nur einen Moment lang während des Rennens auf das Meer hinaus, als ich plötzlich über meine eigenen Schnürsenkel stolperte und im Sand landete. Mit einem erstickten Schrei ging ich zu Boden.

„Reeve!", brüllte ich.

Dieser war vorausgerannt und hatte gar nicht bemerkt, dass ich zurückgefallen war. Er war wohl zu sehr damit beschäftigt, so sehr von sich selbst überzeugt zu sein, wie es nur möglich war. Als er meine Schreie hörte, fuhr er herum und kam zurück.

„Wow...", lachte er. „...alles klar?"

„Nein!", giftete ich zurück.

Er half mir hoch und zog mich näher an sich, sodass er meine Schultern festhalten konnte. Als er mir in die Augen sah, fühlte ich mich plötzlich klein und hilflos. Ich konnte seinen Atem auf meiner Haut spüren. Vielleicht war es allerdings auch der Wind, der mir plötzlich einen Schauer über den Rücken jagte. Es war beängstigend, seine Berührung zu spüren, ihm so tief in die Augen zu sehen und doch irgendwie das Normalste der Welt. Einen Moment lang sagten wir nichts, bis er mich abrupt losließ und in die andere Richtung wies.

„Komm, wir gehen zurück."

„Kit!!!", rief ich meine kleine Schwester.

Keine Antwort.

„Übrigens, Devenport!", fuhr ich an ihn gewandt fort. „Wegen dir muss ich meiner Schwester meinen letzten Dollar unter ihr Kissen legen!"

Er lächelte amüsiert und folgte mir in mein Zimmer.

„Kann doch dein Dad machen, wenn du so pleite bist, dass du nicht einmal mehr einen Dollar abdrücken kannst."

Ich schüttelte den Kopf.

„Wieso nicht?"

Nun zuckte ich mit den Schultern und senkte den Blick. Dad hatte so schon genug Geldprobleme. Warum ihn ansprechen, wenn es eh nur in einen Streit ausarten würde? Selbst wenn es nur um einen Dollar ging würde mein Vater alle notwendigen Argumente hervorbringen, um mir ein schlechtes Gewissen zu machen, dass ich überhaupt gefragt hatte.

„Kit!", widerholte ich.

Plötzlich stand sie vor uns auf der Treppe.

„Hast du schon gegessen?", fragte ich sie nun.

Katie hatte die Angewohnheit, immer irgendwo plötzlich aufzutauchen und mich fast zu Tode zu erschrecken. Sie schüttelte den Kopf.

„Hunger?", fragte nun Reeve.

Kit grinste nickend.

„Sollen wir dir was kochen?", schlug er vor.

Ich drehte mich zu ihm um und bemerkte, wie nah er hinter mir stand.

„Tja, wenn du eine Lebensmittelvergiftung verantworten und auf dich nehmen willst, dann kann ich mich gern an den Herd stellen.", pfiff ich.

„Wer sagt denn, dass du kochst?"

„Kannst du denn kochen?", bohrte ich und hob Kit auf meinen Arm.

„Lass dich überraschen, Bambi."

Während Kit und ich auf der Theke saßen und Reeve unverwandt anstarrten, bereitete dieser Spaghetti in der Pfanne zu und wendete diese geschickt.

„Wo hast du das gelernt?"

„Meine Mom ist Italienerin, Caroline.", schmunzelte er und warf mir einen Blick zu, der ihm überhaupt nicht ähnlich sah, den ich gar nicht von ihm kannte.

„Caroline...", wiederholte ich leise.

„Das ist dein Name.", stellte Reeve fest und fügte der

Pfanne irgendein Gewürz hinzu, von dem ich nicht einmal wusste, dass wir es im Schrank zu stehen hatten.

„Du nennst mich aber nie so."

„Doch, klar. Hab ich doch gerade."

Ich lächelte und strich mir schon wieder aus irgendeinem irrsinnigen Grund eine blonde Strähne hinters Ohr. Reeve schenkte mir ebenfalls ein kleines, ehrliches Lächeln. Für einen kurzen Moment lang war es, als würden wir uns schon eine Ewigkeit kennen. Irgendwie wurde er mir immer sympathischer.

„Was ist das?", wollte Kit gespannt wissen und kämmte ihrer blonden Barbie die bereits kurz geschnittenen Haare.

Sie brauchte wirklich mal eine Neue.

„*Spaghetti Napoletana*, Krümel."

„Schmeckt das?", wollte sie wissen und legte den Kopf schief.

Ich tätschelte ihren kleinen, blonden Kopf und stupste ihr gegen die dazu einladende Nase.

„Also, wenn dir das nicht schmeckt, dann...dann...", überlegte er. „Dann komme ich gar nicht erst wieder, Kleine."

„Nein!", rief sie. „Das schmeckt lecker! Lecker!", wiederholte sie.

„Kinder lieben mich!", flüsterte er mir zwinkernd zu und konzentrierte sich wieder auf die Nudeln.

„Hast du nicht eine kleine Schwester oder so?", hakte ich unwissend nach.

Ich wusste nicht was, doch irgendetwas in Reeves Miene veränderte sich augenblicklich. Er sah mich nicht einmal an, während er den Kopf schüttelte.

„Nein. Sie ist älter.", meinte er kurz angebunden.

Da ich bemerkte, dass er nicht besonders gut auf sie zu sprechen zu sein schien, beließ ich es dabei und schwieg.

Kurz darauf saßen wir zu dritt in meinem Zimmer. Wir hatten drei große Teller mit Nudeln Napoleon mit hoch genommen, oder wie auch immer dieses Zeug auch hieß, und sahen uns *König der Löwen II* an.

„Ich wette, dass wenn Kiara ein Mensch wäre, sie total heiß aussehen würde!", meinte Reeve und stopfte sich die erste Gabel voll aufgerollter Spaghetti in den Mund.

„Wieso?", grinste ich.

Reeve schmatzte und sah mich mit vollem Mund grinsend an.

„Pf... Weif if nif!"

Wieder brachte er mich zum Lachen.

„Würde das nicht wehtun?", warf Kit ein und hantierte mit den Nudeln herum.

„Er meint, sie sähe gut aus.", erklärte ich ihr und strich ihr über die Wange.

Sie stopfte sich eine Ladung in den Mund und verzog das Gesicht zu einem breiten Lächeln.

„Hmmmm!", gab sie von sich und sah Reeve strahlend an.

Nun wuschelte er ihr durch die blonden Haare und setzte sich im Schneidersitz hin, um den Teller besser halten zu können. Kit saß zwischen uns und kuschelte sich an Reeve.

„Findest du auch, dass Caroline heiß aussehen würde, wenn sie ein Mensch wäre?", hakte sie plötzlich nach und sah zu ihm auf.

Reeve musste so abrupt lachen, dass er sich an einer Nudel verschluckte und keuchend losprustete. Als er sich wieder beruhigt hatte, sah er sie grinsend an und stupste sie mit dem Arm an.

„Da bin ich mir ganz sicher.", bestätigte er.

„Kit, wenn ich kein Mensch bin, was bin ich denn dann?"

Darauf hatte sie keine Antwort parat, also zuckte sie die Achseln und widmete sich wieder dem Film.

„Keine Sorge, ich finde dich auch heiß, als das, was du jetzt bist.", grinste Reeve.

„Ha, ha.", gab ich von mir und schubste ihn zur Seite, strich mir daraufhin erneut eine Strähne aus dem Gesicht.

Warum tat ich das andauernd?

„Komm...", brabbelte er mit vollem Mund, streckte seinen Arm aus und stopfte mir den vollen Löffel in den Mund. „...ich füttere dich sogar!"

„Hey!", blubberte ich zurück und hielt sein Handgelenk fest umklammert, während ich versuchte, die Soße aus meinem Gesicht zu wischen.

„Das kriegst du wieder!", drohte ich und patschte seine Hand in meinen Teller.

Reeve lachte auf und fuhr mit dieser über mein Gesicht, ehe ich ausweichen konnte.

„Urgh!", lachte ich und drückte ihn weg.

Kit kicherte wild umher. Ob es nun wegen unserer kleinen Essensschlacht war, oder weil Nuka, ein termitenbefallener Löwe; gerade in Flammen aufging; wusste keiner von uns genau.

„Mommy, guck mal!", rief sie plötzlich, sodass jedes Lächeln aus meinem Gesicht verschwand.

Da ich so plötzlich aufgehört hatte zu lachen, sah

Reeve mich nun verwundert an.

„Kit, du sollst mich doch nicht Mommy nennen! Mom ist nicht mehr da, Kleine!"

Kit sah mich an, als hätte ich sie angeschrien. Dann nickte sie.

„Tut mir leid, Caroline.", schluchzte sie auf einmal.

Sie dachte, ich wäre wütend auf sie. Als ich sie an mich drückte und Reeves Augen auf meinen Blick trafen, erkannte ich unerwarteter Weise Entsetzen in ihnen. Er sah mich erschrocken an. Alle Farbe war aus seinem Gesicht gewichen.

„Alles okay?", wollte ich wissen und berührte instinktiv sein Knie.

Er zuckte zurück und sprang auf.

„Was ist los?", hakte ich verwirrt über seine Reaktion nach.

„Ähm...ich gehe jetzt besser. Mein Dad braucht mich noch..."

„Was? Aber du hast doch noch nicht einmal aufgegessen."

Warum wollte er so eilig aufbrechen?

„Wir sehen uns. Wiedersehen, Kit!", stammelte er und verließ eilig den Raum.

„Reeve!", rief ich ihm nach, doch er war schon aus dem Zimmer gestürmt.

Am Abend saß ich in meinem Zimmer und blätterte durch ein Buch. Die Seiten waren rau. Das Gefühl dieser auf meinen Fingerspitzen war unangenehm, doch ich konnte nicht aufhören, über die Buchstaben zu streichen. Plötzlich klopfte es an meinem Fenster. Obwohl ich die Gestalt auf meinem Dachvorsprung nicht erkennen konnte, wusste ich sofort, wer es war. Es gab schließlich nicht viele Menschen, die nachts plötzlich auf meinem Dachvorsprung standen und in mein Zimmer wollten. Draußen war es bereits dunkel als ich mich schleichend erhob und meine Gardine zur Seite zog. Nun erkannte ich ihn. Das Licht, das von meinem Zimmer ausging, leuchtete in sein Gesicht. Reeve hockte vor meinem Fensterbrett und sah mich erwartungsvoll an.

„Was ist?", nahm ich gedämpft durch die Scheibe wahr. „Lässt du mich rein oder was, Rapunzel?"

Es ließ sich nicht verhindern. Kaum hörte ich seine Stimme, fing ich breit an zu grinsen und öffnete das Fenster, um ihm Eintritt zu gewähren. Er kletterte herein und sprang in mein Zimmer.

„Hör auf damit!", zischte ich. „Du weckst Kit und Dad!"

Er scheuchte mich zum Bett und warf sich hinein. Von oben herab betrachtete ich ihn säuerlich und stemmte die Hände in die Hüften.

„Du...", fing er an und sah mir plötzlich eigenartig ernst in die Augen. „Das mit vorhin...also mein schräger Abgang...das tut mir leid."

Ich blinzelte ein paarmal und sah ihn überrascht an. In den zwölf Jahren, die ich ihn jetzt schon kannte, hatte ich kein einziges Mal eine Entschuldigung von ihm hören dürfen. Und er hatte mir schon oft Dinge angetan, die kleinen Mädchen ganz und gar nicht gefielen. Er hatte mich schon als wir noch kleine Kinder waren an den Zöpfen gezogen, mich rumgeschubst und mich ausgelacht, wenn ich vor den Jungs wegrannte, weil sie mir einen klebrigen Wurm vor das Gesicht hielten. Er war schon immer ein Arsch gewesen. Doch was war er nun?

„Ehm... Schon in Ordnung.", entgegnete ich und

setzte mich an die Bettkannte.

Augenblicklich erhob Reeve sich. Plötzlich war sein Gesicht unmittelbar vor dem meinen. Ich konnte seinen Atem spüren, hören. In meinem Inneren regte sich etwas, als seine Finger meine Haut streiften. Reeves Blick war gesenkt. Seine dunklen Wimpern blinzelten gleichmäßig.

„Ich hab einfach irgendwie…vergessen, dass…"

„Dass meine Mom gestorben ist?", hakte ich nach.

Seine Augen lagen wieder auf den meinen, sein Blick verriet nicht, was in seinem Kopf vor sich ging. Ich wunderte mich über sein Verhalten. Was war los? So kannte ich ihn überhaupt nicht. So unsicher. Aber kannte ich ihn überhaupt richtig? Nein. Vielleicht war Reeve Devenport doch nicht der eiskalte Engel, für den ich ihn immer gehalten hatte. Den Kosenamen hatten Effie, eine meiner damals engsten Freundinnen, und ich uns für ihn ausgedacht, weil er uns an den *Sebastian* aus dem Film *Eiskalte Engel* erinnerte. Es entstand eine ewig lange, irgendwie peinliche Stille. Er nickte langsam und zog die Augenbrauen nachdenklich zusammen.

„Wollen wir schwimmen gehen?"

Endlich brach er das Schweigen und sah mich aufgeregt an.

„Jetzt noch?"

Er nickte als Antwort, griff nach meiner Hand und zog mich auf die Beine.

„Los, zieh dich um!"

„Aber ich werde nicht ins Wasser gehen!"

„Wieso das nicht?"

Er sah mich stirnrunzelnd an.

„Ich… Habe Angst davor…", hauchte ich und wich

seinem Blick aus.

Er zögerte, ehe Reeve weitersprach.

„Okay, aber vielleicht entscheidest du dich ja doch noch um."

Ich schüttelte den Kopf. Ich wollte keinesfalls ins Meer. Erst recht nicht nachts.

„Hab keine Angst. Tu's einfach." Reeve zog einen Mundwinkel in die Höhe und sah mir einen Moment lang in die Augen. „Jetzt zieh dich um, Care!", lachte er.

„Dann gehst du aber raus!", gab ich nach und zeigte mit dem Finger auf die Tür.

„Komm schon, was wenn dein Vater kommt? Ich guck auch nicht, versprochen!"

Ich verdrehte die Augen und packte seine Schultern, nur um ihn herumzudrehen, sodass er mich nicht ansehen konnte, ohne dass ich es mitbekam.

„Wehe, Devenport!", warnte ich ein letztes Mal, bevor ich mir das Shirt über den Kopf zog und ihm an den Kopf schleuderte, wo es hängen blieb, bis er es herunterzog und sich über die linke Schulter warf.

Als ich auch den Rest meiner Kleidung eilig ausgezogen hatte, stolperte ich zu meinem Kleiderschrank und zog meinen Lieblingsbikini heraus. Schnell in den roten Zweiteiler geschlüpft, kramte ich nach einem Sommerkleid und streifte es mir über den Körper.

„Fertig.", schoss es aus mir heraus, als hätte ich gerade beim Bingo gewonnen, und wollte nicht, dass irgendjemand sonst es vor mir rief.

Er drehte sich herum und beäugte mich von oben bis unten. Ein Schmunzeln umspielte seine Mundwinkel. Sofort wurde ich nervös und kratzte mich verlegen am Arm.

„Was denn?", flüsterte ich fast.

„Nichts. Du siehst hübsch aus."

Ich hob eine Braue und sah ihn fragend an. Er sagte nichts mehr, ebenso wenig wie ich. Ein Grinsen breitete sich auf seinem Gesicht auf. Langsam nahm es zu, bis er plötzlich begann zu singen. *Zu singen!*

„*Sweet Caroline, bam bam bam. Good times never seemed so good! Bam bam bam, i've been...*"

„Okay! Hör auf!", lachte ich.

„Was? So schlecht?", wollte er wissen und breitete die Arme aus.

Mit der Geste schloss er den gesamten Raum ein und grinste munter vor sich hin.

„Nein. Überraschend gut."

Das meinte ich ehrlich. Er hatte ziemlich gut gesungen. Wenn ich meinen Mund aufmachte, um ein Lied anzustimmen, klang das meistens wie eine sterbende Gans, die versehentlich in die Turbinen einen Flugzeugs geflattert war. Dann griff er nach meiner Hand und zog mich hinaus an die frische Luft. Kaum gelangten wir am Boden an, nachdem wir das Spalier heruntergeklettert waren, (Reeve hatte mir an den Hintern gefasst, als er mir *half* herunter zu kommen) lenkte er mich auch schon in Richtung seiner Einfahrt.

„Wo willst du hin?"

„Na, schwimmen!"

„Ich dachte wir gehen dazu runter zum Strand!"

„Nee, im Pool sind wenigstens keine Haie."

Erleichtert atmete ich aus. Er wollte mich mit in seinen Pool nehmen. Davor hatte nicht die geringste Angst. Im Gegenteil. Es würde wunderbar sein, endlich wieder schwimmen zu können. Früher war ich eine gute Schwimmerin gewesen, bis ein unerfreulicher Zwischenfall im Meer mich dazu gebracht hatte, nicht mehr dort baden zu gehen, geschweige denn zu schwimmen.

„Und deine Eltern?"

„Mom ist auf der Arbeit und Dad auf Geschäftsreise in Hongkong, wo er höchstwahrscheinlich irgendeine Sekretärin vögelt."

Ich war so entsetzt über seine Worte, dass ich gar nicht antworten konnte. Die Stille füllte er erneut mit seinem Gesang. Reeve drehte sein Gesicht zu mir und fing an zu grinsen.

„Das war ein Scherz.", lächelte er stichelnd. „Sie sind Essen."

„Idiot.", schimpfte ich. „Das war das Unwitzigste, das du je von dir gegeben hast..."

„Wasn't the spring, and spring became summer..."

Er verstummte.

„Hör nicht auf, ich mag den Song.", bat ich ihn.

Unerwarteter Weise drehte er sich zu mir um und schenkte mir ein Lächeln. Nicht dieses einstudierte Bad-Boy-Grinsen, oder gar sein nichtssagendes Schmunzeln, sondern ein ehrlich anständiges Lächeln. Aus irgendeinem Grund, den ich um Gottes Willen nicht kannte, lief ich rot an. Reeve sang also weiter, während wir das menschenleere, einzig und allein vom Licht des Swimmingpools erleuchtete Grundstück der Devenports betraten.

"Hands, touching hands! Reaching out! Touching me, touching you! Oh, sweet Caroline!"

"Bam bam bam!", sangen wir gemeinsam mit be-

sonderer Betonung auf das am Ende auftauchende *Bam*.

Er lachte auf und nickte grinsend. Es war albern, doch in diesem Moment war mir das egal.

"*Good times never seem so good!*"

"*I've been in crime!*", fügte ich hinzu.

"Ja! Genau so!"

Er klatschte im Takt in die Hände und führte einen seltsamen Tanz auf, auf den ich sofort ansprang. Wir mussten aussehen wie die letzten Idioten, wie wir da vollkommen wild umher tanzten und – ich vollkommen schief – sangen. Ich hatte bis zu diesem Augenblick nicht einmal im Traum daran gedacht, oder damit gerechnet, dass so etwas irgendwann einmal passieren würde. Reeve und ich hatten Spaß. Zusammen! Und langsam aber sicher fing ich an, ihn gern zu haben.

"Los komm schon rein!", rief er mir zu und schwamm rücklings in dem klaren Wasser des Pools umher.

Ich stand noch immer in voller Montur am Beckenrand und sah ihn unsicher an. Reeve winkte mich zu sich und nickte mir zu.

"Das Wasser ist herrlich!"

"Ich weiß nicht...", entgegnete ich besorgt.

"Arielle bekommt doch nicht etwa kalte Füße?", stichelte er mit erhobenen Brauen.

Augen zu und durch, Caroline! Zieh einfach das Kleid aus!

"Baby, du musst echt lockerer werden!", grinste Reeve und wandte das Gesicht von mir ab.

Warum er das zu mir sagte, obwohl ich gerade bestimmt eine Viertelstunde lang mit ihm getanzt hatte, als wäre ich betrunken oder high oder sonst nicht ganz dicht, konnte ich mir nicht erklären. Den Augenblick nutzend, zog ich mir das weiße Sommerkleid über den Kopf und warf es hinter mir ins grüne Gras. Noch einmal tief durchgeatmet, nahm ich all meinen Mut zusammen und sprang in das eiskalte Wasser. Obwohl die Sonne den ganzen Tag über bei 30°C geschienen hatte, war es schneller wieder abgekühlt, als ich es für möglich gehalten hatte. Es war Vollmond. Wie auch nun, war alle sechs Stunden Flut. Das Meer zog sich demnach fast bis an die Hauswände der Strandvillen hinauf. Man konnte die Algen riechen. Tagsüber war es schwül und heiß. Abends schwül und stickig, doch das Wasser erkaltet. Ich bibberte am ganzen Körper. Ruckartig fuhr Reeve herum und lachte laut auf, als er mich im Wasser erblickte.

"Hast dich also doch getraut, huh?"

Elegant schwamm er auf mich zu, bis er unerwartet untertauchte. In dem 1,80m tiefen Pool konnte ich an keiner Stelle stehen. Ich paddelte mit beiden Armen und Beinen, um an der Oberfläche zu bleiben. Reeve tauchte irgendwo um mich herum. Sehen konnte ich ihn nicht. Ich war zu sehr damit beschäftigt nicht zu ertrinken, als dass ich geahnt hätte, dass er genau vor mir inne halten, die Arme um meine Oberschenkel schlingen und mich nach oben drücken würde. Im Gegensatz zu mir konnte er sehr wohl stehen. Es war ein leichtes für ihn, meinen Körper aus dem Wasser an die Luft zu heben und mich einen Meter weiter nach hinten zu werfen. Ich platschte ins Wasser und stieß mich nun am Boden wieder ab, um zurück an die Wasseroberfläche zu gelangen, wo ich keuchend nach Luft schnappte.

"Du dämlicher Vollidiot! Willst du mich umbringen? Ich hab so schon Probleme am Leben zu bleiben!!!", schrie ich ihn an und versetzte ihm einen Schlag an die Stirn.

Reeve schmunzelte belustigt und nickte amüsiert. Ich fand es kein bisschen witzig. Erst jetzt wurde mir klar, welche Worte ich gewählt hatte. Ins Wasser starrend schnappte ich nach Luft und hoffte, dass er nicht nachfragen würde, was ich meinte.

"Gottverdammt!", fluchte ich.

Da mir mittlerweile die Puste ausging, suchte ich um mich herum nach der besten Stelle, um an den Rand schwimmen zu können. Gerade hatte ich mir eine ausgesucht, da spürte ich den sanften Zug von Reeves Hand, die mich zu ihm gleiten ließ, wo er mich an der Taille festhielt und mir in die Augen sah.

"So besser?", fragte er leise.

Ich sah mich hilfesuchend um. Die Situation war eigenartig. Ich wusste nicht wie ich reagieren sollte, also sagte ich einfach gar nichts.

"Sag mal, hast du Lust mich morgen bei der Arbeit besuchen zu kommen?"

Ohne mich loszulassen, durchbrach er die Stille. In diesem Moment, so seltsam es auch war, fühlte ich mich ruhig und geborgen. Seine Stimme war weich, tief und melodisch. Seine großen, rauen Hände ruhten nun an meiner Hüfte. Er hielt mich sehr nah an seine Haut gedrückt fest. Ich konnte seine Muskeln an meinen Brüsten fühlen, was genauso unangenehm, wie erregend war.

Bitte küss mich!

Für einen kurzen Moment war ich vollkommen verwirrt. Hatte ich das gerade tatsächlich gedacht? Ich schüttelte den Kopf, als würde es bewirken, meinen Verstand zu klären und drückte mich von ihm weg. Er ließ mich los, sodass ich wieder paddeln musste, um nicht zu ertrinken und sah mich enttäuscht an.

"Warum nicht?"

"Was?"

Ich war für einen Moment lang so fertig mit der Welt, dass ich seine Frage kaum wahrnahm.

"Ist echt cool da. Habe den Hauptschlüssel. Wir könnten schwimmen gehen, ins Homekino oder..."

Ach, seine Frage. Keine Sorge, Caroline. Reeve Devenport kann keine Gedanken lesen. Zumindest nicht, solange du noch genug Grips hast, nicht versehentlich laut zu denken.

"Du arbeitest?", hakte ich ungläubig nach.

Reeve nickte bestätigend.

"In den Ferien?!"

"Ja. Und in der Schulzeit auch. Jeden Dienstag und Samstag."

"Ehrlich? Seit wann?", wollte ich überrascht wissen, schließlich hatte ich immer gedacht, er wäre einer von diesen Jugendlichen, die jedes Wochenende auf Feten anzutreffen waren.

"Etwa zwei Jahre. Im Hotel *Grand Holoren*. Weißt schon... Stadtzentrum, Leuchtturm?"

Verdutzt starrte ich in seine munter dreinblickenden blauen Augen. Das Licht des Pools ließ diese noch schöner, strahlender wirken.

"Und?", riss er mich aus deren Tiefe, in der ich mich fast verloren hatte.

"Ich glaube, das ist keine gute Idee.", meinte ich schließlich.

Völlig verwirrt über mein Verhalten ihm gegenüber, und meine willenlosen Gedanken, die ich einfach nicht steuern konnte, schwamm ich an den Rand und versuchte mich nach oben zu ziehen. Warum um alles in der Welt wollte mein Unterbewusstsein, dass er mich küsste? Rot angelaufen rutschte ich von dem glatten Marmor ab und landete wieder im Wasser. Ein weiterer Anlauf ging ebenfalls schief. Ich wollte es gerade aufgeben, da spürte ich warme, stützende Hände an meinem Rücken, die mich sanft nach oben beförderten. Endlich konnte ich an Land krabbeln und wickelte mich in das Handtuch, das ich von zu Hause mitgenommen hatte. Hektisch bedeckte ich mich und machte kehrt, um nach Hause zu laufen. Reeve stöhnte genervt. Überrascht hielt ich in meiner Bewegung inne, drehte mich zu ihm zurück und sah ich ihn an.

"Warum machst du das?"

Seine Stimme klang verändert, beinahe ärgerlich.

"Was?!", zischte ich unbeabsichtigt herrisch.

"Die Unnahbare spielen."

"Ich spiele was?"

"Na, die Eiskönigin! Warum?"

"Keine Ahnung was du meinst!", log ich angespannt.

"Immer wenn ich dir auch nur einen Zentimeter zu nahe komme, wirst du knallrot und rennst weg."

Erneut stieg mir das Blut in die Wangen.

"Das ist...ich...hab 'nen hohen Blutdruck?"

Wow, die Lüge war der Wahnsinn, Caroline!

"Bist du so prüde, dass du denkst, dass jeder Idiot irgendetwas von dir will? Dass alle es nur auf dich abgesehen haben, weil du das brave, kleine Mädchen

bist? Denkst du, du bist 'ne Herausforderung?"
Reeve lachte laut auf. Nicht belustigt, eher gemein.
"Wie bitte?!", fauchte ich.
"Ich weiß ja, dass du 'ne verfluchte Jungfrau bist, aber so naiv? Kannst du echt nicht glauben, dass ich nicht mehr von dir will, als dass wir Freunde werden?"
"Du...entschuldige mal!!!"
"Gern! Entschuldigung akzeptiert, Süße."
Gemächlich schwamm er durch den Pool, während ich immer wütender wurde.
"Arschloch!", knurrte ich und stampfte davon.
"Hey, Arielle, das war nicht so gemeint!"
"Doch war es!", entgegnete ich scharf, ohne mich umzudrehen und polterte auf direktem Wege auf meine Haustür zu.
"Caroline!"

"Bescheuerter Dummkopf! Was glaubt der, wer er ist? Tut so, als wäre er Gott!"
Ich knurrte wütend, als ich hochrannte und mir die nassen Kleider vom Leib riss. Im Bad angekommen, warf ich den roten Bikini und das Handtuch in die Wanne und trottete in mein Zimmer. Es war unerträglich, dass ich so stocksauer war. Ohne mir irgendetwas anzuziehen, warf ich mich auf mein Bett und kuschelte mich in die Decke. Vor Wut kamen mir fast die Tränen. Ich hätte ihm am liebsten tausend Beleidigungen an den Kopf geworfen, doch mir fiel nicht ein, wie ich ihn verletzen konnte. Zu meinem Entsetzen roch mein Bett auch noch nach ihm. Nach Reeves Aftershave. Ich brummte genervt und drehte die Decke so herum, dass die duftende Stelle zu meinen Füßen lag.

Wie kann er es nur wagen, mich so zu demütigen?!
Er kennt mich doch gar nicht!
Und plötzlich wurde aus Wut Enttäuschung.
Dabei habe ich doch gerade begonnen, ihn zu mögen...
Ich hatte gar nicht bemerkt, wie unglaublich schläfrig ich geworden war. Das Letzte, an das ich dachte, bevor ich todmüde in den Schlaf sank war, wie ich so dumm gewesen sein konnte, tatsächlich auch nur für einen Moment lang zu glauben, dass Reeve ein ganz anderer Mensch war, als der, für den ich ihn all die Jahre gehalten hatte, einen Augenblick lang daran denken konnte, er sei anders. Er war genau der, für den ich ihn gehalten hatte. Vorlaut. Rücksichtslos. Kindisch. Ganz einfach ein schauspielerisch begabtes Riesenarschloch.

Als ich am nächsten Morgen in meinem Bett aufwachte und sofort grübelnd an die Decke starrte, bemerkte ich plötzlich, dass neben mir etwas zappelte. Mein Herz raste, als ich unter meiner Bettdecke sah, wie sich dieses Etwas bewegte. Es war klein und rundlich, außerdem hatte es einen außergewöhnlich lauten Atem und kleine Patschhändchen. Erleichtert atmete ich aus.
"Kit!"
Das Etwas hob den Kopf unter der Bettdecke an, was aussah, als würde ein Gespenst unter dem Laken auftauchen. Meine kleine Schwester versuchte sich zu befreien, doch es gelang ihr nicht. Letztendlich griff ich ein und half ihr heraus.
"Buh!", piepste sie verspätet und warf sich auf mich.

"Spielen wir was, Caroline!!", animierte sie mich

munter.

Wie konnte sie so früh am Morgen schon so wach sein? Ich legte mir den Unterarm über die müden Augen und gähnte genüsslich.

"Später..."

"Nein! Jetzt! Bitte!", flehte sie und begann auf mir herum zu trampeln.

Atemlos keuchte ich auf, als sie meine Magengegend traf.

"Okay! Gut!", gab ich endlich doch auf und schubste sie liebevoll - sofern das möglich war - von mir herunter.

"Ja! Wir gehen Eis essen!!!"

"Ja...Eis essen...", nuschelte ich, erneut gefangen im Halbschlaf.

"Jaaaa!"

Kit rannte aus meinem Zimmer und polterte die Treppe hinunter.

"Daddy! Daddy! Caroline geht mit mir Eis essen! Jetzt!"

Ich schmatzte gemütlich und rieb mir die Augen, bis ich endlich registriert hatte, was Katie gesagt hatte. Sie wollte doch tatsächlich, dass ich mich hochbewegte und mit ihr in die Stadt lief? Ich sollte raus gehen? Mein gemütliches Haus verlassen?!

"Warte! Was?!"

Mit einem Mal war ich hellwach. Wenn es etwas gab, auf das ich wirklich kein bisschen Lust hatte, dann war das einer der Zicken aus der Schule zu begegnen. Ich schlüpfte in meinen Bademantel und rannte Kit hinterher.

"Kit-Kat!", rief ich sie und nannte sie bei dem Kosenamen, mit dem ich sie meistens von etwas überzeugen konnte, was sie eigentlich gar nicht wollte.

Sofort kam sie angetrabt und blieb prompt vor mir stehen. Lächelnd blickte ich in ihre großen, treuen Augen.

"Du willst mit ihr Eis essen?", mischte sich plötzlich eine Stimme ein.

"Dad! Naja, eigentlich-"

"Das ist schön.", unterbrach er mich lächelnd.

Dad lächelte. Wie selten sah ich ihn noch lächeln? Seufzend hob ich Katie auf meinen Arm und schleppte sie die Treppe hoch. In meinem Zimmer angekommen, warf ich sie auf die kleine Zweimann-couch und zog mir ein schwarzes Neckholdershirt und einen kurzen Jeansrock statt des Bademantels über. Nachdem ich auch im Badezimmer fertig war, in das Kit mir selbstverständlich folgen musste, nahm ich mir den Rest des Geldes, das ich noch im Portemonnaie hatte, da ich Daddy nicht unbedingt um Geld bitten wollte und schlüpfte in meine Schu-he. Katie tat es mir gleich. Genervt verließ ich mit meiner fröhlich gestimmten kleinen Schwester an der Hand das Haus. Wir liefen, während Kit mich die ganze Zeit am Arm nach unten zog, in Richtung des besten Eisladens in ganz Byron Shire. Dem *In the Pink*.

"Jetzt such dir schon was aus! So schwer kann das ja nicht sein, Katie.", stöhnte ich und stützte mich an der Theke ab.

Die Verkäuferin, ein blondes Mädchen, das höchs-tens drei Jahre älter war als ich, kaute gelangweilt auf ihrem Kaugummi. Ihr Name war Kirby. Ich konnte ihn deutlich auf ihrem Namensschildchen erkennen. Sie sah meine wählerische Schwester ausdruckslos an. Obwohl ich mir ziemlich sicher war, dass es am Ende eh darauf hinauslaufen würde, dass Kit dasselbe Eis wie immer nahm, hockte ich mich vor sie und knuffte ihr in den Bauch.

"Wie wäre es mit einem leckeren Schoko-Mandeleis mit Sahne und Kirschen?"

Sie verzog das Gesicht und schüttelte den Kopf.

Angeschlagen richtete ich mich wieder auf. Zumindest war es einen Versuch wert gewesen. Ich seufzte, während ich meinen Blick über die Leute schweifen ließ, die um uns herum an den Tischen saßen. Da war eine kleine Familie, bestehend aus einem kleinen, dicken, kahlköpfigen Mann (dieser sollte wohl den Vater darstellen) und gleichzeitig den Mann einer großen, dürren Blondine, die die Mom der ebenfalls am Tisch sitzenden Zwillinge zu sein schien. Ebenfalls waren ein junges Teenagerpaar, das sich lachend gegenseitig mit Kuchen fütterte, ein großer, dunkelhaariger Junge, der allein an einem Tisch saß und mit seinem Handy spielte, ein...

Moment, was?!

Ich riss die Augen auf und wandte mich an die langsam verzweifelnde Kirby. Man sah ihr an, dass sie meine Schwester am liebsten angeschrien hätte, sie solle sich gefälligst endlich entscheiden. Zu ihrem Glück, so dachte ich, erlöste ich sie endlich.

"Sie nimmt das-"

Doch weiter kam ich gar nicht, denn in diesem Moment hörte ich seine Stimme nach mir rufen.

"Hey, Bambi!"

"Scheiße, ist das peinlich...", brummte ich und rieb mir die Schläfen.

"Hey, Kit-Kat!", lächelte er und schlenderte auf uns

zu.

Reeve hatte uns natürlich bemerkt. In seiner Miene erkannte ich nicht einen Hauch von Schuldgefühl.

Dämlicher Idiot! , dachte ich und starrte ihn förmlich nieder.

"Reeve!", grinste Kit und sprang vor Freude fast in die Luft.

Wie schon beim letzten Mal, als er sie gesehen hatte, wuschelte er ihr durch das blonde Haar.

"Wie wär's mit Bubblegum Cherry?", schlug er grinsend vor.

"Schmeckt das echt nach Blasen?", wollte meine unschuldige, kleine Schwester Kit von der sich das Lachen verkneifenden Kirby erfahren.

Auch Reeve und ich konnten - zumindest - ein Schmunzeln nicht unterdrücken, auch wenn es ziemlich kindisch war, über die zweideutige Bemerkung zu lachen.

"Hast du denn schon einen Vergleich?", grinste Kirby schelmisch.

"Ja! Ich liebe Kaugummi!"

Ich stupste meine Schwester an und animierte sie, endlich zu bestellen.

"Gut, also ein Gum Cherry mit Sahne?", hakte das blonde Mädchen – nun wieder ernst und in die Rolle der uninteressierten Teenagertussi geschlüpft – nach.

"Ja."

"Ja, bitte, Kit!", berichtigte ich.

"Ja, bitte!", nuschelte sie.

Reeve warf mir einen Blick zu, der etwas auszusagen versuchte wie *sie-ist-vier-lass-sie-sich-doch-einfach-auf-ihre-verfluchte-Bubblegum-Cherry-Ice-*

Cream-freuen-und-ach-übrigens-sorry-wegen-gestern. Ich wich diesem aus und bestellte einen Double Chocolate Split mit heißen Himbeeren, genau wie immer, wenn wir hier waren. Als wir endlich alles bezahlt und uns hingesetzt hatten, bemerkte ich, dass Reeve noch immer bei uns war. Ich sah ihn mit einer erhobenen Braue an und hielt mitten in der Bewegung inne. Mein Löffel schwebte nun unmittelbar vor meinem Eisbecher. Katie war voll und ganz damit beschäftigt, sich mit Eiscreme vollzuschmaddern, was Reeve natürlich die Möglichkeit bot, mich letztendlich doch auf gestern anzusprechen.

"Hey, Barbie...", schmollte er und legte den Kopf schief.

Ich versuchte, ihn zu ignorieren und schüttelte langsam den Kopf, während ich scharf die Luft einsog und mir den ersten Löffel Schokoladeneis in den Mund schob. Es war so gut, dass ich sofort etwas wacher war und nicht mehr ganz so genervt. Tja. Im *In the Pink* gab es nun mal mit Abstand das beste Eis zu kaufen. Und Eis zum Frühstück war tatsächlich eine überraschend erfrischende Abwechslung.

"Caroline...", wiederholte Reeve sanfter, nun ernst.

Unverwandt fanden meine Augen die seinen. Irgendetwas in ihnen schrie mich förmlich an, ihm einfach zu verzeihen. Ich wollte, doch das hätte gegen alle meine Prinzipien in Hinsicht auf den Stolz des weiblichen Geschlechts verstoßen. Caroline Swynford ließ mit Sicherheit nicht mit sich spielen! Schon gar nicht ließ sie zu, dass ausgerechnet ein Mann sie dazu brachte, ihre Vorsätze zu verletzen. Wieder wich ich seinen eisblau schimmernden Augen aus und blickte verharrend auf einen Fleck, der sich auf der sonst glänzenden Tischplatte befand.

"Es tut mir leid."

Wow, wir reden seit zwei Tagen miteinander und ich höre schon zum zweiten Mal nach zwölf Jahren diese Worte aus seinem Munde kommen.

Ich leckte mir über die Lippen und band meine Haare zu einem Zopf, als wäre Reeve Devenport gar nicht da, als würde er nicht gerade genau gegenüber von mir sitzen und mich hilfesuchend ansehen.

"Du warst nur schon wieder so..." Er seufzte tief.

"Ich versuche doch echt dich zu mögen, aber-"

"Du versuchst mich zu mögen?!", hakte ich überrascht nach und steckte den Löffel unsanft in die Eiscreme.

"Das hast du falsch verstanden! Ich-"

"Ich denke nicht! Wenn es so anstrengend ist, dann lass es doch einfach!", unterbrach ich ihn hämisch lachend.

"Doch! Ich mag dich, aber..."

Ich zog die Augenbrauen zusammen und musterte Reeve. Er schien angestrengt nach den passenden Worten zu suchen.

"Na, so ein Pech aber auch! Ich mag dich nämlich nicht!"

Das Gift in meiner Stimme spritzte ihm förmlich ins Gesicht. Sofort verfinsterte sich seine Miene.

"Aber..."

Aber...?!", herrschte ich.

"Aber du bist schon ein bisschen Neuland für mich.", fuhr er fort, als hätten die Wortwechsel nach seinem *"Ich mag dich, aber..."* gar nicht stattgefunden.

"Wie soll ich das denn verstehen?"

Er zögerte. Kit sah uns inzwischen unruhig an. Reeves Blick wanderte zu ihr. Plötzlich umspielte ein sanftes Lächeln seine Lippen. Er wandte sich wieder an mich, bevor er fortfuhr.

"Du bist gut...irgendwie. Ja, gut.", erklärte er.

Verdutzt blieben mir die Worte im Halse stecken.

"Ich kenne Leute wie dich einfach nicht. Manchmal denke ich, dass genau denen...Menschen wie dir...den guten Menschen...die schlimmen Dinge passieren."

Nun war ich vollkommen verwirrt. Er schien nicht mehr mit mir zu sprechen, sondern mit sich selbst.

"Obwohl du es gar nicht verdient hast."

"Was meinst du, Devenport?!", hakte ich nach und wollte endlich wissen, was er versuchte mir zu sagen.

"Deine Mom. Es tut mir echt so-"

"Portland!!!", unterbrach ihn plötzlich ein Johlen, das aus dem Mund eines großgewachsenen, dürren Kerls zu uns drang, der gerade durch die Türen des Restaurants getrampelt kam.

Reeve drehte sich um. Noch immer völlig gefangen in den Worten, die er eben gesagt hatte, starrte ich ihn an und fing dabei fast an zu sabbern. Für einen Moment lang war ich völlig weggetreten.

"Pearce!", grölte Reeve zurück.

In diesem Moment wurde ich wieder aus meiner Trance gerissen. Nun klang er wieder genau wie der Mensch, für den ich ihn eigentlich hielt. Zu meiner Verwunderung sprang er sofort auf und ließ mich eiskalt links liegen. Ich schüttelte verwirrt den Kopf und versuchte das Schauspiel mit anzusehen. Die beiden Jungs machten irgendeinen komischen Handschlag und trafen sich an den Schultern. Diese Geste hatte ich schon immer bescheuert gefunden.

"Lange nicht gesehen! Lässt dich ja gar nicht mehr blicken, wenn wir einen draufmachen!", *slangte* Pearce in seiner typisch asozialen Sprache.

Pearce Bronzen war einer von diesen Typen, für die ich Reeve auch hielt. Laut, immer dicht, auf Partys stets der Größte und ein Weiberheld der schlimmsten Sorte.

"Ich hatte keinen Bock. Mein Alter hat mal wieder Stress geschoben!"

"Mann. Klingt echt beschissen!"

Er nickte.

"Sag mal", blubberte er nun, wo er mich erblickte. "bist du mit der Jungfrau unterwegs, oder ist das Kind von euch?"

Pearce lachte laut auf. Reeve drehte sich zu mir um und musterte mich eigenartig. Nun schüttelte er den Kopf.

"Nee, die kannst'e vergessen! Lässt ja eh keinen ran. Zumindest keinen Mann!"

Wieder lachte Pearce und fuhr sich durch das asch-blonde Haar. Seine Zähne standen schief und waren groß wie die Hauer eines Pferdes. Ich hasste ihn. Wie Reeve, ging auch er auf dieselbe High School wie ich. Was aber noch viel wichtiger als mein abgrundtief seelischer Hass auf ihn war, war, dass Reeve so eine gequirlte Kacke von sich gab. Die Aussprache und das Ganze Getue kannte ich ja von ihm, aber dass er so über mich sprach? Er hatte mich sogar schon wieder einmal als Lesbe beschimpft, wie er es früher immer in der Middle School gemacht hatte. Natürlich zogen mich alle Jungs damit auf, was mir nie wirklich etwas ausgemacht hatte, schließlich stimmte es ja nicht. Es war schlimm gewesen das Opfer aller zu sein und ich hatte gedacht, dass diese Zeit hinter mir lag. Doch es nun erneut als Insider aus Reeves Mund zu hören, war die Hölle. Gerade hatte ich ihm wieder verzeihen wollen und dann das! Er war und blieb nun mal ein Arschloch.

"Komm, Kit. Wir gehen, Süße!"

Ich nahm meine Schwester an die Hand und lief auf die Tür zu. Auf dem Weg dorthin rammte ich mit voller Absicht Reeves Schulter, sodass er tatsächlich stolperte.

"Pass doch auf!", knurrte Pearce und sah mir wütend nach.

"Ups, sorry. Hatte dein Ego übersehen, Wichser!", schnurrte ich zuckersüß lächelnd.

Dann stolzierte ich aus dem Café und verdrehte die Augen.

Wenig später, ich war gerade einmal bis zur Hälfte der Straße gekommen, in dem das *In the Pink* sich befand, nahm ich auch schon schnelle Schritte hinter mir wahr und stöhnte genervt auf.

"Verpiss dich, Arschloch!", befahl ich ihm, noch ehe ich ihn sah.

"Caroline!", bettelte er fast schon.

"Ich versteh das, echt."

Ruckartig blieb ich stehen.

"Du willst einfach nicht mit mir gesehen werden. Echt, ich kann das nachvollziehen.", fügte ich hinzu.

"Ehrlich?"

"Nein!", schrie ich und zog meine Schwester wieder

hinter mir her.

"Caroline, es tut mir leid! Ehrlich. Aber mein Ruf..."

"Warum machst du das Ganze hier?", unterbrach ich ihn und blieb wieder stehen, um ihm in die Augen sehen zu können, wenn er mir antwortete.

"Was?"

"Ja, die Frage brennt mir schon auf den Lippen, seit du plötzlich wolltest, dass wir etwas *unternehmen*!!!"

Ich setzte das Wort mit den Fingern in Anführungszeichen, obwohl ich diese Geste schon verabscheute, seit es sie gab.

"Naja, weil..."

Er hielt inne.

"Da haben wir's.", schrie ich schon fast.

Meine Stimme rutschte so hoch, dass ich kaum noch richtig redete.

"Adieu und lebe wohl, du *Trottel*!"

Noch während ich sprach, drehte ich mich herum und zeigte ihm hinter meinem Rücken den Mittelfinger.

"Das war aber nicht nett, Caroline.", belehrte meine kleine Schwester mich und blickte aus großen Äugelein zu mir auf.

"Ach, du sei still!", zischte ich und hob sie auf meinen Arm.

Hinter mir entfernten sich die Schritte.

So schnell wird der mich nicht wieder belästigen! , dachte ich und bog nach einer gefühlten Ewigkeit endlich in meine Straße ein.

Es verging eine ganze Woche, bis ich mich endlich wieder dazu durchringen konnte, mich an den Strand zu legen. In den letzten sieben Tagen hatte ich ihn einfach nicht sehen wollen. Wahrscheinlich hätte ich versucht, ihn im Meer zu ertränken, oder Schlimmeres. Wie auch immer. Ich stellte mich vor den großen Badezimmerspiegel und betrachtete mein Bild. Ausnahmsweise lagen meine Haare auch mal einigermaßen gut. Sie fielen mir in sanften Wellen über die Schultern und endeten kurz unter meiner Brust. Meine Augen waren groß und dunkelblau. Zu meinem Glück hatte ich, im Gegensatz zu meinen Eltern, relativ dunkle, dichte Wimpern. Ich sah meinem Bruder James sehr ähnlich. Ein eher schmales Gesicht, eine angehobene Stupsnase und feine Sommersprossen auf Wangen und Nase. Meine Lippen waren voll, James hingegen sehr schmal. Das hatte er von Dad und ich von Mom geerbt. Wie viele Australier war mein Haar blond, mein Teint hingegen, jedoch relativ dunkel. Ich surrte mir die Bänder meines weiß-blau-rosa gestreiften Strandbikinis über dem Hals zusammen und rückte ihn zurecht. Ein Handtuch gegriffen, lief ich runter, aus der Verandatür heraus und geradewegs auf den Strand zu. Zu meiner Verwunderung war er fast vollkommen leer. Dies musste an dem Musikfest liegen, welches jedes Jahr um diese Zeit in Byron Shire Council stattfand. Früher waren Mom, James und ich immer zusammen hingegangen, doch die letzten beiden Jahre hatte ich es verpasst. Es war das East Coast Blues & Roots Music Festival. Open-Air-Bühne und alles drum herum. Auch dieses Jahr hatte ich nicht vor hinzugehen. Stattdessen schnappte ich mir eine Strandliege und zog sie bis zu der Stelle vor, die die Wellen nicht mehr erreichen konnten. Dort bettete ich mich darauf und genoss die strahlende Sonne auf meiner Haut, während ich gemütlich in meinem Lieblingsbuch las.

Nachdem ich mich im verhältnismäßig erfrischenden Meer, natürlich nur knietief, abgekühlt, und das Wasser wieder verlassen hatte, um mich von der Sonne trocknen zu lassen, verdunkelte sich plötzlich der Himmel über mir. Widerwillig öffnete ich die geschlossenen Augen und erkannte nach ein paarmal Blinzeln eine Gestalt vor mir. Genervt verdrehte ich die Augen.

"Du stehst mir in der Sonne."

Ich drehte meinen Kopf zur Seite und schloss die Augen erneut, als wäre Reeve tatsächlich gegangen.

"Caroline?"

Seine Stimme klang weich und etwas heiser. Mit erhobenen Brauen sah ich ihn an.

"Was willst du?", zwang ich mich zu entgegnen.

"Können wir reden?"

"Tun wir doch gerade.", lachte ich abfällig.

"Jetzt hör auf so zu tun, als wärst du eine verdammte Zicke!"

Er klang nicht wütend, eher verzweifelt.

"Vielleicht bin ich ja eine *verdammte Zicke*.", giftete ich ihn an und setzte meine Sonnenbrille auf, damit er meine Augen nicht sehen konnte, die wahrscheinlich gerade mehr von meiner Gefühlslage preisgaben, als ich es für angemessen hielt.

Er hatte mich verletzt. Das durfte er auf keinen Fall wissen. Wie um alles in dieser gottverdammten Welt hatte er das überhaupt fertiggebracht? Seit wann interessierte es mich, was er sagte oder tat?

"Nein.", flüsterte er fast.

Er fuhr sich durch das leicht nasse Haar und wischte sich die kleinen Schweißperlen von der Stirn.

Unbewusst legte ich die Stirn in Falten und lauschte dem, was er sagte.

"Du bist Caroline. Du bist meine Cinderella, verdammt."

Er lächelte. Dann sah er sich kurz um und lachte auf. Wahrscheinlich kapierte er gerade, was er da gerade von sich gegeben hatte. Plötzlich kam ich mir vor, wie in irgendeinem dieser kitschigen Teeniefilme.

Was für ein Klischee! , dachte ich und plädierte bei diesem Gedanken auf seinen leicht dümmlich verknallten Gesichtsausdruck, den auch die Schauspieler in diesen bescheuerten Romantikkomödien immer aufsetzten.

"Okay.", schnaufte Reeve.

Ich beobachtete, wie er sich genau vor meine Liege in den nassen Sand setzte, die Arme auf die leicht angezogenen Knie legte und mich aus schelmisch aufblitzenden, eisblauen Augen ansah.

"Was soll das jetzt werden?"

Du weichst von deiner Rolle ab..., fügte mein Unterbewusstsein im Stillen hinzu.

"Ich werde hier nicht weggehen, bis du ja sagst."

"Ja. Jetzt verschwinde, Devenport."

"Nein. Bis du einwilligst, mit mir aufs Musikfestival zu gehen."

Felsenfest starrte er mich fast nieder. Wie schaffte er das nur immer wieder? Obwohl ich ganz und gar kein gutes Gefühl bei der Sache hatte, entschloss ich mich letztendlich doch widerwillig dazu, nachzugeben.

"Könntest du die Sache vielleicht ein wenig beschleunigen? Mir rinnt der Sand in die Hose und das ist ehrlich gesagt nicht so prickelnd."

Aus heiterem Himmel fing ich an zu grinsen.

"Nicht? Ich stelle mir es eigentlich schon ziemlich *prickelnd* vor."

"Also, ja?", beharrte er und biss sich lächelnd auf die Unterlippe, als hoffte er darauf dass sein Favorit bei X-Factor in der Endausscheidung weiterkam.

"Okay, okay. Letzte Chance, Devenport. Dass das klar ist!"

Viel zu leicht hatte ich ihm verziehen. Warum war ich nur so leicht zu überzeugen? Dabei hatte ich mir doch fest vorgenommen, Reeve so schnell wie möglich wieder in den Sand zu setzen. Doch er hatte sich selbst hineingesetzt und mich somit wieder rumgekriegt.

"Geht klar, Prinzessin.", grinste er und sprang auf.

Reeve schüttelte sich die Hose aus und begann vor mir auf der Stelle zu joggen.

"Bin um sieben bei dir."

Schon nahm er die Beine in die Hand und fuhr mit seinem Training fort.

Caroline, Caroline. Worauf hast du dich da schon wieder eingelassen?

An diesem Abend fiel mir auf, dass ich in letzter Zeit sehr oft nachdachte. Nicht etwa über wichtige Dinge, wie zum Beispiel, was ich nach der High School machen sollte, aufs College gehen und ob Dad überhaupt genug Geld hatte, damit ich studieren, oder ich mir, wie Reeve, einen Job besorgen musste, damit ich mir diese Chance näher bringen konnte. Während ich durch irgendetwas in den Zeilen meines Buches darauf gekommen war, versuchte ich immer wieder diese eine Zeile zu verstehen, die ich durch meinen Gedankenschweif aber gar nicht registrierte. Warum taten die Leute in Büchern, Filmen immer das Richtige und im echten Leben lief einfach alles schief oder ganz und gar nicht nach Plan??? Letztendlich gab ich es doch auf und schlug das Buch mit einem lauten Knall zu. Ich würde sowieso nie studieren, nie aufs College gehen. Vielleicht schaffte ich es ja nicht einmal, die beschissene High School zu absolvieren. Seufzend erhob ich mich von meinem Platz und trottete ins Badezimmer. In einer Stunde holte Reeve mich sowieso ab. Es war langsam Zeit, dass ich mich zurechtmachte. Für das Festival. Nicht für Reeve!

Etwa auf die Sekunde genau eine Stunde später stand ich vor dem Spiegel und begutachtete mein Werk kritisch. Obwohl ich mich meistens eher unwohl fühlte, wenn ich eine Stunde lang im Bad gestanden hatte, war das Ergebnis heute ziemlich zufriedenstellend. Normalerweise schminkte ich mich nicht, doch heute hatte ich es getan. Nur dezent, nicht vergleichbar mit Reeves Ex-Freundin Niquita. Sie kam ursprünglich aus Russland, war aber für ein Jahr lang als Austauschschülerin hergekommen, sprach mit einem ekelhaften Akzent und meistens quollen ihre Brüste aus dem trägerlosen Top. Ihre Wimpern klebten immer aneinander und waren schwärzer getuscht als ihre Haare gefärbt. Bei dem Gedanken an ihr durch alle Wände dringendes Parfüm von Coco Chanel oder irgendeiner billigen Kopie dieser Marke, zog sich mir die Lunge zusammen. Wie hatte Reeve nur ganze drei Monate mit ihr zusammen aushalten können? Soweit ich wusste, war die Beziehung mit ihr seine längste gewesen. Seine längste! Ausgerechnet mit *Niquita*!!! Ich kicherte, verstummte im nächsten Moment jedoch wieder. Seit wann kicherte ich? Seit wann verdammt dachte ich über Reeves Ex-Freundinnen nach? Was war nur los mit mir!? Ich seufzte tief. Wann hatte ich begonnen, so viel über ihn nachzudenken? Über Reeve Devenport. Ich hasste ihn. Das tat ich doch, oder nicht? Im Spiegel blickte ich ernst in meine blauen Augen. Ich hatte ihn gehasst. Doch was fühlte ich nun für ihn? Waren wir wirklich Freunde geworden? So wollte und konnte ich unsere Beziehung noch nicht nennen. Aber irgendetwas löste er in mir aus. Etwas Tiefes, Verstecktes, das ich vermutlich gar nicht wahr haben wollte. Es durfte nicht sein. Es war ja auch nicht. Ich dachte lediglich darüber nach, was wäre, wenn. Und wenn, würde es erstens wehtun, zweitens hätte es keinen Sinn und drittens wäre es der schlechteste Zeitpunkt, den sich mein dummes, mädchenhaftes Herz aussuchen könnte. Ein letzter Grund fiel mir ebenfalls ein. Wenn Liebe bedeutete, sich voll und ganz zu verändern, nicht mehr für die eigene Familie da zu sein, verletzt werden zu können, so sehr, dass man daran zerbrach, wie mein Vater zerbrochen war, dann wollte ich mich gar nicht erst verlieben.

Worüber denkst du nur schon wieder nach, Caroline?!

Kopfschüttelnd hielt ich dem Blick meines eigenen Spiegelbilds stand. Aus heiterem Himmel musste ich lachen und klatschte mir die Hand an die Stirn.

„Geisteskrank...", zwitscherte ich mit mir selbst

sprechend und drehte mich herum, um mich nicht mehr ansehen zu müssen. „Geisteskrank."

Wenig später stand *er* auch schon vor der Haustür und klingelte Sturm. Zum Glück waren weder Dad, noch Kit zu Hause. Dad hatte sich nach bestimmt drei Monaten endlich wieder mal dazu aufraffen können, mit Kit in den Park zu gehen. James gar nicht zu erwähnen. Selbst wenn er zu Hause gewesen wäre, war er mit Sicherheit entweder stockbesoffen und schlief seinen Rausch aus, nur um sich gleich am nächsten Tag wieder zudröhnen zu können, oder, die zweite Variante, er war tot umgefallen, weil er mal wieder zu viel geschluckt hatte. Im letzten Jahr hatte ich ihn bewusstlos in der Badewanne gefunden. Wäre ich nur zehn Minuten später gekommen, hätten auch die Ärzte im Krankenhaus nichts mehr für ihn tun können. Aber eigentlich konnte niemand mehr etwas für James tun. Er wollte sich ja gar nicht helfen lassen. Manchmal fragte ich mich, ob er sich überhaupt noch an Mom erinnerte, bei all dem Zeug, das er einwarf.
"Wow, du siehst... Wahnsinnig aus!", staunte Reeve und beäugte meinen Körper von oben bis unten.
"Soll das etwa ein Kompliment sein?"
Ich legte den Kopf leicht schief und zog eine frisch gezupfte, honigblonde Augenbraue in die Höhe.
"Was glaubst du, was es sonst ist, Barbie?"
Mein Blick verfinsterte sich.
"Zu früh für Spitznamen?"
Reeve sog scharf die Luft ein und verzog den ebenso schmalen, wie einladenden Mund etwas seitlich. Irgendwie sah es so süß aus, dass meine Miene sich augenblicklich wieder aufhellte.

Moment! Reeve und süß?

Jetzt war ich mir sicher. Ich hatte einen Hirnschaden.

"Du weißt doch, Devenport! Letzte Chance.", grinste ich und boxte spielerisch in seinen unerwartet harten Bauch.

Ich zwang mich, meinen Blick auf den Boden zu lenken und nicht auf seinem Shirt zu verharren.

"Aber die haben dich doch sonst nie gestört.", bemerkte er lächelnd und machte Platz, damit ich hinaustreten konnte.

Auf seine Bemerkung hin, lief ich sofort rot an. Hatte ich etwa laut gedacht, während ich über seine Bauchmuskeln staunte?

"W-was?!", stammelte ich, versuchte dabei allerdings so unschuldig wie möglich zu klingen.

"Die Namen? Unser Ding?", versuchte er mich zu erinnern, breitete die Arme aus und ließ die Handgelenke kreisen.

Auf seinem Gesicht strahlte mir ein erwartungsvolles Grinsen entgegen.

"Achso! Klar!"

Er hatte recht. Wir hatten ein *Ding*. Ich versuchte zu lächeln, was, wie es sich zumindest für mich anfühlte, ziemlich dümmlich aussah.

"Was ist denn heute nur wieder los mit dir, Blondie?"

Reeve schüttelte lachend den Kopf. Erst jetzt nahm ich den Duft wahr, der von ihm ausging. Und in diesem Moment wurde mir wieder einmal bewusst, dass er allzeit gut roch, es schon immer getan, ich es einfach nicht wahrgenommen hatte. Am liebsten hätte ich ihm das Shirt vom Leib gerissen und es mir ins Gesicht gedrückt.

Scheiße!, ermahnte ich mein Unterbewusstsein. *Jetzt drehen die Hormone wohl endgültig durch, huh Caroline!?*

Draußen wurde es bereits langsam dunkel. Der Himmel färbte sich orange und die Sonne näherte sich langsam den Felsen, hinter denen sie letztendlich jeden Abend versank. Wir liefen gerade die leergefegte, sogenannte Strandpromenade entlang, die es eigentlich gar nicht verdient hatte, so genannt zu werden. Immerhin musste man, um zu ihr zu gelangen etwa zwei Kilometer vom Strand aus laufen. Ich dachte darüber nach, als mir die Stille auffiel. Reeve schwieg. Ich wunderte mich, denn normalerweise hatte er immer irgendetwas zu sagen. Entweder redete er über sich, oder er versuchte mich mit irgendetwas davon zu überzeugen, dass er und ich ein prima Paar wären. Selbstverständlich nur auf *körperlicher Basis*, wie er immer zu sagen pflegte.

"Devenport, was..."

"Warum nennst du mich nie bei meinem Namen?", unterbrach er mich plötzlich und sah mich aus müde wirkenden, blau leuchtenden Augen an.

"Ich... naja, weil..."

Ich kannte die Antwort nicht. Irgendwie hatte ich seinen Namen immer als unwirklich empfunden, als hätte er mir den falschen gesagt, als er sich mir vorgestellt hatte. Ich zuckte die Achseln und blickte einem Pelikan nach, der gerade direkt über den Leuchtturm hinweg schwebte.

"Du nennst mich doch auch nie Caroline, oder?", warf ich ein und lächelte ihn überlegen an.

Er wandte das Gesicht ab und stopfte die Hände in

die Hosentaschen. Ich nahm ein amüsiertes Lachen wahr.

"Ja, weil es *unser Ding* ist, du Erbse!"

"Erbse!?"

Entsetzt sah ich ihn an.

"Prinzessin! *Prinzessin* auf der Erbse!", verbesserte er sich lachend und hob beschwichtigend die Hände.

„Können wir das mit den Kosenamen nicht vielleicht beschränken?"

Ein nichtssagendes Fragezeichen erschien augenblicklich in seinem Gesicht.

„Einigen wir uns doch darauf, dass sie nicht mehr als zwei Wörter beinhalten."

Wieder lachte er amüsiert auf.

"Ich meine ja nur... Findest du die Namen nicht irgendwie..."

"Ja...?"

"Ähm... Ich weiß nicht. *Uncool*?"

Wieder einmal wendete ich die zu verabscheuende Geste an, um das Wort in imaginäre Anführungszeichen zu setzen.

"Ähm...Nein?", entgegnete er ohne zu zögern. "Du etwa?", wollte er gespielt gespannt wissen.

"Soll ich dir die Beispiele nennen?", schlug ich vor und sah ihn schmunzelnd an.

"Nee, lass mal gut sein. Wenn du willst, dann lasse ich es."

Wieder wandte er den Blick ab. Ich hob die Brauen und berührte seine Wange, um sein Gesicht wieder zu mir zu drehen.

"Im Ernst? Einfach so?!", bohrte ich grinsend.

Sein Gesicht nahm einen nicht deutbaren Ausdruck

an, als er gezwungen war, mich anzusehen. Einen Ausdruck, der seine Augen unwirklich weich machte, seine Lippen entspannte und seine Kiefer etwas öffnete. Mir wurde bewusst, dass ich ihn noch immer am Kinn berührte, und dass ich seine weiche, kürzlich rasierte Haut unter meinen Fingern spüren konnte. Ich zog die Hand schnell weg und zwang mich, wieder auf die Straße zu sehen, während das Festival immer näher kam.

"Unter einer Bedingung.", fuhr er nach einer gefühlten Ewigkeit der Stille endlich fort.

"Die wäre?"

Ich klang ungewohnt heiser und räusperte mich leise. Zu erwarten war höchstwahrscheinlich, dass er etwas sagte wie "Ein Kuss" oder "Eine Nacht. Du und ich. Allein?". Stattdessen zuckte er die Achseln und lächelte mich jungenhaft an, was ihn um Jahre jünger wirken ließ. Plötzlich kam er mir vor, wie jemand völlig anderes. Irgendwie brannte sich der Gedanke in meinen Kopf, dass Reeve Devenport, das unübertreffbare Arschloch, doch liebenswert sein konnte.

"Dass du mich beim Namen nennst."

Meine Stirn legte sich in Falten. Ich schmollte nachdenklich.

"Abgemacht."

"Gut.", schmunzelte Reeve.

„Gut.", wiederholte ich sanft lächelnd.

Er sah mir in die Augen, erwiderte mein Lächeln. Und in diesem Moment, plötzlich, völlig unerwartet, spürte ich wie sich ein klitzekleines, kaum merkliches Kribbeln in meinem Magen festsetzte.

Oh, Caroline... Nicht ausgerechnet er... Nicht jetzt...

Reeve und ich standen ziemlich weit hinten in der Menschenmenge, vor einer der insgesamt neun Bühnen. Es waren auch neun nötig, denn insgesamt sollten um die zweihundert Darsteller auftreten. Wenn man also Pech hatte, verpasste man den, den man eigentlich sehen wollte, weil man auf die falsche Bühne schaute. Gerade saß ein ziemlich blonder, lockiger Kerl mit einer Gitarre vor dem Bauch und einer Mundharmonika vor den Mund geschnallt auf der Bühne. Seinen Namen hatte ich schon wieder vergessen. Irgendetwas mit *Kim*. Mein Blick schweifte gerade durch die Menge der Menschen, als ich plötzlich ein bekanntes Gesicht zwischen den betrunkenen Jugendlichen erblickte, die alle gerade über irgendetwas lachten und sich gegenseitig halbherzig auf die Schulter klopften. Es war James. Mein Bruder. Ich seufzte tief und stupste Reeve mit dem Ellenbogen in die Seite.

„Was ist?", rief er mir zu, um die Musik in meinen Ohren zu übertönen, was kaum möglich war.

„Schau mal, wer da ist!", schrie ich zurück und wies mit der Nase in die gemeinte Richtung.

Als auch Reeve ihn endlich entdeckt hatte, nachdem er mindesten dreimal nachgefragt hatte, wo er denn genau nachsehen sollte, legte sich seine Stirn in Falten. James war hundertprozentig nicht nur betrunken. Sogar von weitem konnte ich sehen, dass seine Augen rot waren, sein Kopf vollgepumpt mit Blut.

„Können wir verschwinden?", bat ich Reeve.

Sofort sah er mich widerstrebend an.

„Wieso denn? Du kennst ihn doch!"

„Bitte!", beharrte ich unruhig.

Erneut wanderte sein Blick in die Richtung meines

Bruders. Ich folgte seinen Augen und nahm im selben Moment wie Reeve wahr, dass dort jemand stand, den James wohl ziemlich gut kennen musste.
„Ist das Elin!?", brüllte er fast schon.
Mein Bruder hatte den Arm um eine große, dürre Blondine gelegt und drückte ihr spielerisch die Zähne in den Hals. Das Mädchen, die Augen tiefschwarz geschminkt, kicherte und zog seine Lippen an die ihren.
„Wer ist Elin?", hakte ich verwirrt nach.
„Meine Schwester."
Ich wollte gerade den Mund aufmachen, um etwas zu erwidern, da war er auch schon aufgesprungen und regelrecht auf sie zugesprungen. Von Weitem sah ich mit an, wie er vor dem Gesicht seiner...Schwester Elin...wild herumfuchtelte und sie anschrie. Ich konnte die Worte nicht verstehen. Mein Bruder sah Reeve verdutzt an und wechselte ab und zu einen Blick mit dieser Elin. Reeve packte ihre Handgelenke, doch sie riss sich sofort los und fauchte ihm irgendetwas ins Gesicht. Dann nahm sie die Hand meines Bruders und zog ihn mit sich von dort fort. Reeve ließ die Arme fallen und sah ihnen kopfschüttelnd nach. Nun trottete er zu mir zurück und sah mich erschöpft an. Er lachte und fuhr sich angespannt durch die Haare.
„Das ist also deine Schwester.", bemerkte ich letztendlich.
Reeve hob den Kopf und nickte, den Blick gesenkt, die Finger ineinander verschränkt. Er löste sie voneinander und klopfte mit den Knöcheln auf den brusthohen Klapptisch zwischen uns.
„Wollen wir woanders hingehen?"

„Wohin denn?"

Ein Lächeln huschte über seine Lippen.

"Ich hab da eine Idee."

Er hielt mir die Hand hin. Als wäre sie mit irgendetwas beschmiert, oder als würde er sie wegziehen, sobald ich versuchte sie zu ergreifen, starrte ich diese an und legte die Stirn unweigerlich in Falten.

„Komm schon!", ermutigte er mich grinsend und zappelte damit.

Ich ergriff sie.

„Geht doch."

Reeve führte mich hinter sich her durch die dichte Menschenmenge. Am Eingang ließ er mich los. Der Verlust seiner Berührung, der Wärme seiner Hand, war mir mehr zuwider, als ich es bereits in dem Moment vermutet hatte, in dem er sie ergriff. Langsam entfernten wir uns von dem Jubel der Leute, der lauten Musik. Dicht an dicht liefen wir nebeneinander her.

„Wo wollen wir hin?", wollte ich von Reeve erfahren.

In diesem Moment berührte seine Hand die meine. Vor Schreck zuckte ich sofort zurück. Reeve seufzte. Für einen Augenblick war ich nicht sicher, weswegen. Wollte er mir zeigen, dass es Absicht war, mich zu berühren, oder dachte er nur darüber nach, wie er den Ort beschreiben sollte, an den wir gingen?

„Wir gehen ins Kino."

„Was? Ich hab aber kein..."

„Ich hab den Schlüssel. Und wir gehen hin."

„Wie meinst du das?", hakte ich verwirrt nach.

„Du weißt doch, dass ich im Hotel arbeite."

„Du sagtest, du arbeitest im Hotel, ja. Aber..."

„Es hat auch ein Kino, ein Restaurant und eine Pool-anlage. Und ich hab für alles den Schlüssel.", grinste Reeve.

Vor dem riesigen, beleuchteten Hotel angekommen, kramte Reeve nach dem klitzekleinen General-schlüssel. Er stecke ihn ins Schloss des schwarzen Metalltors, das mindestens doppelt so hoch, wie ich groß war, öffnete es und ließ mich hindurch schlüp-fen.

„Sag mal, darfst du das überhaupt?"

„Ich darf den Pool benutzen. Zum Trainieren."

„Und den Rest?"

Er antwortete nicht.

„Oh Mann, du riskierst hier deinen Job. Ist dir das klar?", zischte ich.

„Ich hasse den Laden."

In diesem Moment liefen wir durch die Drehtür hin-ein.

„Hallo, Reeve!", begrüßte ihn der Portier in der lee-ren Eingangshalle.

„Hi, Steward. Das ist Michelle. Wir gehen ins Kino, klar? Sag Bowie nichts."

Mit *Bowie* schien er wohl seinen Vorgesetzten zu meinen.

„Ich schweige wie ein Grab. Kinosaal 2 ist leer.", gab er zurück.

Wir liefen eilig durch ein paar Gänge, bevor wir in einen kleinen Raum abbogen.

„Michelle?"

Ich sah Reeve vorwurfsvoll an.

„Wäre es dir lieber gewesen, wenn ich ihm deinen richtigen Namen gesagt hätte?"

„Warum nicht?"

„Du stellst ziemlich viele unnötige Fragen, weißt du das?", schmunzelte er, ohne mich anzusehen.

„Du lügst also gern?"

„Nur wenn es nötig ist."

„Du machst vermutlich nicht so oft Dinge, die verboten sind, oder Bam...Caroline?"

Ich zuckte die Achseln. Nun ja. Dinge, die verboten waren, waren nun mal *verboten*.

„War es das wirklich? Nötig?", blinzelte ich nun ungläubig darüber, dass es etwas zu geben schien, das ihn davon abhielt, meine Identität preiszugeben.

„Vertrau mir einfach."

Mir schossen ein paar Ideen durch den Kopf. Vielleicht hatte er eine Freundin namens Michelle und wollte nicht riskieren, dass Steward irgendetwas über eine Caroline sagte, wenn er jemanden traf und zufällig mit diesem sprach und jener jemanden kannte, der Michelle kannte und... Ich unterbrach meine Gedanken, denn ich kam selbst nicht mehr ganz mit und legte die Stirn in Falten. Reeve lächelte amüsiert und stieß mir spielerisch den Ellenbogen in die Seite.

„Wieso tut er das für dich?", wollte ich nun wissen.

„Wer? Steward? Der vergöttert mich. Ist eins dieser Weicheier, die ihren Arsch nicht hochbekommen und immer das tun, was man ihnen sagt.", erklärte Reeve. „Deswegen würde er uns auch verraten, wenn wir erwischt werden."

Er drückte auf irgendwelche Knöpfe an einem Pult, legte eine Disc ein und sah mich lächelnd an. Ergab das irgendeinen Sinn? Nö. Doch das war man ja von Reeve gewöhnt.

„Alle lieben mich, Baby."

„Nicht nur ein Lügner, sondern also auch noch narzisstisch.", stellte ich fest und stemmte die Hände in die Hüften.

„Würdest du das so sagen? Ich meine...keine Ahnung was das heißt, aber es klingt nicht wirklich so, als wäre es gut.", nuschelte er abwesend.

Seine Augen waren konzentriert auf einen kleinen Bildschirm gerichtet.

„Das musst du mir begründen.", warf ich ein.

Er antwortete ohne zu Zögern.

„Das Wort hat viele S. S klingt nie gut."

Ich schüttelte verwundert über seine Begründung den Kopf.

„Was heißt es denn nun?", drängelte er.

„Das bedeutet, du bist selbstverliebt."

Nun grinste er und zuckte die Achseln.

„Tja, wer's kann, oder?"

Ich beobachtete ihn eine ganze Weile, bis mein Blick ihm unangenehm zu werden schien.

„Hör auf damit.", flüsterte ich fast.

„Womit?"

Er klang heiser.

„So zu tun, als wärst du das größte Arschloch des 21. Jahrhunderts."

Seine Miene verriet nichts von dem, was in seinem Kopf vor sich gehen könnte. Dann lächelte er.

„Bin ich doch aber."

„Nein!", entgegnete ich ohne zu zögern. „Nein..."

Seine Augen fingen fast an zu leuchten, als sein Blick auf den meinen traf. Ich konnte es mir nicht erklären, doch sie lösten etwas in mir aus, das sich wie ein Stich anfühlte. Ein Stich in meiner Brust. Es war ein Schmerz, der sich in meinem Inneren zusammenzog, und doch fühlte es sich irgendwie gut an. Wir standen noch eine ganze Weile lang so da und sahen uns an. Unbewusst waren wir uns sogar näher gekommen.

„Kann ich dir was sagen?"

Ich nickte und starrte unverwandt auf seine Lippen, die direkt gegenüber meiner Stirn schwebten. Hätte ich einmal tief Luft geholt, hätte mein Busen seine Brust berührt, so nahe waren wir uns.

„Du bist echt ganz anders, als ich immer gedacht habe.", sagte Reeve leise.

Ich musste mich anstrengen, nicht rot anzulaufen. Das geschah bei mir eindeutig viel zu oft und viel zu leicht. In dem goldroten Licht des kleinen Zimmers sah er noch besser aus, als er es eh schon tat. Ein Lächeln umspielte meine Lippen. Mir wurde warm, mein Magen kribbelte leicht. Die Röte drohte mir immer mehr ins Gesicht zu steigen. Unbewusst biss ich mir leicht auf die Unterlippe.

„Dito..."

Mit einem unangenehmen Geräusch beendete er das Rumhandtieren an dem Pult und bedeutete mir, ihm nachzugehen. Ich tat, wie mir befohlen und seufzte. Wo sollte das nur wieder hinführen?

Wir saßen in dem großen, leeren Kinosaal. Der Raum war bereits dunkel, als die eindeutig unnötige Vorschau begann. Reeve und ich saßen in der Mitte der mittleren Reihe. In meinem Augenwinkel konnte ich sehen, wie er zu mir herübersah und musste mir das Lächeln verkneifen.

„Deine Lieblingsband.", sagte er plötzlich in einen Trailer hinein.

Sein Oberkörper war zu mir geneigt, sein Mund

dicht an meinem Ohr, damit ich ihn auch ja nicht überhören konnte.

„Was?"

Ich sah ihn fragend an und rutschte unauffällig ein Stück von ihm weg, damit sein warmer, gleichmäßiger Atem an meiner Haut, mir nicht auch noch den letzten Hauch Verstand raubte.

„Deine Lieblingsband. Welche ist es?"

Ich lächelte überrascht. Mir schossen ein paar Namen durch den Kopf, doch mein Mund blieb verschlossen. Irgendwie bekam ich nichts mehr raus. Es dauerte ein paar Atemzüge und benötigte wieder ein paar Zentimeter mehr zwischen Reeve und mir, damit ich wieder Worte fand.

„Ich finde viele Bands gut.", gab ich schließlich wieder.

„Welche?", bohrte er.

„Warum willst du das wissen?"

Ich stellte ihm die Frage, weil ich auf eine bestimmte Antwort hoffte. Eine Antwort wie "Weil ich dich besser kennen lernen möchte." oder "Weil es mich interessiert".

„Ich hasse Vorschau.", blubberte er stattdessen schließlich.

Ich seufzte und legte den Kopf in den Nacken. Er war eben doch nur ein Kerl.

Staind, Korn, Nirvana, Nickelback..."

„Was?!", lachte er.

„Was ist so abwegig?", pfiff ich zurück.

„Nichts, nichts. Ich meine nur... Nun ja, wenn man dich so ansieht, würde man niemals vermuten, dass du auf Metal, Grunge oder Rock stehst. Gut, *Nickelback*, aber *Staind*? Du bist doch kein *Alternative-*

Mädel."

Plötzlich fühlte ich mich angegriffen.

"Wie meinst du das? Wie ich aussehe?!"

"Naja. Du bist klein, hübsch, blond. Du bist eben ein Mädchen, du bist Barbie und...oh, entschuldige...ich meine Caroline. Du bist Caroline.", erklärte Reeve.

Hübsch?!, wiederholte ich in Gedanken.

Reeve Devenport fand mich hübsch? Mich!? Natürlich errötete ich auf der Stelle.

„Welche Songs?", fuhr er aufgrund meines Schweigens fort.

„Ehm...ähh...also..."

Für einen Moment war ich einfach zu überwältigt, um darüber nachzudenken, welche Songs ich von den jeweiligen Musikgruppen am liebsten hatte.

„Also? Welche Songs?", widerholte er.

Reeves Gesicht war kaum zu erkennen. Es war zu dunkel. Doch seine Augen stachen einfach immer hervor. Sie waren klar und leuchteten so blau, dass sie in jedem Licht auszumachen waren.

„Von Staind ist es *„Outside"*, von *Korn* sind es *„Never Never"* und *„Liar"*, *Nirvana* "Where did you sleep last night"."

"Was ist mit Nickelback?"

"Hm?"

"Nickelback. Welcher Song ist es von denen?", wollte er wissen.

Ich konnte mich kaum konzentrieren. Wir waren allein in einem riesigen, dunklen Raum und alles was ich hörte war nur mein Unterbewusstsein, das mir immer wieder zurief *Er findet dich hübsch!* und alles was ich sah, waren seine strahlend blauen Augen.

"Oh, achso. Naja...", stammelte ich nachdenklich und wickelte mir eine blonde Strähne um den Zeigefinger.

"Wie findest du *"Trying not to love you"?"*, schlug er vor und war es nun, der sich auf die Lippe biss.

"Passend."

Ich schüttelte fast fixiert den Kopf und nuschelte so unverständlich, dass Reeve es gar nicht verstand.

„Wie bitte?"

„Ich finde *"Never gonna be alone"* ist der beste Song.", informierte ich Reeve.

Er schien darüber nachzudenken und nickte schließlich lächelnd.

„*You'll never gonna be alone, from this moment on. If you ever feel like letting go, I wont let you fall!"*, sang er plötzlich und grinste mich dreist an.

„Das, richtig?"

„Wo hast du so singen gelernt?", erkundigte ich mich beeindruckt, versuchte mir meine Begeisterung jedoch nicht anmerken zu lassen.

"So? So was?"

"So gut."

"Es gibt viel Bessere.", winkte er ab.

"Die gibt es immer. Aber es ist trotzdem wunderschön."

Reeve runzelte die Stirn und schwieg. Er wandte das Gesicht von mir ab und sah auf den großen Bildschirm vor unseren Nasen.

"Und was kannst du?", fragte er schließlich.

"Wie jetzt?"

"Worin bist du gut?"

"Keine Ahnung..."

"Du weißt es nicht?!"

Ungläubig starrte er mir wieder in die Augen. Reeve schüttelte den Kopf und drehte seinen Oberkörper halb zu mir um.

"Nein, ich weiß es nicht."

Ich sprach ungewöhnlich leise, als wäre mir diese Erkenntnis soeben erst gekommen, was nun mal auch der Fall war.

"Welche Filme?", warf er nach einigen Sekunden des Schweigens ein.

"Reeve, das ist doch unwichtig!.", protestierte ich und schüttelte abwinkend den Kopf.

„Nein, ist es nicht.", meinte er beharrlich. „Wie soll ich dich denn sonst besser kennenlernen?"

Reeve lächelte wieder. Es war ein Lächeln, das aussagte, dass es ihm wirklich ernst zu sein schien und es war ehrlich.

„Es klingt vielleicht komisch, aber... Irgendwie kommt es mir plötzlich so vor, als würdest nur du allein mich kennen. Ich... Ich kann es nicht beschreiben. Verstehst du, was ich meine?"

Ich lachte, um die aufgekommene Peinlichkeit zu überspielen, die sich nach meinen Worten bemerkbar machte. Gerade wollte ich anfangen, jene zu bereuen, da traf sein Blick den meinen. In mir stieg ein wohliges Gefühl auf und alle Peinlichkeit verschwamm.

"Jetzt bin ich dran mit Fragen.", beschloss ich.

Als Reeve nickte, öffnete ich den Mund, um meine Frage zu stellen.

"Der schönste Moment in deinem Leben."

Reeve ließ den Kopf hängen und grinste mit geschlossenen Lidern. Aus irgendeinem Grund verspürte ich den Drang über seine Wange zu streicheln, die gerade von der Kinowand angeleuchtet wurde.

„Das ist keine Frage.", witzelte er.

Ich seufzte und stieß ihm in die Seite.

"Mein fünfzehnter Geburtstag.", sagte er endlich.

"Warum?"

Sein Lächeln verblasste urplötzlich.

"Weil das der letzte Tag war, an dem meine ganze Familie da war. Wir waren alle zusammen."

Dieses Gefühl kannte ich. Ich vermisste meine Mom auch sehr. Doch konnte ich mir nicht vorstellen, wer ihm fehlen mochte. Obwohl...

"Was ist dann passiert?", hakte ich nach.

"Elin ist... Sie hat sich mit meinen Eltern gestritten und ist abgehauen. Kurz darauf hat sie den Kerl geheiratet, mit dem sie durchgebrannt ist und er ist erschossen worden."

"Was? Wie das?!"

"Er war ein Marine. Fast dreißig."

"Ach, du Scheiße...", fluchte ich.

"Klingt vielleicht nicht so weltbewegend für dich. Also, dass das der schönste Moment für mich war, aber... Danach ist sie einfach nicht mehr dieselbe gewesen."

Er zuckte die Achseln.

"Aber das kannst du als Außenstehende eh nicht verstehen."

Er grinste wieder und sah mich an. Das Lächeln erreichte nicht einmal seine Augen.

"Und der Schlimmste?", fragte ich heiser, ohne seine Worte persönlich zu nehmen.

Reeve sah mich ausdruckslos an. Ich war mir nicht sicher, doch ich glaubte zu erkennen, dass seine Augen anfingen zu glänzen.

"Das war vor zwei Jahren. Es war nicht nur schlimm für mich. Aber wenn ich es könnte, ich würde es rückgängig machen."

"Was war es?"

Ohne auf meine Frage einzugehen, nahm Reeve plötzlich mein Handgelenk und schloss seine Hände um meine.

"Tu mir den Gefallen und denk daran, ja?"

"Oh, ist gut ja.", stammelte ich benommen.

Er ließ meine Hand wieder los und rieb sich die Schläfen.

"I-ich... Ich glaube, es ist besser, wenn wir gehen... Wenn wir jetzt beide nach Hause gehen.", flüsterte er.

Als er mir in die Augen sah und seine Lippen, die perfekte Mischung aus voll und schmal, sich zu einem gequälten Lächeln verzogen, konnte ich fühlen, dass er sich dazu zwang. Reeve rang mit sich selbst. Die winzige Geste, dieses Lächeln, schien ihn mehr Kraft zu kosten, als sein tägliches Training oder sonst irgendetwas.

"Aber..."

"Wenn ich's mir recht überlege...", unterbrach Reeve mich und fuhr sich durch das dunkle Haar. „...hab ich eigentlich doch keinen Bock meinen Job zu verlieren."

Sofort verzog ich das Gesicht. Langsam hasste ich diese Geste. Wie seine Hand zitterte, wenn seine Finger unruhig durch seine wirren Haare glitten. Und obwohl ich ihn hätte erschlagen können, weil er aus irgendeinem dummen Grund mal wieder plötzlich ganz anders gestimmt war, verspürte ich den

Drang, ebenfalls durch sein Haar zu fahren, meine Hand darin festzukrallen und mit den Fingern seinen Nacken zu streicheln, bis sich die kleinen, unsichtbaren Härchen, die sich dort befanden, aufstellten, weil ihn eine Gänsehaut überkam.

Was denke ich da schon wieder?! Verdammt!

Mein Gesicht entspannte sich wieder. Ich verdrängte die Gedanken und schob sie auf meine Hormone, die Pubertät. Schob es darauf, dass ich in den letzten sechzehn Jahren nicht einmal einem Jungen so nah gewesen war, wie Reeve in diesem Augenblick.

"Oh, okay...", krächzte ich endlich, nachdem ich eine Ewigkeit einfach nur in seine abwesenden Augen gestarrt und die Peinlichkeit aufkommen lassen hatte, die nun zwischen uns schwebte.

Reeve sprang auf und reichte mir die Hand. Auch, wenn er wieder lächelte, wirkte er angespannt. Es gefiel mir nicht, dass er so tat, als wäre er nicht plötzlich schlecht drauf. Reeve zog mich auf die Beine und hinter sich her aus dem Kino. Er stellte den Film ab, wir liefen an Steward vorbei durch die Lobby und durch die Drehtür hinaus.

"Bis dann, Reeve!", rief er uns hinterher, ohne dass jemand ihm antwortete.

Ohne es mir erklären zu können, wurde ich wütend. Warum hatte er mich überhaupt mitgenommen, wenn er seinen verdammten Job nicht riskieren wollte?! Hatte ich ihn nicht erst kurz davor gefragt, ob sein Boss nicht was dagegen haben könnte? Hatte ich etwas Falsches gesagt? Natürlich hatte ich das. Das Schlimmste, das er erlebt hatte, war wohl schlimm genug gewesen, um allein bei der Erinnerung daran durchzudrehen.

"Lass mich los!", fauchte ich und entzog mich seinem Griff.

Reeve hielt inne, drehte sich zu mir um. Seine Stirn war in leichte Falten gelegt, seine Arme verschränkt.

"Was ist denn jetzt schon wieder?", stöhnte Reeve.

Nun war es um mich geschehen. Ich war sauer. Und wie!

"Ich hab keinen Bock mehr auf diese ganze Kinderkacke! Es reicht mir! Ich hab die verfluchte Schnauze voll von dir! Lass mich einfach in Ruhe, okay?!"

Ich wirbelte herum und stolzierte davon. Ja, vielleicht reagierte ich über, aber dieses dämliche Hin und Her konnte ich nicht ertragen. Nicht ausgerechnet jetzt.

"Gut! Bitte! Dann verschwinde doch!"

Ich lachte, versuchte es so klingen zu lassen, als lachte ich ihn aus. Er war ebenfalls wütend, glühte bereits. Seine Stimme war dunkel und er schwitzte an der Stirn.

"Nein, halt! Caroline, warte!", rief er mir hinterher.

Was war denn jetzt los? Der hatte ja noch schlimmere Stimmungsschwankungen als ich.

"Was willst du überhaupt von mir?!", rief ich in die Nacht hinein, drehte mich jedoch noch immer nicht zu Reeve um.

Seine Schritte kamen näher. Die Situation erinnerte mich ungemein an den Tag, an dem er mich vor Pearce im *In the Pink* verleugnet, und sich danach bei mir entschuldigen wollte, ich ihn aber abgewiesen hatte. Auch nun hörte ich seine Schritte hinter mir näherkommen, bis ich schließlich seine Hand auf meiner Schulter spürte. Sie war warm, fast heiß. Entweder war ich eiskalt, oder er hatte Fieber.

"Du weißt, was ich will, Caroline!"

Ich schwieg, blieb stehen und atmete schwer. Wenn ich es nicht besser gewusst hätte, hätte ich gemeint er versuchte mir zu sagen, dass er mich sehr mochte. Zumindest fühlte sich die ganze Handlung hier an, wie eine Szene in einem dämlichen Groschenroman. Doch das war es nicht. Im echten Leben gab es so etwas wie Liebe gar nicht. Ich hatte schon seit Jahren immer eine Sicht auf das Ganze. Ein Lebensmotto sozusagen. Vielleicht war es traurig, doch ich war davon überzeugt. *Liebe ist lediglich ein hinterhältiger Trick der Natur, um das Fortbestehen der Menschheit zu garantieren.* Ende. Warum waren alle Frauen darauf aus, den Mann ihres Lebens zu finden, Babys zu bekommen und zu heiraten? Männer waren Idioten, Schweine, die immer nur an eins dachten. Sogar wenn Männer verliebt waren, lag es einfach in ihrer Natur sich fortzupflanzen. Eigentlich konnte man es ihnen nicht einmal verdenken. Ich sagte niemandem etwas von diesen Gedanken. Wenn, hätte man mich höchstwahrscheinlich für prüde, sexistisch oder feministisch erklärt. Ich behielt meine Gedanken sowieso meistens für mich. Was brachte es mir, dass jemand sie kannte? Gar nichts.

"Nein. Was willst du, Reeve?"

Er drehte mich vorsichtig zu sich herum. Mein Blick war gesenkt. Ich war nicht sicher, ob ich hören wollte, was er zu sagen hatte. Reeve hob mein Kinn mit Daumen und Zeigefinger an, zwang mich so, ihm in die Augen zu sehen. Er war nicht mehr wütend, nicht nervös, nicht aufgebracht, angespannt, belustigt, traurig. Sein Gesicht war entspannt, die Mundwinkel gerade, die Kiefer leicht aufeinandergelegt. Doch seine Augen lächelten. Das Lächeln war so warm und stark. Sofort fühlte ich, auch wenn ich es zu unterdrücken versuchte, wie sich dieses Gefühl in mir ausbreitete. Es wuchs mit jedem Mal. Dieses Ziehen in der Brust, gefolgt von einem kleinen Tumult in der Magengegend.

"Ich will...", setzte er an.

Meine Lider begannen bereits zu flattern, ich war darauf vorbereitet, dass er mich küsste, mich zumindest in den Arm nahm.

"...dass wir Freunde werden.", schloss Reeve letztendlich.

Sofort lief ich rot an. Hoffentlich hatte er nicht bemerkt, dass ich mich ihm vollends hingegeben hätte. *Scheiße! Scheiße, scheiße, scheiße!*, schrie mein verletzter Stolz.

Ich zwang mich zu einem schiefen Lächeln.

"Gut. Das ist gut, was auch sonst? Das wusste ich! Ich will auch, dass wir Freunde werden. Das ist gut, perfekt, großartig!"

Adrenalin schoss in meine Venen. Fast hysterisch nickte ich und sprach so laut, dass mir die Ohren brummten. Reeve grinste nur und zog plötzlich seine Jacke aus.

"Was soll das werden?", hakte ich nach, während er Anstalten machte, sie mir um die Schultern zu legen.

"Du bist eiskalt, Rapunzel! Soll ich dich erfrieren lassen?", lächelte Reeve.

Um ihn auf den Spitznamen anzusprechen, hatte ich nicht mehr genug Ego übrig, also ignorierte ich seine Worte und trottete stillschweigend neben ihm her, darauf achtend, dass unsere Arme sich ja nicht berührten.

"Ich...werde dann mal...ja... Bis dann, Caroline."
Reeve drehte sich um und verschwand. Den ganzen Heimweg lang hatten wir kein Wort gewechselt. Die Stimmung war mit jedem Schritt schräger geworden.

"Gott!!!", quiekte ich schrill, nachdem ich die Haustür hinter mir geschlossen hatte. "Wie peinlich!"
Kraftlos rutschte ich an dieser herunter und krallte mich in meinen Haaren fest. Ich versuchte, meinen Atem zu fangen, als ich das Licht im Badezimmer erspähte. Unter der Tür hindurch erleuchtete es einen Teil des Flures. Eilig krabbelte ich zur Treppe und stolperte hinauf, wo ich mich in mein Zimmer zurückzog und ins Bett kuschelte.

Eine Weile lag ich hellwach da und grübelte. Sein schlimmster Moment musste ihm ernsthaft zugesetzt haben. Von einer Sekunde auf die andere hatte sich sein Verhalten ungemein verändert. Warum wurde ich aus diesem Jungen einfach nicht schlau? Seufzend wälzte ich mich herum und starrte an die Decke. Was konnte es nur sein, das ihn so verstörte? Bestimmt hatte er jemanden geschwängert. Das konnte ich mir sogar gut vorstellen. Nein, Reeve war doch gar nicht so, wie ich es immer gedacht hatte. Er war irgendwie...anders. Ich gab es nicht gern zu, doch langsam aber sicher fing ich an, ihn zu mögen. Gut, er hatte mich ziemlich in meinem Stolz verletzt, war extrem gut darin, Leute dazu zu bringen, alles was er tat und sagte falsch zu interpretieren und ein verdammtes Arschloch, aber er war einfach ganz anders als alle, die ich kannte. Er hatte Persönlichkeit, Charme. Möglicherweise steckte ich sogar schon viel tiefer drin. Vielleicht waren wir, Reeve und ich, tatsächlich Freunde geworden. Ich fühlte mich wohl bei ihm. Er brachte mich zum Lächeln, zum Lachen. Selbst, wenn ich es gar nicht wollte. Wie hatte aus Hass nur so etwas entstehen können? Ich wusste es nicht. Oder war ich vielleicht einfach naiv? Spielte er mir die ganze Zeit etwas vor? War ich misstrauisch, weil ich genau das dachte? Warum tat er das alles überhaupt? Wie war er darauf gekommen, sich plötzlich einfach mit mir anzufreunden? Welches Gefühl hatte ihn dazu geleitet? Oder war er einfach high gewesen, als er sich dazu entschlossen hatte, Zeit mit mir zu verbringen? War es eine Wette mit irgendeinem seiner dämlichen "Freunde"? Es klopfte an meine Zimmertür. Müde setzte ich mich auf, starrte in Richtung der Holztür. Mein Dad steckte seinen Kopf herein und lächelte mich unvermittelt an.

"Hey, Caroline.", begann er vorsichtig, ziemlich leise.

"Hey, Dad?", begrüßte ich ihn vorsichtig.

"Können wir reden?"

Dass mein Vater mit mir reden wollte, war nicht gerade normal. Eigentlich sprachen wir seit nunmehr 2 Jahren nicht mehr miteinander.

"Okay?"

Während er langsam auf mich zu trottete und sich neben mich fallen ließ, dachte ich ernsthaft darüber nach, ob ich irgendetwas wirklich Schlimmes angestellt hatte, ob etwas mit Kit passiert, oder Dad ganz einfach zu einem Zombie mutiert war. Mein Vater seufzte ausgiebig.

"Was ist los, Dad?", wollte ich besorgt wissen.

"Wir haben Geldprobleme, Kleines."

Kleines hatte Dad mich nicht mehr genannt, seit Kit geboren worden war.

"Ich...oh...das wusste ich nicht. Das tut mir leid, Daddy."

Natürlich wusste ich es. Doch hätte ich anders reagiert, wäre mein Vater wahrscheinlich entrüstet gewesen. Ich kannte ihn und wusste, dass er sich dafür verantwortlich machte, dass wir uns nicht besonders viel leisten konnten. Der Laden lief nun mal nicht mehr so wie früher. Damals, als Mom noch da war, war alles ganz anders gewesen. Besser.

"Ja, mir auch. Ich...versuche ja schon alles, aber es wird einfach alles immer teurer. Der Laden läuft nicht mehr so gut, weißt du? Wir versinken immer tiefer in Schulden. Du weißt schon, auch wegen den Arztkosten und..."

Ich ließ den Blick sinken und nickte.

"Ich will dich nur fragen, ob es dich sehr stören würde, wenn wir dein College Geld...d-du weißt schon..."

Es war Dad sichtlich unangenehm, mich das zu fragen.

"College Geld?", hakte ich überrascht nach.

"Deine Mutter...und ich haben dafür gespart...auch für James und Kit. James' Geld ist bereits weg, Kits ist nicht besonders viel und..."

"Daddy,", ich zwang mich zu lächeln, "College hatten wir doch sowieso schon abgehakt, oder nicht?"

Er ließ den Kopf hängen. Seine Miene ließ mich vermuten, dass er mit sich selbst zu ringen schien. Eine Träne entglitt seinem Auge.

"Dad! Es ist in Ordnung, du musst nicht..."

„Es tut mir alles so schrecklich leid, Kleines! Dass

das ausgerechnet uns passieren musste, das ist zu viel... Erst Samaires Unfall und dann das!"
Ich nickte und schlang die Arme um meinen Vater, der schon wieder anfing, von allem Schlechten zu reden, was in den letzten Jahren passiert war. Wenn wir eines nicht waren, dann Glückskekse.
"Ist okay, Dad. Wir schaffen das schon. Wenn du willst, dann helfe ich dir im Laden."
"Ich rede doch nicht von dem Geld, Kleines. Ich rede von dir!"
Er weinte. Ich schüttelte den Kopf, hielt die Luft an.

"Das...ich... Das vergesse ich immer wieder.", lächelte ich.
"Du bist so stark, Schatz. Wie deine Mom..."
Ich kuschelte mich an ihn und nickte. Die Tränen drohten mir über die Wangen zu laufen, während mein Vater liebevoll meinen Kopf tätschelte.
"Wir schaffen das..."

Ich hielt mein Wort. An diesem Montag stand ich früh auf und begleitete meinen Vater in den Laden. Er und Mom hatten ihn eröffnet, als ich sieben gewesen war. Ein Souvenirgeschäft nahe dem Leuchtturm. Das S&P '85. Den Namen hatte James sich ausgedacht. S stand für Mom. Ihr Name war Samaire. P für Dad. - Peter. Das Jahr 1985 für das Jahr, in dem sie sich kennengelernt hatten. Seit ein paar Jahren lief er nicht mehr. Es gab bessere Läden. Mom hatte damals immer wieder neue Ideen gehabt, um Kunden anzulocken, Touristen. Nach ihrem Tod ging dann alles bergab. Letztendlich hatte Dad sogar den letzten Angestellten kündigen müssen, weil er keine Mittel mehr hatte, um ihm seinen

Lohn zu zahlen. Ich stellte mich hinter die Kasse und kramte in einem der Kartons, die mit der letzten Lieferung vor drei Tagen gekommen waren. Darin waren komische Plastiktauben mit roten Weihnachtsmützen. Ich runzelte die Stirn und wühlte in den anderen.

"Daddy!", rief ich meinen Vater.

"Was ist denn, Kleines?"

Er streckte seinen Kopf hinter dem Regal hervor und sah mich verwundert an.

"Kein Wunder, dass niemand herkommt! Du bestellst ja nur Mist!"

"Wie meinst du das?"

"Die Tauben mit Mützen! Niemand will so einen Dreck!"

"Das sind Möwen, Liebling."

Oh Mann. Ja, ich war eine Australierin und lebte seit ich atmete am Strand und doch verwechselte ich Tauben mit Möwen.

"Tauben, Möwen... Ist doch egal!", fuhr ich fort und kramte nach den Lieferungspapieren. "Wir krempeln diesen Laden jetzt vollkommen um."

Am nächsten Morgen saßen mein Vater und ich zusammen in der Küche und aßen Frühstück. Das letzte Mal lag eine Ewigkeit zurück. Kit stolperte gerade die Treppe herunter und ließ sich polternd neben mir nieder.

"Schatz?"

Dad kaute einen Bissen Toast mit Erdbeermarmelade, als ich meinen Blick auf ihn richtete.

"Ja?"

"Ich bin morgen Nacht nicht zu Hause. Ich muss nach Nimbin, wegen der Begutachtung, du weißt was ich meine."

Dad flüsterte fast, während er sprach.

"Ja, ich weiß."

Bestätigend nickte ich und biss in mein Käsebrötchen. Es ging um irgendetwas, das mit dem S&P '85 zu tun hatte. Eine Inspektion oder Ähnliches.

"Ich würde dich ja fragen, ob du mitkommen willst, aber Kit..."

"Keine Sorge, Dad. Ich pass schon auf sie auf.", lächelte ich und stupste meiner kleinen Schwester in die Seite.

Sie kicherte.

"Danke, mein Engel. Ich wusste, ich kann mich auf dich verlassen."

Dad lächelte traurig. Seine Augen glänzten und seine Mundwinkel fingen an zu zucken.

"Wenn ich könnte, würde ich natürlich James fragen, aber..."

"Dad! Ich mach das schon.", erhob ich die Stimme. Er nickte und wühlte in seinem Rucksack, der auf dem Stuhl neben ihm lag.

"Hier sind fünfzig Dollar. Ich würde dir..."

"Schon klar, Daddy. Du würdest mir mehr geben, aber..."

"Genau."

Wieder zwang er sich zu einem Lächeln.

"Komm, Kit-Kat. Wir gehen an den Strand, ja?"

"Ja!"

Sie klatschte in die Hände und zog mich hinter sich her die Treppe hoch. Dad blieb allein in der Küche zurück und fuhr jeden Moment los. Vor morgen sollte ich ihn nicht mehr zu Gesicht bekommen.

Da war man extra zu einer bestimmten Zeit an den Strand gegangen nahm in Kauf, dass keine Liege mehr frei war, dass die Sonne die falsche Position hatte und dann stand trotzdem der, den man nicht hatte sehen wollen, einem in der Sonne und blickte erwartungsvoll drein. Ich riss mich zusammen und setzte mich aufrecht hin.

"Hey."

"Morgen.", grinste Reeve und stemmte die Hände in die nackten Hüften.

Warum war er so ekelhaft gut gelaunt? Ich hätte ihn umschubsen und seinen selbstgefälligen Kopf unter Wasser drücken können. Das Meer war gerademal zwei Meter entfernt.

Wenn ich mich anstrenge, schaffe ich es vielleicht ihn ins tiefere Wasser zu ziehen. Man wird ja wohl noch träumen dürfen.

"Wollen du und Kit mich vielleicht heute zum Whale Watching begleiten?"

Ich begutachtete ihn unauffällig von oben bis unten. Zum Glück hatte ich meine Sonnenbrille auf, sodass er meine Augen nicht sehen konnte. Reeve trug schwarze Badeshorts. Sonst nichts. Gut, vermutlich auch noch eine Unterhose unter seiner Badehose. Diesen Tick hatten alle Jungs, was mir immer wieder auffiel. Ich meine, hatten die etwa Angst, dass ein durchgedrehter Hai ihnen die Badehose vom Leib fraß, damit sie nackt dastanden? In diesem Falle hatten sie nun eben noch eine Unterhose zur Sicherheit drunter, oder? Ich setzte die Brille ab und warf einen Blick zu Kit rüber, die im flachen Wasser eine Kleckerburg baute. Schulterzuckend wandte ich mich wieder an Reeve.

"Eigentlich nicht.", antwortete ich.

Er legte den Kopf schief und verschränkte die Arme vor der braungebrannten Brust.

"Komm schon, Bambi. Ich weiß, dass du es willst."

Reeve zwinkerte mir grinsend zu.

"Du wolltest mich nicht mehr so nennen.", knurrte ich und erhob mich aus dem Sand, da ich keine Liege abbekommen hatte.

"Du hast mich immer noch kein einziges Mal Reeve genannt. Also höre ich auch nicht auf, dir Spitznamen zu geben. Sieh's mal so! Das ist ein Privileg, das ich nur dir zu Teil kommen lasse."

Ich schüttelte den Kopf und flanierte zu meiner Schwester, wobei ich so gut ich konnte beim Laufen mit dem Hintern wackelte, der in meinem süßen, roten Bikini steckte. Ich spürte wie Reeves Augen förmlich daran klebten, während er mir hinterherlief. Wir setzten uns zu Kit, um die matschige Burg herum, in den Dreck.

"Reeve!", piepste sie und fiel ihm in den Schoß.

"Hey, Krümel. Können wir helfen?"

Selbst, wenn ich im Moment etwas von ihm abgeneigt war, auch wenn er wahrscheinlich den Grund nicht kannte, der darin bestand, dass er mich in meinem Stolz verletzt hatte, was eigentlich mein Fehler gewesen war, fand ich es süß, wie er immer mit ihr umsprang.

"Ja!", jubelte sie.

Kits Augen leuchteten auf. Ich tat es Reeve und Kit gleich, grub meine Hand in den nassen Sand und füllte eine Faust. Dann hielt ich sie über die halb zerfallene Kleckerburg und ließ kleine, pampige Tropfen darauf rieseln.

"Sag mal, Krümel. Hast du auch Lust mit mir heute Abend Wale zu sehen?"

Linkes Arschloch! , dachte ich, doch ich konnte nicht anders, als zu grinsen.

"Wale sehen? Das wollte ich schon immer mal machen, aber Daddy hat gesagt..."

"Also, Kit?", unterbrach ich sie.

"Ja, ja, jaa!", brüllte sie und zerschlug vor Freude die Burg, sodass der Dreck uns um die Ohren flog.

"Mann, Katie!!!", fluchte ich und schüttelte mich.

Reeve zog mich ohne Vorwarnung auf die Beine und drängte mich näher zum Wasser. Immer wieder berührte er mit der Brust meine Seite. Ich wich aus und stolperte zurück.

"Ich will nicht ins Wasser, echt nicht."

"Aber du bist voller Dreck."

"Das kann ich auch hier abwaschen!"

Seit ich einmal ein ziemlich unangenehmes Erlebnis im Meer gehabt hatte, ging ich nicht mehr tiefer ins Wasser, als bis zu den Knien. Also bis dorthin, wo man den Grund noch genau sehen konnte.

"Komm schon, Caroline.", grinste er.

Mein Herz schlug schneller. Diesmal lag es allerdings nicht an seiner Berührung, sondern daran, dass ich schon bis zum Bauch im trüben Salzwasser stand.

"Bitte! Ich hab Angst!"

Meine Stimme war leise, zu leise.

"Ich bin doch da. Du wirst schon nicht ertrinken."

Plötzlich spürte ich etwas an meinem Fuß, oder bildete mir lediglich ein, dass dort etwas war und sprang auf Reeve zu, der mich sofort mit offenen Armen empfing und sich mit mir ins Wasser fallen ließ. Ein Schrei entglitt mir.

"NEIN!", kreischte ich fast.

Reeve lachte nur. Er wusste nicht, wie ernst es für mich war.

Vor zwei Jahren, kurz nach dem Tod meiner Mom, war ich im Meer schwimmen gewesen.

Ich hatte nur für eine Minute meine Füße auf dem Sandboden abgesetzt und war ein bisschen gelaufen, anstatt zu schwimmen, da spürte ich es. Einen extrem starken, brennenden Schmerz an der Unterseite meines Fußes. Ich hatte aufgeschrieben und wurde im nächsten Moment von jemandem aus dem Wasser gezogen. Als ich im Sand des Ufers lag, versammelten sich die Leute um mich herum. Ich hatte alles langsamer wahrgenommen, konnte mein Herz schlagen hören, kaum atmen. Blasen hatten sich an meinem Fuß gebildet, ich konnte mich nicht mehr rühren. Alles stand still. Dann hatte ich mich übergeben.

Damals hatte mich ein Steinfisch gestochen, weil ich auf ihn getreten war. Seine giftigen Stacheln hatten sich in meinen Fuß gebohrt und mich an den Rand des Todes getrieben. Zu der Zeit hatte ich regelmäßig einen Psychologen besucht, der mir dann erklärte, dass ich wegen dem Tod meiner Mutter eh schon angeknackst war und jetzt wohl nicht mehr ins Wasser wollte, weil ich traumatisiert und von allem abgeneigt war, was mir in der Zeit Schlechtes passierte. Kurz: ich war ein Wrack.

"Caroline! Caroline!"

Seine Stimme klang verzweifelt und ich spürte seine Hände in meinem zitternden Gesicht. Ich schlug die

Augen auf. Vielleicht kam es ihm übertrieben vor, dass ich so reagierte, als würde ich das alles nur spielen. Doch das tat ich nicht. Es war irgendetwas Tiefsitzendes. Ich hatte Angst. War wütend. Traurig. Hilflos. All das, und nichts davon. Ich suchte seine Augen und fand ihn schließlich unmittelbar vor mir. Sein Atem schlug gegen meine Wange, so nah war er bei mir.

"Reeve!"

Meine Stimme war brüchig, kleinlaut. Mir war alles egal, ich dachte nicht nach, wollte mich nur wieder sicher fühlen, also schlang ich, so sehr es auch gegen alle meine Prinzipien verstieß, die Arme um seinen Hals und presste meinen kalten Körper an seinen. Er war warm und seine Haut weich. Sofort fühlte ich mich etwas besser. Ehe ich mich versah, war ich auch schon hochgehoben worden. Wieder hatten sich ein paar Leute um uns herum versammelt. Nicht so viele wie damals, doch sie gafften genauso dämlich.

"Kit, komm! Wir gehen!", hörte ich Reeves Stimme. Ich schloss die Augen und legte meine Stirn an seinen Hals. Sein Puls war gleichmäßig, schnell und langsam zugleich. Es beruhigte mich. Kit hielt sich an meinem Fuß fest, während Reeve meinen vor Angst steifen Körper über die Türschwelle trug. In ein Haus, das ich nicht kannte. Es roch anders. Ich fand es immer wieder interessant, wie es in fremden Häusern duftete. Hier roch es nach Orangen, kurz nachdem man sie geschält hatte, nach Zimt, wie an Weihnachten, nach dem Backen und auch ein wenig Aftershave. Vielleicht war es auch nicht das Haus, sondern sein Hals. Es war Reeves Haus. Das Heim der Devenports. Kit patschte hinter uns her. Sie hatte meinen Fuß losgelassen und hing nun an Reeves Hose. Blinzelnd öffnete ich die Augen und begutachtete das, was in mein Blickfeld trat, da ich den Kopf keinen Zentimeter bewegen wollte. Weiße Gardinen. Rote Orchideen. Sonnenlicht, das durch große Fenster strahlte. Dann eine Wand, ziemlich dicht vor meinen Augen. Wir liefen eine Treppe runter. Nicht hoch, sondern runter.

"Sorry, wenn ich das jetzt sage, aber du bist schwerer als du aussiehst.", keuchte er.

Ich antwortete nicht. Reeve legte mich auf etwas Weichem ab. Seinem Bett.

"Wo sind wir?"

"In meinem Zimmer."

"Dein Zimmer ist ein Keller?"

"Es war mal einer, ja. Aber Sieh's mal so, Bambi! Wenn ein Tornado aufzieht, sind wir hundertprozentig sicher."

Ich hatte also richtig gesehen, als ich vor Kurzem von meinem Fenster aus plötzlich Reeve im Untergeschoss erblickte, wie er sich sein Shirt über den Kopf zog. Ich lächelte entspannt und kuschelte mich in das weiche Kissen.

"Wie geht's dir?", informierte er sich und ließ sich neben mir auf der Bettkante nieder.

Sein Bett war ein Doppelbett. Eigentlich passten sogar drei Leute hinein. Kit sprang in ihrem kleinen, roten Bademantel auf das Bett und rutschte an mich heran.

"Nicht so gut.", antwortete ich und seufzte.

Es ging mir eigentlich schon viel besser, doch ich genoss seine Fürsorge. Er stand auf und biss sich auf die Lippe. Seine Augen wanderten über meinen Körper. Ich ließ es zu, wurde nicht einmal rot. Reeve fuhr sich durch die Haare und drehte sich halb um, wandte sich wieder mir zu und wiederholte das Spiel.

"Ich mach dir einen Tee.", blubberte er und sprang auf die Treppe zu.

Ich schmunzelte, als er zurückstolperte und stehen blieb.

"M-minze oder Zitrone?"

Warum war er denn so nervös?

"Zitrone, bitte."

Er nickte, machte wieder Anstalten hoch zu rennen, hielt jedoch wieder inne und hob den Finger, als wollte er mich hinhalten.

"Warte!"

Reeve lief zu einem großen, cremefarbenen Kleider-schrank und öffnete ihn, bevor er ein rotes Shirt herauszog und es mir zuwarf. Schmunzelnd zog ich es über.

„Danke dir.“

Er grinste und wollte wieder hochsprinten, doch ich hielt ihn auf.

"Reeve!"

"Wow, schon das zweite Mal, dass du mich so nennst.", zwinkerte er.

Er schien wohl wieder der Alte zu sein.

"Danke."

Für einen Moment lang, war sein Blick so weich, sein Lächeln so ehrlich, dass mir sofort wieder warm wurde.

"Klar doch, Dornröschen.", stichelte er und nannte mich wieder einmal nicht bei meinem Namen, wie er es eigentlich versprochen hatte.

Schließlich hielt nun auch ich die Abmachung ein. Doch aus irgendeinem Grund war mir dies in diesem Moment gleichgültig. Er verschwand und ließ Kit und mich allein in seinem Zimmer zurück. Nach einer Weile des Verschnaufens und an die Decke Starrens wandte ich mich meiner Schwester zu. Wie in Trance spielte sie mit ihren kleinen, nackten Zehen.

"Geh hoch und sieh nach, ob Reeve dich braucht, okay Baby?", bat ich sie und stupste sie in Richtung Treppe.

Das T-Shirt, das ich anhatte war mindestens drei Nummern zu groß und ging mir bis knapp unter den Po. Ungeduldig rieb ich mir über die Oberschenkel und sah mich seufzend um. Mich packte das Bedürfnis in einer der Schubladen zu wühlen, die sich zu meiner Linken neben dem Bett befanden. Ich biss mir nachdenklich auf die Innenseite der Wange und rutschte auch schon darauf zu, ehe die Vernunft mich abhalten konnte. Flink öffnete ich das unterste der insgesamt drei Fächer. Darin lagen zwei Collegeblöcke, ein Kondom und ein Heft. Ein Playboy Magazin, um genau zu sein. Augenblicklich riss ich die Augen auf und schlug die Schublade zu, nur um mich so rasch wie möglich unter die Bettdecke zu kuscheln.

"Urgh!", gab ich angewidert lachend von mir.

Wer benutzt denn heutzutage noch Zeitschriften? Es gibt das Internet und Smartphones.

Sofort standen die beiden wieder im Raum.

"Was ist *urgh*?", schmunzelte Reeve, drei Tassen und einen Teller mit Zwieback und Marmelade auf einem Tablett tragend.

Ich riss mich zusammen, nicht entweder knallrot anzulaufen, oder los zu prusten.

"Spinne! Haarige Spinne...", stammelte ich.

"Scheiße, was?!", schrie er in einer verflucht hohen Tonlage, die ich ihm gar nicht zugetraut hatte.

Ich blinzelte verwundert. Dann hallte ich los.

"Was ist?!", knurrte er und sprang aufs Bett, sodass fast der Tee verschüttete.

"Hast du etwa Angst?", schmollte ich gespielt mitfühlend, noch immer lachend.

"Nein! Halt die Klappe.", grinste er und stupste mir in die Seite.

"Jaja, schon klar."

"Wovor hast *du* denn Angst, Miss Neunmalklug? Wasser?"

Meine Miene verfinsterte sich. Nicht, weil ich seine Frage falsch aufnahm, sondern einfach aus dem Grund, weil ich darüber nachdachte, wovor ich eigentlich Angst hatte. War es das Wasser? War es die Angst selbst, die mich fast erbeben ließ? Hatte ich Angst davor, Angst zu haben? Wenn ich mir vorstellte, wie ein Hai, ein Rochen oder auch nur eine Schildkröte neben mir schwamm, fing ich fast an zu zittern.

"Na, bestimmt nicht vor kleinen, harmlosen Achtbeinern, die vor dir mehr..."

"Mehr Angst haben als ich vor ihnen. Aber das stimmt nicht! Die können ja nicht mal richtig denken. Das hat sich irgendeine Mom ausgedacht, die ihr Kind davon überzeugen wollte, dass die Spinne an der Wand harmlos ist, damit es sie endlich in Ruhe schlafen lässt und nicht alle paar Minuten im

Schlafzimmer steht und mit ins Bett kriechen will.",
brabbelte Reeve und sah dabei aus, als würde er mir
gerade einen Vortrag über den Lebensraum von Pe-
likanen halten.
Ich hob eine blonde Braue und schmunzelte.
"Lass mich raten!", lächelte ich. "Das ist genau das,
was du früher getan hast."
"Was? Ich doch nicht. Ich hab vor Nichts und Niemandem Angst."
Reeve streckte die Brust heraus, spannte den Bauch
an und verzog das Gesicht zu einer strengen Miene,
die eher albern aussah, als ernst.
"Außer Spinnen.", nuschelte ich mich räuspernd.
Er tat, als hätte er die Bemerkung überhört und lächelte schief, während er sich wieder einmal durch
das dichte Haar fuhr. Mein Blick klebte förmlich an
seinen Lippen, den markanten Wangenknochen und
seiner geraden Nase. Was an seinem Gesicht war
eigentlich nicht perfekt? Ich musterte ihn eine kleine
Weile ganz genau, bis ich endlich die Narbe bemerkte, die direkt durch seine Augenbraue ging. Sie war
mir bis jetzt nie aufgefallen. Reeve war damit beschäftigt, seinen Zwieback in den Tee zu tunken,
ohne dass er klebrig und matschig hinein plumpste.
Besser so, ansonsten hätte er mitbekommen, wie ich
ihn anstarrte.
"Was machst du eigentlich so?"
Mein Mund sprach, doch ich hatte gar nicht daran
gedacht, ihn das zu fragen, es kam einfach heraus,
wie ein unterbewusster Instinkt.
"Wie meinst du das?"
"Na, was machst du so? Wenn du nicht gerade auf
einer Party rumhängst oder am Strand trainierst?"

Beim zweiten Teil meiner Frage kam ich mir etwas blöd vor.

"Ich bin im Schwimmteam...", er hielt inne und dachte nach.

Sein Blick blieb an der Decke kleben, sodass ich die Unterseite seines Halses sehen konnte. Auch dort prangte eine Narbe, etwas größer, als die über der Augenbraue.

"Im Soccer Team, arbeite im Hotel, wie du weißt...ich...schreibe."

Nun sah er mich an. Ich fing meine Gedanken, die fast abgeschweift waren und blinzelte verlegen.

"Du schreibst?", hakte ich nach und wurde neugierig.

Reeve lehnte sich zurück und stützte sich auf die Ellenbogen, während er mir in die Augen sah.

"Du weißt schon... Schreiben eben."

Ich legte den Kopf schief und lächelte unbewusst.

"Was ist so komisch daran?"

"Nichts. Rein gar nichts. Es ist nur ... schön..."

Ich versuchte vergeblich ein Wort dafür zu finden, was ich ausdrücken wollte.

"Schön?"

Nun war doch tatsächlich er es, der rot wurde. Sein Blick war jungenhaft, fast ängstlich, als wäre Reeve besorgt, versehentlich etwas zu viel um sich gelüftet zu haben.

"Es ist schön, etwas über dich zu wissen. Etwas Gutes."

Er dachte über meine Aussage nach, runzelte die Stirn und sah mich fragend an.

"Weißt du denn sonst nur Schlechtes über mich?"

"Was? Nein! Ich weiß es nicht... Wir kennen uns ja

kaum."

Einen Moment lang kehrte Stille ein. Reeves Augen musterten mich. Sein Blick durchbohrte mich förmlich. Es schien, als könne er sich nicht entscheiden, in welches der Meinen er am besten schauen sollte. Dann, endlich, sprach er und unterbrach das Schweigen. Worüber ich ziemlich erleichtert war, denn noch drei weitere Sekunden und ich hätte versucht die für mich ausweglose Situation der unangenehmen Ruhe selbst in die Hand zu nehmen, diese zu beenden. Dies allerdings hätte mich vermutlich, da ich gestammelt und gestottert hätte, weil nichts von dem, was ich gesagt hätte mir in diesem Moment sinnvoll erschienen wäre, in eine noch viel peinlichere Lage katapultiert. Warum musste ich nur immer so schnell die Nerven verlieren? Es passierte mir immer wieder. Innerlich wusste ich, dass mir die Stille gefiel, dass sie vielleicht etwas *Romantisches* hatte, doch oberflächlich und leider Gottes, widerstrebte mir der Gedanke und ich wehrte mich gegen all jenes.

"Warum fühlt es sich dann so an...?"

Er sprach leise. Im ersten Moment dachte ich, ich hätte mich nur verhört. Doch dann wurde mir klar, dass er mich mit einem eigenartigen Blick ansah. Einem neuen Blick. Einem Blick, den ich mal wieder nicht zu deuten vermochte. Ich senkte den Kopf, sodass mir ein paar feuchte Strähnen Haar ins Gesicht fielen. Gut, sie bedeckten mein errötetes Gesicht. Genau jetzt war einer dieser Momente. Einer derer, denen ich aus dem Weg zu gehen versuchte, obwohl ich sie *wollte*.

Warum siehst du mich so an?! , schrie mein Inneres

ihm ins Gesicht.

Mir war klar, dass mein Unterbewusstsein sich unter Druck gesetzt fühlte. Ebenso wusste ich, dass es dazu keinen Grund hatte. Doch trotzdem stieg mir das Blut in den Kopf, trotzdem schlug mein Herz schneller denn je.

"Du hast gefragt, was ich mache, außer *auf Partys rumzuhängen*?"

Seine Stimme klang nun wieder anders. Vorwurfsvoll. Außerdem betonte er die letzten drei Worte, als würden sie ihm auf der Zunge brennen, während er sie sprach.

"Ja. Und?"

"Du weißt doch, dass ich seit einer ganzen Weile keine Drogen mehr nehme, oder?"

"Du nimmst Drogen?!", schrie ich fast.

"Nein!", schoss es aus Reeve und seine Augen weiteten sich aufgeregt. „Eben nicht mehr.", fügte er etwas ruhiger hinzu.

"Aber du bist Sportler...", warf ich ihm vor.

"Ich habe aufgehört. Mit allem, was nicht gut für mich ist. Partys. Drogen. Autofahren...“

Reeves Augen wanderten an meinem Körper auf und ab. Schon beinahe abwesend fügte er noch ein Wort zu seiner Aufzählung hinzu.

„Kaffee."

Die förmliche *Begutachtung* und die Art, wie er mich beobachtete, auf jeden Muskel und jede Sehne zu achten schien, stimmte mich unbehaglich. Unsicher rutschte ich auf meinem Platz herum.

"Das wusste ich nicht."

"Wie auch?"

Nun lächelte er wieder, und ich griff nach dem letzten Zwieback in der Schale.

Kit machte sich über ihren eigenen Zwieback und die Marmelade her, während ich an meinem Tee nippte und Reeve mich dabei fortan bedächtig musterte. Ich tat, als würde ich es gar nicht bemerken und versuchte herauszufinden, warum um alles in der Welt seine Augen etwas in mir auslösten, das ich noch nie zuvor gespürt hatte, als plötzlich das Geräusch von Schlüsseln an meine Ohren drang. Dann knallte jemand die Haustür zu. Ich schreckte hoch. Reeve sah mich ebenfalls erschrocken an. Im nächsten Moment entspannte sich seine Miene jedoch wieder.

"Müssen meine Eltern sein.", erklärte er gelassen und erhob sich.

Als er vor der Treppe stand, sah er mich erwartungsvoll an.

"Was? Soll ich so vor deine Eltern treten?!", protestierte ich hysterisch.

"Ja. Warum nicht? Du musst doch nicht gleich den perfekten *Hey-ich-bin-eure-neue-Schwiegertochter-Eindruck* hinterlassen. Ist ja wohl nicht so, als müssten sie dich unbedingt mögen."

"Warum nicht?"

Ich war ein wenig verwirrt.

"Bist ja nicht meine Freundin."

Mit diesen Worten verschwand er.

"Scheiße!!!", zischte ich lautlos und sprang auf.

Natürlich war Reeve so blöd gewesen und hatte meine Sachen am Strand vergessen. Ich hatte also keine Klamotten da. Alles was ich am Leib trug, waren ein nasser Bikini und Reeves viel zu großes T-Shirt.

Ich sah in den Spiegel an seinem Schrank. Auf dem Shirt waren nasse Flecken von meinem Bikini und meinen Haaren. Außerdem war mein Haar zerzaust. Ich sah aus wie Pumuckel oder Albert Einstein in blond. Notgedrungen wickelte ich mir das klamme blonde Haar zu einem einigermaßen sitzenden Pferdeschwanz, surrte ihn mit einem Zopfgummi fest, den ich so gut wie immer um das Handgelenk trug und atmete so tief ich konnte ein und wieder aus. All meinen Mut zusammennehmend, erklomm ich die insgesamt zwölf Stufen, bis ich hinter einer molligen, kleinen Frau stand, die gerade dabei war, Einkäufe aus Papiertüten in die Schränke zu räumen, als ich sie begrüßte.

"Hallo!"

Ich klang schüchtern, leise. Kein Wunder, schließlich sah ich aus, als hätte ich hier übernachtet. Was, wenn Reeves Mutter dachte, er und ich hätten...

Oh Mann!

Sie erschrak und zuckte zusammen, bevor sie sich umdrehte. Ihr Haar war lockig und rotbraun. Es ging ihr bis zu den Schultern. Ihre Lippen waren hellrot geschminkt und sie trug etwas Rouge auf den Wangenknochen. Sie sah freundlich aus, wie es pummelige Menschen nun mal so an sich hatten. Kaum hatte sie mich bemerkt, fing sie auch schon an zu strahlen, kam ein paar Schritte auf mich zugelaufen und reichte mir die Hand. Ich nahm sie entgegen und Mrs Devenport hielt sie fest, während sie mich von oben bis unten beäugte. Wo zur Hölle war Reeve?

"Reeve Noah Devenport! Hast du etwa eine Freundin? Clive...", holte sie aus und rief höchstwahrscheinlich Reeves Vater. „Der Junge hat sein erstes Mädchen mit nach Hause gebracht! Und dann auch noch so ein hübsches!", staunte Mrs Devenport und klatschte ein Mal in die Hände.

Ihre Augen musterten mich von oben bis unten. Noch immer lächelte sie offenherzig.

Sein erstes Mädchen?

Ich verkniff mir ein Lächeln und zwickte Reeve, der gerade neben mir aufgetaucht war, in die Seite. An seinen Fingern klebte Schmieröl. Er klatschte meine Hand weg und hielt sie fest.

"Nein, Mom. Ich verzehre mich nur aus der Ferne nach ihr.", erklärte er gespielt theatralisch und warf mir einen verstörend verliebten Blick zu.

Und dann stand *er* plötzlich vor mir. Ein mindestens zwei Meter großer, verboten gutaussehender Mann mit blondem Haar und blauen Augen stand direkt vor meiner Nase. Mir blieb fast der Mund offen stehen. Einen Moment lang, als ein Lächeln über seine perfekten Lippen huschte, glaubte ich Reeve in seinen Augen aufblitzen zu sehen.

"Hallo, ich bin Reeves Vater.", stellte dieser sich vor, reichte mir die große Hand.

Ein paarmal musste ich blinzeln, bevor ich wieder einigermaßen klar denken konnte. Mr. Devenports Hand war rau und doch angenehm warm.

"Du musst Caroline sein."

"Ja!", staunte ich mit geöffneten Lippen.

Ich musste aussehen wie eine Idiotin.

"Reeve hat mir schon Einiges über dich erzählt, Kleine."

Ein Grinsen breitete sich auf seinem makellos männlichen Gesicht aus.

"Was? Wieso weiß ich nichts von einem Mädchen? Wieso erzählt mir niemand mehr etwas?", wollte Mrs. Devenport enttäuscht wissen.

Ich löste meine Hand aus der seinen. Länger als zwei Sekunden konnte ich sie nicht festhalten. Es war irgendwie doch eigenartig seine Berührung zu spüren. Wie konnte ein so alter Mann so *heiß* sein? Gut, er war vielleicht Mitte dreißig, aber im Verhältnis zu mir oder Reeve *schon* alt. Kaum hatte er meine Hand losgelassen, stellte sich Reeves Dad neben seine pummelige, und doch hübsche Frau und legte liebevoll den Arm um ihre Schultern. Er drückte ihr einen Kuss auf die Schläfe. Sofort fing sie an zu lächeln und schlang den Arm erwidernd um seine Hüfte.

"Naja, ich bin es ja gewohnt, immer die Letzte zu sein, die etwas erfährt."

Sie hob dramatisch die Nase und warf erst ihrem Sohn, dann ihrem Mann einen *was-wenn-ich-das-mit-euch-tun-würde?-Blick* zu. Ich kannte ihn von meiner Mutter. Sie hatte mich oder Dad, manchmal auch James so angesehen, wenn ihr mal wieder jemand etwas vergessen hatte zu sagen. Sowie Dad, als er die Anzahlung für den Laden abgegeben hatte. Oder James, der ihr verschwiegen hatte, ein Stipendium für das College erhalten zu haben, auf das er bis heute nicht ging. Sie hatte nie verstehen wollen, dass das Verschweigen einer Sache, die Überraschung ausmachte, die wir jedes dieser Male für sie geplant hatten. Ich wusste nicht genau weshalb, doch dieses Spiel mit anzusehen, diese Familie, versetzte mir einen tiefen Stich in die Brust. Sie waren eine *Familie* und irgendwie hoffte ich, sie würden es auch immer bleiben.

"Was haben sie denn so gehört?"

Ich lächelte mit erhobenen Augenbrauen, um möglichst aufgeschlossen zu wirken, was mir wie ich glaubte, recht gut gelang. Reeves Dad grinste.

"Zum Beispiel, dass du Humor hast."

Ich sah Reeve überrascht an.

"Hab ich das?", lachte ich.

Reeve nickte ertappt, warf seinem Dad jedoch einen bitterbösen Blick zu.

"Und, dass du ziemlich hübsch bist. Was, wie ich sehe, auf jeden Fall zutrifft."

Ich lächelte geschmeichelt.

"Dad!", zischte Reeve und berührte meinen Arm, um mich wieder in sein Zimmer zu ziehen, doch da kam auch schon Kit hochgerannt und blieb wie angewurzelt vor den Devenports stehen. Aus großen, kullerrunden Augen blickte sie zu ihnen auf.

"Wer bist denn du, Süße?"

Reeves Mom beugte sich herunter und grinste Katie an.

"Prinzessin Kit von Atlantiatis!", lachte sie.

"Wow, eine echte Prinzessin im Haus!", staunte Reeves Dad.

Kit grinste wie ein Honigkuchenpferd.

"Es heißt Atlantis, Kit.", verbesserte ich sie und knuffte ihr mit dem Knie liebevoll in die Seite.

"Nein! Atlantiatis.", beharrte das sture Mädchen und tapste auf die große Wohnzimmercouch zu, um sich darauf zu werfen und sich mit den Kissen zu prügeln.

"Kit, benimm dich, das..."

"Oh, nein. Lass sie nur. Es ist schön mal wieder jemanden so junges im Haus zu haben. Vor allem jetzt, wo wir bald wieder..."

Die freundliche Frau streichelte sich über den Bauch

und schloss die Augen für einen Moment.

"Hey, Reeve. Sei ein Gentleman und gib deiner Freundin ein paar trockene Sachen von Elin."

"Ja, Dad.", nuschelte er. "Aber...", Reeve sprach nun leiser. "Sie ist nicht meine Freundin."

"Wessen denn dann?", stichelte er.

Ich schmunzelte und räusperte mich. Reeve führte mich zu einer anderen Treppe. Diese führte ins Obergeschoss. Während ich die Stufen hinauf stieg, spürte ich Reeves Hand an meinem Rücken. Ein Seufzen entwich mir. Das erste Mal seit langem, fühlte ich mich endlich wieder einmal wohl und geborgen.

"Sorry...", meinte er verlegen.

Wir standen in einem Zimmer mit hellrotem Teppichboden, auf dem schon des Öfteren Dinge ausgekippt sein mussten. Überall waren Flecken von Wein, oder Soße. Das Bett war gemacht, wie es aussah auch frisch bezogen. Die Wände waren zerkratzt, wahrscheinlich mit einer Schere oder Ähnlichem. Ein Schreibtisch stand neben der Tür, an der ein Poster von der Band *Limp Bizkit* hing und am Fenster stand etwas mit schwarzen Edding geschrieben. *NIRVANA.* Wir standen offensichtlich in dem Zimmer, das ich vor Kurzem von meinem eigenen Fenster aus beobachtet hatte, nachdem Reeve das erste Mal bei mir aufgetaucht war.

"Wenn es zu große Umstände macht, kann ich auch kurz rüber huschen und mir was von meinen Klamotten anziehen."

Ich wies mit dem Daumen hinter mich und lächelte kindlich.

"Nein, kein Problem.", meinte Reeve und streckte

sich nach irgendetwas, ziemlich weit oben in dem großen schwarzen Kleiderschrank aus.

"Hat sie ihre Sachen nicht mitgenommen?", fragte ich unverwandt und sah mich in dem Raum um.

Er antwortete nicht. Stattdessen tippte er mir auf die Schulter und streckte mir eine Hand voll Klamotten entgegen.

"Müssten dir passen."

Reeve lächelte. Es war doch immer so. Man lernte einen Typen kennen, konnte ihn vielleicht ganz gut leiden und fing erst an ihn wirklich richtig gern zu haben, wenn man seine Familie kennengelernt hatte. Sie waren so freundlich, offen und lieb. Man musste sie einfach lieben. Wenn zwei Menschen wie diese, ihn aufgezogen hatten, konnte Reeve Devenport doch gar nicht so übel sein, wie er sich die ganze Schulzeit lang gegeben hatte, oder?

"Drehst du dich um?"

Auf meine Frage hin, starrte er mich dümmlich an.

"Reeve?"

Mit der Hand fuchtelte ich vor seinen Augen herum.

"Huh?!"

Er schien geträumt zu haben. Oder er hatte versucht so zu tun, als hätte er meine Worte nicht gehört, um meinen Befehl nicht ausführen zu müssen.

"Umdrehen!", lachte ich.

Er tat wie ihm befohlen und wandte sich von mir ab. Ich streifte mir, ohne Reeve dabei aus den Augen zu lassen, das Shirt ab. Er zuckte, als würde er sich jeden Moment umdrehen und über mich herfallen.

"Ich vertraue dir, Reeve.", warnte ich, ließ meine Stimme jedoch so weich wie möglich klingen.

Er lächelte. Ich konnte sehen wie seine Ohren sich

hoben. Er grinste.

"Das ist gut, Bambi. Das kannst du auch."

Ich antwortete nicht, spürte nur schon wieder dieses lästige Ziehen in der Brust. Ein Ziehen, das versuchte mir zu sagen, dass ich irgendetwas zu erledigen hatte, oder irgendetwas loswerden musste. Wie ein Stein, der auf meinem Herzen lag.

Als ich komplett nackt in dem Zimmer stand und in den Sachen wühlte, fiel mir auf, dass keine Unterwäsche dabei war.

Shit! Caroline, das ist ja mal wieder typisch!

"Du...also...ehm... Du hast nicht zufällig auch Unterwäsche da drin, oder?"

Ich kniff peinlich berührt die Augen zusammen und betete zu Gott, dass er sich nicht intuitiv herumdrehen würde. Reeve zögerte. Sein Kopf drehte sich leicht zu mir, sodass ich seine Wimpern von der Seite sehen konnte, er mich jedoch nicht.

"Ist das dein Ernst? A-also, wenn du willst, dann kannst du nachsehen... Ich muss nicht unbedingt wissen, was meine Schwester für Höschen trägt."

"Schon klar. Warte mal, ich hab nichts an.", flutschte es über meine Lippen.

Ich legte meine Hände auf seine Oberarme und drehte mich mit ihm, sodass er mich auch ja nicht sehen konnte.

"Rein gar nichts, wirklich?", hakte Reeve nach.

Seine Stimme klang belustigt, doch noch ein anderer Ton schwang darin mit. Ich wusste nicht genau, was es war, doch irgendwie, do dachte ich, konnte ich deuten, was in ihm vorging. Ich öffnete die Schranktüren und konnte in dem Spiegel neben mir sehen, dass Reeves Hände zu Fäusten geballt und die Adern an seinen Unterarmen angespannt waren.

"Alles klar bei dir?", grinste ich und kramte in einem Schubfach.

"W-warum?"

Er versuchte eindeutig, entspannt zu klingen.

"Wirkst nervös.", bemerkte ich lässig und schlüpfte in ein schwarzes Spitzenhöschen. Der passende BH dazu lag genau darüber. Ich zog auch diesen an und musste feststellen, dass Elin ziemlich kleine Brüste hatte. Egal, es musste gehen. Kaum berührte ich wieder seine Arme, um mich mit ihm herumzudrehen, da zuckte er zusammen.

"Hast du was gefunden?"

"Ja, mehr oder eben in diesem Fall weniger.", bemerkte ich und stieg in eine knappe Hotpants und ein Bandshirt von irgendeiner Punkgroup.

"Wie darf ich das denn verstehen?"

"Ziemlich heiß, was Elin da so trägt.", grinste ich, ohne die Belustigung in meiner Stimme mitklingen zu lassen.

Reeve schwieg. Ich flanierte übertrieben sexy an ihm vorbei und sah in den Spiegel. Meine Brüste wirkten nicht eingequetscht durch den BH, sondern größer. Ich fuhr mir durch die Haare, grinste Reeve durch den Spiegel an. Er lächelte mich schief an und musterte meinen Körper von oben bis unten, genau wie er es vorhin getan hatte.

"Hatte eher getippt, dass du dich für das Kleid entscheidest.", erklärte er, wieder vollkommen entspannt.

"Warum?"

"Keine Ahnung." Er zuckte die Achseln. "Ist braver."

"Du denkst also, ich bin brav?"

Mit erhobenen Augenbrauen erwiderte er meinen Blick.

"Bist du es nicht?"

Gekonnt warf ich mir das Haar über die Schulter und stolzierte mit einem sagenhaften Hüftschwung an Reeve vorbei.

"Doch, klar.", piepste ich sarkastisch.

Er lachte und folgte mir aus dem Zimmer.

"War nett, sie kennenzulernen.", lächelte ich höflich und reichte Mrs. Devenport die Hand.

"Ach, Kleines. So machen wir das hier nicht. Sind schließlich echte Italiener. Zumindest ich."

Sie lachte stolz und drückte mir einen Kuss auf die linke Wange.

Reeves Dad reichte mir erst die Hand und schloss mich dann in die Arme.

"Dad!", knurrte Reeve wieder und zog mich an der Hand mit sich hinaus.

"Viel Spaß, Kinder!", rief Reeves Mom uns nach.

"Danke, Mom!"

"Danke!"

"Wiedersehen!", schrie Kit und patschte ihre Hand in Reeves, damit dieser sie ergriff.

Er tat es und hob sie sofort auf seinen Arm.

"Deine Familie ist toll."

Ich lächelte und rammte ihn leicht mit der Schulter. Reeve stupste zurück und legte den Arm um meine Schultern. Es war eine freundschaftliche Geste. Hoffte ich zumindest. Oder hoffte ich genau das Gegenteil?

"Ja, sie sind...was Besonderes."

Er grinste mich an und ließ mich wieder los. Ich hätte am liebsten geschmollt. Was stellte dieser Junge nur mit mir an? Ich wollte nicht zulassen, dass er mich in der Hand hatte. Bewusst trat ich einen großen Schritt beiseite, was er natürlich sofort bemerkte.

"Warum machst du das nur immer?", seufzte Reeve und schüttelte den Kopf.

Kit wuselte mit den Fingern durch sein dunkles Haar. Langsam ging die Sonne unter. Wir waren an einer langen, mir unbekannten Straße angelangt.

"Was?"

"Dich distanzieren. Caroline, ich will dir doch gar nichts tun. Dachte nur, wir wären Freunde."

Ich nickte, ohne ein Wort zu sagen. Freunde sollten wir sein? Ich empfand eindeutig mehr für Reeve als nur Freundschaft. Es verletzte mich mehr als erwartet, aus seinem Mund zu hören, dass wir *Freunde* waren.

"Wo sind wir, Reeve?!", hörte ich mich fragen.

"Wir müssen noch ein bisschen weiter."

"Ich dachte, wir gehen zum Strand, die Wale beobachten."

"Tun wir, aber du siehst nicht viel von dort aus, wo alle Leute sind. Wir gehen an einen viel besseren Ort. Hab ich entdeckt, als ich sieben war und nie jemandem gezeigt."

"Heißt das, ich bin die Erste, der du die Stelle zeigst?", hakte ich nach und kniff unauffällig die Augen zusammen.

„Du und Kit."

Gemütlich schlenderte er, mit meiner Schwester auf dem Arm, neben mir her.

„Wohin denn nun?!", wollte ich erfahren.

"Lass dich einfach überraschen. Vertrau mir.", lächelte er.

Und wieder schmolz ich fast dahin, konnte das Ziehen in meiner Brust spüren, das Kribbeln im Bauch und wäre am liebsten einfach tot umgefallen. Ich wusste nicht ob ich lachen oder weinen wollte. Gab es einen Grund zu lachen? Ja, ich war glücklich. War ein Grund zu weinen vorhanden? Nun, den gab es ebenfalls mit Sicherheit. Ich wollte jenen nur nicht mehr wahrhaben.

Es war atemberaubend. Das orangene Leuchten des Himmels machte alles nur noch schöner. Reeve hatte uns zu einem Klippenabhang geführt, von dem aus man gefühlt den ganzen Ozean sehen konnte. Es sah aus wie eine kleine, sandige Lichtung. Alles war bewaldet und grün. Hinter uns prangte eine gewaltige Felswand. Es war genug Platz, um ein Lagerfeuer zu veranstalten. Mit Zelten und einem dieser Pfadfinderteekessel. Ich lächelte bei dem Gedanken daran, mit Reeve zu campen, ermahnte mich jedoch gleichzeitig, gar nicht daran zu glauben, dass so etwas jemals passieren würde. Kit und Reeve saßen direkt am Abhang, ließen die Beine herunterbaumeln. Normalerweise wäre ich hysterisch geworden, hätte ihn angeschrien und meine Schwester von dem Abgrund fortgerissen, um sie in Sicherheit zu bringen, ja kein Risiko einzugehen. Heute war es anders. Ich fühlte mich vollkommen ausgeglichen. Die Luft war frisch und duftete nach dem salzigen Wasser des Meeres. Nicht weit entfernt hörte ich die Wellen rauschen, die sich unter uns an den Felsen brachen. Ich sog den Moment tief in mich ein und schloss die Augen. Alles fühlte sich an, als wäre es genau so vorherbestimmt. So, als wäre ich dafür geschaffen, an diesem Ort zu sein, mit Reeve, Kit und dem unendlichen Ozean direkt vor unseren Augen. Ich öffnete die Augen wieder und beobachtete meine Schwester und ihn. Durch den strahlenden, bunten Himmel, der das Wasser glitzern ließ und die Sonne darauf widerspiegelte, konnte ich nur ihre dunklen Silhouetten ausmachen. Das Bild, das sich mir in diesem Augenblick darbot, war wunderschön. In meinem Inneren wurde es warm. Reeve drückte Kit an sich, hielt sie fest. Sie konnte gar nicht runterfallen. Sie unterhielten sich. Auch, wenn ich nicht verstehen konnte, was sie sagten, wusste ich, dass es etwas Unbekümmertes sein musste, etwas das Katie zum Lachen brachte. Langsam lief ich auf die beiden zu und ließ mich neben Reeve auf dem Felsboden nieder. Mein Arm berührte den seinen, mein Schenkel ruhte an seinem Bein. Er schien, wie ich, vollkommen entspannt zu sein. Als er mir sein Gesicht zuwandte und mich mit einem Lächeln betrachtete, das in diesem Moment das schönste Geschenk war, das er mir machen konnte, berührte meine Hand wie von selbst seinen Unterarm. Sein Lächeln verblasste und ich konnte an seiner Kehle sehen, dass er schwer schluckte. Es existierten nur noch er und ich, dieser Moment und die Geräusche. Um mich herum lief alles in Zeitlupe ab. Das bronzene Licht fiel auf schönes Gesicht. Er sah aus wie irgendein griechischer Gott. Bei dem Gedanken musste ich innerlich kichern, ließ es mir von außen jedoch nicht anmerken. Seine Finger fuhren leicht wie Federn über meine Haut. Alle Härchen an meinem Körper stellten sich auf, als mich eine erregende Gänsehaut überkam. Reeves Finger fanden die meinen, verschränkten sich mit ihnen. Sein Atem war langsam und gleichmäßig, blies sanft über meine Schläfe. Ich konnte nicht mehr denken, nicht mehr atmen, nur noch fühlen. Mein Unterbewusstsein stellte sich vollkommen ab, ließ alles zu, was ich in den letzten Tagen so sehnlichst versucht hatte von mir fernzuhalten. Ich wollte es, aber hatte es nicht zugelassen. Ich war so egoistisch. Warum tat ich ihm das an? Mochte er mich überhaupt? Oder war ich nur eins seiner Spiele, das er spielte, bis er gewonnen hatte? Es war mir egal. Ich glaubte nicht daran, denn im hier und jetzt, in dieser Sekunde, vertraute ich Reeve voll und ganz.

"Da...", raunte er leise.

Ich nahm wahr, wie seine Finger sich an mein Kinn legten und langsam meinen Kopf in Richtung Meer lenkten, fühlte mich wie unter Drogen gestellt, doch es war besser. Dieses Empfinden sollte nie mehr vergehen.

"Sieh genau hin!", fügte Reeve leise hinzu und tastete erneut nach meiner Hand.

Der dunkle Gesang eines Buckelwals drang an mein Ohr. Reeves Daumen strich zärtlich über meinen Handrücken. Die große, dunkle Gestalt erhob sich aus dem Wasser und schien förmlich in der Luft zu schweben. Es sah aus, als machte der Wal eine elegante Pirouette über der glatten Oberfläche des Meeres.

"Wow!", hörte ich meine kleine Schwester staunen.

Mein Nacken gab nach und mein Kopf fiel vorsichtig auf Reeves Schulter. Er ließ es zu. Warum auch nicht? Er hatte schließlich auch meine Hand in seiner. Wir hielten Händchen. Ich schmiegte mich an ihn, versuchte seine Wärme in mich aufzunehmen. Dabei hatte ich mir doch von Anfang an gesagt, dass genau das nicht passieren durfte.

Es war stockfinster um uns herum. Das gleichmäßige Atmen Kits begleitete uns den gesamten Heimweg über. Er trug sie auf dem Arm. Ihr Kopf war an seinen Hals geschmiegt, ihre Lider geschlossen. Mit der anderen Hand, dem freien Arm, hielt er die meine fest. Wir liefen Hand in Hand nach Hause. Ich hatte nie einen Freund gehabt. Nicht wirklich. Ich dachte immer, Jungs waren entweder unreif oder wollten nur Sex. Und das war okay, es lag in ihrer Natur. Nur ich wollte mich damit nicht zufriedengeben. Ich nahm mir vor, anstatt mir mein Herz von irgendeinem dämlichen Idioten brechen zu lassen, der allen sagen würde, er hätte mich endlich *gevögelt*, nur um mich dann nie wieder anzusehen, mich auf die Schule zu konzentrieren und alles zu erreichen, was ich wollte. Dies war meiner Meinung nach eine verdammt gute Alternative.

"Reeve?"

Wir liefen direkt unter dem Licht einer Laterne hindurch, als ich die Stille unterbrach, jedoch so leise wie möglich sprach, damit ich Kit nicht weckte.

"Hm?"

Er lächelte. Ich musste mich noch daran gewöhnen ihn Reeve zu nennen.

"Es... Also, ich..."

Ich musste seine Hand loslassen, um mit ihm sprechen zu können. Ohne Worte fühlte es sich an, als würden er und ich perfekt ineinander passen, unsere Hände, unsere Gefühle, doch sobald die Stille unterbrochen wurde, fühlte ich mich eigenartig dabei, ihn zu berühren. Reeve sah meiner Hand nach, als ich sie von seiner löste. Nun fanden seine Augen wieder zu meinem Gesicht.

"Es war echt schön."

Er lachte lautlos auf, sah wieder herab zu meiner Hand und ergriff diese erneut.

"Lass es doch einfach zu, Caroline. Hör auf gegen dich selbst zu..."

"Hör auf!", zischte ich etwas härter als gewollt. „Bitte...", fügte ich so sanft wie möglich hinzu, damit er sich nicht vor den Kopf gestoßen vorkam.

Ich blieb stehen und ließ den Blick sinken. Auch Reeve hielt an und wandte sich mir mit dem Körper zu.

"Weißt du, wenn ich nicht deine Schwester auf dem Arm hätte, und sie meine Bewegungsfreiheit nicht einschränken würde...", Reeve lächelte schief und jungenhaft, während er mein Gesicht anhob und mich zwang ihm tief in die blauen Augen zu sehen. „Dann würde ich dich jetzt küssen.", fügte er hinzu.

Verflucht! Dann küss mich!

Mein Unterbewusstsein hatte sich wieder eingeschaltet. Und wie es aussah, war nun nicht einmal mehr Verlass auf dieses. Reeve hatte Besitz von ihm ergriffen. Schien, als wäre ich, Caroline, ohne meinen nervigen Verstand, die letzte, die noch klar denken konnte, auf mich allein gestellt.

"Haha..."

Ich lachte gezwungen, als hätte er einen unserer Insiderwitze gerissen und löste mich aus seiner Berührung. Doch es war kein Witz. Wenn er spaßen würde, hätte er mich nicht berührt. Das hatte er nie, wenn er es nicht ernst meinte. Geschweige denn, mich so angesehen, wie er es in diesem Moment tat. Gut, er hatte es noch nie ernst gemeint, was also ließ mich so sicher sein, dass es dies jetzt war? Verdutzt sah er mir nach, wie ich meinen Schritt wieder aufnahm, diesmal schneller. Ich hörte ihn leise seufzen und irgendetwas zu Kit murmeln, die ihn allerdings hundertprozentig gar nicht wahrnahm.

"Danke für's Bringen."
"Ich kann noch kurz mit reinkommen.", schlug Reeve vor.
Der Bewegungsmelder hatte das Licht über der Haustür eingeschaltet und beleuchtete sein lächelndes Gesicht. Kit schnarchte leise an seinem Ohr und nuschelte gelegentlich etwas im Schlaf.
"Es ist schon spät. Lass uns doch morgen was machen, ja?", entgegnete ich entschuldigend.
Ich zuckte die Achseln und kramte nach meinem Hausschlüssel.
"Wenn du meinst. Ich meine ja nur, wegen Kit."
Meine Augen fanden die seinen. Ich verharrte in meiner Position, während ich meine Schwester beäugte. Natürlich! Weswegen auch sonst? Ich hatte Kit ja ganz vergessen.
"Achso. Ja, das wäre nett, danke."
Ich wandte das Gesicht ab, um zu verhindern, dass Reeve mein tiefrot angelaufenes Gesicht bemerken konnte. Mir war kochend heiß, so angespannt war ich wieder einmal. Warum musste ich nur immer so peinlich sein? Was stimmte nicht mit mir? Stille kehrte ein. Er nickte.
"Aber irgendwie kann ich meinen Schlüssel nicht finden.", brabbelte ich noch immer suchend.

"Hast du in deiner Hose nachgesehen?"

Ich legte die Hände auf meinen Po, um in den hinteren Taschen der kurzen Jeans nach meinem Schlüssel zu tasten, doch auch dort war er nicht zu finden.

"Kann es sein, dass du ihn vergessen hast?"

Reeve sprach leise und bedacht, als wollte er mich nicht wütend machen.

„Nein. Ich denke eher, dass ich ihn nicht finden kann, weil *das hier* nicht meine Klamotten sind."

Ich fuchtelte mit den Händen um mich herum, um meinen Körper in die Geste einzuschließen.

Er biss sich auf die Lippe und zuckte die Achseln.

„Und was nun?", wollte Reeve wissen.

"Kann ich von dir aus meinen Bruder anrufen?"

Ich steckte die Hände in die Taschen, hob die Schultern an und verzog den Mund zu einem schiefen Grinsen.

"Klar, dann müsstet ihr allerdings mit rüber kommen. Hab mein Handy zu Hause gelassen, damit wir *nicht gestört* werden.", grinste er und machte sich daran, das Grundstück zu verlassen.

Ich folgte ihm auf die Einfahrt und schließlich hinein.

"Sind deine Eltern da?"

"Ja, die müssten schlafen.", antwortete er und knipste das Licht an.

In dem ordentlichen Haus roch es noch immer wie vor einigen Stunden, als ich das erste Mal durch die Haustür getreten war. Nach Orangen, Zimt und Aftershave. Ich sog den Duft ein und fühlte mich gleich entspannter. Reeve trug Kit durch den gefliesten Flur, bis zu der großen Couch. Er legte sie vorsichtig ab und deckte sie zu. Mein Kopf legte sich wie von allein schief. Es war eigenartig anzusehen. Reeve Devenport konnte auch tatsächlich fürsorglich und beinahe süß sein. Er musste gut mit Kindern umgehen können. Vielleicht war das ja auch der Grund, weshalb er sich so auf sein Geschwisterchen freute.

"Mein Handy liegt da auf dem Tresen.", flüsterte er und wies mit dem Finger in eine Richtung.

Mein Blick folgte diesem und fand es schließlich. Da ich meinen Bruder schon tausendmal angerufen hatte, weil er einfach nicht nach Hause gekommen war, kannte ich seine Nummer inzwischen auswendig. Wo er wohl heute war? Ich tippte die Zahlen ein und legte das Handy ans Ohr. Es klingelte ein Mal, zwei Mal...

"Waaaaaaas ist los? Wer ist da?"

James lallte. Er war betrunken. Mindestens.

"Ich bin's."

"Wer? Falls da Meera ist...ich wollte echt anrufen, Baby, aber ich hatte einfach keine Zeit."

Nun hickste er. Und wie betrunken er war!

"Nein, James! Ich bin's! Deine Schwester. Ich hab mich ausgeschlossen. Wann kommst du nach Hause?"

Meine Stimme klang energisch, fast aggressiv. Ich wollte einfach zu ihm durchdringen.

"Wer ist da?", hörte ich eine Stimme im Hintergrund rufen.

"Nur meine Babyschwester. Die hat mal wieder irgendein Problem. Ihre Tage oder so!", prustete er los.

Seine *Babyschwester* hatte er mich nicht mehr genannt, seit wir acht waren und er mich damit aufziehen hatte wollen, dass ich jünger war als er. Im Hintergrund nahm ich Gelächter wahr. Laute Musik drang an mein Ohr, gefolgt von einem gleichmäßigen, hohen Piepen.

"Er hat aufgelegt."

Als würde es mich tatsächlich überraschen, starrte ich das Handy an.

"Und was jetzt?"

Reeve tauchte auf der Treppe zu seinem Zimmer auf.

"Ich weiß nicht.", seufzte ich. "Dad ist die ganze Nacht über weg. James ist ein Arsch."

"Also, wenn du willst, dann könnt ihr hier übernachten."

In meinem Magen breitete sich ein mulmiges Gefühl aus. Es lag nicht daran, dass ich Angst davor hatte, hier bei Reeve zu schlafen, sondern viel mehr daran, dass ich mich doch tatsächlich fürchtete, mich auf ihn einzulassen, ihm zu trauen, Reeve an mich rankommen zu lassen. Denn so, wie es jetzt war, fühlte es sich so...gut an, neu und ungewohnt, aber gut. Ich warf einen raschen Blick auf meine kleine, schnarchende Schwester und seufzte nickend.

"Kit wird wohl nichts dagegen haben.", grinste ich endlich.

Sie schnarchte noch immer, die Nase plattgedrückt in einem Kissen vergraben. Reeve musste lachen.

"Nein...", stellte er fest.

Seine Stimme war leise, tief, fast brummend. Er sah mich lächelnd an. Ich strich mir eine blonde Strähne hinter das Ohr und nickte.

"Macht es auch wirklich keine..."

"Also echt, Caroline. Komm mir jetzt nicht so! Ich hasse es, wenn Leute das sagen."

Reeve kam mit flinken, eleganten Schritten auf mich

zu. Wie angewurzelt stand ich da. Was wollte er denn jetzt machen? Entschlossen stand er vor mir. Ich riss die Augen auf.

Bitte, bitte küss mich jetzt nicht! Bitte nicht!

Heute konnte ich mich wohl gar nicht entscheiden. *Küss mich, küss mich nicht! Krieg dich mal wieder ein, Carrie! Als ob er dich küssen würde! Als ob du das wollen würdest!*, prusteten meine Gedanken.

Ich sah peinlich berührt den Boden an. Das mit den stillen Selbstgesprächen in meinem Kopf konnte wirklich nicht normal sein. Sah ich komisch aus, wenn ich nachdachte? Bestimmt! Ich mimte dabei, beinahe als würde ich sprechen.

Er tat es auch nicht. Reeve küsste mich nicht. Stattdessen beugte er sich vornüber und schlang die Arme um meine Oberschenkel. Ehe ich es mich versah, riss er mich hoch und ich fand mich auf seiner Schulter wieder. Mit einem erstickten Schrei in der Kehle wurde ich nach unten in sein Zimmer getragen und ohne ein weiteres Wort auf das Bett geworfen. Völlig unter Schock saß ich da. Reeve grinste.

"Du bist ja nicht ganz dicht!", lachte ich.

Reeve zuckte nur mit den Schultern und joggte wieder hoch. Als er wiederkehrte lag Kit in seinen Armen. Sie legte er sanft auf die Couch im Zimmer und schloss dann die Tür. Mit einem erschöpften Seufzen ließ er sich neben mich fallen, verschränkte die Hände hinter dem Kopf, überkreuzte die Füße und blickte hoch zur Decke. Ich wusste ja, dass Reeve ein bisschen verrückt war, aber offensichtlich hatte er auch eine enorm große Menge Energie übrig.

"Was jetzt?", wollte ich wissen.

Mit einem hinterhältigen Lächeln sah ich ihn spitzelnd von der Seite an.

„Wahnsinn! Das ist mein erster *Sleepover* seit ich sieben war!", kicherte er, tat dabei so, als wäre er ein kleiner Junge und knuffte mir in die Seite.

Ein Schmunzeln konnte ich mir nicht verkneifen. Den Moment, in dem Reeve Devenport seinen Humor verlor, erlebte ich wohl nie.

"Ich würde gerne etwas tun, woran ich schon seit Stunden denke...", raunte Reeve.

Er wandte sich mit seinem Körper mir zu, stützte sich auf die Ellenbogen und sah mich ernst an.

"Was denn?", piepste ich.

Auf einmal kam mir alles viel zu still vor. Meine Stimme war nicht zu kontrollieren. Ich war mit einem Mal furchtbar aufgeregt. Wahrscheinlich war mein Kopf mal wieder knallrot angelaufen. Mein Blut kochte, meine Wangen brannten, mein Herz klopfte wie wild.

"Wenn du mich nicht dafür schlägst..."

Seine Lippen kamen immer näher. Scheiße! Doch, der hatte vor mich zu küssen!!!

"Werde ich nicht..."

Meine Lider flatterten, bevor sie sich wie von allein schlossen. Mein Mund wartete auf seine Wärme, meine Lippen auf seinen Kuss. Ich konnte Reeves warmen Atem bereits auf meiner Wange fühlen, die Frische darin riechen, bereitete mich auf die Explosion in meinem Bauch vor, die geschehen würde, sobald die Schmetterlinge darin dem Druck nicht mehr standhalten konnten. Und kurz bevor sein Mund sich auf meinen legte, unterbrach uns natürlich etwas. Oder in diesem Fall - jemand.

"Aber Daddy hat gesagt, du sollst nicht mit Reeve

schlafen gehen!"

"Was?!"

Ich starrte sie erschrocken an.

"Was?", lachte Reeve.

"Das hat er gar nicht gesagt!", zischte ich und setzte mich aufrecht hin.

"Außerdem wollte ich Caroline nur küssen, Krümel."

"Ich hab genau gehört, wie Daddy gesagt hat, du sollst das nicht machen! Und dass du deine Zeit nicht an ihn verschwenden darfst! Und mal an Reeve denken musst!", beharrte sie.

"Was? Wie meint sie das? Was hat dein Dad gesagt

"Sie hat das falsch verstanden!", meinte ich an ihn gewandt. "Als wir uns das erste Mal getroffen haben, hat Dad mir einen Vortrag gehalten, aber er kennt dich ja gar nicht, und er meinte es nicht so, wie sie es jetzt..."

"Denkt er, ich bin nicht gut genug für dich?"

"Reeve! Das stand doch gar nicht zur Debatte!", heulte ich verzweifelt.

"Was?"

"Mann! Dass du und ich zusammen sein könnten."

"Wieso nicht, huh? Weil ich keine eins in Mathe habe? Weil ich nicht..."

"Nein! Du verstehst das nicht, okay?"

"Okay.", entgegnete er ruhiger. "Dann erkläre es mir."

Ich seufzte und fasste mir an den Kopf.

"Ich kann's nicht erklären."

Wut baute sich in mir auf. Wut, unfähig zu sein, ihn mit irgendetwas zu beschwichtigen. Er war enttäuscht. Dabei hatte er eigentlich keinen Grund dazu. Er dachte es nur.

"Du willst nicht.", schnaufte er und fuhr sich kopf-schüttelnd durch das Haar.

„Das ist nicht wahr! Ich kann einfach...nicht!"

„Wieso nicht?"

"Reeve...ach...Mann! Wie willst du etwas erklären, dass du selbst nicht begreifst?"

Reeve schwieg und musterte mich genau.

"Ich verstehe es nicht ganz. Ich hab es noch nie ver-standen. Aber ich kann es mit Worten erklären.", nuschelte er mit gesenktem Blick.

"Was? Wovon redest du, bitte?"

Langsam drehte ich durch. Konnte er mal Klartext reden!?

"Ich hab mich in dich verliebt, Caroline."

Mir stockte der Atem. Was hatte er gerade gesagt?

"Ich hab das noch nie gefühlt... Ich meine, klar! Ich dachte, ich würde etwas fühlen, aber das war nicht annähernd das, was ich empfinde, wenn ich bei dir bin..."

Seine Augen durchbohrten mich förmlich. Mein Blick wanderte zu Kit, die das Spiel verwirrt mit an-sah.

"Ich...aber... Ich weiß nicht, was ich jetzt sagen soll..."

Mit den Augen versuchte ich, ihn auf Kits Anwesen-heit hinzuweisen.

"Können wir kurz rausgehen?", bat er mich.

So hatte ich ihn noch nie erlebt. Er wirkte erschöpft, nervös.

"Kit, sei so gut und stell nichts an, ja? Fünf Minu-ten..."

Ich folgte ihm die Treppe hinauf und aus der Terras-sentür hinaus in den Garten. Dort stand der Pool.

Ich erinnerte mich an den Abend, an dem wir hier getanzt und *Sweet Caroline* gesungen, oder wie ich, eher gejodelt hatten. Wir blieben auf der Terrasse stehen und sahen uns in die Augen. Es war dunkel, doch ich konnte das Glänzen der seinen ausmachen.

„Okay, also...ich will nur, dass du weißt, dass ich das hier echt nicht geplant hatte. Ich hab das schon ein, zwei Mal gemacht... Jemandem gesagt, dass ich...na, du weißt schon. Aber das gerade, das war spontan. Hätte ich es geplant, dann würde ich vermutlich schon schweißgebadet sein. Ich meine, ich hatte ja bis vor Kurzem gar keine Ahnung, wie es ist, verliebt zu sein! Und bei den anderen Malen, Aria zum Beispiel, war ich schon aufgeregt... Du kannst dir das nicht vorstellen! Mein Kopf brennt und mir ist so schlecht, ich könnte kotzen! Aber es ist auch ein gutes Gefühl, verstehst du mich?", hechelte er, seine Stimme immer wieder abwechselnd verzweifelt und halb lachend.

Ich verstand nichts von dem, was er da sagte. Alles war ein Gewirr aus Worten. Außerdem war ich kaum fähig zu atmen, wie sollte ich da denken, geschweige denn verstehen können?

"Caroline, ich habe mich in dich..."

"Hast du nicht.", unterbrach ich ihn.

Ich konnte sein Gesicht nicht sehen, doch ich war sicher, dass er die Stirn in Falten legte und mich streng ansah.

"Hab ich nicht?", hakte er nach.

Ich verschränkte die Arme vor der Brust und schüttelte den Kopf. Ein Seufzer drang an mein Ohr. Ich war nicht sicher, ob es seiner oder meiner war.

"Hast du nicht. Man kann sich nicht innerhalb von

zwei Wochen verlieben. Wir haben ja gerademal..."

"Sieben Tage. Und jetzt sind es acht Stunden. Sieben Tage und acht Stunden, die wir zusammen verbracht haben."

Verdutzt starrte ich in die Dunkelheit. Er zählte die Tage wie ein trockener Alkoholiker.

"Das ist doch bescheuert!", plärrte ich und fuhr herum, drehte ihm den Rücken zu.

"Wieso bescheuert? Wenn du nicht dasselbe für mich empfinden kannst, ist das okay. Aber du musst mir nicht meine Würde nehmen, Caroline..."

Ich stöhnte und drehte mich wieder um.

"Es ist einfach ein furchtbarer Zeitpunkt. Wenn das vor drei Monaten passiert wäre, dann..."

Ich hielt inne und starrte auf eine Stelle auf seinem Shirt. Das Licht aus dem Wohnzimmer drang hinaus und leuchtete mich an. Meine Worte machten keinen Sinn. Ob nun vor drei Monaten, oder jetzt, das zählte nicht. Es ging nicht.

„Das zu hören, nachdem ich gerade echt meine Hosen hab fallen lassen, das tut echt gut.", witzelte er. Ich konnte spüren, dass er sich zu dem schiefen Lächeln zwang, das in diesem Moment über seine Lippen huschte. Ich schnappte nach Luft und rieb mir die Oberarme. Mit Sarkasmus konnte ich jetzt wirklich nicht umgehen.

„Es ist nur... Damit hatte ich einfach nicht gerechnet. Ich meine, sieh dir doch mal unsere Situation an! Wir hassen uns! Das war schon immer so. Und jetzt sagst du mir plötzlich, dass du..."

„Denk doch nicht über die Vergangenheit nach! Ich sage dir hier und jetzt, dass ich mich in dich...*verliebt habe*. Zwing mich nicht dazu, auch

noch im Boden versinken zu wollen, Care! Bitte."
Er lachte leise, peinlich berührt, wie es mir schien.
Ich konnte mir vorstellen, wie er sich gerade fühlte.
Ich machte ihm alles auch noch schwerer, indem ich
um den heißen Brei herumredete. Erschöpft seufzte
ich auf. Am liebsten hätte ich ihn an mich gezogen
und ihn geküsst, ihn erlöst von diesem Unwissen um
meine Gefühle für ihn. So einfach war das jedoch
nicht. Das Problem war, und ich hätte nie gedacht,
dass ich einmal in dieser Situation stecken würde, da
ich mir als ich jünger gewesen war immer vorgenommen hatte, Folgendes nicht einmal zu denken,
wenn es soweit war: dass es nicht an ihm lag, nicht
an Reeve, sondern an mir. Ich hasste die Filme, in
denen jemand mit jenen Worten eine Beziehung
beendete. Die Personen in diesen Filmen, Büchern,
oder was auch immer, schienen dies immer ebenfalls
bis zu diesem Moment gedacht zu haben. Gedacht zu
haben, dass sie jenen Satz niemals verwenden würden, da er einfach klang, als wäre er frei erfunden,
eine Ausrede, um einen Schlussstrich ziehen zu können, ohne den anderen im Glauben zu lassen, er sei
schuld an der Entscheidung, oder nicht gut genug.
Mir wurde klar, dass es in diesen Momenten, den
Filmen, Büchern und Geschichten, eine Lüge war.
Wenn man jemanden nicht mehr liebte, oder es gar
nie getan hatte, und vorhatte sich von diesem zu
trennen, musste es doch auch an ihm liegen. Er war
einfach nicht der Richtige. Niemand, in den man
sich verlieben konnte. Man selbst. Doch in meiner
Situation mit Reeve, war es hundertprozentig keine
Lüge. Es lag an mir. Ich konnte ihm das nicht antun.
Was wäre ich für ein Mensch gewesen, wenn ich ihm

nun heiter in die Arme gefallen wäre, mit dem Wissen, ihn früher oder später verletzen zu müssen?

Es liegt nicht an dir, es liegt an mir. , dachte ich in die Stille hinein.

Schon viel zu lange hatte ich geschwiegen. Reeve runzelte die Stirn.

„Care?"

Ich blinzelte ein paarmal und schluckte schwer. Wieder einmal waren meine Gedanken vollkommen ineinander verworren.

„Das ist keine gute Idee.", nuschelte ich eher zu mir selbst, als zu ihm.

"Heißt das jetzt...du..., oder heißt das, wir sind nur Freunde...?"

Ich schwieg und sah an seinem Gesicht vorbei in eine dunkle Ecke des Gartens der Devenports. Reeve war leise, atmete ruhig. Seine Hand näherte sich meinem Gesicht.

Seine warmen Finger legten sich an meinen Nacken. Mir wurde heiß, ich wurde schwach. Meine Knie fühlten sich an wie Pudding.

"Es ist einfach ein furchtbarer..."

Meine Augen füllten sich mit Tränen, weshalb ich sie so schnell wie möglich schloss. Das durfte nicht passieren! Es war egoistisch und falsch. Ich war ein schrecklicher Mensch. Seine Lippen näherten sich meinen. Gleich würden wir uns küssen! Ich schloss die Augen und drängte mich näher an ihn. Ich konnte nicht mehr davonlaufen. Es fühlte sich zu gut an. "Zeitpunkt...", hauchte ich.

Der Kuss ließ das Wort nur noch als kleinen Lufthauch zurück. Reeves Lippen waren weich und rau zugleich, feucht und warm. Wie ich befürchtet hatte,

platzten die Schmetterlinge in meinem Bauch und ließen einen kleinen Druck in der Brust zurück. In meinem Magen fing es an zu kribbeln, mein Herz schlug immer schneller, mein Atem stockte, meine Lippen simulierten die Bewegungen, die ihnen vorgegeben wurden. Es fühlte sich unendlich gut und schrecklich zugleich an. Ich wollte mehr, zog ihn an mich und fuhr mit den Fingern durch sein Haar. Er stöhnte auf und schlang die Arme um meine Taille. Ich nahm kaum wahr, wie er mich hoch hob und an sich drückte. Immer hatte ich gedacht, Reeve wäre ein egoistisches Arschloch, das nur Spaß haben wollte, dem nur es selbst wichtig sei. Vielleicht war er das auch, ein eingebildeter Idiot, doch er hatte auch eine andere Seite. Verdammt, er hatte so viele gute Seiten. Wer hätte gedacht, dass ausgerechnet Reeve Devenport der Junge sein würde, in den ich mich einmal verliebte? Doch jetzt gerade, in diesem Moment, war ich der Egoist. Langsam lösten wir uns voneinander. Reeve setzte mich wieder auf dem Boden ab, ließ mich jedoch nicht los. Sein Oberkörper war angenehm warm, hart und gemütlich zugleich.
"Das nehme ich mal als *Ja*?"
"Ja, was?", hakte ich leise nach.
"Ja, du magst mich?"
Ich grinste und sah zu ihm auf.
"Na, dann... Ja! Aber tu doch nicht so, als hättest du das nicht schon längst gewusst!"
Reeve schmunzelte.
„Sagen wir einfach, ich hatte es geahnt.", grinste er schelmisch.
Ich senkte den Blick und zog die Brauen zusammen.
Das konnte kein gutes Ende nehmen.

Du dämliche Egoistin! , schrie es in mir. *Was tust du ihm da an? Das ist falsch! Falsch von dir! Sein Schmerz wird dir verschuldet sein! Nur dir! Du hättest ihm das ersparen können! Aber du bist egoistisch!*

Meine Gedanken brachten mich noch um. Ich kehrte sie mit einem imaginären Besen zusammen und schob alles in die hinterste Ecke meines Gehirns. Wenn ich ihm all das, was nun noch kommen würde schon antat, dann musste ich ihn zumindest darauf vorbereiten. Selbst das würde wohl zu wenig sein, aber hatte ich nicht ein wenig Glück verdient? Nur ein klitzekleines Bisschen? Ich zwang mich, zu ihm aufzusehen. Augenblicklich verflüchtigte sich das unwohle Gefühl in meinem Inneren. Reeve lächelte weich. Er sah mich mit strahlenden Augen an, bevor er mich an sich zog und immer wieder küsste.

Ich wachte in seinem Bett auf. Nein, wir hatten selbstverständlich nicht miteinander geschlafen. Schließlich war Kit im Zimmer. Außerdem gab es da noch so einige andere Argumente, die dagegen sprachen, gleich nach dem ersten Kuss in die Kiste zu springen. Wir waren ja noch nicht einmal richtig zusammen. Wie auch immer.

Reeve lag neben mir. Ich wandte ihm mein Gesicht zu, musterte ihn genau und drehte mich letztendlich zu ihm um. Seine Miene war entspannt, die Lider zuckten gelegentlich. Er atmete laut, was mich ungemein beruhigte. Ein Lächeln schlich sich in meine Mundwinkel. Ich streckte meine Hand nach ihm aus und strich über sein abstehendes Haar. Reeve zuckte zusammen, öffnete die Augen. Ich erschrak ebenfalls, beruhigte mich jedoch wieder, als er anfing zu lächeln und sich gemächlich reckte.

"War ich brav?", grinste er und gähnte.

"Ich hoffe doch."

Ich hätte Angst haben sollen, wie man mich kannte, dass die Situation nun unbehaglich werden könnte, dass nun, wo alles schon einen Moment zurücklag, irgendwie eine peinliche Stille, gefolgt von wochenlangem Abstand zwischen uns einkehren würde. Doch so war es zum Glück nicht. Er rutschte ein Stück heran, schlang die Arme um mich und drückte mich an seinen Körper. Er trug, im Gegensatz zu mir, kein Shirt. Ich fühlte die Wärme, die von ihm ausging. Er war warm wie eine Heizung. Fast zu warm, doch ich wollte nicht, dass er mich losließ. Ich wollte, dass er mich nie wieder losließ. Ich fühlte mich beschützt und geborgen. Es hätte ein Tsunami, ein Erdbeben, ein Tornado im Zimmer toben können, ich hätte mich kein Stück von hier wegbewegt. Es war überraschend, wie selbstverständlich er mich in den Armen hielt. Wir hatten uns ein einziges Mal geküsst, doch es fühlte sich an, als wären wir schon längst ein Paar gewesen. Plötzlich patschten eiskalte Hände auf meine Füße. Ich zuckte zusammen. Kit war nichts im Vergleich zu einer Naturkatastrophe. Sie kroch unter meine Decke und drängte sich zwischen Reeve und mich, bis er sich widerwillig von mir löste.

"Krümel! Morgen, du Maulwurf!"

Meine Schwester grinste ihn an und kuschelte sich in die Decken.

"Frühstück?", schlug Reeve vor.

"Und deine Eltern?"

"Die sind arbeiten. Keine Sorge, wir haben das ganze

Haus für uns."

"Aber Kit..."

"Wir können sie ja schnell rüber bringen, falls jemand da ist.", grinste er.

Perfekt!

In diesem Moment hätte ich alles getan, um mit ihm allein zu sein. Der Gedanke daran, ihn wieder zu küssen, löste sofort ein Kribbeln in meiner Magengegend aus und verursachte eine Gänsehaut, die meinen gesamten Körper einschloss.

"Ich will aber hier bleiben!", protestierte sie.

"Aber dann verpasst du ja die Looney Toons, Kit!", schmollte ich.

Sie schwieg.

"Schnell! Ich verpasse sie!"

So schnell war sie zu überzeugen? Es schien mein Glückstag zu sein.

"Also, Frühstück?", wiederholte Reeve lächelnd.

"Klar!"

Mit Kit an der Hand klingelte ich Sturm. Daddy, so dachte ich mir, würde ich mit einem Kuss begrüßen, falls er bereits wieder zurück war, ihm Kit geben und schnell verschwinden, ehe er fragte, wo ich denn herkäme. Mit James müsste ich reden... Ich hoffte, dass Dad da war, und James noch schlief. Die Tür öffnete sich. Ein vollkommen verschlafener großer Bruder stand vor mir. Er trug nichts außer weißen Socken am Leib.

"Du dämlicher Idiot!", fauchte ich.

"Guten Morgen, Schwesterherz.", grinste er dümmlich.

Sein blondes Haar stand Büschelweise ab. Genervt schubste ich ihn ins Haus und schloss hinter uns die

Haustür.

"Katie!!!", brüllte er euphorisch, riss sie hoch und schleuderte sie um sich herum.

"Kannst du dich nicht mal zusammenreißen?!", knurrte ich.

"Was denn? Sie liebt das!"

"Du weißt genau, was ich meine, James!"

Ich sprach von gestern Nacht.

"Verdammt, Caroline! Ich bin erwachsen. Nur weil du einen Stock im Arsch hast, musst du deine Scheißpubertät nicht an mir auslassen!", brummelte er und tapste in die Küche.

"Pubertät? Du dämlicher Wichser! Du bist im Arsch, weißt du das eigentlich? Nichts bekommst du auf die Reihe! Warst du bei dem Bewerbungsgespräch, das Dad für dich organisiert hat?"

Er schluckte und fing an, sich einen Kaffee zu machen.

"Du musst endlich wieder weitermachen, James.", flüsterte ich.

Ich sah, wie seine Schultern bebten und sein Kopf sich senkte.

"Warum fängst du immer wieder damit an?", flüsterte mein Bruder.

Er stand mit dem Rücken zu mir, doch ich wusste, dass ihn die Tränen überkamen. Na, toll. Jetzt war ich wieder die Böse.

„Weil ich muss, James."

„Ich kann nicht...", schluchzte er.

Er weinte. Warum musste er immer heulen, wenn ich ihn anschreien wollte? Mitfühlend ging ich auf ihn zu und legte von hinten die Arme um seinen Hals. Um überhaupt so hoch zu kommen, musste ich mich auf die Zehenspitzen stellen. Wenn ich mich nicht irrte, war mein Bruder fast so groß wie Mr. Devenport.

"Es ist zwei Jahre her...", sprach ich leise.

"Ich will nicht mehr, Carrie! Ich kann einfach nicht mehr..."

James drehte sich zu mir um und sah zu mir herunter. Sein Gesicht war tränenüberströmt.

"Du musst aber, James!"

"Wenn du auch noch weg bist, dann...", schluchzte er.

"Ich bin ja noch da!", wisperte ich und legte die Hand an seine Wange. "So schnell verlasse ich dich auch nicht, James."

Er brach erneut in Tränen aus. Mir schoss ebenfalls das Wasser in die Augen. Nicht, weil ich einer dieser Menschen war, die andere nicht weinen sehen konnten, ohne selbst anzufangen. Sondern, weil seine Wortwahl mir einen tiefen Stich in die Brust versetzte.

Wenn du auch noch weg bist. , hallten die Worte in meinem Kopf wider.

Unweigerlich erinnerte ich mich an den gestrigen Abend zurück. An meine Gedanken, kurz bevor Reeve mich geküsst hatte. Ich vergrößerte den Kreis der Menschen, denen ich das Herz früher oder später zerriss. Ich vergrößerte ihn mit Reeve.

Mein Bruder war ein Wrack. Das wusste ich. Meine ganze Familie war ein altes, verrostetes Schiff auf dem Grund des Meeres. Nicht restaurierbar und nie wieder seetauglich. Und jetzt mutete ich Reeve dasselbe zu.

"Jetzt zieh dir was an und mach was Sinnvolles!",

lenkte ich mich selbst ab.

Flüchtig wischte ich mir mit dem Handrücken die Tränen von den Wangen und ließ James los. Er entfernte sich einen Schritt und nickte. Seine Nase lief noch immer, weshalb er immer wieder schnupfte. Einen Augenblick lang sah er mich still an, bevor er die Hand hob und mir über die Wange strich. Ob dort noch eine Träne gewesen war, oder er mich einfach berühren hatte wollen, wusste ich nicht. Ein kurzes Schmunzeln flog über sein Gesicht, verschwand jedoch noch in derselben Sekunde.

Als er Anstalten machte zu gehen, schlug ich ihm auf den nackten Hintern und grinste dreist in sein erschrockenes Gesicht. James zwang sich zu einem Lächeln und tapste an mir vorbei die Treppe rauf.

"Bitte sorg dafür...", rief ich ihm nach, "dass ich dich nie wieder nackt sehen muss!!!"

Ich hörte ihn lachen.

"Und kümmere dich um Katie! Ich geh nochmal los!"

Die Haustür zu Reeves Haus stand offen. Ich trat wieder ein und rannte in die Küche. Er war nicht dort, also musste er wohl in seinem Zimmer sein. Langsam schlich ich die Treppe hinunter, in der Hoffnung, Reeve erschrecken zu können. Als ich jedoch in sein Zimmer sprang, fand ich nicht, wie eigentlich erwartet, einen auf dem Bett erneut eingedösten, sondern einen nackt vor seinem Kleiderschrank stehenden Reeve vor. Ich riss die Augen auf und begann zu stottern.

„Oh, s-sorry, i-ich d-dachte, du..."

"Scheiße, Caroline!", fluchte er und hielt sich die Hände vor die Körperteile, die man normalerweise nicht sah, wenn man jemanden vergleichsweise in Badehose betrachtete.

Ich drehte mich um, natürlich purpurrot angelaufen.

"Tut mir leid, verdammt! Warum muss sowas immer mir passieren? Ich wollte nur...ach Scheiße! Ich...ich..."

"Schon okay!", unterbrach er mich.

In seiner Stimme klang ein melodisches Lachen mit. Er war scheinbar amüsiert.

"Weißt du noch in der siebten? Im Sportunterricht?"

Ich nahm die Hände von den Augen und starrte an die weiße Wand vor meinem Gesicht, während er sich eine Hose überzog.

"Meinst du den Tag, an dem Daphne Winters dir die Hose runtergezogen hat?"

"Genau.", bestätigte er, räusperte sich. "Alle haben meinen Schwanz gesehen."

Ich lachte auf. Er wirkte so gelassen. Warum konnte ich nicht mal so reagieren, wenn es sich um unangenehme Situationen handelte? Er war so ruhig und entspannt, einfach immer. Ich war es nie. Nur innerlich, wenn ich bei ihm war. Bei Reeve...

"Also, worauf hast du Lust, Bambi?"

Reeve joggte an mir vorbei die Treppe hinauf. Ich folgte ihm und musste einfach seinen Hintern anstarren.

Verdammt, hat der 'nen Hintern!

Ach du Scheiße... Krieg dich mal wieder ein, Caroline. Der Hormonspiegel scheint ungewöhnlich hoch zu sein.

Ich betete zu Gott, damit er endlich meine Gedanken ausschaltete. Doch er erhörte mich nicht. Wie immer. Also schwirrten sie weiterhin in meinem Kopf herum, brachten mich völlig um den letzten Rest Vernunft. Ich war kurz davor, mich Hals über Kopf in Reeve zu verlieben, falls das nicht schon längst geschehen war. Und ich befürchtete, dass weder ich, noch mein bescheuertes Unterbewusstsein etwas tun konnten, um diese Gefühle aufzuhalten.

"Wie wäre es mit Pfannkuchen?", schlug ich vor. "Mit Zimt und Zucker?"

"Also wenn, dann nur Pfannkuchen. Gegen Zimt bin ich allergisch."

"Ehrlich? So richtig?", hakte ich nach.

"Wenn du willst, kannst du es ausprobieren, aber du solltest den Krankenwagen rufen, bevor ich drohe zu ersticken."

Er drehte sich mit erhobenen Brauen zu mir um.

"Verstehe. Wie wäre es mit Rührei?"

"Ganz klassisch, verstehe. So eine bist du also.", grinste Reeve und erklomm die letzte Stufe.

"So eine?"

"Ja, eine von der unkomplizierten Sorte. Ich wette, wenn wir verheiratet wären und uns so richtig gestritten hätten, dann könnte ich dich mit einem Frühstück ans Bett wieder friedlich stimmen."

"Womöglich."

"Höchstwahrscheinlich.", verbesserte Reeve neckisch.

Ich nickte einsichtig.

"Das ist gut, sehr gut.", grinste er und machte Anstalten die Arme um mich zu schlingen.

Ich ließ die Nähe zu. Warum auch nicht? Was war so schlimm daran, dass auch ich einmal die Chance hatte, glücklich zu sein? Er ließ mich allen Kummer vergessen. Seine Wärme, diese Zuflucht, die Reeve mir bot, fühlte sich gut an, als würde sie alles Schlechte heilen. *Heilen...*

"Aber ich heirate nicht."

Seine Augen blitzen überrascht auf, als unsere Blicke sich trafen.

"Niemals?"

"Nie."

"Warum nicht?"

"Ich will nicht sein, wie alle anderen. Warum muss ich jemandem ein Versprechen geben, damit er sich sicher sein kann, dass ich ihn für immer liebe? Sind wir Menschen denn wirklich einzig und allein dazu bestimmt, zu heiraten, Kinder zu kriegen und dann zu sterben? Der Gedanke daran befriedigt mich ganz und gar nicht."

Im nächsten Moment bereute ich meine Wortwahl, war jedoch überrascht, als Reeve keine dämliche Bemerkung über das Wort *befriedigt* abließ. Natürlich glaubte ich nicht wirklich, was ich da von mir gab. Doch ich hatte die Wahl zwischen *„Ich werde nicht heiraten, weil ich dazu gar nicht lange genug lebe"* oder *„Das kann doch nicht unser aller Bestimmung sein"*. Zugegeben wäre die erste Variante zumindest endlich dazu gut gewesen, Reeve aufzuklären. Ihm endlich zu beichten, weshalb das mit uns eigentlich so schrecklich falsch war, weshalb ich mich so ewig dagegen gesträubt hatte, weshalb ich eine Egoistin war. Doch stattdessen tischte ich ihm einen noch viel größeren Mist auf, als die Wahrheit es bereits war.

Ich will nicht sein, wie alle anderen? , wiederholte ich meine Worte in Gedanken. *Verdammt, im Lügen warst du aber auch mal besser, Caroline!*

"Darum geht es doch gar nicht.", hauchte er schmunzelnd.

"Ich erwarte nicht, dass du mich verstehst, Reeve.", lächelte ich.

Vorsichtig löste ich mich von ihm. Reeve musterte mich mit einem nichtssagenden Grinsen, das eigentlich gar kein Grinsen war.

"Was?"

"Caroline! Wenn ich dir das sagen darf, ohne dass du irgendetwas fehlinterpretierst, dann teile ich dir hiermit mit, dass du ganz und gar nicht wie jeder andere bist. Du bist anders, alles an dir. In einem guten Sinne."

Ich war baff.

„Mal abgesehen von der Tatsache, dass du nicht von einer Traumhochzeit mit Prinzessinnenkleid und Pferdekutsche träumst, wie jedes zweite *normale* Mädchen.", grinste er.

Reeve setzte das Wort *normale* mit den Fingern in Anführungszeichen, sah erstere danach jedoch ziemlich verwirrt an und ließ sie eilig sinken. Dass er diese irgendwie primitive Gestikulation benutzte, wunderte nicht nur ihn, sondern auch mich.

"Woher kennst du denn meine Gedanken, huh Shakespeare?"

Stichelnd sah ich ihn an, die Hände in die Hüften gestemmt. Er lächelte, zog mich jedoch ohne ein weiteres Wort mit sich in die Küche.

Er stellte das Radio ein und bewegte sich flüssig in der Küche fort. Fast so, als würde er jeden Millimeter genau studiert haben und könnte das ganze sogar im Schlaf bewältigen. Ich beobachtete ihn genau und musste in mich hinein lächeln. Er holte ein Schneidebrett hervor, aus dem Schrank eine Packung Nudeln und aus dem Gewürzregal einige Streuer, die ich noch nie zuvor gesehen, oder gar benutzt hatte.

"Was ist?", grinste Reeve, der meinen Blick bemerkte.

"Nichts. Was soll denn sein?"

"Na, was verrät dir dein Verstand gerade über mich?"

Ich schüttelte den Kopf.

"Wie meinst du das?", hakte ich verwundert nach.

"Care, denkst du etwa, dass ich nicht weiß, dass du in deinem Kopf immer irgendwelche psychoanalytischen Theorien zu schwirren hast?"

Stumm sah ich ihn an. Wie konnte er das wissen? War ich so durchschaubar? Reeve lachte melodisch und konzentrierte sich auf seine Arbeit.

"Care?", lachte ich, noch immer etwas verwirrt über sein Wissen um meine Gedanken.

Ich glaubte, mich daran zu erinnern, dass er mich schon einmal so genannt hatte. Wann das war, wusste ich jedoch nicht mehr.

"Ja, ist doch gut. Oder nicht? Besser als Bambi."

Er grinste. Ich schmolz dahin.

Diese Augen..., dachte ich beinahe sabbernd.

"Kann ich helfen?", bot ich mich an und stellte mich neben ihn an die Küchentheke, vor der er gerade stand und eine Zwiebel schälte.

Vorsichtig legte ich die Hände an seinen Oberarm und spähte über seine Schulter auf das Brettchen. Reeve drehte überrascht den Kopf zu mir und sah mich einen Moment an. Ein Lächeln erschien auf seinem Gesicht. Seine Hände hielten inne, in dem was sie taten. Wie sehr ich mir doch wünschte, dass er mich küssen würde. Ich schluckte schwer und ließ meine Daumen über seine Haut streichen. Reeve lehnte sich vor und drückte mir einen winzigen Kuss auf die Nasenspitze. Ich kicherte und spürte, wie er seine Hand an meine Taille legte, um mich näher an sich zu schieben. Er zog mich in seine Arme und hielt mich an sich gedrückt fest. Ich schmiegte mich an ihn und legte den Kopf auf seiner Brust ab. Es hätte mir komisch vorkommen sollen, wie wir dort in der Küche standen. Doch das tat es nicht. Wir hatten uns erst vor Kurzem das erste Mal geküsst und doch kam er mir so vertraut vor. Nach einer kleinen Ewigkeit lösten wir uns voneinander.

„Also, kann ich helfen?", grinste ich zu ihm hinauf.

"Klar, du kannst Tomaten schneiden."

Reeve hob die Hand und strich mir eine Strähne aus dem Gesicht. Ich versteckte meine Unterlippe und versuchte meinen Herzschlag zu beruhigen. So etwas hatte ich noch nie zuvor gefühlt. Abgesehen davon, war ich noch nie einem Menschen so nah gewesen, wie Reeve.

Er bedeutete mir, an den Gemüseschrank zu gehen. Ich ging dem nach und kramte nach einem Brettchen. Im Besteckschubfach.

"Nein, da hinten.", lächelte er.

Sein dunkles Haar stand in alle Richtungen ab. Heute waren seine Finger wohl noch nicht allzu oft durch seine Frisur gefahren. Trotz des morgendlichen Durcheinanders sah er, genau wie immer, verboten sexy aus. Unbewusst biss ich mir auf die Lippe und stellte mir vor, wie er mich innig küsste, fast wie er es gestern Abend getan hatte. Bei dem Gedanken daran wurde ich rot, mir wurde heiß und alles begann zu kribbeln. Meine Haut, mein Magen, einfach alles. Ich fing damit an, die Tomaten zu schnippeln und versuchte, mich dabei so geschickt wie möglich anzustellen, während im Radio das Lied *Oh, my love* einsetzte. Ich liebte diesen Song. Seit ich *Ghost* mit Patrick Swayze gesehen hatte. Ich lächelte, als ich Reeves Stimme in meinem Ohr wahrnahm. Er schien gar nicht mitzubekommen, dass ich ihm zuhörte, denn er war weiterhin mit der Zwiebel beschäftigt. Inzwischen hatte er sich eine Sonnenbrille aufgesetzt. Ich tippte, dass er nicht wollte, dass er wegen der Zwiebel anfing zu heulen. Leise summte er die Melodie. Ich sah ihn unauffällig an. Schon nach wenigen Sekunden schien er meinen Blick jedoch zu spüren und sah mich stumm an. Er grinste verlegen und zuckte die Achseln. Ich wollte, dass er weitersang. Ich wollte nicht, dass er aufhörte.

"Weiter, bitte...", bat ich ihn.

Er schüttelte den Kopf und lachte.

"Bitte!", beharrte ich und kam ihm näher.

Sofort schlang er die Arme um meine Hüfte und drückte mich an sich, bevor er laut und schief wieder mit einstimmte.

"*Oh, my-hy love! My Darling, i've hungered, hungered for you-ho-hour, oh love!*"

Ich lachte und warf den Kopf in den Nacken.

"Nein! Stopp!", lachte ich.

"Du wolltest es so!"

Er lenkte mich zum Radio und drehte es lauter, bis wir vollkommen von der Melodie umgeben waren. Ich konnte nicht aufhören ihm in die Augen zu sehen, ihn anzustarren, zu lächeln. Das Gefühl in meinem Magen blieb ununterbrochen bestehen, während er wieder sang, diesmal richtig.

"I need your love, I need your love, good speed your love to me..."

Seine Hand wanderte zu meiner Hüfte, die andere ergriff die meine.

"Nein!", jammerte ich.

Er machte doch tatsächlich Anstalten, mit mir zu tanzen.

"Ich kann echt nicht..."

Dann küsste er mich, sodass ich unwillkürlich sofort verstummte.

"...tanzen...", hauchte ich atemlos.

Reeve drehte mich einfach einmal herum und zog mich wieder an sich. Es war unglaublich. Gestern war Reeve noch dieser dämliche, eingebildete Idiot gewesen, den ich auf den Tod nicht ausstehen konnte, mit dem ich nicht für eine Millionen Dollar meine Zeit verbracht hätte, doch heute... Was war er heute? Mein Kopf schmiegte sich wie von selbst an seine Brust. Ich spürte das Gewicht seines Kopfes auf meinem Scheitel, während er mich langsam hin und her wiegte. Und während ich mich sicherer fühlte als jemals zuvor, geborgener und glücklicher, ausgeglichen und ruhig, musste ich daran denken, was ich ihm doch gerade antat. Wenn er mich wirklich mochte, dann war das, was ich hier gerade tat, so unverantwortlich und egoistisch, dass ich dafür in die Hölle gehörte. Wenn er mich nicht mochte, dann war es eine gute Ablenkung für mich. Doch er mochte mich, da war ich sicher. Ich wusste es. Warum sonst, tat er das alles? Er machte mich glücklich und wie es schien, machte auch ich ihn glücklich. Doch

das war das Problem. Ich musste *es* ihm endlich sagen. Doch wie?
Scheiße, Caroline!

Ich konnte es noch immer nicht glauben. Ich hatte bei Reeve geschlafen. Die ganze Nacht! Langsam trabte ich über den Bürgersteig und bog in die Einfahrt unseres Hauses ein. Noch vor ein paar Wochen hatten Reeve und ich nicht einmal ansatzweise etwas miteinander zu tun gehabt. Jetzt waren wir Freunde. Sogar mehr als das. Immer wieder fragte ich mich, wie das sein konnte. Wie man sich so lange so sehr in einem Menschen täuschen konnte. Ich hatte immer geglaubt Typen, wie ihn zu kennen, Typen wie Reeve. Doch in Wahrheit gab es niemanden, der war wie Reeve. Eins war mir jedoch immer noch unklar. Warum ausgerechnet jetzt? Warum hatte er zehn Jahre lang nicht mit mir gesprochen, und plötzlich kam er an und wollte, dass wir Freunde wurden? Meine Verwirrung machte sich auf meinem Gesicht bemerkbar. Also schüttelte ich den Kopf, um die Gedanken fortzuschieben und fing breit an zu grinsen. Ich war glücklich, aufgeregt und vollgepumpt mit Adrenalin. Woran das lag, konnte ich nur vermuten. Egal wie sehr ich es auch verhindern hatte wollen, wie sehr es gegen alle meine Ideale und Vorsätze verstieß, wusste ich, dass ich mich Hals über Kopf in diesen Jungen verliebte.

"James!", rief ich meinen Bruder.
Die Haustür fiel hinter meinem Rücken ins Schloss.
Das Haus war totenstill.
"Kit!", schrie ich hallend durch die Wände.
Keine Antwort. Irgendetwas war hier falsch. Vor-

sichtig schlich ich ins Wohnzimmer und blieb hinter der Couch stehen. Es war sauber. Alles war blitzblank und glänzte.

Was ist denn hier passiert? , fragte ich mich gedanklich und stemmte die Hände in die Hüften.

"Buuuuhhh!!!"

Ich zuckte zusammen und klatschte mir die Hand an die Kehle.

"SCHEIßE!!! JAMES!!!", brüllte ich und schlug ihm eins der Couchkissen um die Ohren. Er hatte sich mit Kit auf der Couch versteckt. Ich hatte sie nicht sehen können, da die Couch mit der Rückenlehne zu mir gedreht war. Die beiden lachten sich halbtot, während ich, ebenfalls halbtot, reglos dastand. Mein Gesicht musste kreidebleich sein. Verdammt, hatten die mich erschreckt.

"Du hast dich erschreckt!", grinste meine kleine Schwester und fasste sich in das helle Haar.

"Ach was! Quatsch!", knuffte ich und schubste sie leicht nach hinten.

"Wir haben sauber gemacht.", präsentierte James stolz und breitete die Arme aus.

Er kniete auf der Couch, sah mich breit lächelnd an. Wie lange war es her, dass ich ihn nüchtern und nicht breit oder high gesehen hatte?

"Ja, das sehe ich.", entgegnete ich und lief mit geweiteten Augen durch die untere Etage.

"Und? Was hast du grade noch so gemacht? Hast du endlich deine Unschuld verloren, oder wartest du doch bis zur Hochzeit, Schwesterherz?"

James lachte. Er hielt sich doch tatsächlich für witzig.

"Ha.Ha.", stöhnte ich.

Im Kühlschrank fand ich eine angefangene Milch. Sonst gar nichts. Ich schraubte die Butte auf und nahm einen tiefen Schluck. Sofort spuckte ich es in die Spüle und schluckte so viel Wasser wie möglich aus dem Wasserhahn.

"Urgh!!!", keuchte ich. "Die ist ja schon total...sauer!"

"Ja, wir sollten mal wieder einkaufen.", blubberte James, als hätte ich mir gerade nicht beinahe die Seele aus dem Leib gekotzt.

"Sollten wir.", bestätigte Kit wie eine kluge Politikerin, die gerade einem Vorschlag für die neueste Kampagne zugestimmt hatte.

"Na, dann. Wann kommt Dad?"

"Erst morgen. Es gab Komplikationen oder so."

Ich blinzelte verwirrt. Normalerweise sagte Dad mir Bescheid, nicht James.

"Okay..."

"Dann sollten wir wohl...", begann er.

"Also, wenn wir nicht verhungern wollen, dann...", fügte ich hinzu.

"Ja, schon...", nuschelte James, zuckte die Achseln.

"Also, los!", stieß Kitty aus und stürmte auch schon in Richtung Tür.

"Käse!"

"Käse."

"Mayonnaise!"

"Mayonnaise."

Wie jedes Mal, wenn James und ich zusammen einkaufen gingen, machten wir ein Spiel daraus. Wir gingen in einen Laden, suchten uns etwas aus und kauften dann nur Dinge ein, die sich auf das zuerst Ausgewählte reimten. Das letzte Mal, das James und ich zusammen einkaufen waren, lag nun bereits fast ein Jahr zurück. Er war einfach nicht mehr zu Hause, kümmerte sich nur noch um sich selbst. Ich fragte mich, was ihn dazu veranlasste, plötzlich so normal zu sein. Die Lebensmittel mit der Endung "äse" flogen in den Einkaufswagen. Kit saß im Kindersitz und patschte auf meine bereits schmerzenden Hände ein. Ich versuchte sie gerade davon zu überzeugen damit aufzuhören, bog in die nächste Reihe ein, als mir etwas ins Auge stach. Ein rothaariges, großgewachsenes Mädchen. Dürr, voll mit Sommersprossen, hübsch und lächelnd stand sie da, unterhielt sich mit ihrer Mutter, die das komplette Gegenteil von ihr war. Ich hielt die Luft an und betete, dass sie mich nicht bemerkte. Langsam lief ich rückwärts und versuchte mich davonzuschleichen. Zu meinem Pech war direkt hinter meinem Rücken gerade ein Mitarbeiter dabei, Lebensmittel einzusortieren. Ich stieß gegen ihn, rutschte zu allem Übel aus und landete in einem riesigen Haufen Dosenmais.

Scheiße! Himmel! Verdammte Kacke! , fluchte ich gedanklich.

Ich lief knallrot an und ließ mir von dem blonden, grünäugigen Jugendlichen hochhelfen, in den ich soeben gekracht war. Auf seinem Namensschild prangte der Name *Seith*. Er sah mich von oben herab an und ging wieder an seine Arbeit.

Was war denn das gerade?

Ich sah ihn verdutzt an und fragte mich, warum er mir hochgeholfen hatte, wenn er sowieso nur vorhatte, mich missbilligend anzusehen. Kopfschüttelnd klopfte ich mir den Staub von den Beinen und vergaß völlig, dass ich bis gerade eben noch weglaufen hatte wollen. Auf meiner Schulter lag eine Hand. Kaum spürte ich die Berührung, zuckte ich zusammen und fuhr herum. Meine Finger verkrampften sich. Da war sie. Effie Beaufort. Ihre dunkelbraunen Rehaugen blinzelten mir besorgt entgegen.

"C! Ist alles in Ordnung mit dir? Hast du dir was getan?", wollte sie aufgebracht wissen.

Ich schüttelte ihre Hand weg und nickte angespannt. "Ja. Alles klar."

Noch vor ein paar Wochen war Effie eine meiner besten Freundinnen gewesen. Dann hatte ich angefangen, mich von ihr und den anderen abzuschotten, sprach nicht mehr viel in der Schule, war immer für mich allein und kümmerte mich um mich selbst, niemanden sonst. Sie war eine der wenigen, die mich gefragt hatten, was denn mit mir los sei, warum ich mich nicht mehr bei ihr meldete, ich nicht mehr mit ihr sprach. Irgendwann, nach endlosen Anrufen und Nachrichten, hatte ich nachgegeben und ihr alles erklärt. Seit diesem Tag behandelte sie mich nicht mehr wie früher. Natürlich war ich diejenige, die sie im Stich gelassen hatte. Aber aus gutem Grund. Zumindest für mich. Sie war immer besorgt, lächelte mich nicht mehr an, so wie früher, hatte immer nur diesen leeren Ausdruck im Gesicht. Traurig, besorgt, mitfühlend. Ich hasste diesen verdammten Blick. Dieses Mitleid in ihren Augen. Das hatte sie auch damals getan, nach Moms Tod, bis ich ihr erläutert hatte, warum mir das kein Bisschen weiterhalf.

"Sag mal, und sonst so? Wie sieht es denn so aus bei dir?"

Ich krallte mich an den Wagen und ignorierte meine jammernde Schwester, die unbedingt etwas aus dem

Süßwarenregal haben wollte, das sie mit Sicherheit nicht bekam, denn es endete mit "ärchen".

"Wie soll es denn aussehen? Soll ich es dir jetzt genau beschreiben oder was?", giftete ich das rothaarige Mädchen an.

"C! Ich will doch nur...Du weißt doch, ich bin immer..."

"Ja, schon klar, Ef! Ich muss...", unterbrach ich sie herrisch.

So schnell ich konnte, machte ich kehrt, wäre beinahe erneut in den Jungen gekracht und verschwand um die nächste Ecke. Ich behandelte sie nicht schlecht, weil ich sie nicht mochte. Eher, weil ich wollte, dass ich ihr nicht mehr so wichtig war. Warum konnten sie mich nicht einfach alle in Ruhe lassen? War ich egoistisch? Auf keinen Fall. Ich tat das alles immerhin für sie! Nicht für mich! Für sie alle! Dachten sie etwa, dass es leicht für mich war, immer allein zu sein? Das war es mit Sicherheit nicht. Ich hasste es. Und doch war, sie von mir zu stoßen, der einzige Weg, sie vor dem Schmerz zu bewahren. Eines Tages mussten sie es einfach verstehen.

Vertieft in mein Buch, überhörte ich fast mein Telefon. Nur widerwillig riss ich mich von den Zeilen los und tastete nach dem Haustelefon auf meinem Nachtschrank. Es war hell rosa und eins von diesen alten Dingern, die man schon seit der Steinzeit nicht mehr benutzte. Mit Kabel und Wählscheibe.

"Hallo?", meldete ich mich und lauschte, wer antworten würde.

Es war lange her, dass jemand auf dem Festnetz bei mir angerufen hatte.

"Ahoi! Wie wäre es mit schwimmen gehen, Rapunzel?"

Natürlich war es Reeve. Augenblicklich breitete sich ein Lächeln auf meinem Gesicht aus.

"Bin gleich bei dir."

Ich wollte gerade auflegen, da hörte ich seine Stimme noch einmal schreien.

"Warte!"

"Hm?"

"Du musst nur dein Haar herunterlassen."

Ich konnte förmlich sein Grinsen vor mir sehen. Lächelnd erhob ich mich von meinem Bett und huschte zum Fenster. Kaum hatte ich meinen Kopf hinausgeschoben, um nach unten zu spähen, sah ich ihn. Dort stand Reeve nun. Schon wieder. Ich legte auf und stellte das Telefon ab.

"Komm herauf!"

Es dauerte nur wenige Sekunden, da stand er auch schon in meinem Zimmer und sah sich schon wieder mit diesem neugierigen Blick um.

"Ich wette in den Schubfächern und den Schränken ist gar nichts drin. Das ist alles nur Dekor, richtig?"

"Wie meinst du das?", hakte ich verwirrt nach.

Reeve schmiss sich auf mein Wasserbett und verschränkte die Finger hinterm Nacken.

"Naja, ich nehme mal an, das Einzige, das du in diesem Raum tust, ist schlafen, dich umziehen, lesen, Filme sehen und an die Decke starren."

"Ach, was? Und wie kommst du darauf?"

Erhobenen Hauptes stemmte ich die Hände in die Hüften.

"Es ist zu ordentlich hier. Als würdest du dich nie vom Fleck bewegen, oder irgendetwas anfassen.", bemerkte er.

Ich lachte auf.

"Schon mal was von putzen gehört?"

Er lächelte und klopfte mit der Hand neben sich. Er wollte, dass ich mich zu ihm setzte. Ich schluckte schwer und befolgte seinen Befehl. Auf dem Bett angekommen, platzierte ich mich neben ihn und seufzte. Verkrampft saß ich da, starrte ein True Blood Poster an, das an meiner Wand hing. Reeve musterte mich schmunzelnd.

"W-was ist?", stammelte ich.

"Kannst du dich eigentlich jemals entspannen?"

Wortlos sah ich ihm in die Augen.

"Nicht wirklich..."

Er sah mir unverwandt ins Gesicht, lächelte kaum merklich. Seine Finger wanderten über meinen Arm. Ein Schauer überkam mich. Meine Ohren waren wie betäubt, so heiß war mir plötzlich. Was stellte er nur immer wieder mit mir an? Was löste dieser Junge in mir aus? Was war das nur?

"Vielleicht kann ich dir ja dabei helfen...", raunte Reeve, während seine Lippen immer näher kamen. Sie streiften meinen Kiefer, mein Kinn und legten sich schließlich auf meinen trockenen Mund. Flatternd schlossen sich meine Lider. Seine Lippen öffneten sich leicht, bevor seine Zunge die meinen ebenfalls aufschloss. Langsam begann er meinen Mund zu erkunden, meine Zunge anzustupsen. Es funktionierte tatsächlich. Ich fing an mich zu entspannen. Seine Hand glitt zu meiner Hüfte, verweilte dort einem Moment und fuhr dann weiter nach oben. Er strich über die Seite meiner Taille und stoppte unter meiner Achsel. Ich erwiderte seine Küsse, seine Berührung, seine Wärme. Meine Finger spielten mit den Haaren in seinem Nacken, während die andere Hand zu seiner Brust glitt. Sie war hart, warm. Ich konnte seinen Herzschlag spüren, fast schon hören. Er ging schnell, und gleichmäßig. Wie sein Atem. Ich löste mich langsam, vorsichtig und sah ihn blinzelnd an. Dann wich ich seinem verwirrten Blick aus und sah nach unten.

"Scheiße...", entglitt es mir.

"Was ist los? Hab ich was falsch gemacht?"

Vorsichtig redete er auf mich ein. Seine Hand war an mein Gesicht geschmiegt, seine Finger in meinen Haaren vergraben. Ich legte meine Hand über die seine und schob sie zögerlich fort.

"Nein, nicht du! Sondern ich!", brabbelte ich los und erhob mich.

Ich war so dumm. Und wie ich das war. Sowas von selbstbezogen. Jetzt steckte er auch noch mitten drin. Alles war meine Schuld. Ich hätte nachdenken sollen, bevor ich handelte. Stattdessen hatte ich alles beiseitegeschoben. Meine Zweifel, meine Vernunft, meinen Verstand. Nun würde alles nur noch schlimmer werden. Er musste es erfahren. Er hatte ein Recht darauf, wenn er mich wirklich so sehr mochte, wie er es zu tun schien. Wenn er mich so sehr mochte, wie ich ihn.

"Reeve!?", schrie ich schon fast.

"Was hast du? Alles in..."

"Nein! Ich muss dich was fragen!"

"O-okay."

Reeve hob den Arm und ergriff meine Hand. Gerade wollte er mich wieder neben sich ziehen, da entglitt ich ihm eilig und klatschte mir beide Hände an die Stirn. Ein tiefer Luftzug sollte mich beruhigen, doch aller Sauerstoff der Welt half nicht gegen das, was ich gerade empfand. Mir war heiß und kalt zugleich, mein Herz schlug wie wild. Ich musste etwas loswerden, ihm endlich alles beichten, Reeve die Wahrheit sagen. Das Ganze war noch schwerer, als ich es erwartet hatte. Ich konnte ihn nicht anfassen, oder überhaupt richtig ansehen. Schon ohne seine Berührung, war es schwer genug für mich, mich zu konzentrieren. Er wirkte entspannt. Wahrscheinlich dachte er bereits, er könne vermuten, was ich zu sagen hatte. Doch das war nicht der Fall. Gleich, so dachte ich, würde ihm dies auch klar werden. Ich hatte nämlich weder vor, aus ihm herauszuquetschen, wie es mit uns weitergehen würde, noch wollte ich ihn fragen, ob er sich vorstellen könnte, mit mir zusammen zu sein. Mein Unterbewusstsein redete mir ein, dass er genau jene beiden Dinge gerade erwartete, aus meinem Munde zu hören.

"Auch wenn es blöd klingt, versprich mir, dass du ehrlich antwortest, okay? Lüg mich bitte nicht an, um...was auch immer... Das ist wichtig, ja?"

"In Ordnung."

Nun stand auch er auf und sah zu mir herunter. Sein Gesichtsausdruck sagte mir, dass er verwirrt war.

"Magst du mich, Reeve?", seufzte ich angespannt.

Natürlich wusste ich bereits, was er antworten würde. Immerhin hatte er es mir letzte Nacht klar und deutlich zu verstehen gegeben. Er hatte mir gesagt, dass er sich in mich verliebt hätte, mich geküsst. Doch ich musste in seine Augen sehen. Ich musste es noch einmal hören und all meinen Mut zusammennehmen, um ihm endlich alles zu erzählen. Reeve runzelte die Stirn, zog den Kopf nach hinten, musterte mich bedächtig.

"Was ist denn das für eine Frage? Warum sonst sollte ich..."

Er hielt inne, als wäre ihm etwas an seinen Worten aufgefallen, etwas Falsches.

"Ja, Care. Das tue ich. Ich dachte, das weißt du..."

Er grinste verlegen. Ja, er wirkte verlegen. Ich glaubte es ihm. Ich wünschte mir so sehr, es wäre gelogen. Alles wäre einfacher, wäre es doch nur eine Lüge gewesen. Aber das war es nicht, und ich konnte nicht anders, als ihm zu vertrauen.

"Dann sollte ich dir wirklich etwas sagen, Reeve.", fuhr ich fort.

Sein Gesicht kühlte sich ab. Er kratzte sich am Hals und verschränkte gespannt die Arme vor der Brust. Bevor ich sprach, musste ich tief ein und wieder ausatmen. Meine Lunge brannte, mein Blut kochte. Warum war es so schwer?

"Reeve, ich bin..."

Es klopfte an meiner Zimmertür. Irgendwie war ich erleichtert. Seufzend öffnete ich. Mein Vater stand vor mir im Flur und starrte mich aus großen Augen an.

"Ich habe gehört, du hast Besuch?"

"Was? Von wem das denn?"

"Wände sind hellhörig!", rief James von unten hinauf.

Ich blinzelte überrascht und wandte mich wieder meinem Dad zu.

"Dad! Wann bist du wieder gekommen?"

Ich umarmte meinen Vater und lächelte fröhlich.

"Gerade eben, um ehrlich zu sein.", erklärte er, ging strikt an mir vorbei und baute sich vor Reeve auf.

Warum musste dieser ausgerechnet heute dreckige schwarze Schnürboots und eine Cargohose tragen? Dad musterte ihn kritisch.

"Hallo, Junge. Ich bin Carolines Vater."

"Tag, Sir."

Reeve lächelte höflich, reichte ihm die große Hand. Reeve war größer als mein Vater, mindestens fünfzehn Zentimeter.

"Gut, dann... Kein Grabschen, Knutschen, Kuscheln oder jedwedes Annähern, klar?"

Reeve schluckte. Dad wirkte wirklich energisch und präsent.

"Klar...Sir!", stockte er.

"Gut."

Dann drehte mein Vater sich wieder um, lief an mir vorbei, blieb vor der Treppe stehen und hob warnend den Zeigefinger, was so viel hieß wie "Darüber reden wir noch, Fräulein!".

Na, toll... Wie peinlich!

„Lass uns lieber abhauen!", schlug ich vor.

„Einverstanden.", entgegnete Reeve, als wünschte er sich, so schnell wie möglich von hier zu verschwinden.

Der Strand war wie leergefegt. So war es fast immer, wenn die Sonne nicht schien. Nur ein paar ältere Paare oder Eltern mit ihren Kindern liefen am Strandufer entlang, mehrere Surfer glitten durch die Wellen. Es war gutes Surfwetter. Die Wellen dort draußen waren an diesem Tag bis zu vier Meter hoch. Es war vielleicht nicht perfekt, aber für die Anfänger reichte es aus. Als ich elf war, hatte James versucht, mir und Mom ein bisschen auf dem Brett beizubringen. Erfolglos. Reeve und ich saßen im

feuchten Sand und sahen auf das Meer hinaus. Aus dem Augenwinkel bemerkte ich, dass er mich lächelnd von der Seite musterte.
"Was ist?"
Ich lachte leise und wandte ihm mein Gesicht zu.
"Nichts, ich..."
Reeve grinste und senkte den Kopf.
"Du...?"
"Darf ich dich nicht ansehen?", entgegnete er.
Ich hob eine Braue und seufzte. Als nächstes, so dachte ich, kam so ein Spruch wie "Du bist wunderschön!", oder, "Ich könnte dich den ganzen Tag ansehen." Stattdessen schwieg er. Ich musste mich wirklich noch daran gewöhnen, dass Reeve ja gar nicht das eingebildete Macho-Arschloch war, für das ich ihn immer gehalten hatte.
"Erzähl mir etwas über dich!"
Neugierig rutschte ich ein Stück näher an ihn heran, sodass sein Oberschenkel den meinen leicht berührte. Als hätte Reeve nur darauf gewartet, dass ich näher kam, legte er den Arm um meine Schultern und drückte mich an seinen Körper. Obwohl es kein bisschen sonnig war, waren es doch immerhin 21° C draußen. Wie immer, war die Luft schwül und roch nach Salzwasser und Algen. Ich mochte den Geruch. Ich war mit ihm aufgewachsen.
"Was willst du denn wissen?", entgegnete er entspannt, gelassen.
"Ich weiß nicht. Irgendetwas...Wahres. Etwas über dich.", flötete ich.
Reeve richtete die Augen auf mich und schmunzelte. Er dachte scheinbar nach. Seine Augen waren so unglaublich blau. Ich hätte darin versinken können.

Mit einem Mal überkam mich das dringende Bedürfnis, ihn zu küssen. Ich wollte seine Lippen auf den meinen spüren, die Augen schließen und mich einfach fallen lassen. Sein Mund war weich und einladend. Als mir klar wurde, dass ich diesen ewig lange angestarrt hatte, lief ich rot an und lächelte verlegen. Natürlich bemerkte er es, fand es jedoch nicht schlimm. Ich musste endlich aufhören, immer zu glauben, er würde mich wegen irgendetwas auslachen, endlich registrieren, dass er erwachsener war, als ich es von ihm gedacht hatte, bevor wir uns richtig kennenlernten. Er war nahezu perfekt. Ich hatte keinen Grund rot zu werden, mich für irgendetwas zu schämen. Er mochte mich. Dies verrieten mir sein Lächeln, sein Blick, wenn er mich ansah, seine Worte, einfach alles an ihm. Reeves Gesicht war entspannt. Nur das Schmunzeln war noch immer da. Die Stille herrschte schon zu lange. Ich öffnete den Mund, und ein endloser Schwall aus Gedanken sprudelte nur so hinaus.

"Los, irgendwas! Einfach...zum Beispiel was du..."

"Sei still, Care!", hauchte Reeve, bevor er seine Lippen endlich wieder erneut um meine schloss.

Ich gab mich dem Kuss sofort hin. Meine Lippen bewegten sich synchron mit den seinen, als hätten wir es ewig geübt. Dabei war das doch erst unser dritter oder vierter Kuss. Mein Magen kribbelte, meine Lippen schwollen an.

"Du kannst echt gut küssen...", kicherte ich.

Moment. Ich kicherte? Kichern!? Jetzt war ich mir sicher. Ich war eindeutig nicht mehr ganz dicht, nicht ich selbst. Reeve strich mir eine blonde Strähne aus dem Gesicht und grinste.

"Weißt du, was ich noch extrem gut kann?"

Ach Mann. Jetzt hatte er doch tatsächlich vor, den Moment zu zerstören, in dem er irgendetwas über sein wahnsinniges Talent im Bett erzählte. Dachte ich zumindest.

"Will ich es denn wissen?", hakte ich nach und erhob die Augenbrauen.

Reeve lachte leise, dann sah er mir wieder in die Augen.

"Schwimmen."

Ich seufzte fast erleichtert und lächelte liebevoll. Ehe ich mich versah, war er auch schon aufgesprungen und hatte sich die Klamotten vom Leib gerissen.

"Nein, warte!", bat ich, doch er stand schon knietief im Meer.

Sofort zog sich etwas in mir zusammen.

"Komm rein, es ist auch nicht kalt!"

Er zwinkerte mir zu und tauchte unter.

Scheiße!

Hektisch sprang auch ich auf. Mein Atem beschleunigte sich mit jeder Sekunde, die er unter Wasser blieb. Ich sprang auf und sah mich nach ihm um.

"Dämlicher Idiot...", schimpfte ich und lief näher ans Wasser.

Endlich tauchte er wieder auf, gab ein lautes Brüllen von sich, das mich fast zu Tode erschreckte und fiel nach vorn. Er lachte. Ich war kurz vorm Herzinfarkt.

"Komm, schon!", rief er.

"Ich denke es wäre besser, wenn..."

"Bla, bla, bla!"

Reeve stieg aus dem Wasser und kam direkt auf mich zu. Die Wassertropfen liefen an seiner nackten Brust herunter. Sein dunkles Haar war nass. Er fuhr

sich mit den Fingern hindurch und schüttelte den Kopf. Pitschnass wie er war, grinste er mich von dort oben herab an. Ich ahnte, was er vorhatte. Also machte ich instinktiv ein paar Schritte rückwärts.
"Reeve! Nein!", warnte ich.
"Komm her, Care!", flötete er.
"Nein! Reeve!!!", lachte ich und streckte den Arm aus, um ihn von mir fernzuhalten.
Ich wollte nicht lachen. Doch es war die Panik. Adrenalin schoss durch meine Venen.
Er ergriff mein Handgelenk und zog mich an sich. Das Wasser auf seiner Haut war eiskalt. Er umarmte mich fest, sodass nun auch ich nass war. Reeve lachte.
"Ich hasse dich!", piepste ich erleichtert, dass er mich nicht ins Wasser zog und schubste ihn in den Sand.
"Wo-how!"
Sofort war er wieder auf den Beinen, sah mich breit strahlend an.
"Na, warte!"
Er streckte die Arme nach mir aus und bekam mich zu fassen. Panik stieg erneut in mir auf.
"N-nein! Reeve, bitte!"
Als wäre ich nicht schwerer als eine Feder, warf er mich über seine Schulter. Er hatte es doch vor. Verdammt, wie konnte ich ihm klarmachen, dass ich auf keinen Fall ins Wasser wollte?
"Hey!", schrie ich protestierend.
Er gab mir einen liebevollen Klaps auf den Po.
"Hey!", wiederholte ich, nun giftig.
Ich konnte sehen, wie unter mir Wellen auftauchten, sich gleichmäßig ans Ufer bewegten. Ich war unfähig

mich zu wehren, etwas zu sagen, oder überhaupt zu atmen. Ich hatte nur Angst.

Reiß dich zusammen! Beruhige dich! Atmen! Du musst keine Angst haben! Stell es einfach ab!, versuchte ich mir einzureden, doch es brachte nichts.

Ich starrte immer noch regungslos ins Wasser. Reeve packte meine Hüfte und machte Anstalten mich runterzulassen. Das Wasser stand ihm bis zur Brust. "Nein!", schrie ich und krallte mich an seinen Schultern fest.

„Du willst doch nicht behaupten, du hättest Angst! Oder doch?"

„Bitte!"

"Komm schon, ich bin doch bei dir!", beschwichtigte er mich.

"Ich will nicht! Ich kann nicht, bitte...", wiederholte ich die Worte.

Erneut unterbrach er meinen Wortschwall mit einem Kuss. Ich starrte ins Wasser. Schon die glatte Oberfläche zu sehen, jagte mir eine Heidenangst ein. Warum quälte er mich so?

"Vertrau mir doch."

Seine Augen leuchteten. Er zwang mich, ihn anzusehen, indem er seine Hand in meinen Nacken legte, und mein Gesicht zu seinem lenkte. Unverwandt sah ich ihn an und versuchte, meinen Atem zu beruhigen. Seine Hände wanderten zu meinen Schenkeln. Ich schluckte schwer. Er hielt mich unterm Po fest, ließ mich nur im Wasser schweben.

"Siehst du? Ist doch gar nicht so schlimm."

Ich zwang mich zu nicken und schlang die Arme um seinen Nacken, die Beine um seine Hüften. Ich trug noch immer meine Klamotten. Er nur eine Badehose.

"Ich hab das Hyperthymestische Syndrom.", sprach er leise.

Meine Wange lag an seiner, mein Kinn auf seiner Schulter. Sein Herz schlug ruhig in seiner Brust. Das meine versuchte es jenem gleichzutun. Langsam aber sicher, kam mir das Wasser weniger schlimm vor. Ich lag in seinen Armen. Es fühlte sich an, als beschütze er mich. Ich wog mich in Sicherheit. Dann registrierte ich, was er gesagt hatte.

"Was? Du bist krank? Was heißt das? Ist es schlimm?!", brabbelte ich und sah ihm in die Augen. Reeve lächelte. Mir wurde wieder bewusst, dass ich ihm noch immer etwas sagen musste. Ich musste endlich ehrlich sein.

"Nein. Ich bin nicht krank."

Er sprach ruhig und sanft. Seine Stimme entspannte mich ungemein.

"Ich verstehe nicht ganz, Reeve."

"Du wolltest etwas über mich wissen. Etwas Wahres. Das heißt, ich habe so etwas wie...ein fotografisches Gedächtnis.", erklärte er mir.

Verdutzt lächelte ich, ungläubig seinen vollkommen ernsten Blick erwidernd.

"Was?"

"Ja. Aber nicht so wie du denkst. Sagen wir...ich sitze im Gerichtssaal, klar soweit?"

Ich nickte gespannt.

"Und ich werde als Zeuge aufgerufen und befragt.", fuhr er fort. "Beim ersten Mal würde ich mich an nicht allzu viel erinnern können, doch je mehr Zeit vergeht und je öfter ich befragt werde, desto detaillierter könnte ich alles berichten, was ich gesehen habe."

Mir blieb der Mund offen stehen.

"Ist das was Gutes?", wollte ich neugierig wissen.

"Ansichtssache."

Reeve zuckte die Achseln.

"Das ist ja cool!"

"Ich könnte dir also genau sagen, wie das Wetter am neunundzwanzigsten Juni 2008 war.", grinste Reeve.

"Wow!", staunte ich.

Gerade wollte ich ansetzen, um etwas zu sagen, zum Beispiel, dass ich ihm endlich etwas erzählen musste, da hörten wir laute Jubelschreie und sahen wie ein riesiger Schwarm Jugendlicher auf das Wasser zustürmte.

"Scheiße...", fluchte Reeve und drehte sich mit dem Rücken zu ihnen.

"Kennst du die?"

"Du kennst sie auch.", stöhnte er und verdrehte genervt die Augen.

Ich sah sie genauer an. Pierce war dabei. Der Kerl, der im *In the Pink* gewesen war, mich eine Lesbe genannt, und sich über mich lustig gemacht hatte. Ich vermutete schon, dass Reeve jeden Moment wegschwimmen und wieder den Macho abgeben würde, doch er blieb bei mir, hielt mich weiterhin fest und streichelte mit dem Daumen über die dünne Haut an meinem Hals.

Es dauerte selbstverständlich nicht lange, bis einer von denen Reeve bemerkte.

"Devenport?"

Ein brünettes, mittelmäßig schönes Mädchen, mit etwas zu viel Make up im Gesicht, rief in unsere

Richtung und winkte.

"Scheiße...", fluchte Reeve erneut und drehte sich mit einem aufgesetzten Lächeln zu ihr um.

"Wer ist das?", wollte ich von ihm wissen.

"Christiana, meine Exfreundin."

"Was? Du hattest so etwas wie die da vor mir?", lachte ich sarkastisch.

"Wer sagt denn, dass wir zusammen sind?", grinste Reeve.

"Niemand sagt das...", flüsterte ich lächelnd und küsste ihn innig.

Reeve löste sich und sah mich an.

"Das ist aber schade.", hauchte er leise.

Ich blinzelte verdutzt. Ein Grinsen schlich sich in mein Gesicht und wurde breiter und breiter.

"Hey, Reeve! Wer ist die Kleine? Kann ich mir die mal ausleihen?", lachte irgendjemand bei Christiana. Der Junge mit der Gelfrisur zog rhythmisch die Hüfte vor und zurück, zwinkerte mir zu und schlang dann den Arm um die Schultern einer mittelgroßen, sportlichen Blondine. Sie kaute auf einem Kaugummi und lachte mit ihm, während sie sich langsam fortbewegten.

"Den bringe ich heute noch um!", knurrte Reeve leise uns sah ihm verächtlich hinterher.

Ich grinste ihn liebevoll an und legte eine Hand an seine Wange. Reeve wandte sich wieder mir zu und verschränkte die Hände unter meinem Po, um mich festhalten zu können.

"Aber erst später!", fügte er nuschelnd hinzu.

Ich nickte, schloss entspannt die Augen und legte meine Lippen sanft auf seine. Der Kuss war leicht und unschuldig, doch trotzdem drohte ich zu explodieren. Mein Magen schlug Loopings, meine Haut begann zu brennen. Es schien, als wäre ich hoffnungslos, unkontrollierbar verliebt in diesen Typen. Es schien nicht nur so zu sein, es war so.

Hellwach lag ich in meinem Bett und starrte an die Decke. Das Licht war bereits ausgeschaltet. Es war mitten in der Nacht. Meine Gedanken wollten einfach keine Ruhe geben. Immer wieder warf ich mir selbst vor, dass ich es endlich hinter mich bringen musste. Ich wollte es Reeve sagen, doch ich konnte mich nicht überwinden. Wie würde er wohl reagieren? Wütend? Enttäuscht? Ratlos? Geschockt? Ich hätte alles gegeben, es zu wissen.
Verdammt!, fluchte ich gedanklich.
Warum musste alles in meinem Leben immer so verflucht kompliziert sein?

Es war soweit. Drei Tage später ging die Schule wieder los. Seelig und ruhig, schlief ich gemütlich in meinem Wasserbett und träumte vom Schwimmen, als mich das unangenehme Klingeln meines Weckers unsanft aus dem Schlaf riss. Ja, inzwischen träumte ich sogar vom Meer. Es jagte mir keine Angst mehr ein. Reeve hatte mir tatsächlich geholfen, diese zu überwinden. Er hatte es geschafft. Vollkommen fertig knallte ich den Wecker auf den Teppich. Er verstummte nicht sofort, hörte aber nach wenigen Sekunden letztendlich doch auf zu drillen. Ich seufzte und heulte enttäuscht auf. Die Ferien waren viel zu schnell zu Ende gegangen. Die Ferien mit Reeve. Nachdem ich es geschafft hatte zu duschen, mir die Haare zu kämmen und mich anzuziehen, meinen müden Körper die Treppe runter zu schleppen und mir ein Brötchen zum Frühstück zu schmieren, packte ich letzteres in eine Brotdose und warf diese in meinen Rucksack. Er war schwarz. An ihm klebte ein Aufnäher von der Band Nirvana und ein Button von irgendeinem Sänger vom Blues and Roots Festival 2012. Mein Dad war bereits im Laden. Mein Bruder entweder im Bett, oder er ging ausnahmsweise mal zu dem Job, den Dad ihm besorgt hatte. Kit war im Kindergarten oder bei Dad im Laden. Das Haus war leer und still. Pünktlich um sieben Uhr verließ ich es und steckte mir meine Kopfhörer in die Ohren, wie ich es immer tat, wenn ich zur Schule aufbrach. Dieses Mal jedoch, war etwas anders. Kaum hatte ich die Haustür hinter mir geschlossen, sah ich auch schon *ihn* vor der Einfahrt stehen und warten.

"Morgen. Gut geschlafen, Blondie?", rief er.

Sofort breitete sich ein fast schon schmerzendes Grinsen auf meinem Gesicht aus. Ich stolperte auf Reeve zu und fiel ihm um den Hals. Ich wollte ihn nur umarmen, doch kaum war ich bei ihm angekommen, legte er den Arm um meinen Nacken und drückte mir einen Kuss auf die Lippen. Den Arm noch immer um meine Schultern gelegt, lief er mit mir in Richtung Schule.

Ehrlich gesagt wusste ich nicht, ob wir nun zusammen waren oder nicht. Wir hatten nicht darüber gesprochen. Nicht ein Mal. Das war mir recht. Das Gespräch wäre sowieso nur peinlich gewesen. So wie es jetzt war, war alles perfekt. Wir kamen dem Schulgelände immer näher. In meinem Magen machte sich ein mulmiges Gefühl bemerkbar. Ich war aufgeregt. Doch wieso? Lag es daran, dass ich befürchtete, dass sobald einer von Reeves sogenannten *Freunden* auftauchte, er wieder das egozentrische Arschloch werden würde? Oder daran, dass ich niemanden mehr hatte, außer ihm? Ich hatte mich von allen abgeschottet, kurz nachdem ich von dieser Sache erfahren hatte, nur damit es etwas leichter für sie werden würde. Es war richtig so. Da war ich sicher, doch es war schwierig und auf keinen Fall einfach zu überstehen. Was mir allerdings wirklich zu bedenken geben sollte war, dass ich anstatt meiner alten Schulfreunde, nun Reeve derjenige war, dem ich alles schwerer machte. Ich hatte ihnen das alles ersparen, einen Gefallen damit tun wollen. Doch Reeve, der mir so wichtig geworden war, dem tat ich das Gegenteil an.

Genau in dem Moment, in dem wir das Klassenzimmer betraten, kündigte die Schulglocke auch schon die erste Stunde an. Laut und schrill drang sie an alle Ohren der Schüler, erinnerte diese daran, wie beschissen die nächsten sieben Stunden, neunundfünfzig Minuten und siebenundfünfzig Sekunden werden sollten. Ich war noch unsicher, an welche Stelle des Raumes ich mich am besten setzen sollte, ob ich neben Reeve saß, oder überhaupt neben irgendjemandem. Während ich mich zwischen den Bänken und Stühlen umsah, begann mein Unterbewusstsein heimlich damit, sich Sorgen zu machen. Ich zerbrach mir den Kopf darüber, ob Reeve nun sein würde wie immer, oder so täte, als hatte in den letzten Wochen nichts zwischen uns stattgefunden. So, als hätten wir uns, wie immer, nicht mehr zu sagen, als das Bisschen an Witzen und schauspielerischen Blicken, die wir immer ausgetauscht hatten.

Schon vollkommen blass im Gesicht spürte ich, wie sich eine warme, große Hand auf meine Schulter legte und mich sanft herumdrehte.

"Sitzen wir hinten?"

Seine Augen, Reeves Lächeln, leuchteten mir entgegen. In diesem Augenblick fühlte ich mich einfach nur gerettet. In Sicherheit. Und was am wichtigsten war: Ich wusste, ich war nicht allein.

Ich spürte ihre Blicke auf mir kleben. Sie starrten mich an. Alle. Was war so abwegig daran, dass Reeve und ich nebeneinander saßen? Schließlich waren wir... Oh, Mann. Was waren wir denn nun überhaupt? Freunde? Oder mehr?

Eindeutig mehr! Wir haben uns geküsst!, dachte ich im Stillen.

Abgesehen davon, hatte Reeve mir gestanden, sich in mich verliebt zu haben. Ich konnte mir also sicher sein, dass da mehr lief, als nur Freundschaft. Doch andererseits, konnten *die* ja nicht wissen, was in den vergangenen Wochen zwischen uns geschehen war. Wir hatten uns nie wirklich gemocht. Alle wussten um diesen Fakt. Es war nicht schwer zu erraten gewesen. Wir hatten es uns oft genug in aller Öffentlichkeit deutlich gemacht. Vor allem hatte *er* mir zu verstehen gegeben, dass ich für ihn nicht mehr als ein Loser war, indem er sich immer wieder vor seinen *Freunden* über mich lustig gemacht hatte. Doch nun? Es war ungewohnt und verwirrend für die anderen, uns beieinander zu sehen. Und nicht nur für sie. Verdammt, nicht einmal ich kam damit klar, wie er mich ansah! Mit diesem schiefen, verliebten Lächeln im Gesicht, das mir ganz anders werden ließ und seinen eisblauen Augen. Reeves Arm lag ruhig auf dem Tisch und berührte den meinen. Ich fühlte die Wärme, die von ihm ausging. Mein Herz flatterte wie noch nie, als sein Blick mich traf. Sofort hatte ich das dringende Bedürfnis, vor Freude aufzulachen, ihn zu küssen, überlegte es mir jedoch lieber noch einmal anders, denn vor aller Augen kam es mir doch noch ziemlich befremdlich vor.

"Achte nicht auf diese Idioten, Care! Die werden schon früher oder später einsehen, dass..."

"Die sind mir egal.", entgegnete ich ernst und erwiderte seinen besorgten Blick.

Nun lächelte ich und wiederholte den Satz noch einmal.

"Sie sind mir allesamt egal."

Einen Moment lang schien er zu versuchen meine Gedanken zu analysieren, zu prüfen, ob ich die Wahrheit sprach.

"Weiß ich doch.", grinste Reeve letztendlich und stieß mir spielerisch in die Seite.

Reeve ließ sich in der Schule mit mir sehen! Er versteckte mich nicht vor den anderen! Es schien ihm doch tatsächlich egal zu sein, dass uns alle anstarrten, ihn den ganzen Tag lang mieden. Doch warum? Wie konnte es sein, dass er vor wenigen Wochen noch die Gesellschaft der halben Schule in den Pausen genießen durfte, nun jedoch, so vollkommen abgeschottet, nur mit mir an seiner Seite, klarkam? Die Frage wollte nicht aus meinem Kopf gehen. Schon so lange stellte ich sie mir, ohne jemals eine Antwort auf sie gefunden zu haben. Warum machte er das alles?!

Reeve

Sie starrten mich an. Alle. Meine Freunde sahen mich an, als hätte ich eine ansteckende, tödliche Krankheit. Gehässig, verwirrt, beinahe angewidert, sprachlos. Ohne ein Wort mit mir zu wechseln, liefen sie an mir vorbei. In diesem Moment wurde mir klar, dass niemand von ihnen *tatsächlich* mit mir befreundet war. Die meisten von ihnen, mochte ich nicht einmal wirklich. Im Grunde waren wir lediglich ein Haufen Heuchler, denen es nur darum ging, zu einer Gruppe zu gehören. Was oder wer dabei auf der Strecke blieb, war uns egal. Plötzlich schossen mir all die Male in den Kopf, die ich jemanden beleidigt oder bloßgestellt hatte, den ich gar nicht kannte. War das mein Leben? Wenn ja, konnte und wollte ich dies nicht länger akzeptieren. Irgendetwas musste ich ändern. Schnellstens.

Care..., dachte ich.

Sie war gut. Gut für mich. Bei der Erinnerung an unseren letzten Kuss, ihre weichen Lippen, ihre warme Haut, breitete sich sofort ein Grinsen auf meinem Gesicht aus. Ich wollte sie. Ich brauchte sie. Wie war sie mir nur so schnell, so wichtig geworden?

Angespannt versuchte ich mich abzulenken, indem ich ein Kaugummi aus meiner Jacke holte und es mir in den Mund schob. Caroline war in der Mädchentoilette verschwunden. Ich stand vor meinem Spind und riss eines meiner Bücher heraus. Dabei fielen fast alle anderen hinterher und landeten auf dem staubigen Boden des Schulflurs. Früher war mir so etwas nie passiert. Es schien, als würde man automatisch tollpatschig und peinlich werden, wenn man sich unwohl fühlte, nervös war. Die Kids, die hier nicht allzu beliebt waren, benahmen sich meistens genau so, wie ich jetzt. Dauerhaft plagte mich der Gedanke daran, jemand könnte auf mich zukommen und mir irgendeinen dämlichen Spruch zurufen, wie ich es früher getan hatte, wenn sich jemand mir so darbot.

Jetzt reiß dich gefälligst zusammen!

Genervt und angespannt stöhnte ich und hob Bücher eilig auf. Was hatten sie nur alle gegen Care? Es war offensichtlich, dass sie mich mieden, da ich etwas mit ihr zu tun hatte, mich im Unterricht neben sie setzte. Hatte sie ihnen je etwas getan? Nicht, dass ich wüsste. Sie kannten sie einfach nicht. Hätte ich sie je wirklich kennengelernt, dann hätte ich ihr nie zugemutet, wie ich sie behandelt hatte. Die anderen hielten Caroline für launisch, fragwürdig und aus irgendeinem Grund, den ich mir nicht erklären konnte, lesbisch. Oh, nein. Das war eine Lüge. Das Gerücht, dass Caroline Swynford eine Lesbe war, hatte *ich* in die Welt gesetzt. *Ich* und niemand sonst. Nur wegen mir, war sie so tief gesunken. Was ich allerdings nicht verstand war, warum Caroline so *plötzlich* keine Freunde mehr hatte. Von einen auf den anderen Tag, war sie allein gewesen. Früher, so erinnerte ich mich, hatte sie wenigstens noch ein paar Freundinnen gehabt, doch dann nicht mehr. Diesen Gedanken hatte ich schon lange Zeit. Ich gab mir die Schuld daran. Ich hatte damit angefangen, sie fertig zu machen. Vermutlich hatten sie sich von ihr abgewandt, weil ich sie behandelte wie Dreck. Und dann hatte ich auch noch zu allem Übel... Nein! Immer wenn ich daran dachte, wurde mir schlecht.

Ich war so ein schlechter Mensch. So dumm! Ich fasste mir an den Kopf und rieb mir die Schläfen, nachdem ich die Bücher zurück in das Schließfach geworfen hatte. Das hatte dieses Mädchen nicht verdient. Dieses schöne, süße, witzige, perfekte Mädchen.

Scheiße! Was für eine Scheiße! , dachte ich und lachte über meine eigenen Gedanken.

"Was ist so lustig, Devenport!?", zischte eine Stimme neben meinem Ohr.

Diese kam so plötzlich, dass ich zusammenzuckte und meinen Schlüssel fallen ließ. Was war heute nur mit mir los? Normalerweise war ich nicht so nervös. Für gewöhnlich war ich der kühle, gelassene Reeve, der immer einen guten Spruch auf Lager hatte und an den sich niemand herantraute aus Angst davor, was passieren würde, wenn.

"Aria!"

Erstaunt sah ich zu ihr herunter. Ariana McCoven hatte langes, hellbraunes Haar, lockige Spitzen und scheinbar endlose Wimpern. Sie war schön, doch ihr Aussehen täuschte. Selbst, wenn sie aussah wie ein Engel, war sie im Inneren der Teufel in Person. Aria war Schottin. Ihre Naturhaarfarbe war rot, doch sie färbte sie regelmäßig über. Die kleinen, zahlreichen Sommersprossen deckte sie erfolgreich mit Make Up ab. Ihre kleine, zierliche Figur ließ vermuten, dass sie schwach war und unbedingt beschützt werden musste, doch auch dies führte jedweden Betrachter hinters Licht. In der neunten Klasse, also vor zwei Jahren, war ich der Meinung gewesen, ich hatte mich in sie verliebt. Sie war meine erste richtige Freundin gewesen. Mit ihr hatte ich das erste Mal

Sex. Ich hatte ihr vertraut und echt gedacht, wir würden perfekt zueinander passen. Doch ich war jung, dumm und unerfahren gewesen und hatte nicht einmal im Traum geahnt, dass sie mit der Hälfte meiner Freunde schlief. Nicht nur den männlichen, nebenbei gesagt.

"Überrascht mich zu sehen, Babe?"

Sie hatte diese dämliche Angewohnheit, alle in ihrer Gegenward "Babe" zu nennen, was mich bis zu diesem Moment nie richtig gestört hatte. Erst jetzt fiel mir auf, wie nervig und erniedrigend es doch war. Ich schmunzelte.

"Nope. Früher oder später musste mich Gott ja bestrafen, oder?", stach ich.

"Witzig, Arschloch.", fauchte sie und krallte die langen Kunstnägel in ihr Buch. „Grund genug hätte er!"

Ich spähte unauffällig über ihre Schulter, hoffend, dass Care nicht ausgerechnet jetzt zurückkehren würde.

Bitte, mach dass Care erst kommt, wenn Aria weg ist! Das wird nur peinlich!, betete ich.

Als mir klar wurde, was ich gerade tat, schüttelte ich den Kopf und hätte mich am liebsten für den Gedanken bestraft. Ich konzentrierte mich wieder auf mein winziges Gegenüber und seufzte apathisch.

"Was willst du, Satan?"

Mit erhobenen Augenbrauen erwiderte ich ihren bohrenden Blick.

"Das mit dir und der kleinen Blondine...", begann sie.

"Hm?"

"..Das gefällt mir nicht.", fügte Aria hinzu.

"Ja, und?!"

"Du solltest das beenden!", riet sie mir, als hätte sie mir eine Tablette gegen Kopfschmerzen empfohlen, und mich nicht gerade dazu bringen wollen, Caroline in die Wüste zu schicken.

Ich grinste sie belustigt an.

"Nehmen wir mal an, deine minderwertige Meinung würde mich interessieren.", konterte ich amüsiert und bemerkte, wie sich eine ihrer rotblonden Brauen hob.

"Ignorieren wir das einfach mal und lassen dich fortfahren.", blubberte sie abfällig und verschränkte die Arme vor der gepushten Brust.

"Warum sollte ich *Das* deiner Meinung nach beenden, huh?"

Ich hob das Kinn und baute mich unauffällig etwas vor ihr auf.

"Ganz einfach. Das sieht ja selbst ein Blinder, du Dummkopf! Die zieht dich in den Dreck, aber versucht sich ihren eigenen Ruf wieder aufzubauen."

Verwirrt blinzelte ich.

"Sie benutzt dich nur!", stöhnte Aria und rollte mit den blaugrauen Augen.

Ihre Worte flogen durch mich hindurch, als wären sie ein unbedeutender Windhauch.

„Ist das alles?"

„Allerdings."

Ariana fuhr herum und flanierte mit einem geübten Hüftschwung davon.

"Naiver Idiot.", nuschelte sie kaum hörbar und verschwand.

Aria hatte keine Ahnung. Caroline benutzte mich nicht. Daran zweifelte ich kein bisschen. Eigentlich war ich es doch, der sie nur benutzte. Ich benutzte sie, um mein schlechtes Gewissen zu beruhigen. Dieses Drücken in meinem Inneren, das ich schon so lange mit mir herumschleppte. Bei dem was ich ihr angetan hatte, war dies das Mindeste. Ich dachte, dass sie sich vielleicht besser fühlen würde, wenn ich ihr vorspielte, mit ihr befreundet sein zu wollen. Ich hatte gedacht, dass wenn ich etwas mit Care unternahm, das Gefühl mit der Zeit verschwinden würde, doch das tat es nicht. Im Gegenteil. Je mehr Zeit ich mir ihr verbachte, sie kennenlernte, desto schlimmer wurde es. Und jetzt hatte ich mich auch noch in sie verliebt...

"Alles in Ordnung?"
Blinzelnd starrte ich sie an. Hatte sie etwas gesagt? Viel zu tief in meinen Gedanken versunken, bekam ich nicht einmal mehr mit, dass sie mich seit mindestens einer halben Minute versuchte, auf sich aufmerksam zu machen. Wir saßen inzwischen wieder im Unterricht, doch ich konzentrierte mich auf etwas ganz anderes. Sie ließen mich einfach nicht mehr los, die Gewissensbisse.
"Was?"
Carolines besorgte Augen ruhten auf meiner verwirrten Miene. Warum konnte ich nicht einfach alles vergessen? Nun, da die Schule wieder angefangen hatte, war ich nur noch mehr auf meine Gedanken fixiert. Dass meine Freunde nichts mehr mit mir zu tun haben wollten, machte es auch nicht besser.
Hör auf, dich selbst zu bemitleiden, Devenport!
Es war ja meine eigene Schuld, dass mein Gewissen mich plagte. Allein ich hatte das zu verantworten. Das alles. Ich musste es endlich loswerden.
"Zum fünften Mal. Welche Seite, zur Hölle verflucht,

ist in diesem Dreieck die Gegenkathete?!", fauchte Caroline und tippte mit dem Finger auf eine Skizze in ihrem Hefter.

Ohne auch nur nachzudenken, starrte ich darauf und fuhr mir durch die Haare. Selbstverständlich wusste ich, dass die Seite b die Gegenkathete des Winkels Beta war. Die längste Seite war die Hypotenuse und die, die übrig blieb musste die Ankathete sein. Logisch. Mathematik ging mit Formeln und Regeln einher. Das Rechnen war nebensächlich. Angenommen man konnte alle Formeln und Regeln auswendig, und hatte einen Taschenrechner, dann war die Schwierigkeitsstufe von Mathe so ziemlich mit Kaugummikauen gleichzusetzen. Trigonometrie war für mich so ziemlich das Leichteste auf dieser Welt. Ganz im Gegenteil dazu, mit Schuld umzugehen. Unruhig sah ich in Carolines Augen. Sie war ungeduldig und hatte die Stirn in Falten gelegt. Angespannt stellte ich die Ellenbogen auf dem Tisch ab. Meine Hände wanderten an meinen gesenkten Kopf.

"Reeve? Was hast du denn?"

Carolines kühle Hand lag auf meiner Schulter. Mir war ungewöhnlich heiß.

"Du schwitzt ja...", bemerkte sie.

Ich kramte nach meiner Flasche, wobei ihre Hand von meiner Schulter glitt, und trank sie bis zur Hälfte aus. Das Wasser schmeckte bitter, doch es war erfrischend. Für einen Moment lang ging es mir besser, bis ich in ihre blau-gold gesprenkelten Augen blickte. In meiner Kehle bildete sich ein schmerzhafter Kloß. Ich schluckte schwer.

"Care?"

Erwartungsvoll hielt sie meinem Blick stand, den

Mund ein Stück geöffnet.
"Ich muss mit dir reden..."
Sie musterte mich bedacht.
"Worüber?"
Sie fühlte, dass etwas nicht stimmte. Alles an ihr verriet mir dies. Ihre Haltung, der Blick ihrer Augen, die blassen Wangen.
"Über mich. Und irgendwie auch dich. Du musst es wissen."
Sie wirkte überrascht, im nächsten Moment entspannt. Nun lächelte sie erleichtert. Wieso war sie *erleichtert*!? Das, was ich ihr zu sagen hatte, war alles andere als erleichternd. Weder für sie, noch für mich.
"Lass uns später allein reden, ja?"
Noch immer strahlend wandte sie das Gesicht ab und versuchte dem Unterricht zu folgen.
Scheiße!

Caroline

Konnte es sein, dass Reeve mich endlich fragen wollte, ob ich mit ihm zusammen sein wollte? Fragte man so etwas überhaupt? Dachte er, wir waren schon ein Paar? Oder hielt er mich nur für so etwas wie einen Sommerflirt, den er sich warmhalten konnte? Wollte er, dass wir so etwas wie *Freunde mit gewissen Vorzügen wurden*?! Nein. Jeder meiner Gedanken ließ meine Vorfreude auf das Gespräch ein wenig schrumpfen. Warum musste ich immer so einen Mist denken? Himmel!

Nicht einmal zwei Stunden später standen wir in Reeves Garage. Auf dem Boden standen zwei riesige Büchsen Farbe und Unmengen von Pinseln. Ich fragte gar nicht erst, warum ich ihm dabei helfen sollte, die Wände zu streichen, wenn sein Dad noch vor zehn Minuten losgefahren war, mit den Worten: "Ich mach das!" Doch anstatt auf seinen übermenschlich großen und gutaussehenden Vater zu hören, trug mein Freund Reeve eine Leiter zu mir und platzierte sie direkt vor meinen Füßen. Mit erhobenen Augenbrauen sah ich ihm ins schief lächelnde Gesicht. Sein Ausdruck, sowie seine Miene verrieten mir, dass er nervös war. Er klatschte sich mit stocksteifen Armen auf die Schenkel und verzog das Gesicht zu einem eigenartigen Ausdruck, der wohl, so vermutete ich, ein Lächeln darstellen sollte. Gerade fragte ich mich, wann er sich das nächste Mal durch die Haare fahren wollte, da tat er es auch schon.

"Ich dachte wir wollten reden. Warum willst du mich jetzt dazu bringen, deine Arbeit zu erledigen?", grinste ich und kam einen Schritt auf ihn zu.

Zu meiner Verwunderung wich er zurück und schmunzelte.

"Bitte liebste Care, hilf mir, denn ohne dich schaffe ich das nicht.", bettelte Reeve und klatschte die Hände zusammen, als würde er beten oder betteln.

Er lächelte, doch das Lächeln erreichte nicht einmal seine Augen. Geschweige denn seine näher liegende Nase, wenn es möglich gewesen wäre. Irgendetwas stimmte nicht. Er hatte Spaß gemacht, klar, aber es wirkte nicht so, wie seine Späße normalerweise wirkten. Nämlich ungezwungen und gelassen. Reeve war angespannt. Ein Wunder. Auch er fühlte sich mal so. Bei dieser Erkenntnis wurde mir ein wenig leichter ums Herz. Ich lächelte ihn an. Er versuchte es zu erwidern, was nicht so recht gelingen wollte.

"Scheiße!", entglitt es ihm.

Mit einer ausschweifenden Bewegung fuhr er herum und rieb sich die Schläfen.

"Was ist los?"

Ich trat auf ihn zu und legte besorgt die Hände auf seine Schultern. War etwas passiert? Waren meine Vermutungen vielleicht alle falsch und er hatte mich hergebracht, um mir auf irgendeine Weise beizubringen, dass er sich geirrt hatte, als er sagte, er hätte sich in mich verliebt? Waren die Farbe, die weiße Wand und die Leiter so etwas wie eine Ablenkung? Womöglich um die Situation herunterzuspielen und als *Freunde* weiterzumachen? Bei dem Gedanken daran, er würde eventuell mit mir *Schluss machen*, wenn man es überhaupt so nennen konnte, nahm ich sofort die Hände von seinem Rücken und hielt die Luft an.

So ein Quatsch! Beruhig dich, Caroline! Gleich wird sich alles klären...

Er drehte sich nicht zu mir um. Seine Augen waren geschlossen, während er langsam den Kopf schüttelte.

"Kopfschmerzen.", schloss er.

Reeve

Die Arme vor der Brust verschränkt, die Beine ausgestreckt, saß ich auf dem alten Schaukelstuhl meiner Großmutter und beobachtete Care. Sie hatte bereits angefangen, die Wand zu streichen. Eigentlich hatte Dad gesagt, wir müssten nicht damit anfangen, doch ich dachte mir, es sei eine gute Nebenbeschäftigung, um ihr zu sagen, was ich zu sagen hatte. Moment. Glaubte ich die Scheiße, die ich da dachte, überhaupt selbst? Es war eine Ablenkung, ja. Eine Ablenkung von dem Drang, ihr endlich alles gestehen zu müssen. Wenn ich ehrlich war, hatte ich es nie wirklich vorgehabt. Ich hatte mich selbst versucht, hinters Licht zu führen, indem ich mir eingeredet hatte, dass es an der Zeit war, Caroline die Wahrheit zu erzählen, ihr alles zu beichten. Das Problem war nun jedoch, dass mein Gewissen mich immer noch um den Verstand brachte. Kurz nachdem ich angefangen hatte, mich mit Care zu treffen, sie kennenzulernen, zu erfahren, wer *sie* war, konnte ich abends nicht mehr einschlafen. Ewigkeiten lag ich hellwach in meinem Bett und versuchte, meine Gedanken abzustellen, vergebens. Ich schluckte schwer, kniff die Augen zusammen und rieb mir die Schläfen. Mein Herz klopfte wie wild. Mein Magen rumorte. Ja, es tat schon fast weh. Ich konnte ihr das doch nicht antun.

"Was ist los?", fragte sie und blinzelte mich verwundert an.

Caroline trug ein viel zu weites Herrenhemd von meinem Vater. Am linken Ärmel hatte es bereits blaue Farbtupfen, da sie den Pinsel daran gelegentlich abwischte. Mit aller Willenskraft versuchte ich, mich zusammenzureißen und ihr ins Gesicht zu sehen. Sie schmunzelte, wirkte fröhlich und aufgeweckt. Sie war so schön. Einfach alles an ihr war einfach nur schön.

"Was soll denn sein?", hakte ich ruhig nach und reckte mich.

Eine ihrer blonden Brauen hob sich. Sie schmunzelte. Ihre Wangen wurden zart rosa. Ich liebte es, wenn sie das taten. Care lief so leicht rot an, so schnell. Ihre Ohren glühten, während ihre Wangen die Farbe nur leicht wechselten.

"Warum siehst du mich so an?", wollte sie wissen, stemmte die Hände in die Hüften.

Der Pinsel fiel mit einem matschig klingenden Patschen auf den mit Zeitung ausgelegten Boden der Garage. Ich dachte nicht eine Sekunde daran, ihm nachzusehen. Mein Blick klebte noch immer an ihrem Körper. Ich lachte leise auf. Wenn sie mit mir sprach, linderte das meine innere Unruhe. Ihre helle, weiche Stimme beruhigte mich.

"Wie sehe ich dich denn an?"

"Oh, komm schon! Keine Ahnung. Sag du's mir, Reeve."

Mein Name aus ihrem Mund klang wie das schönste Lied der Welt. Mein Magen schmerzte, doch ich blieb gelassen. Soweit es ging zumindest.

"Woran denkst du?"

"Warum? Woran denkst du denn?", konterte sie und stieg von der Leiter herunter, auf der sie stand.

"Es ist...", stammelte ich. "Ich weiß nicht, mir ist nur gerade in den Sinn gekommen, dass ich schon ewig nichts mehr angesehen habe, einzig und allein aus dem Grund, dass es schön ist."

Ich sprach, doch die Worte waren unbedacht, selbst wenn sie der Wahrheit entsprachen. Caroline lachte und drehte sich wieder zur Wand herum. In letzter Zeit ertappte ich mich des Öfteren dabei, wie ich über Dinge nachdachte, über die ich nie zuvor nachgedacht hatte.

"Wie darf ich denn das verstehen?", feixte sie leise.

"Abgesehen davon, dass ich dir gerade gesagt habe, dass du schön bist?", wies ich sie darauf hin.

Ihr Oberkörper drehte sich wieder zu mir um. Ihre Lippen waren zu einem Lächeln geformt, das sie vergeblich versuchte zu unterdrücken.

"Spinner!", sang sie. "Danke."

Ich musste seufzen und verdrängte alle negativen Gedanken, bevor ich aufstand und damit anfing ihr zu helfen.

"Ich weiß nicht. Kennst du das nicht? Du sitzt im Bus und wartest darauf, dass er weiterfährt und die Sonne geht auf. Aber du siehst nicht hin, weil du es schön findest, sondern weil sich dir dieser Blick gerade darbietet. Es wäre unsinnig nicht hinzusehen, verstehst du mich?"

Sie schüttelte den Kopf und sah mich ratlos an. Grinsend vor Verlegenheit, zuckte ich mit den Schultern.

"Aber wenn du abends an den Strand gehst, nur um dir anzusehen, wie die Sonne langsam hinter dem Ozean verschwindet, der Himmel langsam von blau zu orange und rosa wird, bis er schließlich schwarz ist, das ist, wenn ich dich ansehe.", fuhr ich fort.

Ich konnte nicht glauben, dass diese Worte wirklich von mir stammten, doch sie taten es.

"Ich sehe dich an, weil ich es will, weil du schön bist. Nicht weil ich darauf warte weiterzufahren."

Sie musterte mein Gesicht. Ihre Lippen waren leicht geöffnet. Ich verspürte den starken Drang, mit dem Daumen darüber zu fahren, sie zu küssen.

"Du musst mir zeigen, was du schreibst, Reeve.", blubberte sie plötzlich los.

Wie kam sie denn jetzt darauf? Dachte sie etwa, ich

schrieb so etwas in meine Bücher?
Ich schüttelte lachend den Kopf. Ohne auf ihre Frage einzugehen, hob ich den Pinsel auf und blickte Care in die Augen.

"Aber weißt du, wie du noch besser aussehen würdest?"
Sie wartete auf meinen Vorschlag. Doch der kam gar nicht. Stattdessen drückte ich ihr den Pinsel ins Gesicht und hielt ihren Nacken fest, damit sie sich nicht davonmachen konnte. Sie wehrte sich, indem sie versuchte meinen Arm wegzudrücken, doch sie war nicht stark genug. Als ich sie losließ, riss sie den Mund auf und sah mich empört an. Sie hatte einen breiten Strich genau in der Mitte ihres Gesichts. Er verlief von ihrem rechten Ohr zu ihrem linken. Bedeckte dabei ihre Nase und die Wangen. Irgendwie sah es ein bisschen aus, wie eine keltische Kriegsbemalung.

"Du Idiot! Na warte! Jetzt bist du dran."
Sofort verstummte mein Lachen und ich machte mich daran, vor ihr davonzulaufen. Schnellstens verließ ich die Garage und rannte in den Garten.

"Caroline! Nein!", prustete ich und hielt sie mir mit den Armen vom Leib.
Erst jetzt sah ich, dass sie den gesamten Eimer mit sich gerissen hatte. Bedrohlich hielt sie ihn in der Hand und tunkte den Pinsel in die Farbe ein. Ich steckte in der Klemme. Genau hinter mir war der Zaun. Neben mir der Pool. Mit einem gefährlich rachsüchtigen Grinsen sprang sie auf mich zu und klatschte mir den Pinsel an die Wange.

"Nein!", schrie ich, doch es war zu spät.
Sie lachte sich kaputt und sprang umher, wie Rum-

pelstilzchen um das Lagerfeuer.

"Das war ein böser Fehler, Kleine! Ein gewaltiger Fehler!"

Ich nahm den auf dem Boden abgestellten Eimer, hob ihn über sie und ehe sie es sich versah, kippte ich ihr den ganzen Inhalt über den Kopf. Ihr Haar tropfte blau, ihre Schultern waren vollends bedeckt, ihr Mund stand weit offen, während sie sich mit den Fingern über die Augen wischte.

"Reeeeeeveeee!", quiekte sie und sprang auf und ab, sodass mir blaue Tropfen auf die Schuhe regneten.

Und nicht nur die. Just in diesem Augenblick kamen dicke, nasse Tropfen vom Himmel herunter. Ich sah hinauf. Bis jetzt hatten wir die Regenwolken über unseren Köpfen gar nicht wahrgenommen. Ich wollte gerade den Mund aufmachen, um etwas zu sagen, da machte Care einen gewaltigen Schritt auf mich zu und warf mich zu Boden. Ich fiel ins Gras und wurde über und über mit blauer Farbe bedeckt, denn Carolines bunter Körper lag auf mir. Sie lachte wieder und hielt mein Gesicht in ihren Händen, nur um sich das eigene an dem meinen abzuwischen.

"Caroline!", lachte ich unter Tränen und drückte die Augen zu.

Mit aller Kraft löste ich meinen Arm aus ihrem Griff und packte sie. Nicht um ihr wehzutun, oder sie von mir fern zu halten, sondern sie an mich zu ziehen und zu küssen. Sofort hielt sie inne. Jeder Muskel ihres Körpers schien sich zu entspannen. Ihre Zunge folgte den Bewegungen, die ich vorgab. Sie schloss die Lider und gab sich mir vollkommen hin. Ihr weicher Mund schmeckte nach Farbe, doch das war mir egal. Ich spürte ihren Busen auf meinem Oberkörper und spannte alles an. Mein Magen drehte sich herum und ich errötete sofort, als ich spürte, dass ich eine Erektion bekam. Das war mir schon lange nicht mehr passiert. Vor allem nicht so. Seit wann brachte mich ein einfacher Zungenkuss schon so weit?

"Scheiße!", fluchte ich und zog den Kopf zurück.

"Was ist?"

Sie schien es nicht bemerkt zu haben und sah mich verwirrt an.

"N-nichts.", log ich und zog sie wieder an mich.

Selbst, wenn sie es jetzt nicht mitbekam, war es nur eine Frage der Zeit. Spätestens, wenn wir uns erhoben, sah sie es. Mir war so verdammt heiß. Es fühlte sich an, als wäre alles Blut in meinen Kopf gepumpt worden. Oder nach unten. Ich versuchte mir eine Lösung auszudenken, doch mir fiel nichts ein. Angestrengt versuchte ich an alles Mögliche zu denken. Tote Tiere, meine Oma beim Nacktbaden. Nichts half. Ich war kurz vorm Verzweifeln, da dachte ich an den Unfall zurück. Vor zwei Jahren. Es funktionierte auf der Stelle. Damals war alles viel zu schnell passiert, zu unkontrollierbar. Ich hatte nur einen Moment lang nicht aufgepasst, und war einfach von der Spur abgedriftet. Das war das Schlimmste, das mir im Leben passiert ist. Es war genau das, was ich Caroline nicht hatte sagen können, als wir im Hotelkino saßen und sie mich fragte. Genau das, was ich ihr eigentlich heute hatte erzählen wollen. Es war etwas, das sie mir niemals verzeihen konnte. Und ich würde es ihr nicht einmal übel nehmen können. Es war nur verständlich, wenn sie mich in den Pool geschubst und versucht hätte zu ertränken, mich bei der Polizei angezeigt und die dazu gebracht hätte, mich in den Jugendknast zu stecken. Ich hatte etwas Unverzeihliches getan. Ich hatte gedacht, dass ich mein schlechtes Gewissen beruhigen konnte, wenn ich etwas mit der Einzelgängerin Caroline unternahm, die keine Freunde hatte und immer allein war, die ihre Mutter verlor, als sie vierzehn war. Das Problem dabei war nur, dass es nicht funktionierte. Im Gegenteil. Jetzt, da ich mich in genau dieses Mädchen verliebt hatte, war alles nur noch schwerer. Vor zwei Jahren, an einem regnerischen Tag, auf einer menschenleeren Straße, war ich angetrunken Auto gefahren und in ein fremdes Auto auf der Gegenfahrbahn gekracht, frontal durch dessen Motorhaube gebrochen und hatte die Scheibe zersplittert. Die Fahrerin - sofort tot. Ich hatte es augenblicklich gewusst. Es war mein Verdienst gewesen, meine Schuld. Ich hatte nicht einmal mehr den Krankenwagen gerufen, sondern war einfach losgefahren. Schmerzhaft wurde mir bewusst, dass das alles noch viel schlimmer war, als ich geahnt hatte. Ich wusste, dass es nicht mehr nur Care zerbrechen würde, wenn sie es erfuhr, sondern auch mich. Natürlich hatte ich schon heute Morgen gewusst, dass ich es ihr nicht sagen können würde, niemals den Mut aufbrächte, doch mein schlechtes Gewissen war ein bisschen darauf reingefallen, dass ich mir einredete, ich könnte es doch. Es begleitete mich seit zwei Jahren. Ununterbrochen erinnerte es mich an meine Tat von damals. Ich war Schuld am Tod eines Menschen. Und dieser Mensch war nicht irgendjemand gewesen, sondern Cares Mom. Ich hatte ihre Mutter getötet. Ich.

Caroline

Es war Samstag. Die Sonne war so heiß wie im ganzen Jahr noch nicht. Dad war im Laden, Reeve und ich hatten bereits Hitzefrei bekommen. Zusammen hatten wir Kit vom Kindergarten abgeholt. Schweigend saßen wir zu dritt im Flur vor meinem Zimmer und schaufelten Müsli in uns hinein. Warum wir im Flur saßen, wussten wir auch nicht so genau. Es hatte sich einfach so ergeben, als Reeve mit Milch kleckerte und auf dem Boden hockte, um sie wegzuwischen. Kit und ich hatten uns ohne Worte einfach zu ihm nach unten gesetzt. So waren wir dann einfach verblieben. Katie schmatzte leise. Reeve wechselte einen Blick mit mir und lächelte schief. Ich konnte nicht anders, als meine Augen auf ihm verweilen zu lassen. Ich verliebte mich immer mehr in ihn, obwohl es mir in letzter Zeit so vorkam, als war er zurückhaltender als sonst. Ich spürte, dass etwas nicht stimmte, hatte ihn jedoch noch nicht darauf angesprochen. Ich vermutete es lag daran, dass er nichts falsch machen wollte. Das Müsli schmeckte grauenhaft. Irgendetwas daran war komisch. Kein Wunder. James hatte es gekauft, als Dad letzte Woche in Sidney gewesen war, weil dort ein Job auf ihn wartete. Er verreiste oft in letzter Zeit. Es lag am Geld. Auch wenn der Laden jetzt besser lief, schien Dad so besessen davon zu sein, mehr Geld zu bekommen, als hätte er den Verstand verloren. Ich wusste, woran es lag. Es lag einfach an den Arztkosten, den Medikamenten, dieser dämlichen Krankheit.

"Caroline?", piepste Kit.

Ich sah sie erwartungsvoll an und konzentrierte mich wieder auf das Hier und Jetzt.

"Wo kommen wir hin, wenn wir sterben?"

Was?

Überfordert riss ich die Augen auf, seufzte und wandte mich an Reeve.

"W-weiß du, Baby... D-du weißt doch, in den Himmel.", stammelte ich.

Reeve zuckte die Schultern, nachdem ich ihn hilfesuchend angesehen hatte.

"Kommen alle Menschen dort hin?"

"Naja. Nein...nicht alle.", antwortete ich ihr.

"Wieso nicht?", hinterfragte sie meine Aussage.

„Nun ja, es gibt gute und schlechte... Da ist nicht so viel Platz, da oben. Verstehst du?"

Letzteres erschien mir wesentlich einfacher für meine Schwester zu verstehen. Außerdem hätte sie noch tausend weitere Fragen gestellt, wenn ich gesagt hätte, dass nur gute Menschen in den Himmel kommen. Fragen wie: *Wie ist denn ein schlechter Mensch?* oder *Wie muss ein guter Mensch denn sein?* Das wollte ich mir nicht unbedingt antun.

„Was ist mit Ameisen? Kommen die in den Himmel?"

Reeve schien sich verschluckt zu haben, denn er fing an zu husten und lachte leise.

"Ich...weiß nicht. Reeve?!"

Dieser stopfte sich einen riesigen Löffel voll in den Rachen und blinzelte verwirrt.

"Denkft du nift, daf genau daf hier fon der Himmel ift?"

Er sprach mit vollem Mund, doch hatte all ihre Aufmerksamkeit auf sich gelenkt.

"Wie meinst du denn das?", hakte Kit nach.

"Naja." Er schluckte runter. "Der Himmel ist der Ort, an dem wir am glücklichsten sein sollen."

Meine Schwester nickte eifrig.

"Ich bin glücklich, genauso wie ich hier sitze. Ich esse das *beste* Müsli, das ich je zuvor essen durfte und sitze hier mit den beiden hübschesten Mädchen Australiens.", lachte er mit einer besonders sarkastischen Betonung während des Wortes *beste*.

Ich lächelte und strich mir eine Strähne hinters Ohr, bevor ich den nächsten Löffel aß. Eine Szene schoss mir in den Kopf. Eine Erinnerung.

"Ja. Es war wie im Himmel, als wir damals mit Mommy im Garten gesessen und ihre Pancakes gegessen haben.", bestätigte ich.

Reeve sah mich mitfühlend an. Kits Miene verfinsterte sich.

"Ist Mommy auch im Himmel?"

"Da bin ich mir ganz sicher, Süße.", sprach Reeve, bevor ich ihr antworten konnte.

Er sagte genau das, an das ich dachte. Wie hatte ich mich nur so lange in ihm täuschen können? Er war kein Arschloch. Gut, irgendwie schon. Aber auf eine gute Weise...wenn das möglich war. Er war erwachsen, zuverlässig, entschlossen, spontan, einfach gut. Er war perfekt. Und ich war verliebt in ihn.

"Reeve?", riss meine kleine Schwester mich aus meinen Gedanken.

Ich war ganz froh darüber, dachte ich zumindest. Reeves Hals war knallrot angelaufen, sein Kopf glühte.

"Kit?", entgegnete er, als wäre gar nichts.

"Warum bist du so rot?", stellte ich an ihrer Stelle die Frage, die auch sie vermutlich, wenn auch anders formuliert, hatte stellen wollen.

"Rot?", hakte er nach.

In diesem Moment fuhr er sich mit der Hand über den roten Hals. Dann hustete er.

"Scheiße...", keuchte er.

Ich riss die Augen auf und holte mein Handy hervor.

"Was ist los?!", schrie ich und wählte die Nummer des Notdienstes.

Reeve krümmte sich und konnte gar nicht mehr aufhören zu husten, zu keuchen. Er bekam kaum noch Luft.

"Zimt!", war das einzige, das ich noch verstand.

Wie zum Teufel hatte ich nur vergessen können, dass Reeve allergisch gegen Zimt war? Er hatte es mir erzählt. Ich hatte einfach nicht mehr daran gedacht. Wer konnte schon ahnen, dass in diesem dämlichen Müsli ein winziger Anteil von Zimt war? Ich meinte nur, es schmeckte ja nicht einmal nach Nüssen, obwohl es Nussmüsli hieß, geschweige denn nach Zimt. Vollkommen durch den Wind lief ich im Gang des Krankenhauses auf und ab. Nachdem sie Reeve abgeholt und ihn hergebracht hatten, waren Dad und ich ihnen hinterhergefahren. Er hatte dafür den Laden schließen müssen, was mir in diesem Moment jedoch relativ egal war. Kit und mein Vater standen vor dem Getränkeautomat und versuchten, in irgendeiner vollkommen verdrehten Reihenfolge, etwas herauszubekommen. Ich atmete tief durch und näherte mich den beiden.

"Wartet..."

Meine Stimme klang ruhig und erschöpft, ganz anders, als ich mich fühlte.

Mit einem Knopfdruck aktivierte ich den Vorgang, warf die Münzen ein und wartete nur noch, dass sich etwas hinter dem Fenster bewegte. Aus reiner Gewohnheit drückte ich im richtigen Moment den Münzrückgabeknopf. Eine Schokomilch landete im Auffangraum und Kit schob ihre Hand hindurch. Das Geld, das ich eingeworfen hatte, landete im Rückgeldfach. Warum ich diese praktische Taktik anwandte? In der Schulkantine gab es mal einen Limonadeautomaten. Die Schüler mussten auf diese Weise nie Geld ausgeben, bis schließlich jemand Wind davon bekam und den Automaten wegschaffte. Normalerweise hätte Dad nun so etwas sagen müssen wie *„Das ist aber nicht in Ordnung, Caroline! Das muss doch bezahlt werden!"*, doch stattdessen sah er mich besorgt an und legte mir eine Hand auf die Schulter.

"Schatz, ist alles in Ordnung?"

Mein Vater sprach so leise, dass allein ich es überhaupt wahrnehmen konnte. Ich atmete, doch es half nicht. Ruckartig riss ich mich los, um seiner Berührung zu entkommen und sah ihn wütend an.

"Nein, Dad! Es ist nichts in Ordnung! Und weißt du auch warum?!"

Ich wartete einen Augenblick ab, ehe ich ihn weiter anschrie. Der Blick seiner überraschten, erschrockenen Augen hätte mich normalerweise wieder zur Vernunft gebracht, doch nicht dieses Mal.

"Weil ich an der ganzen Scheiße hier Schuld bin, verdammt! Ich hätte ihn fast umgebracht, wenn ich es nicht schon längst geschafft habe!"

Tränen flossen über meine Wangen. Jeder Muskel in meinem Gesicht brannte. Dad sah so unendlich traurig und verletzt aus, dass sich meine Brust zusammenzog. Am liebsten hätte ich auf irgendetwas eingetreten, nur um dieses Gefühl loszuwerden. Es machte mich noch wütender, als ich es eh schon war. Diese Verzweiflung, die Hilflosigkeit, das Unwissen, das alles trieb mich zur Weißglut. Ich spürte, wie mein Körper begann zu beben. Es war wie jedes Mal, wenn er das tat. Es fing langsam an, wurde immer stärker, bis ich mich schließlich verkrampfte, kaum noch atmen konnte und im schlimmsten Fall sogar bewusstlos wurde.

"Carrie, es ist sicher alles in..."

Er versuchte mich zu beschwichtigen, doch ich konnte es nicht zulassen.

"Nein, Dad! Hör auf! Woher willst *du* denn das wissen, huh?"

Ich sah mich verzweifelt um. Alles war mintgrün und babyblau gehalten. Es war kaum auszuhalten. Diese Wände kannte ich schon viel zu gut.

"Ich hasse dieses Krankenhaus! Ich hasse es, verflucht!", schrie ich ihn an.

Vollkommen aus der Puste hielt ich inne und atmete. Mein Vater öffnete den Mund, um etwas zu sagen, doch es schien, als blieben ihm die Worte im Halse stecken. Kit sah mich entgeistert an und hob den kleinen, dünnen Zeigefinger. Ich runzelte die Stirn und sah sie fragend, noch immer schwer atmend an. Warum bekam ich kaum noch Luft?

"Kleines, du hast einen Anfall!"

Erschrocken sah ich meinen Vater an. Mein letzter Zusammenbruch lag nun schon fast zwei Monate zurück. Alle Wut entwich meinen Venen, die Kraft verließ mich vollständig, mir wurde schwarz vor Augen und ich hatte nur noch eins. Angst!

Alle paar Sekunden konnte ich die Augen öffnen. Alles ging so schnell und doch so langsam. Sie schoben mich im Eiltempo auf einer Transportliege durch die Gänge. Ich musste in eine andere Abteilung gebracht werden. Es war das zweite Mal, dass das hier passierte. Das Licht war grell. Mein Dad redete auf mich ein, während er mit zwei weiteren Schwestern neben mir her rannte, während er versuchte Schritt zu halten. Ich konnte nur verschwommen sehen. Mein Kopf fühlte sich an, als würde er jeden Augenblick explodieren. Als ich mitten im Warteraum hingefallen war, war ich mit dem Kopf voran auf den Boden geprallt. Das Blut schoss aus meiner Nase, trotz des Handtuchs, das sie mir auf mein Gesicht drückten. Mir war übel und schwindelig. Alles tat weh. Doch das Schlimmste war: Das hier war erst der Anfang.

Ich wachte in einem Bett auf. Es war nicht mein Bett. Ich war noch immer im Krankenhaus. Es war eiskalt. Mein Blick schweifte nach links. Wer war so blöd gewesen und hatte ein Fenster weit geöffnet? Ich schlug die Decke weg und setzte mich auf. Ein erstickter Schrei entglitt mir. Ein stechender Schmerz, der von meinem Kopf ausging, zog sich bis zu meinen Zehenspitzen hinunter. Ich war schwach. Es gelang mir nur schwer, mich zu erheben und zu dem geöffneten Fenster zu tapsen. Draußen war es bereits stockfinster. Wie spät es wohl war? Wo waren Dad und Kit, oder Reeve in diesem Augenblick?

Reeve!, schoss es mir in die Gedanken.
Ich hatte nicht nach ihm gesehen! Ich musste zu ihm, sehen wie es ihm ging. Eilig drehte ich mich um und lief langsam, so schnell wie es mir möglich war, in Richtung der Tür.

Moment! Was er wohl sagen würde, wenn er mich vor sich sah? Blass, im Nachthemd, mit aufgeplatzten Lippen und Kanülen im Arm? Was würde ich ihm sagen, wenn er fragte? Sollte ich es ihm vielleicht endlich erzählen? Sollte ich ihm beichten, dass ich keine Freunde hatte, weil ich es so wollte? Wollte ich, dass er erfuhr, dass ich seit einem Vierteljahr wusste, dass ich krank war? Dass ich niemanden unglücklich hinterlassen wollte, bei dem es zu vermeiden war? Dass er die Ausnahme gewesen war, weil er mich glücklich machte? Weil er der Einzige war, der dies fertiggebracht hatte? Nein. Suchend blickte ich mich in dem Zimmer um. Eine Tüte mit meinen Sachen lag auf dem Fußende meines Bettes. Ich schleppte mich zu dieser und zog mich um. Dass nur dieses bisschen Bewegung, sich als so kräftezehrend herausstellte, hatte ich nicht erwartet. Ich wusste, dass ich Ruhe brauchte, mich nicht bewegen durfte, und essen sollte. Neben meinem Bett stand eine Schüssel mit irgendeinem eklig aussehenden Brei. Ich tippte, jener war aus Hafer gemacht. Oder jemand hatte in aufgeweichtes Müsli geniest. Das konnte auch sein. Die Kanülen in meinem Unterarm musste ich wohl so gut verstecken, wie es ging, denn dazu sie herauszuziehen, hatte ich nicht den Mut. Ich hasste Nadeln. Kaum hatte ich mich ein wenig erholt, atmete ich noch einmal tief ein und erhob mich mühsam. Mit jedem Schritt wurde es etwas leichter zu gehen, sodass ich an der Info schon wieder normal laufen konnte. Der Schwester schien ich nicht aufzufallen, also sagte sie mir, wo ich Reeve Devenport finden konnte, nachdem ich sie nach meinem *Bruder* gefragt hatte. Es war das Zimmer 209.

Ich fand es schneller als erwartet. Langsam öffnete ich die Tür und trat ein. In dem Zimmer standen drei Betten. Das eine stand leer, war jedoch durchwühlt, als hätte noch vor wenigen Minuten jemand darin gelegen. In dem zweiten Bett, links von mir und somit unter dem Fenster, lag ein blonder Lockenkopf. Er schlief tief und fest. Mein Blick blieb am dritten Bett kleben. Ein dunkelhaariger junger Mann lag darin und blinzelte vor sich hin. Es war Reeve. Er wurde mit Sauerstoff beatmet. Dies verriet mir der kleine Schlauch, der hinter seinen Ohren befestigt war und in seiner Nase mündete. Auch ich war mit diesem Gerät aufgewacht, hatte es jedoch in meinem Zimmer zurückgelassen.

"Care?"

Ich war so überrascht seine Stimme zu hören, dass ich zusammenzuckte. Plötzlich fühlte ich mich wieder besser. Viel besser. Unauffällig schob ich den Arm, in dem die Kanülen stecken, hinter mich.

"Reeve!", entglitt es mir freudestrahlend. "Wie geht's dir?"

Ich setzte mich neben ihn auf das Bett und sah zu ihm herunter. Sein Hals war angeschwollen und noch immer rot. Seine Augen waren klein. Er röchelte ein wenig.

"Du siehst schlecht aus. Geht's dir nicht gut?", wollte er besorgt wissen und hob den Arm, um meine Wange zu berühren.

Aus irgendeinem Grund, schossen mir die Tränen in die Augen. Ob es das Bedürfnis war, nicht länger zu lügen, oder die Freude, ihn wohlauf zu sehen, konnte ich nicht einschätzen.

„Du sahst auch schon besser aus.", witzelte ich und nahm seine kühle Hand in die meinen, bevor ich sie leicht drückte. Natürlich achtete ich noch immer darauf, dass er keinen direkten Blick auf die Unterseite meines Armes erhaschte.

„Caroline? Ich muss dir was sagen."

"Alles. Was ist los?", blinzelte ich besorgt.

Reeve hustete, bevor er weitersprach und blinzelte sich ein paar dadurch aufgekommene Tränen aus den Augen. Er zögerte. Angespannt drückte ich seine Hand ein wenig fester. Plötzlich fing er an zu lächeln.

"Mein Zimmer ist gar nicht genau gegenüber von deinem."

Er grinste so dämlich, dass ich seine Hand losließ. Und ich dachte, er wollte mir sagen, dass er nicht durchkam, oder dass er mich liebte, oder zumindest mit mir zusammen sein wollte. Erleichtert atmete ich aus. Es war nichts davon. Ich erinnerte mich wage an den Moment, in dem er mir hatte einreden wollen, er hätte mich schon so einige Male beim Umziehen beobachtet, da sein Zimmer direkt gegenüber vom meinen lag. Wenn ich mich recht zurück besann, dann war es bei seinem ersten oder zweiten Besuch gewesen. Bei der Erinnerung an den Moment, als er plötzlich auf meinem Dachvorsprung gestanden hatte, hatte ich plötzlich das dringende Bedürfnis, Reeve zu küssen. Er hatte mich so unwahrscheinlich glücklich gemacht. Er war in mein Leben getreten und hatte alles durcheinander gewürfelt. Im guten Sinne. Ich war ihm so dankbar.

"Ich weiß.", seufzte ich. "Du solltest jetzt besser

schlafen. Die haben dich ganz schön mit Drogen vollgepumpt.", zwinkerte ich lächelnd.

Er grinste mit geschlossenen Augen. Gerade wollte ich den Mund aufmachen, um noch etwas zu sagen, da bemerkte ich, dass er bereits eingeschlafen war. Erschöpft entspannte ich meinen Körper und seufzte.

"Es tut mir leid..."

"Was tut dir leid?"

Erschrocken fuhr ich herum. Hinter mir stand ein großer, halbnackter Kerl mit grüngelben, stechenden Augen. Er kam gerade aus dem Badezimmer und trug nichts außer einer dunkelblauen Boxershorts.

"I-ich...ehm...das... Das geht dich gar nichts an.", fuhr ich ihn an.

Der Junge grinste und trottete gelassen zu dem durchwühlten, leer stehenden Bett. Ich sah ihm verwundert nach. Er war dünn und sehnig, nicht ein Muskel stach mir ins Auge.

"Tja Daisy, sieht aus als hättest du ihn beinahe umgebracht, was?", lachte er.

Entgeistert starrte ich den Typen an. Was erlaubte der sich?! Er hatte doch gar keine Ahnung, was passiert war, geschweige denn, was ich Reeve angetan hatte. Ich ignorierte seine Dreistigkeit und sah ihn finster an.

"Wie nennst du mich?", blubberte ich.

"Komm schon, du kannst es mir erzählen! Wahrscheinlich weiß ich es eh schon."

Irgendetwas in seiner Stimme provozierte mich. Entspannt lehnte er sich zurück, überkreuzte die nackten Füße und schälte eine Banane.

"Was weißt du!?", giftete ich.

Er hatte dunkelblondes bis hellbraunes Haar und einen ziemlich hellen Teint. Letzteres war ungewöhnlich für einen Australier.

"Entweder tut es dir leid, dass du ihm das angetan hast, weil du denkst, du bist schuld daran, oder..."

"Hat er das gesagt?!", entgegnete ich entgeistert und unterbrach ihn.

Der Junge schmunzelte, schüttelte jedoch den Kopf.

"Nehmen wir mal an, es würde stimmen. Woher wüsstest du es?"

"Bin gut im analysieren."

"Von Worten?", hakte ich nach.

"Von Menschen.", berichtigte er mich.

Einen Moment lang hob er den Blick, um mir in die Augen zu sehen. Nur um sich dann wieder auf seine Banane zu konzentrieren. Ich hob die Nase und beäugte seine Miene.

"Du denkst jetzt so etwas in der Art wie „Der denkt echt, er ist was Besonderes", stimmt's?", grinste der schlaksig aussehende Typ.

Er hatte recht. Das hatte ich gedacht.

Der hält sich also für was Höheres, genauer gesagt.

Ich schwieg und versuchte, aus ihm schlau zu werden.

"Versuch's gar nicht erst. Du kannst damit sowieso nicht umgehen."

Jetzt war ich verwirrt. Womit, um alles in der Welt? Und warum redete dieser Typ überhaupt mit mir?

"Mit Psychopathen.", lächelte er.

War ich im falschen Film?!

Der spinnt ja...

Ich wandte den Blick ab und musterte Reeves entspanntes Gesicht. Er schlief noch immer. Die mussten ihn ganz schön zugedröhnt haben. Die Schwellung seines Halses war vollends zurückgegangen. Also wirkte es zumindest.

"Du würdest jetzt gern gehen. Aber doch bist du fasziniert von mir und möchtest weiterhin hören, was ich zu sagen habe.", flötete er überschwänglich und hob das Kinn an.

"Das stimmt nicht.", fauchte ich in seine Richtung.

"Das war Sarkasmus."

Nun lächelte er ehrlich. Ich kniff die Augen zusammen und blinzelte. Er biss von seiner Banane ab und sah mich aufgeweckt an. Ein breites Grinsen erschien auf seinem Gesicht.

"Oder...", fing er an, nachdem er geschluckt hatte. "...Oder es tut dir leid, dass du ihm etwas nicht sagen kannst. Etwas, das dich betrifft. Und irgendwie auch ihn."

Überrascht blickte ich ihm in die Augen. Vielleicht redete Reeve ja im Schlaf, und dieser Junge hatte ihm lediglich dabei zugehört. Ich konnte mir bei aller Liebe nicht vorstellen, dass Reeve irgendeinem Fremden erzählen würde, was ihn bedrückte. Der Typ hatte dieselben Worte benutzt wie Reeve, kurz bevor wir seine Garage gestrichen hatten. Er hatte mir etwas sagen wollen, *das ihn betrifft, und irgendwie auch mich.* Konnte es sein, dass Reeve mir etwas hatte beichten wollen?

"Was ist es?", wollte der Kerl wissen.

Er hatte den Kopf gesenkt und sah mich neugierig, aber vorsichtig an. Ich hatte das Bedürfnis, es ihm zu sagen. Ich konnte mir nicht erklären, weshalb. Doch es war so. Vielleicht war er ja ein Mensch, der den Eindruck machte, man könne ihm alles sagen und Reeve hatte tatsächlich mit ihm gesprochen. Über uns. Wenn dies der Fall war, dann wusste er, was Reeve mir hatte sagen wollen. *Er wusste es*, doch ich nicht. In den Augen des Jungens lag ein merkwürdiger, mir bisher unbekannter Blick. Es war ein Blick, der mir versprach, mir immer zuzuhören, wann immer ich etwas sagen wollte, der mir schwor, es für sich zu behalten und mir versicherte, dass er immer Verständnis haben würde. Ich sah ihm in die Augen und bekam gar nicht mit, dass er näher gekommen war. Der fremde, mir vollkommen unbekannte Typ stand direkt vor mir, fast nackt und sah mir in die Augen. Mit diesem Blick. Es war die eigenartigste Situation, die man sich vorstellen konnte, und doch sagte ich es ihm. Ich sagte ihm alles. Und nichts. Keine Erklärung, keine Geschichte, sondern nur, was Sache war. Ich wollte gar nicht fassen, dass ich ihm, dem Wildfremden, wahrhaftig erzählte, was ich Reeve nicht sagen konnte. Nur meine Familie wusste davon, niemand sonst. Und ich sprach es endlich, nachdem ich dem Jungen, dem ich wochenlang nichts hatte sagen können, dem ich alles verschwiegen hatte, vor einem wildfremden Typen aus. Mit zwei klitzekleinen Worten fiel mir ein Stein in der Größe eines LKWs vom Herzen.

"Ich sterbe."

Seine Augen wanderten zu den Kanülen an meinem Unterarm. Er blinzelte ein paarmal und sah mir dann in die Augen.

"Und er weiß es nicht.", stellte mein Gegenüber fest.

Ich sah eilig zu Reeve, als ob ich prüfen wollte, ob er etwas von dem Gespräch mitbekam. Beruhigt, dass er noch immer zu schlafen schien, wandte ich mich wieder an den Jungen und schüttelte den Kopf. Es war komisch. Ich überlegte, ihm zu sagen, dass er es ihm nicht sagen sollte, doch hielt den Mund. Es fühlte sich an, als hätte er das gar nicht vor. Ich wusste einfach, dass er es nicht tun würde. Was war denn plötzlich los? Ich kannte diesen Kerl nicht einmal und doch war er der einzige, dem ich erzählen konnte, was mit mir los war?! Ich erwartete, dass er so etwas sagen würde wie: "Du musst es ihm beichten." oder "Das ist nicht fair von dir.", doch er nickte nur. Überrascht musterte ich ihn. Er hatte genickt. Er schien erahnt zu haben, dass alles andere falsch gewesen wäre, mich wütend hätte machen können. Mich wunderte, dass er nicht einmal fragte, weshalb ich starb, oder es hinterfragte. Er schwieg, nickte und lächelte letztendlich.

"Was?"

Ich erhob mich von Reeves Bett.

Verdammt! Der ist ja fast doppelt so groß wie ich..., dachte ich und trat einen Schritt zurück.

"Automatenkaffee?", schlug er vor.

Ich legte den Kopf schief. Nun musste ich schmunzeln. Irgendwie heiterte mich dieser Kerl auf. Erst jetzt, wo ich darüber nachdachte, ob er nackt dieses Zimmer verlassen wollte, fiel mir die Narbe in Mitten seiner flachen Brust auf. Anstatt ihn darauf anzusprechen sah ich ihm wieder in die Augen und zog eine Braue in die Höhe. Seine Augen waren gelblich grün und fielen mir sofort auf, umrahmt von hellen Wimpern und luftigen Brauen. Seine Pupillen waren winzig. Er nahm eindeutig Medikamente ein, die verschreibungspflichtig waren, oder die es nur im Krankenhaus gab. Es interessierte mich, weshalb er hier war. Bis gerade eben hatte ich nicht einmal daran gedacht, wo wir uns aufhielten. Erst jetzt, wo Reeve sich im Schlaf herumdrehte, wurde ich mir der Sache wieder bewusst. Ich musste ziemlich angeschlagen sein, wenn ich schon vergaß, wo ich mich befand.

"Wenn du dir noch was überziehst. Warum nicht?"

Er hob das Kinn und kniff die Augen zusammen. Ich lächelte und wartete ab, was er tat.

"Anziehen. Klar."

Er betonte es, als hätte ich gescherzt.

"Du willst so dort raus gehen?", hakte ich entsetzt nach.

Er verschränkte die Arme vor der Brust.

"Ja, wieso nicht?"

Ich musterte ihn genau und öffnete den Mund, um etwas dagegen zu sagen.

"Daisy, das mit dem Sarkasmus müssen wir noch üben."

"Sarkasmus. Logisch."

Normalerweise kam ich gut mit ironischen Bemerkungen klar. Reeves und meine Beziehung hatte jahrelang aus nichts anderem bestanden. Nun ja, daraus, und Beleidigungen, sowie öffentlicher Demütigung und...egal. Darüber wollte ich in diesem Moment nicht nachdenken. Immerhin gehörte das alles der Vergangenheit an.

Der Junge zog sich dunkle Jeans und ein schwarzes Shirt an. Wenig später saßen wir auch schon im Flur und tranken exotisch schmeckenden siebzig Cent

Kaffee.

"Ist mein Lieblingskaffee.", bemerkte er und legte den Knöchel seines rechten Fußes auf sein linkes Knie.

Wieder beäugte ich ihn genau und runzelte die Stirn. Er hob die Brauen und seufzte.

"Sarkasmus?", blühte es mir.

"Sarkasmus."

Wir redeten zwei Stunden lang nur über irgendwelchen Quark. Wir verstanden uns gut, besser als anfangs geglaubt. Er lachte viel und brachte auch mich oft zum Lächeln. Nachdem die zwei Stunden abgelaufen waren, sah ich auf mein Handy und prüfte die Uhrzeit. Es war halb zwölf. Ich grinste ihn an und schüttelte den Kopf.

"Du musst zurück?"

"Zurück wohin?"

"In dein Zimmer.", schloss er.

Mein Lächeln verblasste. Stimmt. Ich musste zurück auf mein Zimmer, denn ich hatte hier eins. Wieder einmal.

"Eigentlich wollte ich noch einmal nach Reeve sehen."

"In Ordnung. Tu das. Ich warte hier auf dich."

Der Junge zwinkerte.

"Warum? Geh doch lieber in dein..."

Ich hielt inne und schmunzelte. Reeves Zimmer war ja sein Zimmer. Ich war dankbar, dass er verstand, dass ich mit ihm allein sein wollte.

"Ich bringe dich dann zu deinem Stockwerk."

Er lächelte und nickte in Richtung Reeves Tür.

Auf dem Weg, den Flur entlang, zur Zimmernummer 209 dachte ich darüber nach, worüber der fremde

Junge und ich gesprochen hatten. Vertieft in Gedanken starrte ich auf meine Schuhe, noch als ich schon längst angekommen war.

Wie kann man sich zwei Stunden lang mit jemandem unterhalten, ohne auch nur ein Mal seinen Namen zu nennen?

Weder kannte ich den seinen, noch er meinen Namen. Wir hatten so lange miteinander gesprochen, ohne diese Information zu benötigen. Ich wusste noch immer nicht einmal, was er überhaupt hatte, weshalb er hier war. Ich tippte, es musste irgendetwas mit seinem Herzen zu tun haben. Oder zumindest mit der Narbe inmitten seiner Brust. Wie lange ich wohl noch hier bleiben musste? Das letzte Mal hatten die Ärzte mich eine Woche lang beobachten wollen. Ich konnte nur hoffen, dass ich vor Reeve wieder weg war, sonst konnte er ja nur Verdacht schöpfen.

Verflucht, Caroline! Du darfst es nicht vor ihm geheim halten! Er muss es erfahren! Das bist du ihm schuldig..., schrie mein Unterbewusstsein, doch ich versuchte es, wie immer wenn es mir versuchte etwas einzureden, zu überhören.

Ich öffnete die leichte Tür zu Reeves Zimmer und trat langsam ein. Das Fenster stand nun weit offen und der Junge, der vorhin noch tief und fest geschlafen hatte, saß aufrecht in seinem Bett am Fenster. Das war's dann also mit *allein* sein. Er sah mich einen Moment lang an, wandte sich dann jedoch seiner roten Götterspeise zu.

"Caroline!"

Ich zuckte augenblicklich in mich zusammen und blickte in die großen, treuen Augen von Mrs. Devenport. Sie war aufgebracht und hatte wie es aussah, eine ganze Weile lang geheult. Reeves Vater saß auf einem Stuhl neben dessen Bett und redete sehr leise mit seinem Sohn. Reeve nickte oft ohne etwas zu sagen und sah Mr. Devenport kaum an. Von Besuchszeiten hatte dieses Krankenhaus wohl noch nie etwas gehört. Ich machte mich auf das Schlimmste gefasst und senkte den Blick, während ich auf die Devenports zulief. Ich hätte es vollkommen verstanden, wenn sie von mir verlangt hätten, zu verschwinden und mich nie wieder blicken zu lassen. Schließlich war ich schuld daran, dass ihr Sohn fast draufgegangen wäre.

"Mrs. Devenport, es tut mir wirklich furchtbar leid! Ich wusste nicht, dass Zimt in dem Müsli ist, sonst hätte ich es ihm niemals gegeben! Sie wissen doch, dass ich Reeve echt gern hab und ihm so etwas nicht antun würde! Bitte glauben sie mir, ich..."

Sie schloss mich in die Arme und drückte mich an ihren warmen, weichen Körper. Ich verstand die Welt nicht mehr. Wollte sie mich denn nicht aus dem Fenster schmeißen oder mir eine Überdosis Morphium verpassen?

"Herrje, Mädchen! So etwas würden wir niemals denken!", zeterte die Italienerin und schüttelte aufgeregt den Kopf.

Sie löste sich von mir und setzte sich ebenfalls zu Reeve, der noch immer mit seinem Vater beschäftigt war. Ihre Hand umfasste die ihres Sohnes und strich sanft mit dem Daumen über seine Haut. Reeve atmete tief ein und wieder aus. Das war ein gutes Zeichen. Wenigstens konnte er atmen. Mr Devenport wuschelte durch sein dunkles Haar, welches nun in alle Richtungen stand und ihn wie einen kleinen, kranken Jungen aussehen ließ. Dann erhob er sich. Mit langen, leisen Schritten kam er nun auf mich zu. Seine Miene verriet nichts. Nicht einen Hauch von Wut oder irgendetwas anderem. Einfach nichts, bis er den Mund aufmachte, um etwas zu sagen.

"Wir sind für dich da, Kleine."

Er lächelte schief und legte mir die große Hand auf die Schulter.

"D-danke, Sir?", piepste ich verwirrt und zwang mich zu einem Lächeln.

Warum waren sie *für mich* da? Ich war es nicht, die vor ihnen in einem Krankenbett lag. Ich war die, die ihren eigenen Sohn erst hinein befördert hatte. Sie beide verließen den Raum, nachdem Mrs. Devenport mich noch einmal in den Arm genommen hatte. Ich blieb allein mit Reeve zurück. Reeve, und dem komischen Typen mit der Götterspeise. Ihm schien der Besuch seines Zimmergenossen wohl nicht sonderlich viel auszumachen.

"Warum siehst du mich nicht an?", fragte ich kleinlaut, nachdem ich mich zu ihm gesetzt und seine Hand genommen hatte.

Reeve schluckte schwer. Was war nur los mit allen?

"Wie geht es dir, Caroline?"

Er sprach leise, war heiser und scheinbar erschöpft. Die Röte schoss mir ins Gesicht. Konnte es sein, dass er Wind von meinem Zusammenbruch bekommen hatte? Worüber hatte sein Vater mit ihm gesprochen?!

Ruhig atmen, Caroline. Er kann es nicht wissen. Die Ärzte haben Schweigepflicht. Atme!

"Was hat dein Vater mit dir besprochen?", krächzte

ich ohne auf seine Frage zu reagieren, riss mich jedoch so gut es ging zusammen, um nicht sonderbar zu wirken.

"Wie geht es dir, Caroline?!", wiederholte Reeve, nun lauter und härter als zuvor.

"Gut! Mir geht's gut!!! Was ist los?"

Reeve

Sie log mich an. Warum log sie mich an? Ich atmete noch einmal tief ein und wieder aus. Irgendwann musste sie es mir sagen. Sie musste mir gestehen, dass etwas mit ihr nicht stimmte. Doch bis dahin würde ich mich fragen müssen, was genau es war.

"Tut mir leid, ich wollte dich nicht..."

"Schon okay!", entgegnete sie sofort und legte mir eine Hand an die Wange.

"Ich komme hier morgen raus. Und weißt du was?"

Sie schüttelte den Kopf und lächelte schief. Das Lächeln erreichte nicht ihre Augen. Und wie sie mich anlog! Ich schluckte noch einmal und widerstand dem Drang, sie einfach auf mich zu ziehen und zu halten.

"Ich will, dass wir ausgehen. So richtig. Ein stinknormales Date."

Nun schmunzelte sie ehrlich.

"Ein Date?"

„Ja. Unser erstes."

Nun schmunzelte sie, und ihre Augen blitzten überrascht auf.

„Fein. Warte, morgen?"

Ich nickte.

"I-ich...w-weiß nicht, ob ich da nicht schon etwas vorhabe.", stammelte Care.

Ich wickelte mir eine ihrer blonden Strähnen um den Finger und zog sie vorsichtig an mich. Überredungskunst war schon immer eine meiner Stärken gewesen. Ihre Lippen kamen näher. Ich schluckte noch einmal schwer und atmete so ausgiebig wie möglich, denn irgendetwas in meiner Brust zog sich zusammen. Mein Herz raste. Was stellte sie nur mit mir an? Caroline war das erste Mädchen, für das ich jemals so etwas gefühlt hatte und wir hatten noch nicht einmal miteinander geschlafen. Sie war einzigartig, ich hatte mich vollkommen in ihr verloren. Vorsichtig fuhr ich mit der Hand ihren Arm entlang. Als ich an ihrer Elle angekommen war, zuckte sie zusammen und zog sich zurück.

„Was hast du?"

Ich blickte sie verwundert an. Care schüttelte nur den Kopf, lachte peinlich berührt auf und strich sich eine Strähne hinter das Ohr.

„Sorry...", murmelte sie.

Dann beugte sie sich wieder zu mir, wollte mich küssen, doch ich griff ein Mal um sie herum und zog sie neben mich. Caroline sah mir in die Augen und blinzelte überrascht. Sanft strich ich ihr das Haar aus dem Gesicht und streichelte ihre Wange. Cares Augen begannen zu glänzen. Warum musste sie weinen?

"Was ist los? Was hast du denn?", wollte ich wissen und drückte sie an mich.

Sie legte den Kopf auf meiner Brust ab. Ich ignorierte den Schmerz, der durch meine Vene zog, in der eine Kanüle steckte, auf der sie nun lag. Caroline schnupfte und wischte sich eine kleine Träne von der Wange.

"Ich hab dich echt verdammt gern, Reeve.", lachte sie, als wäre es ihr peinlich, das zuzugeben.

Irgendetwas war nicht in Ordnung. Etwas stimmte nicht. Mein Vater hatte mit angesehen, wie sie im Flur zusammenbrach und weggebracht wurde. Das war es, das er mir soeben erzählt hatte. Besorgt schloss ich die Augen und streichelte über ihr Haar. Was konnte so schlimm sein, dass sie es mir nicht sagen wollte? Gut, sonderlich viel Vertrauen, war sie mir nicht schuldig. Immerhin waren wir eindeutig mehr als Freunde, das war klar, und doch versuchte ich in keinster Weise klarzustellen, dass ich mit ihr zusammen sein wollte. Und das wollte ich. So sehr, dass es weh tat. Ich hatte nur Angst. Angst davor, sie irgendwann wieder zu verlieren, sie gehen lassen zu müssen, oder gar sie kaputtzumachen. Sie kam mir so zerbrechlich vor. Ich wollte nicht, dass ihr jemand weh tat, schon gar nicht ich. Mal abgesehen davon, erzählte ich ihr nicht von dem verdammten Unfall, den ich vor zwei Jahren verursacht hatte. *Ich.* Und eines war klar: Sie hatte ein Recht darauf, davon zu erfahren, ein Recht darauf, um mein Geheimnis zu wissen. Vermutlich sogar tausendmal mehr Recht, als ich darauf, das ihre zu kennen. Es war nicht schwer zu erraten, dass auch Caroline ein Geheimnis bewahrte, dass scheinbar etwas auf ihrer Seele lastete. Ich wusste nur nicht, was es war. Und sie wollte es mir nicht sagen. Ob ich überhaupt etwas damit zu tun hatte, war fragwürdig. Daher war nicht klar, ob sie vorhatte, es mir überhaupt zu erzählen. In *meinem* Geheimnis zumindest, spielte sie eine verdammt große Rolle. *Ich* musste es ihr früher oder später sagen. Zumindest, wenn sie mir wichtig war.

Und das war Care. Sie hatte verdient, es zu wissen. Care hatte verdient, die Wahrheit zu erfahren. Auch wenn dies für mich bedeutete, sie gehen lassen zu müssen. Bei einer Sache war ich mir sicher: Caroline spielte eine Rolle in meinem Geheimnis. Zwar hatte ich nicht ihren, sondern den Tod ihrer Mutter zu verantworten, doch wenn ich es Caroline sagte, würde ich sie nie mehr wiedersehen. Mittlerweile hatte sich zu meinem schlechten Gewissen nicht nur die Tatsache geschlichen, dass ich einen Menschen umgebracht hatte. Inzwischen nämlich, machte mir etwas anderes beinahe genauso viel zu schaffen. Es war der ständige Gedanke daran, dass ich zugelassen hatte, dass sie sich in mich verliebte, während ich die ganze Zeit über wusste, dass sie mit dem Menschen zusammen war, der am Tod ihrer Mom Schuld hatte. Und wenn sie dies irgendwann erfuhr, dann...würde sie mich verlassen. Für immer. Mit welcher Begründung also, verdiente ich ihr Vertrauen? Bis jetzt hatte ich es immer geschafft, irgendjemandem weh zu tun, wenn er begonnen hatte, mir zu vertrauen. Ich ahnte schon jetzt, dass wenn Care erfuhr, was ich getan hatte, sie daran kaputt gehen würde, es ihr das Herz heraus risse.

„Und ich will dich nicht verletzen."

Ich sah ihr überrascht in die Augen. Was? *Sie* hatte Angst, *mich* zu verletzen?

„*Du* willst *mich* nicht verletzen?", schmunzelte ich, jedoch nicht wirklich amüsiert.

Caroline schwieg und sah zur Decke. Nun schloss sie die Augen. Ich konnte hören, wie sie schwer schluckte. Was war es nur, dass sie bedrückte? Vielleicht hatte es ja doch etwas mit mir zu tun. Sie wollte mich nicht verletzen? Entweder war sie insgeheim eine Herzensbrecherin, die wirklich gut darin war, Männer um den Verstand zu bringen und sie dann fallen zu lassen wie heiße Kartoffeln, oder ihr Geheimnis hatte tatsächlich etwas mit mir zu tun. Letzteres jedoch, kam wohl eher in Frage. Ich war es doch, der sie nicht verletzen wollte. Ich war es, den ein Geheimnis bedrückte. Ich wollte nicht, dass sie sich auch nur eine einzige Sekunde lang, wegen irgendetwas Gedanken machte. Sie durfte sich nicht fühlen, wie ich. Sie sollte glücklich sein! Wenn das jemand verdient hatte, dann Care. Ich dachte an all die Mädchen zurück, denen ich wehgetan hatte. All jene, denen ich nur zum Spaß, das Herz gebrochen hatte. Oder diejenigen, die es umgekehrt gemacht hatten. Damit angefangen hatte ich tatsächlich erst nach Aria und mir. Sie hatte mich hinters Licht geführt, mich belogen und mich ausgenutzt. Danach dachte ich mir wahrscheinlich nur noch, dass es besser war selbst zu verletzen, bevor es mir widerfahren konnte. Nichts von alldem jedoch, hatte mich weitergebracht oder mir geholfen. Es waren Erfahrungen, auf die ich verzichten konnte.

„Wenn ich geben würde, was ich immer gebe, dann würde ich das bekommen, das ich immer bekomme.", nuschelte ich.

Ich dachte nicht, dass sie es hören würde, doch sie sah zu mir auf.

"Ich verstehe dich."

Mein Magen begann zu kribbeln. Caroline rutschte weiter nach oben, sodass sie nun auf meiner Schulter lag. Sie kuschelte sich an mich. Ich konnte nicht anders, als sie zu küssen. Meine Lippen legten sich wie von selbst auf die ihren. Sie erwiderte den Kuss sofort und legte ihre Hand auf meinen Bauch. Ihre Zunge drang in meinen Mund und was gerade noch ein unschuldiger, sanfter Kuss gewesen war, wurde zu etwas Leidenschaftlicherem. Hitze stieg mir in den Kopf und ich hatte das dringende Bedürfnis, sie auf mich zu ziehen, sie überall zu berühren, oder mir stattdessen einen Eimer Eiswasser über den Kopf zu schütten. Mit einem Ruck schlug jemand die Badezimmertür zu. Der Typ mit der Götterspeise, den ich noch nie auch nur ein Wort hatte sagen hören, verschwand im Bad. Stimmt ja, der war ja auch noch da gewesen. Caroline und ich grinsten uns an und fuhren dort fort, wo wir aufgehört hatten. Wenn es doch nur nicht so wehgetan hätte, sie zu küssen. Es waren nicht die Kanülen, die Nadeln oder mein Hals der schmerzte, es waren das schlechte Gewissen, die Unwissenheit und das Verlangen, sie bei mir zu haben, immer.

Caroline

"Ich fahre noch schnell zum Laden. Tu mir den Gefallen und ruh dich aus, mein Engel."
Mein Vater klang müde und unendlich erschöpft. Fast so, wie ich mich fühlte. Ich nickte ihm zu und drückte Dad einen Kuss auf die Wange. Aus dem Auto ausgestiegen, beugte ich mich noch einmal vor und lächelte ihm zu.
"Ich liebe dich, Dad."
Er hielt meinem Blick stand. Bestimmt fragte er sich, warum ich das gerade jetzt, in diesem Moment sagte. Ich wollte, dass er es wusste. Ich war sicher, dass er es wusste, aber wollte es trotzdem gesagt haben.

"Ich liebe dich auch, Schatz."

Er wandte den Blick ab, konnte jedoch nicht verhindern, dass ich die Tränen in seinen Augen bemerkte. Ich ließ die Autotür zufallen und sah ihn weiterhin durch das Fenster an, bis er den Zündschlüssel herumdrehte und in Richtung Strandpromenade davonfuhr. Für ihn war all das hier am Schwersten. Er war das eigentliche Opfer. Nicht ich. Alle anderen waren es, denn schließlich waren sie es, die zurückgelassen wurden, nicht ich. Irgendwann.

Es war komisch, wieder zu Hause zu sein. Es roch so ungewohnt. Der Geruch des Krankenhauses war unerträglich für mich, doch man gewöhnte sich mit der Zeit daran. Hier roch es nach Heimat, Vertrautheit und meiner Mom. Mit einem tiefen Seufzer schmiss ich meinen Rucksack auf die Treppe und lief diese hinauf. Ich wusste nicht, warum ich ihn dort liegen ließ. Doch das wusste ich nie. Vielleicht war es ein Protest gegen meinen Vater, an den ich mich über die Jahre hinweg einfach gewöhnt hatte. Früher hatte Dad sich immer darüber aufgeregt, wenn etwas im Weg lag. Er sagte, er könne darüber fallen und würde stürzen, sich etwas brechen. Seit Moms Tod jedoch, hatte er mich nicht mehr darauf angesprochen. Vielleicht machte ich es aus diesem Grund weiterhin. Hoffend, irgendwann würde er sich wieder darüber beschweren. Über den im Weg liegenden Rucksack. Dies wäre dann der Tag, an dem er über Moms Tod hinweg war. Dies jedoch, würde wohl nie geschehen. Mein Zimmer war noch genauso, wie ich es hinterlassen hatte. Abgesehen davon, dass die Schranktüren weit offen standen und ein paar meiner Klamotten davor lagen. Dad musste sie herausgerissen haben, als er mir etwas ins Krankenhaus hatte bringen wollen. Ich konnte mir genau vorstellen, wie er hier reingeplatzt war und so schnell wie möglich wieder weg sein wollte. Ich kannte meinen Vater. Und auch wenn ich ihn kannte, alle seine Macken und Ticks, blieb er mir doch stets ein Rätsel. Aus irgendeinem Grund musste ich plötzlich gähnen. Warum war ich so müde? Lag es immer noch an meinem Anfall? Ich wusste es nicht. Vielleicht waren es auch die Medikamente, mit denen sie mich erneut vollgepumpt hatten, kurz bevor Dad mich wieder heim gebracht hatte. Gerade wollte ich mein Bett ansteuern, um mich genüsslich hineinfallen zu lassen und mir ein Buch vorzunehmen, da hörte ich plötzlich etwas, das klang wie ein Schluchzen, gefolgt von leisem Wimmern. Müde schloss ich die Augen und lauschte genauer. Es tat gut, die Augen geschlossen zu halten. Sie fühlten sich an, als wollten sie sich nicht mehr öffnen, als könnte ich einfach in dieser Position verharren und im Stehen auf der Stelle einschlafen. Ich blinzelte die Erschöpfung fort und ging dem Geräusch nach. Es kam aus dem Badezimmer. Die weiße Holztür war angelehnt. Langsam trat ich darauf zu und schubste sie auf. Mit einem unangenehmen, lauten Knarren kam mein Bruder dahinter zum Vorschein. Erschrocken blickte ich zu ihm hinunter.

"James!", stieß ich aus und stürzte auf ihn zu.

"Caroline!"

Er hob den Blick und sah mich an. Ich hatte meinen großen Bruder schon unter einigen Umständen ansehen müssen, doch dieses Mal war es vollkommen anders. Ich hatte ihn noch nie so verstört gesehen.

Seine Nase lief unentwegt. Er schluchzte meinen Namen, sein Mund war feucht vom Weinen und ich konnte erkennen, dass sein Kinn glänzte. Er sah aus wie ein kleiner, verzweifelter Junge im Einkaufszentrum, auf der Suche nach seinen Eltern.

"Was machst du denn hier?!"

Besorgt warf ich mich neben ihn und strich über sein blondes Haar. James schwieg und bebte vor sich hin. Zusammengekauert hockte er dort, angelehnt an die Badewanne und starrte seine nackten Zehen an.

"Was hast du denn?"

Mechanisch streichelte ich ihm den Rücken, sowie Mom es früher bei uns getan hatte, wenn etwas nicht stimmte. Mit dem Unterschied, dass sie es so liebevoll getan hatte, dass man ihr einfach alles erzählen musste.

"Wo warst du?!"

Seine traurigen, blutunterlaufenden Augen fanden die meinen und starrten mich nieder. Tränen rannten über sein ganzes Gesicht. Er war vollkommen aufgelöst. Schlagartig wurde mir bewusst, weder Dad, noch ich, hatten James irgendetwas berichtet. Fast, als hätten wir ihn vergessen. Dad war die gesamten drei Tage bei mir geblieben. Wir hatten James nicht einmal angerufen.

"Ich war krank, James. Ich..."

"Du hast nichts gesagt! Ich wäre gekommen, Carrie! Ich wäre doch gekommen."

Ihn so zu sehen, brach mir das Herz. Er war eindeutig weder nüchtern, noch bei klarem Verstand, doch er war immer noch *James*.

"Seit wann sitzt du hier schon?", wollte ich wissen.

"Ich...ich weiß nicht!", lallte er.

"Hast du geschlafen? Gegessen?"

Er schüttelte den Kopf. Ich seufzte und legte meinen Kopf auf seine Schulter. "Warum bin ich nicht wichtig?!?!", heulte er schreiend. "Ich bin noch da, Caroline! Ich bin hier! Ich bin noch da!", wiederholte er immer wieder.

Ich verstand, was er sagen wollte. Auch, wenn es den Anschein erweckte, dass ich oder Dad James nicht mehr interessierten, wusste ich, dass wir ihm wichtig waren, dass er noch immer *da* war. Nun kamen auch mir fast die Tränen.

"Ich weiß!"

Meine Stimme klang brüchig und unerwartet aufgelöst. Ich packte sein Gesicht und sah ihm in die Augen.

"Ich weiß, dass du da bist! Es tut mir leid!", hörte ich mich krächzen.

Ich schlang die Arme um meinen Bruder und drückte ihn an mich.

"Ich will nicht, dass du gehst, Caroline! Ich will doch nicht, dass du auch gehst!", echote James wimmernd.

Reeve

Endlich wurde ich entlassen. Die Zeit im Krankenhaus war mir vorgekommen wie eine Ewigkeit. In den letzten beiden Tagen hatte Caroline mich nicht mehr besucht. Weder angerufen, noch geschrieben. Es war, als wäre sie wie vom Erdboden verschluckt. Nicht einmal Dad oder Mom hatten sie gesehen. Ich spürte, dass irgendetwas nicht stimmte. Die Tatsache, dass sie im Krankenhaus zusammenbrach, während sie mit ihrem Dad dort war, machte das Ganze auch nicht einfacher. Kaum war ich in das Taxi gestiegen, das mich nach endlosen Tagen in einem tristen, von Idioten bewohnten Krankenzimmer, nach Hause bringen sollte, wählte ich auch schon ihre Nummer. Ich rechnete gar nicht damit, dass sie den Anruf annahm, sondern wollte nur, dass sie vorgewarnt war, wenn ich jeden Moment vor ihrer Tür stand. Ich konnte mir nicht erklären, warum sich in diesem Moment ein mulmiges Gefühl in meinem Magen ausbreitete. Nach wenigen Sekunden sprang die Mailbox an. Ich seufzte leise und legte wieder auf.

"Wohin, Sir?", informierte sich der Taxifahrer, der vor mir am Steuer saß.

Noch einmal atmete ich so tief ein und wieder aus, wie ich konnte. Es kam mir vor, als wäre es schwer zu atmen, als hätte ich jeden einzelnen Atemzug meines Lebens vorgeplant und würde gerade zwei weitere verschwenden. So, als wäre mein Atmen endlich.

"Byron Bay.", sprach ich, beinahe heiser, und ließ meinen Blick aus dem Fenster schweifen.

Ich fühlte mich so anders als sonst. Meine Hände waren kalt. Ich bebte. Zwar wusste ich nicht genau wovor, doch ich hatte Angst.

Obwohl ich die Klingel gerade einmal vor etwa drei Sekunden gedrückt hatte, kam es mir schon wie eine Ewigkeit vor, in der ich wartete, dass sich endlich diese Tür öffnen, und Caroline ins Licht treten würde. Im Schlafanzug, mich ansehend aus großen, blau-goldenen Augen und mit durcheinandergeratenen, blonden Haaren. Die Vorstellung verursachte ein Schmunzeln in mir, das einen Bruchteil meiner

Anspannung von mir nahm. Ich senkte den Blick und ließ ein kurzes Grinsen zu. Endlich öffnete sich die Tür. Zu meiner Überraschung stand ein großer, blonder Mann vor mir. Oder war er ein Junge? So alt konnte er nicht sein, höchstens zwanzig. Ich kannte ihn, da war ich sicher. Doch woher? Sein Gesicht genauestens musternd, versuchte ich mich an ihn zu erinnern.

Was macht der überhaupt hier?, fragte ich mich endlich, nachdem ich aufgegeben hatte, zu versuchen ihn zuzuordnen.

In diesem Moment schoss mir ein Gedanke in den Kopf. Ein unschöner, schmerzhafter Gedanke. Es kam mir in den Sinn, dass Care sich nicht mehr meldete, weil sie *ihn* kennengelernt hatte, während ich nicht da war. Meine Brust zog sich zusammen, als der Kerl in Unterhose ins Sonnenlicht trat und sich mit der Hand einen Schatten über die geblendeten Augen warf. Das sah Caroline jedoch nicht ähnlich. Das würde sie mir nicht antun. Oder war *er* vielleicht das Geheimnis, das sie mit sich herumtrug? Hatte sie ein schlechtes Gewissen, weil sie die ganze Zeit über einen Freund gehabt hatte, während ich mich in sie verliebte? Nein. Das würde nicht erklären, weshalb sie im Krankenhaus zusammengebrochen war. Und trotzdem hatte ich Angst, dass es doch der Wahrheit entsprechen könnte. Vielleicht würde sie mir nun alles erzählen, beichten, mir sagen, es sei alles aus. Ich zögerte und überlegte sogar einen Augenblick lang, ob ich einfach wegrennen sollte. Wenn ich fortlief, konnte sie mich auch nicht verlassen, oder? Halt! Ich war doch kein Feigling. Ich rannte nicht weg. Wenn sie mir etwas zu sagen hatte, dann musste ich mich dem stellen. Abgesehen davon, konnte sie nichts beenden, was gar nicht existierte. Zusammen waren wir immerhin nicht. Nicht offiziell.

"I-ist Caroline da?", stammelte ich unbeabsichtigt und ging ein paar kleine Schritte auf den Blonden zu.

Er drehte sich halb um und winkte jemanden heran, der hinter ihm zu stehen schien. Schon tauchte sie hinter ihm auf. Caroline. Meine Care. Sie sah genau so aus, wie ich sie mir noch vor wenigen Sekunden vorgestellt hatte. Das Haar wirr, die Augen strahlend klar, blau und golden gesprenkelt. Sie trug einen Schlafanzug, zumindest sah es so aus. Erst jetzt wurde mir bewusst, dass es halb neun Uhr morgens war. Care sah müde aus. Müde und erschöpft. Ich hoffte, es lag daran, dass sie gerade eben erst aufgewacht war und nicht daran, dass es ihr aus irgendeinem Grund schlecht ging. Es durfte ihr nicht schlecht gehen.

"Reeve!"

Von einem auf den anderen Moment fing sie an zu grinsen und lief eilig auf mich zu.

"Hey!"

Erleichtert über ihre Reaktion mich zu sehen, entspannte mein Körper. Ich breitete die Arme aus und zog Care dicht an mich. Ihr Gesicht schwebte einen Moment lang vor dem meinem und ich überlegte, ob ich sie zur Begrüßung küssen sollte. Sie schien ebenfalls nicht zu wissen, was nun, also erwiderte sie einfach meine Umarmung und löste sich schnell wieder. Ich räusperte mich und wurde langsam aber sicher wieder nervös. Schweigend sahen wir uns an.

"Kommst du rein?", flüsterte sie.

Ich nickte. Caroline ergriff meinen Arm und zog mich vorsichtig hinter sich her, an dem halbnackten Typen vorbei und die Treppe rauf. In ihrem Zimmer blieben wir stehen. Mit dem Fuß schubste ich die Tür zu. Der Drang mich am Nacken zu kratzten überkam mich, doch ich riss mich zusammen und unterdrückte ihn.

"Also, Care. Was ist los?"

"Ich... Also... Dir geht's wieder gut, oder?"

Ihre Hände fanden zueinander und sie begann, ihre Finger zu dehnen, ineinander zu verschränken, wieder voneinander zu lösen und das Spiel zu wiederholen.

"Du weißt, was ich meine. Warum hast du dich nicht gemeldet?"

Meine Stimme war leiser als erhofft und heiserer als erwartet. Ich tat einen Schritt auf sie zu und hob die Hand, um eine ihrer Locken um meinen Finger zu wickeln. Ihr Haar duftete nach Honig und Äpfeln. Schwer schluckend musste ich feststellen, dass ich sie mehr vermisst hatte, als gedacht. Ich wollte sie packen und küssen und an mich drücken. Wollte, dass Care ihre Hand an meine Wange legte und dieses Ding mit dem kleinen Finger machte, das mich immer wieder aufs Neue erschauern ließ. Ich wollte, dass sie sich auf die Zehenspitzen stellte und mich küsste, wie sie es schon des Öfteren getan hatte. Ich liebte es, wenn sie das tat.

"Ich hatte Angst.", hauchte Care nach kurzem Zögern.

Mit Sicherheit gab sie sich die Schuld an allem. Ich jedoch, tat dies nicht. Es war nicht ihr Verschulden.

Sie hatte mich schließlich nicht mit Absicht umbringen wollen. Der Zimt und meine Allergie, nicht *sie*. Ihr warmer, leichter Atem streifte mein Kinn. Eine Gänsehaut tanzte über jeden Zentimeter meiner Haut und verweilte.

"Angst wovor?"

Sie war so schön. Wie hatte ich das nur all die Jahre übersehen können?

"Reeve?"

"Hm?"

Wie von selbst fanden meine Finger die weiche Haut ihres Halses.

"Ich muss dir etwas sagen."

Ich schloss die Augen und ließ das Ziehen verklingen, das sich bei der Erinnerung an das, was mein Dad im Krankenhaus gesagt hatte, in mir ausbreitete.

"Lass es.", flüsterte ich. "Bitte... Sei...einfach still, ja?"

Sie wollte es mir sagen. Sie hatte es vor. Doch ich war nicht mehr sicher, ob ich es überhaupt hören wollte. Ich hatte Angst vor ihren Worten. Angst davor, was sie sagte. Angst, was los war. Sie schloss ebenfalls die Augen und nickte kaum merklich. Alles war still. Ich konnte nichts hören, außer ihrem Atem und nichts fühlen, außer dem drückenden Gefühl in meinem Körper. Ja, es tat fast weh. Ich legte meine Stirn an die ihre und sah zu, wie eine einzelne Träne still und geräuschlos über ihre Wange huschte. Warum weinte sie? Ich wollte nicht, dass sie weinte! Mit meinem Daumen verwischte ich die Spuren der Traurigkeit aus ihrem Gesicht und blinzelte ein paarmal.

"Ich hab dich vermisst, Bambi...", raunte ich in ihr Ohr und drückte ihre Wange an meine, indem ich meine Hand um die andere Seite ihres Gesichts schloss.

Meine Nase tauchte in ihr Haar. Endlich konnte ich dessen Geruch auskosten. Mir wurde heiß und kalt zugleich, als ich fühlte, wie ihre zitternde Hand sich an meine Hüfte legte.

Caroline

"Ich hab dich auch vermisst, Devenport.", hauchte ich zurück.

Reeve lächelte lautlos. In seiner Nähe fühlte ich mich geborgen, unter seiner Berührung schmolz ich fast dahin. Sogar meine Knie begannen zu zittern, als er Anstalten machte, mich zu küssen. Reeves Lippen waren weich und rau zugleich. Warm und einladend lagen sie auf den meinen. Ich musste es ihm sagen. Ich wollte es ihm sagen! Doch nicht in diesem Moment, nicht in jener Sekunde. Ich konnte kaum noch richtig atmen. Alles um mich herum verschwamm, während er damit anfing, meinen Hals zu küssen. Hingebungsvoll warf ich den Kopf in den Nacken und stellte jeden Gedanken ab, der mir in den Sinn kommen wollte. Ich ließ weder Sorgen, Gewissen oder Angst zu, noch die Tatsache, dass ich das Bedürfnis hatte mit einem Jungen Sex zu haben, mit dem ich noch nicht einmal wirklich zusammen war, auch wenn ich sicher war, dass ich ihn liebte. Ich wollte ihn. Das Kribbeln in meinem Bauch, der Drang ihn überall zu berühren und das Verlangen danach, von Reeve berührt zu werden, verrieten mir dies. Schwer atmend löste ich meine Lippen von den seinen und drängte mich näher an ihn.

"Schlaf mit mir, Reeve!"

Ich stieß es so undeutlich aus, dass ich befürchtete, er würde es nicht hören. Doch so war es nicht. Reeve tat es. Augenblicklich hielt er inne und sah mich aus großen, klaren Augen an.

"Care, ich..."

„Sei still!", unterbrach ich ihn. "Wenn du jetzt so einen beschissenen Satz wie "Ich kann nicht" bringst, dann bringe ich dich um.“

Seine Hände lagen ruhig auf meiner Hüfte. Meine waren an seinen Hals gelegt, damit ich ihn jeden Moment an mich ziehen konnte. In seinem Blick erkannte ich, dass er mit sich selbst rang. Was er wohl dachte? Irgendetwas ließ ihn zögern. In einem dämlichen Kitschroman hätte er nun meine Hände genommen und sie langsam gesenkt. Dann hätte er genau das gesagt, was ich ihm soeben verboten hatte und wäre abgehauen. Seufzend starrte ich ihn an. Gleich würde er auch genau das tun, dachte ich. Ich lachte auf und sah zu Boden. Das ganze wurde urplötzlich peinlich.

Hättest du mal besser nachgedacht, bevor du losredest! Gott, hast du dich ihm gerade wirklich versucht, an den Hals zu werfen?!

Ich fing damit an, mir die Schläfen zu reiben und kniff die Augen zusammen.

"Entschuldige, d-das war eine blöde Idee, ich...", begann ich zu stammeln.

Reeve unterbrach mich, indem er mein Kinn anhob und mich so zwang, ihm ins Gesicht zu blicken. Für den Bruchteil einer Sekunde, umspielte ein winziges Lächeln seine Mundwinkel. Wie in Trance ließ ich seine Lippen nicht mehr aus den Augen, bis ich sie spüren konnte. Er küsste mich. Erleichtert, dass die Peinlichkeit verflog, schloss ich die Lider und erwiderte den Kuss. Sein Mund schmeckte nach Minze und Orangeneiscreme. Erneut breitete sich Hitze in meinem Körper aus. Bestimmt lenkte ich Reeve in Richtung Bett und stieß ihn nach hinten, sodass er nun auf der Bettkante saß und zu mir aufblickte. Plötzlich war ich selbstsicher und entschlossen, beinahe als wäre ich die erfahrene Verführerin und nicht Reeve. Er sah zu mir auf, wie ein schüchterner Junge, der nicht wusste, was ihm gleich widerfahren würde. Reeves Hände waren ins Laken gekrallt. Er war angespannt. Ich legte den Kopf leicht schief und lächelte zu ihm herunter. Mit den Fingern fuhr ich durch seine Haare und drängte mein Knie vorsichtig zwischen seine Beine. Er spreizte diese, sodass mein Körper nur noch wenige Zentimeter davon entfernt war, seine Nasenspitze zu berühren. Sein Atem war laut und gleichmäßig. Ich hob die Hände zu meinem Ausschnitt und öffnete den ersten Knopf meines Kleides. Seine Augen klebten an meinen Fingern, während ich einen nach dem anderen öffnete, meine Schultern entblößte, meinen BH, bis schließlich mein Kleid zu Boden glitt. Ein lautes Schlucken seinerseits war nicht zu überhören. Gott sei Dank hatte ich heute ein schwarzes Spitzenhöschen und einen dunkelblauen BH angezogen. Er musterte mich zögerlich von oben bis unten, ohne auch nur ein Wort zu sagen. Es kam mir vor, als wäre er nicht wirklich sicher, ob er es durfte – mich ansehen. Ich streckte die Hände aus und sah ihm in die Augen. Er gab mir die seinen, wie ich es gewollt hatte. Langsam führte ich sie zu meinen nackten Hüften. Reeves Hand war warm und rau, wie immer. Ich lenkte seine Hände weiter nach unten, sodass sie Stück für Stück, Zentimeter für Zentimeter, meinen Slip nach unten zogen. Meine Arme sanken, meine Augen schlossen sich. Er fuhr über meine Waden und ließ seine Hände zu meinem Po gleiten, wo sie verweilten, bis ich die Augen wieder öffnete. Nun grinste er mich an. Ich lachte leise auf. Meine Hand legte ich wieder an seinen Nacken und zog mich zu ihm herunter. Ich küsste Reeve nicht, sondern setzte mich auf seinen Schoß und hauchte ihm in die Halsbeuge. Mit den Fingernägeln fuhr ich über seine Haut, bis sich alle Härchen an seinem Körper aufstellten.

"Sag was Reeve...", flüsterte ich und schmiegte mich an ihn.

Seine Hände streiften meinen Rücken und krallten sich letztendlich in meine Haare.

"Ich glaub, ich krieg keine Luft mehr."

Tatsächlich war er knallrot angelaufen. Ich schnappte nach Luft und umfasste sein Gesicht mit beiden Händen.

"Ist es Zimt? Sind das Nachwirkungen?! Was hast du? Ich ruf den..."

"Caroline!"

Ich war aufgesprungen, um zu meinem Handy zu rennen, da hielt er mich am Handgelenk fest und zog mich zu sich zurück. Besorgt sah ich ihn an. Die Röte war verflogen.

"Mir geht's gut. Es ist nur..."

"Was?", hakte ich nach und versuchte mich zu bedecken.

"Du bist...ich meine nur...das ist echt der Wahnsinn.", schnaufte Reeve.

Ich grinste und atmete erleichtert aus. Er nahm meine Hand und zog mich wieder auf seinen Schoß. „Na, toll. Jetzt hab ich's versaut.", jammerte ich und vergrub meine Nase in Reeves Halsbeuge.

"Das ist nicht wahr.", widersprach er. „Das kannst du gar nicht, Bambi. Du bist perfekt, weißt du das eigentlich?"

Ohne zu protestieren, was ich am liebsten getan hätte, ließ ich mich von ihm küssen und presste mein Becken gegen seinen Oberkörper. Reeve legte die Arme um mich und zog mich an sich. Ich löste mich schnaufend von ihm, zog ihm eilig das Shirt über den Kopf und schubste ihn nach hinten. Seine Haut war heiß. Meine Finger krallten sich in Reeves Schulter. In seiner Hose war etwas, das überraschend hart an meinen Oberschenkel drückte. Ich versuchte die Position zu wechseln und sah ihm schwer atmend in die Augen. Als hätte er meine Gedanken gelesen, nahm er meine Hand, ließ sie an seiner Brust herunter gleiten und führte sie zu der Wölbung in seiner Hose.

Scheiße!, dachte ich, als meine Finger fühlen konnten, was sich dahinter verbarg.

Augenblicklich lief ich rot an, blieb jedoch ruhig.

"D-das...i-ich....", stammelte er.

Ich legte ihm den Finger auf die Lippen und machte Anstalten seine Hose zu öffnen. Mit einer Hand war das ziemlich schwer. Nach einigen Versuchen ließ ich den Kopf auf seine Brust fallen und lachte auf. Reeve grinste und half mir. Dann küsste er mich, drehte sich herum und fand sich auf mir wieder. Seine Hose rutschte vom Bett, seine Unterhose folgte. Gleich war es soweit. Erst jetzt machte sich die Angst davor in mir bemerkbar. Von einem auf den anderen Moment war ich wieder das schüchterne, leicht verklemmte Ding. Ich riss die Augen auf und klammerte die Arme um ihn.

"Wird es weh tun?", wisperte ich leise und sah ihn aus glänzenden Augen an.

Reeve blinzelte und hielt inne. Einen Moment lang musterte er meine Züge.

"Wenn es möglich wäre, würde ich den Schmerz auf mich nehmen.", entgegnete er endlich. „Aber das ist es nicht. Ich kann nur hoffen, dass..."

"Also...tut es weh?"

"Ich weiß es nicht."

Ich atmete tief ein und wieder aus.

"Ich hab keine Angst.", lächelte ich. "Ich vertraue dir Reeve. Wenn nicht mit dir, dann... Ich kann mir keinen Besseren vorstellen."

Ich meinte es genau, wie ich es sagte. Bei Reeve war ich mir sicher. Ich hatte ihn all die Jahre nicht gekannt. Ich war blind gewesen, doch jetzt nicht mehr.

"Ich will dir nicht wehtun, Care..."

"Ich würde mir von niemandem lieber das Herz brechen lassen.", grinste ich sarkastisch und zog seine Lippen an meine.

Ein lautes Geräusch ließ mich hochschrecken. Die Tür war geöffnet worden, gegen die Wand geknallt und wieder zurück ins Schloss gefallen. Reeve und ich starrten sie an und zuckten zusammen. Sofort sprang er von mir herunter und griff nach seiner Hose. Die Tür ging erneut auf und James stand im Raum. Völlig verwirrt sah er mich an, wollte sich wieder umdrehen, verharrte jedoch wieder und hielt sich einen Moment lang die Hand vor die Augen.

"Was war das denn!?", schrie er.

"Es ist nicht wonach es aussieht! James!", brüllte ich zurück.

Das war eine Lüge. Selbstverständlich war es genau, wonach es aussah. James' Augen fanden Reeve.

Verflucht!

Ich konnte spüren, wie alles Blut aus meinem Gesicht wich. Wie. Verflucht. Peinlich. Warum platzte er einfach herein? War mein Bruder nicht mehr ganz dicht? Oder war das Gegenteil der Fall und er war vollkommen zugedröhnt.

"Du!", giftete er und kam mit schnellen Schritten auf ihn zu. "Du weißt gar nicht, worauf du dich mit ihr eingelassen hast! Raus hier, du Wichser! Verpiss dich und komm besser nicht wieder!"

So hatte ich James noch nie erlebt. Warum tat er das? Ich wusste, dass er sich Sorgen machte. Doch das hier ging ihn rein gar nichts an. Vielleicht konnte ich ihn verstehen. Er wusste wie es war, einen geliebten Menschen zu verlieren. Vielleicht wollte er nicht, dass Reeve genau dies auch widerfuhr. Andererseits konnte ich nicht nachvollziehen, warum er so tat, als hätte er das Recht, sich so aufzuspielen.

"James! Es ist okay, ich werde es ihm sagen!", beschwichtigte ich ihn leise und bedeutete ihm mit den Augen, aus meinem Zimmer zu verschwinden.

"Du wirst? Caroline! Du hättest es schon längst tun sollen!!!"

"Ich weiß!"

Ich war nun den Tränen nahe. Nein! Sie waren bereits dabei, meine Wangen herunter zu rollen.

„Aber du hast Schiss, stimmt's?"

Ich schwieg und zog die Knie ans Kinn.

„Wie auch immer. Jetzt ist es eh zu spät.", fuhr er fort und presste die Kiefer aufeinander, wie er es immer tat, wenn er versuchte sich zusammenzureißen.

"Wovon spricht er, Caroline?"

Reeves Blicke wechselten entgeistert zwischen meinem Bruder und mir hin und her.

"Ich wollte es dir gerade sagen, aber dann..."

Aus irgendeinem Grund schrie ich ihn an. Ich wollte, dass er mich hörte, mich verstand.

"Tu es endlich! Sonst tu ich es!", mischte sich James ein.

"Wage es nicht, James!", drohte ich und sprang auf, die Decke fest an meinen Körper gedrückt. „Dazu hast du kein Recht!"

"Oh, Gott! Du bist so dumm, Caroline!"

James zögerte, fuhr jedoch herum und verließ endlich den Raum mit einem lauten Türknallen. Warum regte er sich so auf? Ich sollte fair sein? War er in den letzten zwei Jahren auch nur einen Moment lang fair gewesen? Er hatte sich nie um irgendetwas gekümmert und jetzt wollte er sich einmischen?! Was dachte der sich, einfach hier rein zu rennen und sich so aufzuführen? Ich brannte vor Wut und Verzweiflung, dass ich nichts mehr tun oder sagen konnte. Ich heulte los und drehte mich zur Wand. Ich verstand gar nichts mehr und fand für nichts eine Erklärung.

"Caroline? Was ist los?"

Reeve sprach leise und vorsichtig. Seine Hand ruhte auf meiner Schulter, doch nur einen Moment, bis er mein Kleid aufhob und mir entgegenstreckte. Eilig zog ich es über und wischte mir die Tränen weg.

"Nichts, Reeve.", log ich.

"Bitte, Care. Sag's mir."

Seine Augen wurden groß und jungenhaft. Er war besorgt. Irgendetwas musste ich ihm jetzt sagen. Ich konnte nicht. Noch nicht. Alles war wieder anders. Warum fühlte ich mich so hilflos? Ich wollte endlich, dass das alles vorbei war.

"Ich...ich..."

Verzweifelt nach einer Erklärung suchend, blickte ich mich im Raum um. Ich hielt die Luft an und sammelte all meinen Mut. Wenn ich es ihm jetzt nicht sagte, würde ich es nie tun. Hatte ich es überhaupt jemals wirklich vorgehabt? Alle Luft entwich meinen Lungen. Ich seufzte tief und sah Reeve in die Augen. Ich presste die Kiefer aufeinander und atmete ein letztes Mal tief ein und wieder aus. Ich überlegte, ob ich ihn bitten sollte sich zu setzen, doch der Gedanke kam mir blöd vor, gleich nachdem ich ihn im Kopf hatte.

„Reeve. Ich muss dir etwas sagen."

Er blickte mir fragend in die Augen. Seine Wangen waren knallrot, als ahnte er bereits das Schlimmste. Als ich einen Blick auf meine Finger warf, erkannte ich, dass ich zitterte wie Espenlaub. Mein Atem stockte, mein Magen rumorte und mein Kopf tat schrecklich weh.

„Ich hätte schon längst mit dir darüber sprechen müssen, aber ich hatte nie den Mut dazu. Ich weiß nicht... Vielleicht war ich mir nicht sicher, ob du es wissen wolltest...bis zu einem bestimmten Zeitpunkt. Jetzt glaube ich, du musst es erfahren. Alles andere, es dir zu verschweigen, wäre egoistisch."

„Was ist los, Care?"

Auch Reeves Hände bebten. Ich ergriff diese und klammerte die Finger daran fest, bis die dünne Haut über meinen Knöcheln weiß anlief.

„Ich habe Angst, Reeve.", fuhr ich fort.

Die Worte wollten einfach nicht über meine Lippen kommen. Es war ganz anders als damals bei dem Gespräch mit dem fremden Jungen im Krankenhaus. Der Stein, oder besser gesagt der Berg, der auf meinem Herzen lag, wollte sich nicht loslösen. Und ich konnte nicht genug Kraft aufwenden, um ihn umzuschubsen.

„Angst wovor?"

„Angst..." Ich drückte mich an ihn und versuchte, meine Gefühle zu bändigen. „...Dich zu verlieren!", schloss ich und sah zu ihm hoch.

„Mich verlieren? Care, wie kommst du denn darauf?", wollte er entgeistert wissen und strich über meinen Rücken.

Nun löste ich mich wieder, trat einen Schritt zurück und strich mir auf den Boden starrend eine Strähne aus dem Gesicht und hinters Ohr. Ich holte tief Luft und zwang mich dazu, Reeve wieder anzusehen.

„Ich sag's dir jetzt einfach.", beschloss ich und schluckte schwer.

In meiner Kehle bildete sich ein gewaltiger Kloß.

Verdammte Scheiße! Ich will weg von hier! Weg!

„Ich habe Amyotrophe Lateralsklerose."

Er sah mich vollkommen verwirrt an, schüttelte kaum merklich den Kopf und verzog den Mund für den Bruchteil einer Sekunde zu einem schiefen Schmunzeln. Dann traf mich sein stählerner Blick. Ein Blick, den ich noch nie zuvor an ihm gesehen hatte.

„Das ist eine Erkrankung des Nervensystems.", informierte ich ihn und kratzte mich unbeholfen am Arm.

Plötzlich fühlte ich mich peinlich berührt.

„Wie bitte?", flüsterte er fast. „Das...geht wieder weg, oder?"

Meine Unterlippe begann zu zittern. Ich war den Tränen nahe.

„Nein, Reeve...", stürzte es aus mir heraus.

Ich vergrub das Gesicht in den Händen, fing mich jedoch wieder. Wie lange hatte ich diese Gefühle unterdrückt?

„Wie meinst du denn das?"

Seine Stimme brach beinahe.

„Caroline?"

Er wirkte so unbeholfen, ängstlich.

„Ich hab die Diagnose vor drei Monaten bekommen. Es war Zufall, dass wir es überhaupt erfahren haben. Sie haben gesagt... Sie sagten, ich hätte noch ein Jahr. Zwei Jahre höchstens."

Ich war überrascht, dass ich den Satz rausbekam, ohne in Tränen auszubrechen oder zumindest zu bibbern.

„Ein Jahr was? Ein Jahr...diese Krankheit?"

Er senkte das Kinn, sah mich eindringlicher an. Ich schüttelte den Kopf. Auf meinem Gesicht breitete sich der Ausdruck aus, den ich immer bekam, wenn ich kurz vor einem Heulkrampf war. Meine Lippen wurden breit, meine Augen zu Schlitzen, meine Schultern hoben sich und meine Arme hingen lasch zu beiden Seiten. Warum stellte er sich so dumm? Warum zwang Reeve mich, es auch noch auszusprechen?

„Zu leben, Reeve...", berichtigte ich. „Und wenn ich Glück habe... passiert es früher, nicht später."

„Sag das nicht!", fuhr er mich beinahe an.

In seinen Augen sammelten sich Tränen.

„D-du... Das ist ein Scherz, oder?", stammelte er und packte mich an den Schultern.

Sein Blick war so eindringlich, dass ich ihm ausweichen musste. Reeve ruckelte an mir. Er wollte, dass ich ihn ansah. Ich schüttelte abgehakt den Kopf und starrte seine Füße an. In meiner Brust breitete sich ein kaum auszuhaltender Schmerz aus. Kein körperlicher, sondern ein innerlicher Schmerz. Reeve schnappte nach Luft und drehte den Kopf zur Seite. So verharrte er einen Moment, hielt alle Gefühle zurück so gut er konnte, nur um dann mit einem unterdrückten Schluchzen so schnell wie er konnte den Raum zu verlassen. Die Tür fiel ins Schloss. Kaum war alles um mich herum still, sackte ich in mich zusammen, landete schmerzhaft auf den Knien und fing bitterlich an zu weinen. Was er wohl fühlen mochte? Angst? Schmerz? Verzweiflung? Wut? Ich war es, die alles auf einmal fühlte. Seit langem schon fühlte ich nur das. Doch Reeve hatte dafür gesorgt, dass noch etwas anderes die restlichen Empfindungen überwog. Er hatte mich glücklich gemacht, mich abgelenkt. Ich hatte mich in ihn verliebt und in gewisser Weise hatten meine Gefühle für ihn, mich gerettet. Ich war ihm dankbar. Doch nun hatte ich das Gefühl, ihn verloren zu haben. Er war gegangen, einfach fortgerannt. Warum? Schluchzend und bebend vergrub ich das Gesicht in den Händen und kauerte mich zusammen. Warum ausgerechnet jetzt? Warum ich? Warum er? Das hatte er nicht verdient.

Reeve

Das hatte sie nicht verdient. Ich wusste, sie hatte das nicht verdient. Niemand hatte das verdient. Was war das überhaupt? Diese Krankheit? Aufgelöst fiel ich in den Sand und ließ den Kopf sinken. Caroline starb. Sie würde sterben. Ich kam mir vor, als wäre ich in einem endlos tiefen Traum versunken, aus dem mich nichts und niemand befreien konnte. Die ganze Zeit hatten mich diese drückenden Gedanken beschäftigt. Die Schule, meine alten Freunde, meine Noten, einfach alles. Doch am meisten beschäftigte mich die Ungewissheit darum, weshalb Caroline im Krankenhaus zusammengebrochen war. Nun wusste ich es. Sie war krank. Das war sie wirklich. Dad hatte mir nicht mehr erzählt, als dass er sie umfallen hatte sehen, wie sie weggeschoben wurde, ihren zitternden Körper, als würde sie am ganzen Leib vibrieren oder unter Strom stehen. Die Sorge um sie, das war nun das Schlimmste. Zu allem Übel fühlte ich mich nun schuldiger, denn je. Mein Kopf brannte, mein Magen schmerzte und ich fragte mich das erste Mal seit Jahren wieder, wann alles wieder gut sein würde.
Was mache ich eigentlich hier? Scheiße!
Warum saß ich hier rum und heulte vor mich hin? Caroline war nun allein in ihrem Zimmer und brauchte mich mehr als je zuvor. Ich musste zu ihr. Warum war ich gegangen? Ich war zu dumm! Mich hatten plötzlich so viele Gefühle gepackt, dass ich gar nicht darüber nachdachte, dass sie noch wenige Sekunden zuvor gesagt hatte, sie hätte Angst, mich

zu verlieren. Eilig sprang ich auf und fluchte. Dann lief ich wieder zur Straße und rannte zurück zu ihrem Haus. Zu meinem Glück stand die Haustür noch offen. In meiner Panik hatte ich sie gar nicht geschlossen. Ich erklomm die Treppe und stürmte zurück in Cares Zimmer. Sie lag dort mit dem Rücken zu mir auf dem Boden und bebte. Sie weinte, schluchzte. Care so zu sehen, versetzte mir einen tiefen Stich in der Brust. Ich trat eilig auf sie zu, zog sie auf die Beine und schloss sie in meine Arme. Erschrocken schnappte sie nach Luft, sah mich kurz an und vergrub die laufende Nase in meinem Shirt.

"Hör auf zu weinen...es ist alles in Ordnung, alles ist gut."

Das war es nicht. Es war gar nichts gut.

"Ich kann nicht...", stammelte sie unter erstickter Stimme. „Ich dachte, du bist gegangen!"

Ich hatte sie doch gerade erst für mich gewonnen. Warum sollte ich sie so schnell wieder verlieren? Ich wollte sie! Immer. Warum musste ausgerechnet *ihr* etwas Derartiges widerfahren? Sie war gut, ehrlich, einfach perfekt. Sie war alles, was *ich* nicht war. Ich liebte Caroline.

"Hör auf zu weinen, Care... Ich hab dich.", versprach ich und hielt die Tränen zurück, die mich erneut zu übermannen drohten.

„Lass mich nicht los!", bat sie und klammerte sich fester an mich.

"Werde ich nicht, ich lasse dich nicht los.", flüsterte ich.

Es heißt, das Herz leidet während jeder Form der Liebe. Und in diesem Moment spürte ich es. Ich spürte, dass es tatsächlich mein Herz war, das litt.

Ich fühlte, dass meine Brust schmerzte. Warum weinte sie so schrecklich? Ich konnte es kaum mit ansehen, kaum ertragen, sie so weinen zu sehen. Cares schmaler Körper zuckte in meinen Armen. Sie wirkte so zerbrechlich. Langsam beruhigte sie sich und sah zu mir auf. Mit dem Daumen wischte ich ihr eine Träne von der Wange. Sie hatte Rotz und Wasser geheult. Ich beschmunzelte jene Menschlichkeit, bei deren Anblick mir fast wieder warm ums Herz wurde, doch während ich das tat, lief mir eine einzelne Träne die Wange herunter. Sofort wischte ich sie mit dem Ärmel meiner Jacke weg und küsste Caroline. Ihre Augen waren gerötet, ihre Wangen ebenfalls.

„Es tut mir so leid, Reeve.", krächzte Care.

„Was tut dir leid?", hakte ich nach, verwirrt über jedes einzelne ihrer Worte.

„Dass ich dich da mit reingezogen habe."

Ich schüttelte den Kopf.

„Nein! Care...ich würde nichts anders machen, wenn ich... Ich...Caroline, ich..."

Ich hielt inne und leckte mir flüchtig über die trockenen Lippen.

Ich schlang die Arme fester um sie.

„Ich lass dich nie mehr los, Care! Du hast mich wohl oder übel am Hals."

Sie löste sich von mir und sah mich nun wieder vollkommen ernst an.

„Reeve, du musst mir etwas versprechen!"

„Alles."

„Verlass mich nicht. Niemals, versprich es mir!"

Ich sah ihr in die Augen.

„Und wenn doch, dann geh! Geh und komm nicht

wieder.", bettelte sie beinahe.

Es klang wie eine Bitte. Eine Bitte aus tiefster Seele.

„Ich werde nicht gehen. Ich schwör's, Caroline."

„Nein, Reeve." Sie schüttelte den Kopf und schloss die Augen. „Wenn du gehst, komm nicht wieder. Versprich es mir."

„Ich versprech's!", flüsterte ich und küsste ihre Stirn. „Ich versprech's."

Caroline

Ich wachte auf. Irgendetwas hatte mich geweckt. Nur was? Müde erhob ich mich und folgte dem Geräusch. Es hörte sich an, als würde jemand lachen, oder war es Weinen? Ja, es schien ein Schluchzen zu sein. Ich lief schneller in die Richtung, aus der dieses zu kommen schien. Plötzlich kam mir dieser Moment vor, wie an dem Tag, als ich meinen Bruder James weinend im Badezimmer aufgefunden hatte. Bei der Erinnerung an die Gefühle, die ich als ich ihn dort erblickte, empfunden hatte, wurde mir fast schlecht. Ich drehte mich noch einmal herum und starrte in Richtung meines leeren Bettes. Wo war Reeve? Er war doch neben mir eingeschlafen. Ich hatte Angst. Wer weinte? Und warum? Langsam öffnete ich die Badezimmertür. Es war genau wie an jenem Tag. Nur, dass es diesmal nicht James war, der an der Badewanne lehnte und vor sich hin kauerte, sondern Reeve. Eilig näherte ich mich ihm und kniete mich neben seinen zuckenden Körper.

„Reeve! Reeve, was hast du?", fragte ich.

Mein Herz klopfte wie wild, doch ich wusste nicht weshalb.

"Caroline...", krächzte er.

„Reeve..."

Ich schlang die Arme um ihn und drückte mich an Reeve. Er weinte und bebte. Tränen liefen sein Gesicht herunter und tropften auf sein Shirt.

„Caroline! Wenn ich...wenn ich all das nur auf mich nehmen könnte, ich würde es sofort tun. Du hast das nicht verdient. Nicht du..."

Seine Stimme brach. Er legte sich die Hand über die Augen und ließ einen tiefen, stockenden Seufzer heraus. Ihn so zu sehen, zerriss mir das Herz. Ich hatte geahnt, dass das Ganze so ausarten würde. Er hatte Schmerzen. Wegen mir. Es waren keine körperlichen Schmerzen. Diese hätte er mit Sicherheit leichter verkraftet. Das, was ich ihm angetan hatte, indem ich ihm alles erzählte und beichtete, war weitaus schmerzhafter als eine Wunde.

„Ich weiß...", flüsterte ich und legte meine Hand an seine Wange.

Er hielt inne und sah mir in die Augen. Wie ein hilfloser, kleiner Junge blickte er mich an. Langsam schüttelte ich den Kopf und hauchte einen Kuss auf Reeves Schläfe. Lange, so dachte ich, konnte ich die Tränen nicht mehr zurückhalten. Ich wollte nicht schon wieder weinen.

Reiß dich zusammen, Caroline! Das würde ihn nur noch mehr beunruhigen!

„Ich hab solche Angst, Care!"

„Wovor hast du Angst?"

„Ich hab Angst, dich nicht mehr zu sehen!", schluchzte er.

Ich verstand nicht sofort, wie er meinte, was er sagte.

„Mich nicht mehr zu sehen?"

„Ich will dich nicht verlieren, Caroline!"
Wieder durchzuckte ihn ein tiefes, bebendes Schluchzen. Als wäre er wütend, riss er die Arme hoch und wischte sich die Tränen aus dem Gesicht. Er zwang sich, sich zu beruhigen und starrte die kahlen, weißen Wandfliesen an.
„Glaub mir, Reeve. Ich will dich auch nicht verlieren..."
„Was, wenn ich ohne dich klarkommen muss?! Irgendwann?"
Ich schwieg. Er redete mit mir darüber. Er war nicht wie Dad, der jedes Gespräch über die Zeit, wenn ich nicht mehr sein würde, mied. Nicht wie James, der nicht einmal darüber reden wollte, was ich überhaupt genau hatte, was es war, das mich umbrachte. Es war furchtbar, kein Wort darüber verlieren zu können, wie es war, zu wissen, dass man sterben würde. Doch Reeve fragte. Er sprach. Und ich war unendlich dankbar, darüber reden zu dürfen. Ich liebte ihn dafür. Ich liebte ihn für alles, was er war und tat. Trotzdessen war ich nicht darauf vorbereitet, dass er mich mit jener Frage konfrontieren würde und dachte einen Moment nach. Was mir einfiel, war nicht gerade berauschend.
„Vielleicht stellst du dir dann einfach vor, dass du und ich uns getrennt haben, dass wir nicht mehr zusammen sind und ich nicht tot bin. Andere schaffen das doch auch... Ohne jemanden zu leben, den sie einmal geliebt haben...einfach, weil..."
„Aber es wird nicht so sein! Du wirst nicht mehr sein! Und Caroline... Ich würde alles tun, um dich zurück zu bekommen, wenn du dich von mir trennen würdest..."

Wieder liefen Tränen über seine Wangen, bevor er Luft holte, um fortzufahren.

„Und das werde ich nicht tun können! Ich werde gar nicht die Chance haben, alles zu tun! Weil du...weil du..."

„Weil ich tot bin?", schloss ich mit leiser Stimme.

Jetzt sog er scharf die Luft ein. Reeve sah mich mit weit aufgerissenen Augen an. Diese waren gerötet und glasig, als hätte er schon stundenlang geweint. Nun begannen letztendlich auch meine Augen zu brennen. Tränen sammelten sich in ihnen.

„Nicht weinen, Care.", hörte ich ihn flüstern.

Mit dem Daumen strich er über meine Wange, bevor Reeves Finger sanft meinen Hals entlang fuhren. Von einer Sekunde zur anderen, packte er meinen Nacken und zog mich zu sich. Nur wenige Millimeter vor seinem Mund fand ich mich wieder und sah ihn überrascht an. Reeves Blick klebte auf meinen Lippen. Sein Atem stieß schwer gegen meine Haut. Seine Hand strich durch meine Haare und krallte sich in diesen fest. Seine Augen fanden die meinen. Reeves Lippen waren trocken und wund vom Weinen. Ich schluckte schwer und spürte das Pochen meines Herzens in der Brust. Im nächsten Moment riss er mich an sich, drang mit der Zunge in meinen Mund ein und ergriff gierig Besitz von mir. Ich schloss die Lider und ließ zu, dass mein Körper sich entspannte. Reeve zog mich hoch und trug mich zurück ins Zimmer, wo er sich mit mir auf das Bett fallen ließ, mir den Slip herunterriss und langsam in mich eindrang. Erst vorsichtig, dann tiefer, bis es sich schließlich verdammt gut anfühlte. Ich stöhnte auf und warf den Kopf in den Nacken. Auch wenn es plötzlich und unerwartet schnell passierte, hätte es doch keinen besseren Moment geben können, es zu tun. Ich war bereit. Das war ich schon gewesen, bevor James hereingeplatzt war und alles versaut hatte. Ich hatte mich bereits für Reeve entschieden. Daran konnte nun nichts mehr etwas ändern.

Sein nackter Rücken war heiß und fest. Ich krallte meine Nägel fest in sein Fleisch und vergrub das Gesicht in Reeves Halsbeuge. Es ging alles viel zu schnell, um es wirklich genießen zu können. Daher musste ich jede Sekunde davon auskosten. Ich küsste seinen Hals, spürte jeden Pulsschlag. Es kam mir vor, als drückte er mich mit aller Kraft an sich. Meine Brüste waren an seine Brust gedrängt, mein Unterleib an den seinen. Mit jedem Stoß drang er tiefer in mich ein. Mir wurde heiß und kalt zugleich. Es tat nicht weh. Ich fühlte mich, als stünde ich in Flammen. Alles verschwamm und bebte, während ich nur noch Reeves Haut spürte, deren Hitze und seinen Körper.

Ich wachte auf. Müde reckte ich mich und bemerkte Reeve neben mir. Erschrocken blickte ich ihn an. Bei der Erinnerung an die letzte Nacht musste ich auf einmal grinsen. Wir hatten miteinander geschlafen. Nun lag er da. Entspannt und friedlich. Mein Lächeln verblasste. Ich sah ihn einfach nur an und dachte nach... Allein das brachte mich schon fast erneut zum Weinen. Der Gedanke an mich, an ihn, uns und alles um uns herum. Ein Blick auf die Uhr verriet mir, dass es halb sieben Uhr morgens war. Es war Sonntag. Alles war still. Nur das Atmen des leise vor sich hin schnarchenden Reeve erfüllte den

Raum. Ich war meinen Gedanken ausgeliefert. Mir wurde klar, dass in den letzten Tagen nichts wirklich mehr schön war. Weder an Reeve und mir, noch an irgendetwas anderem. Alles war trüb und traurig. Stirnrunzelnd kuschelte ich mich an seinen warmen Körper, dessen Brust sich gleichmäßig hob und senkte. Das konnte doch nicht sein. Diese Sache, diese Krankheit durfte uns nicht alles zerstören. Eine Weile lang war alles so unbeschwert gewesen und das sollte jetzt einfach so wieder vorbei sein? Nein. Bestimmt nicht! Es wurde Zeit, das Beste aus allem herauszuholen und glücklich zu sein. Das hatten wir uns ja wohl verdient!

Reeve

Carolines leise Stimme flüsterte mir zu. Sie nuschelte, was mir das Verstehen ihrer Worte ziemlich erschwerte. Blinzelnd öffnete ich die Augen.

„Reeve, ich will etwas von dir lesen.", hauchte sie mir entgegen.

Verwirrt sah ich sie an.

„Was meinst du?", hakte ich noch immer verschlafen nach.

„Du sagtest, du schreibst. Und ich möchte etwas lesen."

Sie hatte sich auf die Arme gestützt und lag auf dem Bauch. Das Gesicht zu mir gewandt, blickte sie auf mich herab. Das blonde Haar stand ihr zu Berge. Ich lächelte.

„Und warum möchtest du das?"

Ihr Gesicht näherte sich mir. Care küsste mich. Ich schloss die Augen und machte Anstalten den Mund zu öffnen. Bevor aus dem Kuss mehr werden konnte, löste sie sich. Es war zu kurz gewesen, viel zu schnell vorbei gegangen.

„Weil ich dich dadurch besser kennenlerne. Und ich will dich besser kennen, als jeder andere."

Wie von selbst fanden meine Finger ihr durcheinander geratenes Haar. Gott, wie schön sie war. Für ihre Worte, ihre Gedanken, ihr Wesen. Sie war so schön. Schöner als jeder Mensch, den ich kannte. Mein Herz schlug höher, als sie anfing ein Lächeln zu lächeln, das ich bis jetzt noch nicht an ihr gesehen hatte. Es war leicht und fröhlich, aufgeschlossen und mädchenhaft. Ich liebte es.

„Okay.", willigte ich endlich ein und zog sie erneut an mich.

Es waren ein paar Morgenstunden vergangen, während denen wir uns dazu entschlossen hatten, zu mir zu laufen. Caroline ließ sich auf mein Bett fallen und schlug das Manuskript auf. Bevor sie damit startete; die erste Seite zu lesen, warf sie mir einen warmen, aufgeregten Blick zu. Ich grinste ihr zu und lief beinahe rot an. Gleich würde sie es lesen. In den letzten Wochen hatte ich geschrieben. Alles niedergeschrieben, was wir erlebt hatten. Jede Minute, jeden Moment, der sich gut angefühlt hatte, oder schlecht. Einfach alles. Sie wusste es nicht. Sie wusste nicht, dass sie meine Protagonistin war, doch sie sollte es jeden Moment erfahren, jede Sekunde. Angespannt folgte ich den Ausdrücken in ihrem Gesicht. Wie lange es wohl dauern würde, bis ihr klar wurde, dass sie meine *Angelina* war? Was auch immer passieren würde, wenn sie das Ende der Seiten erreichte, wusste sie, was ich für sie empfand, wie ich sie sah, was sie mir bedeutete. Irgendwann konnte ich dem

Druck nicht mehr standhalten und brach mir bei meinem nervösen Fingerknacken fast den Daumen. Schmerzverzerrt fragte ich Care, ob sie etwas zu Trinken haben wollte. Scheinbar vertieft in die Zeilen schüttelte sie den Kopf und biss sich konzentriert auf die Unterlippe, wie sie es auch schon oft im Mathematikunterricht getan hatte. Ich belächelte dies und machte mich daran, die Treppe von meinem Zimmer hochzulaufen und in der Küche einen Eistee zu mischen. Einen für Care, einen für mich. Sie hatte zwar gesagt, dass sie keinen wollte, doch eigentlich war ich mir sicher, dass sie meine Frage gar nicht verstanden hatte. Mit den zwei Gläsern kehrte ich zurück und atmete noch einmal tief ein und aus, in der Hoffnung sie würde mich nicht ansehen, als wäre ich vollkommen durchgeknallt und besessen, weil ich ein Buch über sie geschrieben hatte, oder noch immer dabei war. Umständlich versuchte ich, mit meinem Hinterteil die Zimmertür zu schließen, ohne dabei den Eistee zu verschütten. Beinahe gelang es mir nicht. Beinahe. Ich drehte mich zufrieden um und stoppte abrupt. Da stand sie nun. Nach einer flüssigen, schwungvollen Bewegung landete das Heft, das Care bis eben noch in der Hand gehalten hatte, auf meinem Schreibtisch. Ihre Augen blitzten auf. Ich schluckte schwer. Wieder biss sie sich auf die Lippe. Doch diesmal etwas anders, als wenn sie sich konzentrierte. Sie tat einen Schritt auf mich zu. „Und du hast das alles selbst geschrieben?", raunte sie beinahe.
Ich nickte stockend.
„J-ja."
„Das ist sehr schön..."

Ihre Stimme war leise und rau, zugleich jedoch noch immer hell und klar. Ich war unfähig auch nur noch ein einziges Wort hervorzubringen, denn Carolines Finger glitten über meinen Rücken und verschwanden in meiner hinteren Jeanstasche. Ihre Lippen legten sich an meinen Hals. Plötzlich wurde mir so anders, dass ich beinahe die Gläser fallen ließ. Was ging hier vor sich?

„Das von letzter Nacht...", flüsterte sie in mein Ohr.

„Ja?"

Ich schnappte nach Luft, denn eine Gänsehaut überkam mich.

„Das will ich nochmal!"

Sie grinste mich frech an.

„Lässt sich bestimmt einrichten...", entgegnete ich schmunzelnd und ließ mich von ihr aufs Bett ziehen.

Es folgten viele Morgen, an denen wir nebeneinander aufwachten. Wochen vergingen, Monate und Caroline und ich waren uns näher denn je. An einem besonders wichtigen dieser Morgen wachten wir im Bett eines Hotelzimmers auf, dass ich zur Feier unseres dreimonatigen Jubiläums für uns gebucht hatte. Ich hatte zwei komplette Monate mein Gehalt gespart, das ich von der Arbeit im Hotel verdiente, damit wir es uns so richtig gut gehen lassen konnten.

„Reeve?"

„Hm?"

Sie bewegte ihren Kopf auf meiner Brust nach oben, vermutlich um mich ansehen zu können. Doch meine Augen waren geschlossen. Carolines Daumen strich zärtlich über die Haut meiner Brust. Ich fragte mich die ganze Zeit, wie sehr es wehtun würde, wenn ich sie letztendlich verlor. Es waren quälende, schmerzhafte Gedanken, die an mir nagten, mich bei lebendigem Leibe auffraßen, seit sie mir gesagt hatte, dass sie krank war.

„Deine Geschichte...", begann sie mit leiser Stimme.

„Ja?", lächelte ich, froh darüber, dass sie mich ablenkte.

„Warum versuchst du nicht mal, etwas zu veröffentlichen?"

Ich seufzte.

„Care...", begann ich. „Das wäre Schwachsinn."

„Was?", lachte sie.

„Du weißt schon. Die Menschen versuchen mit etwas Geld zu verdienen, das sie gut können und letztendlich empfinden sie es als eine Pflicht. Sie verlieren ihre Leidenschaft und das Talent."

„Ich verstehe nicht.", meinte sie.

„Es ist besser für sich selbst zu schreiben und kein Publikum zu haben, als für ein Publikum zu schreiben und kein Selbst mehr zu haben."

Sie zögerte und grinste.

„Wie poetisch.", kicherte Caroline endlich.

„Hey!", beschwerte ich mich. „Du machst dich also über mich lustig!"

„Ach! Ein bisschen vielleicht..."

„Na, warte!"

Mit einem Ruck zog ich sie auf mich und drehte mich herum, sodass sie unter mir lag und ich mich aufsetzen konnte. Ohne Vorwarnung machte ich mich daran ihren Bauch zu kitzeln. Sie schrie entsetzt auf und versuchte sich zu wehren.

„Reeeeeveeee!", lachte sie unter Tränen und drückte mich so stark weg, dass ich tatsächlich vom Bett fiel.

Ich lag auf dem Boden und rieb mir den Hinterkopf.

„Verdammt...", fluchte ich leise lachend.

Plötzlich tauchte ihr blonder Kopf über mir auf und ehe ich mich versah, sprang sie auch schon auf mich zu.

„Okay, okay! Ich gebe auf! Ich geb auf, du hast gewonnen!", lachte ich.

„Oh, nein! So leicht kommst du mir nicht davon."

Und mit einem innigen Kuss entspannten sich alle meine Muskeln. Sie drückte sich an mich und lächelte, noch während ihre Lippen auf meinen lagen.

„Care?"

„Reeve?"

Sie lächelte.

„Was ist es, das dich..."

Ich hielt inne und strich über ihr zerzaustes Haar.

„Mich umbringt?", half sie mir leise.

Ich nickte ein Mal und sah ihr in die Augen.

„Es dauert eine Weile...", begann sie und kuschelte sich an mich.

Auf diese Weise musste sie mich nicht ansehen, was ihr das Reden scheinbar erleichterte.

„Eine Weile?", hakte ich nach.

Mir wurde wieder einmal schwer ums Herz und ich musste sie noch fester an mich drücken, um sie zu spüren. Um zu wissen, dass sie da war.

„Es hat damit angefangen, dass ich keine Kraft mehr hatte. Weder in den Händen, noch in den Armen. Manchmal gaben meine Beine nach und ich musste mich an irgendetwas festhalten, um nicht zu fallen. Ich zitterte oft und konnte kaum richtig atmen."

Ich schwieg und schluckte schwer.

„Irgendwann kamen dann Krämpfe dazu und Lähmungen. Ich weiß noch, dass ich eines Morgens aufgewacht bin und mich nicht bewegen konnte. Es tat alles weh, doch ich konnte mich keinen Millimeter rühren."

Sie seufzte leise.

„Ich weiß nicht, was ich sagen soll.", sagte ich. „Außer, dass es mir unendlich leid tut, dass das ausgerechnet dir passieren muss."

„Es muss dir nicht Leid tun. Inzwischen hab ich's unter Kontrolle. Ich bekomme Medikamente, die alle Symptome bremsen.", flötete sie unbeschwert und drückte mir einen Kuss auf die Wange.

Ich wusste nicht genau weshalb. Doch aus irgendeinem Grund hatte ich das Gefühl, dass sie log. Wenn, so dachte ich, dann vermutlich, damit ich mir nicht so große Sorgen um sie machte. Allerdings funktionierte das nicht. Ich machte mir Sorgen.

„Weshalb genau bist du im Krankenhaus..."

„Seit kurzem bekomme ich diese... Anfälle.", unterbrach sie mich und wandte das Gesicht ab.

„Anfälle?", hakte ich erschrocken nach.

„Ist nicht der Rede wert, Reeve. Ich bin ja noch hier, oder?", grinste sie.

Ihre Augen erreichte das Lächeln nicht.

„Du willst nicht drüber reden, stimmt's?"

Care schmunzelte und sah von meiner Brust zu mir auf.

„Stimmt."

Caroline

Es war furchtbar, ihm all diese Dinge zu erzählen. Ich fühlte mich nicht mehr menschlich. Wie konnte er mich *so* lieben?

„Eine Frage noch!"

„Reeve!", jammerte ich.

Er zögerte einen Moment, als wäre er gar nicht sicher, ob er die Frage überhaupt stellen wollte.

„Hast du Schmerzen?"

„Nein!", entgegnete ich sofort.

Es war gelogen. Jedes Mal, wenn mein Körper auf die Erkrankung reagierte, hatte ich das Gefühl, ich würde sterben, so sehr tat es weh. Die besonders schlimmen Dinge erzählte ich ihm gar nicht erst. Weder das, noch dass ich mich irgendwann nicht einmal mehr kontrollieren konnte, wenn ich lachte, weinte oder auch nur gähnte. Alles würde in einem Krampf ausarten. Ich würde sabbernd auf dem Boden liegen, nicht mehr schlucken können, nicht mehr atmen, mich nicht bewegen. Das einzig erfreuliche war, dass meine Persönlichkeit erhalten blieb. Es waren nur die Nerven, die unter ALS litten.

„Ich kann mich nur nicht bewegen. Bin wie gelähmt.", erklärte ich.

„Kann man denn nichts dagegen tun?", wollte er wissen und hob mein Kinn an.

Wir sahen uns eine Weile in die Augen.

„Es ist nicht heilbar. Ich muss Medikamente nehmen, Therapien durchführen, es behandeln lassen. Das alles...naja, das alles ist schuld daran, dass Dad kein Geld hat und..."

Ich hatte erwartet, dass er noch Fragen stellen würde. Mich auf Dad, Geld oder irgendetwas ansprechen würde, doch er streichelte über mein Gesicht, legte die Hand in meinen Nacken und zog mich an seine Lippen.

Reeve

„Caroline Swynford?"

Sie sah in meine Augen und legte das Kinn auf meinem Brustkorb ab.

„Du bist das Beste, das mir je passiert ist."

Obwohl in meinem Inneren alles durcheinandergeraten war, klang meine Stimme überraschend klar. Ich zwang mich zu einem Lächeln. Sie schwieg einen Moment und sah mir tief in die Augen, als überlegte sie, was sie erwidern sollte.

„Eins will ich aber noch wissen...", flüsterte sie endlich und fuhr mit den Fingern über meine Wange.

„Alles...", flüsterte ich und küsste ihre Finger.

„Was ist denn sein großes Geheimnis?", grinste sie.

„Wessen Geheimnis?", hakte ich verwundert nach.

Sie sah mich ernster an und hob eine Augenbraue. Schlagartig wurde mir bewusst, dass ich auch die Andeutungen über den Unfall in die Geschichte geschrieben hatte. Daran hatte ich nicht gedacht, als ich ihr mein Manuskript aushändigte.

Reeve, du dämlicher Volltrottel! , beschimpfte ich mich selbst. *Fuck!*

Ich musste es ihr sagen. Wenn nicht jetzt, hatte ich vermutlich nie wieder die Chance, geschweige denn den Mut dazu. Vielleicht würde es leichter für sie sein und auch für mich, sie zu verlieren, wenn sie mich hasste. Und das, was ich ihr sagen musste, und da war ich mir ganz sicher, würde dafür sorgen, dass sie mich hasste.

Caroline

„Können wir raus gehen?", fragte er mit zittriger Stimme.

„Wieso? Was ist los?"

Er setzte sich auf und starrte mich an. Schweißperlen übersäten seine Stirn. Reeves Pony hing ihm mal wieder im Gesicht. Nervös fuhr er sich mit der Hand durch das dichte Haar und holte tief Luft, bevor er sie angespannt wieder entweichen ließ.

„Bitte..."

Was war plötzlich los? Besorgt streckte ich die Hand nach ihm aus. Er wich zurück und ergriff sie.

„Bitte...", wiederholte er.

„Okay.", murmelte ich und folgte dem bereits aufgesprungenen Reeve.

Eilig zogen wir uns an und liefen hinaus an die frische Luft. Dicke Wolken hatten sich über den Himmel verteilt. Regen prasselte auf den Boden und durchnässte auch unsere ungeschützten Körper.

„Sicher, dass du draußen reden willst?", hakte ich nach und warf einen Blick nach oben.

Der kleine Balkon mit dem grauen Betonboden war nicht noch weniger einladend, als das Wetter. Er ignorierte meine Frage. Irgendetwas stimmte ganz und gar nicht. Ich trat auf ihn zu und berührte seinen Arm. Wieder zuckte er zurück und hielt mich mit der Hand von sich weg.

"Was ist los, Reeve?"

Besorgt sah ich ihm in die glasigen Augen und berührte vorsichtig seine Wange.

Sofort packte er mein Handgelenk und ließ es sinken. Erschrocken riss ich die Augen auf.

"Caroline! Ich versuche Worte für das zu finden,

was... Ich muss dir was sagen!"

"W-was denn?", stammelte ich unruhig.

In meinem Inneren zog sich alles zusammen. Irgendetwas sagte mir, dass etwas ganz und gar nicht in Ordnung war. Nur was?

"Ich weiß nicht, wie ich es sagen soll..."

Er lachte emotionslos. Seine Hände zitterten, sein Gesicht war kreidebleich.

"Was ist passiert? Hast du Probleme? Ich helfe dir, wenn..."

"Ich bin es gewesen!", unterbrach er mich und fuhr sich zum wiederholten Male durch die nassen Haare. Dann ließ er meinen bereits schmerzenden Arm los, packte meine Schultern und hielt mich fest. Ich blinzelte mir einen Regentropfen aus der Wimper und hielt seinem Blick stand. Seine Augen glänzten. Sie waren so ausdrucksstark, dass ich glaubte, er könne mir alles sagen, ich würde mich darin verlieren.

"Aber ich schwöre, dass es ein Unfall war! Ich war angetrunken, stand unter Drogen. Ich hatte Angst! Ich war..."

Reeve hielt inne. Ich verstand kein Wort. Was redete er da überhaupt? Wovon? Von wann? Welchem damals?

"Es war ein Unfall!", wiederholte er, schrie mich dabei schon beinahe an. „Glaub mir, wenn ich es rückgängig machen könnte, dann würde ich es tun!" Er ruckelte an meinen Schultern.

"Was denn!?"

Ich lachte, jedoch nicht belustigt. Eher besorgt, verzweifelt, ängstlich.

"Vor zwei Jahren. Der Unfall, Caroline...", flüsterte er.

So langsam blühte es mir. Mit jedem weiteren Wort lichtete sich der Vorhang ein Stückchen mehr. Etwa zu dieser Zeit hatte er aufgehört zu trinken, auf Partys zu gehen. Vor zwei Jahren. Es konnte nicht wahr sein. Versuchte er mir gerade das zu sagen, von dem ich dachte, dass er mir sagen wollte? Ich schüttelte vollkommen überfordert den Kopf. Hin und her, hin und her.

„Es tut mir so, so leid, Care!", schluchzte er.

Ich schnappte nach Luft.

„Ich wollte das nicht!"

Mit der Hand fuhr er über sein schweißnasses Gesicht. Es bestand kein Zweifel mehr. Reeve hatte es getan. Er musste es getan haben. Was sonst war vor zwei Jahren passiert? An einem Tag wie heute. In einer regnerischen, stürmischen Nacht.

"Ich habe deine Mutter umgebracht."

Mein Mund war staubtrocken. Mir wurde schwarz vor Augen. Was hatte er gerade gesagt? Ich rieb mir die Augen, doch mein Augenlicht kehrte nicht zurück. Erst als die erste heiße Träne meine Wange hinunterlief, konnte ich ihn wieder vor mir sehen. Und ich schämte mich. Ich schämte mich vor ihm zu weinen. Er hatte es nicht verdient, dass ich wegen ihm weinte. Er hatte nichts von dem verdient, was ich ihm in den letzten Monaten gegeben hatte. Ich schlug seine Arme von meinen Schultern und stolperte ungeschickt zurück. In diesem Moment fühlte sich jeder Regentropfen an, wie eine glühende Klinge, die jemand auf meine kalte Haut drückte. Und dieser Jemand schien Reeve zu sein. Er war schuld, dass meine Mom gestorben war. Reeve war es, der die ganze Sache mit James zu verantworten hatte. Er war es, der dafür gesorgt hatte, dass meine kleine, unschuldige Schwester ihre Mutter nie mehr wiedersah, sie vergessen würde. Reeve Devenport war der Grund dafür, dass ich mich fast selbst verloren hatte, dass mein *Ich* von damals verschwunden war. Ich versuchte die Tränen aufzuhalten, sie zu unterdrücken.

"Hast du das alles nur gemacht, weil du dein schlechtes Gewissen beruhigen wolltest? Weil du dachtest, du könntest es damit wieder gut machen?", schrie ich ihn an.

"Was? Nein! Carol..."

"Wenn ja, hat das nicht geklappt! Du hast sie mir weggenommen! Meine Mutter!", brüllte ich.

Die Tränen rannen nun auch über sein Gesicht. Seine Stimme klang kaputt und abgehakt, als er mit großen Schritten auf mich zutrat, die Hände nach mir ausstreckte und mich zwang, ihn anzusehen.

"Ich weiß! Ich weiß! Caroline! Wenn du wüsstest, wie sehr ich es bereue! Ich würde alles tun! Alles, damit du mir verzeihst!"

Seine Hände brannten auf meinen Wangen. Ich drückte sie unsanft weg und stolperte weiter zurück, um nicht so nah bei ihm zu stehen.

"Bring sie mir zurück!", flüsterte ich und verlor beinahe die Kraft.

"Care..."

Ich wollte nicht, dass er mich berührte. Ich wollte, dass er mich nie wieder berührte, ansah oder auch nur an mich dachte.

„Drei gottverdammte Monate, Reeve! Warum?! Drei Monate! Was tust du mir an?!?!"

„Es tut mir leid, Caroline!"

Er weinte verzweifelt und fuhr sich mit beiden Händen durch die Haare, nur um die Arme dann fallen zu lassen, als hätte er vor, sie abzuschütteln.
"Was erwartest du jetzt von mir?! Dass ich dir verzeihe??!!"
Ein gehässig spottendes Lachen brach aus mir heraus, vermischt mit dem verweinten Klang meiner Tränen. Er schwieg einen Moment, machte Anstalten mich wieder zu packen, als wollte er sicher sein, dass ich jedes Wort genau hörte.
"Bitte...", krächzte er.
Ich riss mich los, als seine Hand meinen Nacken berührte und sprang erneut zurück.
"Verschwinde!"
In dem Wort lag so viel Abscheu, Wut, Verzweiflung und Enttäuschung, dass es in der Kehle wehtat. Verzweifelt brüllte ich ihn an.
"Geh!"
Er rührte sich nicht. Also schlug ich auf seine Brust ein und schubste ihn weg.
"Verschwinde!", wiederholte ich unter Tränen, die mich zu ertränken drohten.
"Los!!!"
Er trat zurück und blieb einen Moment lang stehen.
"Ich liebe dich..."
Er sagte es so leise, dass ich es gar nicht hätte verstehen können, doch ich tat es. Meine Haut brannte, meine Kehle war zugeschnürt und mein Bauch tat so weh, dass ich befürchtete, mich übergeben zu müssen. Er liebte mich? Er wusste doch gar nicht, was Liebe war! Er hatte das alles doch nur gemacht, um sein verfluchtes Gewissen zu beruhigen. Ich hätte wissen sollen, dass jemand wie Reeve Devenport

niemals freiwillig mit jemandem wie mir zusammen sein würde. Doch dass ich genau das für ihn fühlte, was er mir zu sagen versuchte, machte mich nur noch wütender.

"Ich hasse dich!", schrie ich ihn an und warf ihm einen Blumentopf vor die Füße, der neben mir am Geländer befestigt war.

"Caroline...", hauchte er.

Seine Haare klebten bereits an seiner Stirn, das Shirt an seiner Haut. Ich konnte nicht glauben, was er getan hatte. Warum war er weggefahren? Hatte er den Krankenwagen gerufen, oder sie einfach dort im Regen stehen lassen und war feige abgehauen? Ich wusste es nicht. Ich wollte es auch gar nicht wissen. Reeve Devenport hatte meine Mutter umgebracht. Der erste Mensch, den ich jemals geliebt hatte, hatte mir meine Mutter genommen, meine Familie zerstört und mein Leben ruiniert.

Der Regen prasselte noch, als er schon längst fort war. Er spülte die Erde, die dem zersprungenen Blumentopf entglitten war, direkt vor meine Füße. Ich rutschte am Geländer herunter und zog die Knie soweit ich konnte ans Kinn heran. Es kam mir vor, als würde sich alles auflösen. Alles war dunkel, kalt und nass. Nichts blieb zurück, abgesehen von meinem Schmerz.

Reeve

Es vergingen genau zwei Tage bis ich erneut versuchte, mich bei Caroline zu melden. Ich wusste, es war noch zu früh, wenn der richtige Zeitpunkt überhaupt jemals kommen konnte, doch mich quälten Gedanken, die mich in jeder freien Sekunde, nein sogar in den Sekunden, in denen ich mit irgendetwas beschäftigt war, heimsuchten. Diese Gedanken kreisten sich immer nur um ihre Krankheit, oder ob sie mir jemals verzeihen konnte. Letzteres würde wohl niemals geschehen. Und ich konnte es Caroline nicht einmal übel nehmen. Sie tat gut daran, mich aus ihrem Leben zu verbannen. Ich hatte mich darüber belesen, über ALS, sogar eine Freundin meiner Mutter, mit der ich sonst nicht ein einziges Wort wechselte, wenn diese hier war, hatte ich gesprochen und sie darüber ausgefragt. Sie war Ärztin, sagte mir jedoch nicht mehr, als ich ohnehin schon wusste. Außerdem erklärte sie alles in diesem lateinischen Hochgebildeten-Jargon, welcher mich mit jedem Wort wütender machte. Ärzte schafften es immer, alles zu entmenschlichen, was sie sagten. Alles kalt und unwichtig erscheinen zu lassen. Das, was ich nun wusste war, dass es eine sehr seltene Krankheit bei unter fünfzig Jährigen war, geschweige denn bei Jugendlichen. Doch es gab vereinzelte Fälle und fast alle endeten mit einem viel zu frühen Tod. Das war es, worum meine Gedanken sich drehten. Um Cares frühen Tod. Was, wenn sich ihr Zustand in der Zeit, in der ich darauf wartete, dass der richtige Zeitpunkt kommen würde, um sie erneut um Verzeihung zu bitten, verschlechterte, oder sie gar starb? Das würde ich mir nie verzeihen. Noch weniger als das, was ich ihr angetan hatte. Ihr und ihrer Familie. Was ich getan hatte, war schlichtweg unverzeihlich. Darüber war ich mir im Klaren. Doch ich konnte nicht tatenlos herumsitzen und immer nur warten. Ich musste Care bei mir haben. Ich musste sie bei mir haben, so lange wie es mir noch möglich war, so lange wie es nur ging.

Nun stand ich hier vor ihrer Haustür und drückte zitternd die Klingel. Eigentlich hatte ich damit gerechnet, dass die Polizei sich bei mir melden, mich verhaften und befragen würde. Doch sie kamen nicht. Caroline hatte es niemandem verraten, wie es aussah. Und das, obwohl sie alles Recht der Welt dazu gehabt hätte. Nicht einmal verübeln hätte ich es ihr können. Ich hatte es verdient, eine Strafe zu bekommen. Auch, wenn ich schon jetzt eine erfuhr. Mein Herz schlug mir bis zum Hals, als sich plötzlich die Tür öffnete und Mr. Swynford mir entgegen blinzelte.

„Guten Abend, Sir.", begrüßte ich ihn und streckte Carolines Dad die Hand entgegen.

Er ergriff sie zögernd und trat beiseite.

„Komm doch rein."

Ich betrat das Haus und wartete, bis er die Haustür geschlossen hatte, um ihn zu fragen, ob Care zu Hause war.

„Ich bin überrascht dich zu sehen, Junge. Caroline sagte mir, ihr hättet euch getrennt. Ist es nicht so?"

Es war ein vollkommen unangebrachter Moment, doch als ich hörte, dass Caroline scheinbar ihrem Dad gesagt hatte, dass wir einmal *zusammen* waren, musste ich fast lächeln. Das Lächeln verflog augenblicklich, als ich oben etwas poltern hörte.

„D-doch, Sir. Aber ich würde wirklich gern noch einmal mit ihr sprechen..."

„Sie weint ohne Pausen, verweigert sogar das Essen. Das Ganze geht ihr wirklich nahe, verstehst du? Sie ist verletzt. Und nichts schmerzt einen Vater mehr, als sein Kind so am Boden zu sehen."

Wenn er gewusst hätte, weshalb sie nicht aß, weshalb sie tagelang weinte, hätte er anders auf mich reagiert. Vermutlich hätte er mich erschlagen, oder zumindest verhaften lassen. Sie aß nicht nur nicht, weil wir uns getrennt hatten, sie weinte und hungerte, weil sie nun wusste, was damals passiert war. Sie wusste nun, dass ich es gewesen war, der ihre Mutter umgebracht hatte. Ich konnte mir vorstellen, dass sie nicht aß, weil ihr bei dem Gedanken daran, dass ich es war, einfach nur schlecht wurde. Ich fragte mich, warum er mich mit so viel Respekt behandelte, warum er mich nicht niederschlug, oder mich aus dem Haus warf. Eigentlich verstand ich nicht einmal, warum er mich überhaupt hereingelassen hatte, wenn er doch dachte, seiner Tochter würde es so schlecht gehen, weil wir uns getrennt hatten.

„Ich weiß, Sir. Glauben sie mir, ich würde alles tun, um sie wieder glücklich zu sehen. Alles tun, damit sie mir vergibt..."

Mr. Swynford seufzte und sah mir in die Augen, als prüfte er, ob ich die Wahrheit sagte. Er schien zu einem Entschluss gekommen zu sein, denn er legte seine Hand auf meiner Schulter ab und drückte einen Augenblick zu.

„Geh schon nach oben."

„Danke, Sir."

All mein Blut schien sich in meinem Kopf gesammelt zu haben. Mir war schrecklich heiß und aus irgendeinem Grund hatte ich das Gefühl, nach Luft ringen zu müssen. Ich hatte Angst zu versagen, Angst alles nur noch schlimmer zu machen, indem ich ihr nun wieder vor die Augen trat. Ich schämte mich so. Ich wurde schon jetzt bestraft für meine Tat. Irgendetwas sorgte dafür, dass ich Buße tat. Und dies mit jedem Atemzug und jeder Sekunde, die ich nicht mit Caroline redete und sprach, worüber unweigerlich gesprochen werden musste. Sie musste verstehen, dass es mir leid tat, dass ich die Zeit zurückgedreht hätte, wenn ich es nur gekonnt hätte. Irgendetwas musste ich tun. Ich musste wenigstens versuchen, sie davon zu überzeugen, mich nicht zu hassen. Dass sie mir verzieh, war zu viel verlangt. Aber sie durfte mich nicht hassen...

Langsam hob ich die Hand, ballte sie zur Faust und schlug sie gegen die Tür zu ihrem Zimmer.
„Nein, Dad! Ich will immer noch nichts essen! Lass mich einfach in Ruhe!", schrie sie mit erstickter Stimme.
Langsam öffnete ich die Tür und betrat das Zimmer. Ihr Kopf lag unter der Bettdecke, ihr Körper war zusammengerollt, fast wie der einer Katze, wenn sie schlief. Ihr blondes Haar kam langsam zum Vorschein, sowie ihre Augen, die vom Weinen blutunterlaufen und aufgequollen waren. Sie setzte sich auf und starrte mich schweigend an, ohne jeglichen Ausdruck im Gesicht, nicht einmal in den Augen, öffnete sie den Mund, um etwas zu sagen.
„Reeve?"

Caroline

„Ich weiß, du fragst dich wahrscheinlich, wie ich es wagen kann, hier aufzukreuzen."
Hinter sich schloss er die Tür und blieb vor dieser stehen.
„Reeve...", wiederholte ich ungläubig, was er gar

nicht so recht wahrzunehmen schien.

„Aber ich muss einfach mit dir reden. Ich kann es nicht ertragen...dieses Gefühl, die Leere. Es ist erdrückend,...d-dass du mich hasst. Allein der Gedanke daran bringt mich um den Verstand. Caroline! Ich mache alles! Alles! Und ich weiß, es ist zu wenig, denn was ich getan habe ist mit nichts auf dieser Welt wieder gut zu machen! Doch bitte, wenn du versuchst mir zu verzeihen, versuchst mich wieder in dein Leben zu lassen, dann werde ich alles Notwendige tun!"

Mit offenem Mund starrte ich ihn an und schüttelte den Kopf. Er sah verzweifelt aus, wie er da stand. Er kam mir nicht zu nahe, atmete schwer und blickte mir beinahe gequält in die Augen. Erwartete er wahrhaftig, dass ich ihm einfach so nun wieder in die Arme fiel? Oder versuchte er es nur, weil er nicht anders konnte? Ich tippte auf das zweite. In seinem Falle nämlich, hätte ich genauso reagiert. Ich wusste, er hatte es damals nicht beabsichtigt. Doch es war immer noch seine Entscheidung gewesen, betrunken Auto zu fahren. Er war trotzdem schuld am Tod meiner Mutter, selbst, wenn es ihm leid tat, selbst, wenn er sterben würde, um es wieder gut oder rückgängig zu machen.

„Eins würde mich ja mal brennend interessieren."

Meine Stimme klang seltsam hoch. Ich sah zu Boden und wartete auf eine Reaktion von Reeve. Allein mit ihm zu sprechen, machte mich schon wütend. Ich war nicht mehr ich selbst.

„Was?"

In seiner Stimme glaubte ich einen gewissen Unterton der Hoffnung zu erkennen.

„Wie bist du *ungestraft* davon gekommen?"
Nun hob ich den Blick und sah ihm ausdruckslos in die Augen. Meine Lider waren schwer vom Weinen, als wäre ich unendlich müde und hätte nächtelang kaum geschlafen, was ja auch so war. Ich vernahm, dass Reeve schwer schluckte. Sein Blick glitt zu dem hellen Teppich unter seinen Füßen.
„Was bringt es dir, das zu wissen?", flüsterte er.
„Sag's mir!", befahl ich. „Warum hat man das Auto nie gefunden, das Mom gerammt hat?"
Die Tränen drohten mir wieder einmal das Gesicht herunter zu rinnen. Meine Haut war schon wund, so oft hatte ich sie mir in letzter Zeit aus dem Gesicht wischen müssen. Reeve zögerte, antwortete mir letztendlich jedoch.
„M-mein Cousin ist aus Neuseeland gekommen, um hier eine Woche bei uns Urlaub zu machen. Er ist grade zwanzig geworden und wir wollten darauf...anstoßen."
Angespannt fuhr er sich mit der Hand über die untere Hälfte seines Gesichts.

Reeve

Eigentlich erinnerte ich mich an kaum etwas von dem Abend. Nur daran, dass Johnny, mein Cousin, mich auf ein paar Drinks eigeladen hatte. Irgendwann waren ein paar Jugendliche in die Bar gekommen. Vier Mädchen, drei Jungs. Johnny hatte eines der Mädchen andauernd angesehen, ihr von Weitem zugezwinkert und ziemlich offen mit ihr geflirtet.

Es vergingen ein paar Stunden, es war bestimmt schon nach 1.00 am, da verabschiedeten sich die Jugendlichen voneinander und gingen. Nur das eine Mädchen, sie war dunkelhaarig und groß, mit langen Beinen und einem dunklen Teint, blieb. Sie setzte sich zu uns und ehe ich mich versehen konnte, war Johnny auch schon mit ihr abgehauen. Nur den Autoschlüssel hatte er mir da gelassen. Er wusste, dass Dad mir das Fahren schon beigebracht hatte, als ich vierzehn war, doch unverantwortlich und in erster Linie illegal war es trotz dessen. Was er sich dabei dachte, wusste ich nicht. Eigentlich dachte ich auch gar nicht darüber nach. Ich freute mich nur, dass ich den Wagen fahren durfte, einen 74er Mustang. Genau wie mein Dad und ich, hatte auch Johnny eine Schwäche für alte Autos. Ich stand also von dem Barhocker auf, taumelte zum Parkplatz, stieg in den Wagen, steckte den Schlüssel ein, zündete, legte den Gang ein und fuhr los...

„Ich bin von der Fahrbahn abgekommen."
Ich war nicht fähig, ihr in die Augen zu sehen. Sie musterte mich schweigend. Ihr Blick verriet nichts von dem, was in ihr vorging.
„Und das Auto?"
In Cares Stimme lag keine Emotion. Weder die Fröhlichkeit, die ich so in ihr liebte, noch Wut oder Traurigkeit. Als wäre alles in ihr eingefroren.
„Ich hatte Panik... Bin nach Hause, so schnell ich konnte. Ich hätte den Krankenwagen gerufen! Aber ich hatte Schiss! Ich hatte verdammten Schiss, dass sie mich drankriegen, wenn sie die Nummer zurückverfolgen! Ich konnte nicht klar denken! Ich wusste nicht mal, dass es deine Mom war, die ich..."

Ich hätte lügen können. Hätte sagen können, mein Akku wäre leer gewesen. Doch noch mehr Lügen hatte Caroline nicht verdient. Ich schnappte nach Luft. Mein Gesicht war tränenüberströmt. Care ließ das kalt.

„Das Auto, Reeve!", beharrte sie felsenfest.

Vermutlich erwartete sie jetzt, dass ich so etwas sagte wie „Ich hab's im See versenkt" oder, dass ich es irgendwo im Wald stehen lassen hatte, wo es bis heute niemand finden konnte. Doch so war es nicht.

„Als ich zu Hause ankam, war Johnny noch nicht zurück. Ich hab mich hingesetzt und auf ihn gewartet. Irgendwann kam er dann und ich bin fast auf ihn losgegangen, weil er mir nicht zuhören wollte. Er war einfach dicht.", berichtete ich. „Als er dann kapiert hat, was passiert ist, hat er sich die verfluchten Schlüssel genommen und ist..."

Ich hielt inne und rang nach Atem. Ich war nicht in der Lage, die Tränen zu stoppen, meine Stimme zu bändigen.

„...ist einfach abgehauen. Er hat das Auto mitgenommen. Ich hab keine Ahnung, was er damit gemacht hat. Seitdem hab ich nicht mehr mit ihm gesprochen."

Das war's. Mehr wusste ich nicht. Ich tat einen Schritt auf sie zu und wollte sie berühren, doch sie wich zurück, womit ich schon gerechnet hatte.

Caroline

„Vergib mir, Care. Bitte, hass' mich nicht!"

Ich wusste den Ausdruck in seinen Augen nicht zu deuten. War es Traurigkeit, Reue oder Verzweiflung?

Ein Stich durchzuckte meine Brust. Wenig später lief mir ein Schauer, eiskalt den Rücken herunter. Als ich es letztendlich nicht mehr aushielt ihn anzusehen, zuckte ich zusammen und schluchzte auf.

„Ich kann nicht...", wimmerte ich.

Ich wollte es lauter sagen, doch letztendlich versagte meine Stimme und blieb mir im Halse stecken. Ich wusste nicht, ob ich wahrhaftig wütend auf Reeve war. Ich war verzweifelt, enttäuscht, fühlte mich verloren und hilflos und wusste nicht mehr, was ich glauben, denken, fühlen und verstehen konnte. Ich wollte, dass all das ein Ende hatte. Noch immer hatte ich im Kopf, dass ich an seiner Stelle genau dasselbe versuchen würde. Ich würde versuchen, alles zu tun und zu sagen, damit er mir verzeihen konnte. Vermutlich glaubte er gar nicht daran, dass ich ihm jemals verzieh. Er wollte es nur versucht haben, damit er sich nicht das Nichtstun ewig vorhalten würde, wenn es zu spät war.

„Gut. Ich... I-ich werde zur Polizei gehen! Ich werde ihnen alles sagen! Sie können mich einsperren und bestrafen für das, was ich getan habe! Ich werde es ihnen sagen, Caroline! Gleich jetzt!"

Ehe ich etwas erwidern konnte, riss er die Tür auf und rannte polternd die Treppen hinunter. Meine Schwester rief ihm freudig nach, als sie ihn erblickte, doch er nahm Kit gar nicht wahr. Es dauerte einen Moment bis ich verstand, was er gerade gesagt hatte. Reeve hatte vor, sich der Polizei zu stellen und die Strafe auf sich zu nehmen, die ihn mit hundertprozentiger Wahrscheinlichkeit erwartete. Panik breitete sich in mir aus. Wenn er wirklich vorhatte, alles zu gestehen, dann musste ich dies verhindern. Er wollte für seine Tat geradestehen, so wie es sich gehörte. Warum um alles in der Welt wollte ich dies nicht zulassen? Ich konnte es nicht. Schließlich, trotz seiner Tat, seiner Lügen und seinen Fehlern, liebte ich Reeve. Ich liebte ihn. Und ich konnte nicht zulassen, dass er sich sein ganzes Leben ruinierte, indem er nun gestand. Vielleicht war es falsch. Doch es war vergangen. Es war geschehen. Er konnte es nicht rückgängig machen. Und selbst, wenn er die nächsten fünf Jahre im Gefängnis verbringen würde, wenn er mich nie mehr wiedersah, weil ich nicht mehr da sein würde, wenn er frei kam, selbst wenn dies schon Strafe genug für ihn wäre, würde mir nichts von all dem meine Mutter zurückbringen. Und so fasste ich einen Entschluss. Ich rappelte mich auf und rannte ihm nach. Ich rannte so schnell ich konnte aus dem Haus, an meiner Schwester, meinem Dad vorbei und geradewegs hinter Reeve her. Die Haustür war verschlossen. Eilig klopfte ich, doch niemand machte auf. Adrenalin schoss in meine Venen und ich sah mich hektisch nach einer Lösung um.

„Reeve!", schrie ich und hämmerte wie wild gegen die Haustür.

Plötzlich öffnete sich diese und Mr. Devenport stand vor mir. Ohne ihn auch nur richtig anzusehen, drängelte ich mich an ihm vorbei, sprintete geradewegs auf Reeves Zimmertür zu. Die Treppe hinuntergerannt, öffnete ich die zweite Tür, trat ein und sah ihn endlich. Er zitterte. Mit dem Gesicht zur Wand und dem Handy am Ohr stand er dort und bebte am ganzen Körper. Er hatte mich nicht gehört, was merkwürdig war, denn ich war die Treppe zu ihm herunter gepoltert, als hinge mein Leben von dem lauten

Geräusch ab. Schwer atmend lief ich langsam auf ihn zu. Das Telefon war so laut eingestellt, dass ich es bis zu mir hören konnte. Ein Klingeln. Ein zweites Klingeln. Bis jemand abnahm. Eine weibliche Stimme ertönte. Er hatte tatsächlich bei der örtlichen Polizeiwache angerufen.

„I-ich möchte etwas g-gestehen... M-mein Name ist...“

Ich griff nach dem Telefon an seinem Ohr. Sofort fuhr er herum und zuckte erschrocken zusammen.

„Caroline!“

Ich legte auf und warf es in eine Ecke des Zimmers. Mit großen Augen sah ich zu ihm hinauf. Er hatte seinen Namen gesagt. Wir konnten nur hoffen, dass die Polizei dachte, es war nur ein dummer Streich. Doch seine Stimme hatte echt geklungen, bebend und schwer. Mein Herz schlug immer schneller.

„Das wirst du nicht tun! Nie wieder.“, sprach ich und hielt seinem entgeisterten Blick stand.

Er schien verstehen zu wollen, was hier gerade vor sich ging. Regungslos standen wir da, bis er sich plötzlich auf die Knie warf und anfing zu weinen. Reeve schlang die Arme um meine Hüfte und drückte sein Gesicht an mich. Erstarrt blieb ich stehen und ließ es einen Moment lang über mich ergehen. Dann löste ich ihn unsanft von mir und trat einen Schritt zurück. Als hätte ich ihm unerwartet etwas Wertvolles weggenommen, sah er mich mit verzweifelten, geröteten Augen und einem tränenüberströmten Gesicht an.

„Ich liebe dich, Caroline! Ich liebe dich so sehr...!“

Er lallte. Fast, als wäre er betrunken. Doch das war er nicht. Reeve war aufgelöst, emotional. Es schien, als würde alles unter ihm zusammenbrechen. Tat ich ihm das an? Es musste so sein. Doch ich war nicht bereit, ihm zu vergeben. Noch nicht...

„Reeve! Gib mir Zeit, bitte!"

Erschöpft legte ich mir die kühle Hand an die glühende Stirn. Es fühlte sich an, als könnte ich mich einfach irgendwo niederlassen und in Sekundenschnelle einschlafen.

„Verlass mich nicht, Care! Bitte verlass mich nicht!"

Er war so undeutlich zu verstehen, dass ich kaum ein Wort einzuordnen vermochte. Stockend drehte ich mich um und verließ eilig das Haus der Devenports. Erst lief ich, dann fingen meine Beine wie von selbst an zu traben. Die hell erleuchteten Straßenlaternen zogen an mir vorbei. Denn anstatt nach Hause zu rennen, mich einfach in mein Bett zu werfen und bitterlich zu weinen, rannte ich die Straße herunter. Ich rannte weiter und weiter, bis ich schließlich nicht mehr konnte und mich an den Dünen des Byron Bay in den Sand fallen ließ. Dann wurde alles dunkel...

Reeve

Sie wollte Zeit. Hatte ich das richtig verstanden? Hieß das etwa, dass es noch Hoffnung für uns gab? Was sonst sollte es heißen? Caroline war nicht der Typ Mensch, der etwas sagte, ohne zu überlegen. Sie war niemand, der etwas sagte, ohne es zu meinen. Ich fuhr mir durch die Haare und wischte mir mit den Handflächen die Tränen aus dem Gesicht. In letzter Zeit heulte ich eindeutig zu oft. Es hätte mir peinlich sein sollen, vor Care zu weinen, überhaupt zu weinen sollte mir unangenehm sein. Ich war verfluchte siebzehn Jahre alt und obendrein nicht unbedingt weiblich. Ich stand vom Boden auf und entschied mich dafür, ihr nicht nachzulaufen. Sie wollte Zeit und diesen Wunsch musste ich ihr wohl oder übel gewähren.

Zeit., wiederholte ich das Wort in Gedanken. *Wenn es davon doch nur mehr gäbe!*

Als ich später am Abend allein in meinem Bett lag und an die weiße Decke über meinem Kopf starrte, wurde mir auf einmal bewusst, wie verzweifelt ich darum gebettelt hatte, dass sie mir doch verzeihen möge. Ich war vor ihr auf die Knie gefallen, hatte mich an sie geklammert. War es falsch gewesen, sie wieder einmal so zu überfallen? Ich hatte einfach nicht klar denken können. So viele Gefühlsregungen hatten sich in meinen Kopf geschlichen. Wut, Verzweiflung, Selbsthass und vor allem dieses Gefühl, sie zu lieben, und doch nicht lieben zu dürfen. Sie fehlte mir so. Es war mit Worten nicht einfach zu beschreiben. Und ich war noch nie ein Mann gewesen, der die Dinge beschreiben konnte, wie sie waren. Ich konnte schreiben, wenn überhaupt. Das war alles, was ich war. Und dann war sie in mein Leben getreten, brachte alles durcheinander. Doch das Durcheinander war gut. Besser für mich. Das Gefühl, dass das Leben einen wirklichen Sinn ergab, wuchs in mir. Ich hatte mich Hals über Kopf in dieses Mädchen verliebt. In ihre zerzauste, blonde Mähne, ihre weichen, vollen Lippen und ihre blau-gold gesprenkelten, wunderschönen Augen. Mir wurde heiß und kalt zugleich. Warum musste ich immer alles falsch machen, wenn es etwas zu verlieren gab? Ich wollte sie zurück. Am liebsten hier und jetzt. Caroline in den Armen halten, ihr Haar streicheln, den Duft ihres Apfelshampoos wahrnehmen und einfach nur ihre Nähe spüren. Ich fragte mich, was wir wohl in diesem Moment getan hätten, hätte ich es Caroline nicht gebeichtet. Oder was wir wohl getan hätten, wenn ich ihre Mutter niemals gerammt hätte. Was wäre passiert, wenn ich an diesem einen Abend damals, vor nun fast drei Jahren, nicht betrunken gewesen, nicht das Auto meines Cousins genommen und einfach mit dem Bus heim gefahren wäre? Wenn ich nur einen Funken Verstand bewiesen hätte und nicht in irgendeine heruntergekommene Bar gefahren wäre? Wahrscheinlich würde ich versuchen, ein Stipendium für ein Medizinstudium zu bekommen, wie meine Eltern und ich es vorgesehen hatten, als ich noch nicht auf die schiefe Bahn gerutscht war. Caroline wäre mir nicht aufgrund meines schlechten Gewissens aufgefallen, sondern weil ich intelligente Mädchen gern hatte. Sie würde sich in mich verlieben, weil ich genau dem Ideal entsprach, das sie sich unter einem guten Jungen vorstellte. Vermutlich wäre alles leichter. Ihre Krankheit wäre noch immer da, doch ich hätte sie vielleicht bei mir. Hier in diesem Moment. Sie könnte bei mir sein, wenn ich nicht so bescheuert gewesen wäre.

Caroline

Wie hatte ich mich in Reeve Devenport verliebt? Die Frage schoss mir in den Kopf, eben wie ein Blitz der in einen Baum einschlägt, der auf einem weiten Feld wächst. Sie kam in Lichtgeschwindigkeit, entfachte ein Gedankenfeuer und brachte mein Unterbewusstsein dazu, in dieser Ungewissheit niederzubrennen, bis ich mir ins Gedächtnis rief, wie ich mich überhaupt an ihn verloren hatte. An Reeve Devenport, das damals unsensibelste und eingebildetste Arschloch, das ich je kennenlernen durfte. Er hatte mich erobert. Ja, so konnte man es durchaus nennen. Es waren alle seine Worte, die mich Tag für Tag ein wenig mehr lockten. Seine undurchdringlichen Blicke, die mich heimlich und ungesehen verführten, ohne dass ich es wirklich wahrnahm. Ich war ihm hoffnungslos verfallen, ohne es auch nur geahnt zu haben. Ich war seinen eisblauen Augen verfallen, seinen Worten, sogar seinem dummen Humor. Reeves Lachen, seiner Stimme, seinen Händen. Es war um mich geschehen, schon als er das erste Mal auf meinem Dachvorsprung gestanden hatte, als er mir nahe kam und ich seinen Atem auf meiner Haut spüren konnte. Nie zuvor war ich ihm so nahe gewesen und als es dann soweit war, hatte er dafür gesorgt, dass ich nur ihm allein gehörte. Ich wusste noch immer nicht wie, doch er hatte es geschafft. Ich liebte ihn. Was immer er getan hatte, wie schrecklich und furchtbar es auch war, das was ich für Reeve fühlte, das ließ sich nicht mehr abstellen.

Ein Schauer, der mich plötzlich im Schlaf überkam, weckte mich. Ich war doch tatsächlich am Strand eingeschlafen. Es war eiskalt und noch immer dunkel draußen. Wie spät war es? Der Mond stand über meinem Kopf und erhellte, wenn auch nur wenig, die um diese Uhrzeit nicht mehr beleuchteten Wege und Straßen von Byron Shire Council und erlaubte es mir auf diese Weise, den Weg nach Hause zu finden, ohne zu stolpern oder gar zu fallen. Die Häuser waren ruhig. Nicht ein Licht brannte mehr darin. Es war nicht unheimlich, mitten in der Nacht hier entlang zu gehen. Ich kannte die Stadt und jeden ihrer Bewohner. Selbst, wenn ich auf einige von ihnen hätte verzichten können, war ich mir bei einer Sache ziemlich sicher: Niemand würde sich trauen, irgendjemandem hier irgendetwas zu tun. Ich wog mich in Sicherheit und fand letztendlich den Weg zurück nach Hause. Ich öffnete die Haustür und schloss sie hinter mir ab. Alles Licht war bereits gelöscht, doch als ich gerade die Treppe hinaufgehen wollte, blendeten mich plötzlich alle Lampen des Flurs auf einmal. Als meine müden Augen sich an das Licht gewöhnt hatten, erkannte ich eine männliche Gestalt vor mir. Es war mein Bruder. James. Ich blieb abrupt stehen und zog einen Mundwinkel in die Höhe, was aussehen sollte wie ein Lächeln, es höchstwahrscheinlich jedoch nicht tat.

„Hey."

Seine Stimme klang klar und beruhigend. Ich fühlte mich sofort ein wenig wohler.

„Hey.", gab ich zurück.

„Wo warst du?", wollte er von mir wissen und streckte mir die Hand entgegen.

Ich ergriff sie und ließ mich von ihm in seine Arme ziehen. Wie lange war es her, dass wir uns das letzte Mal in den Armen gehalten hatten?

„Ich bin draußen eingeschlafen."

Er schwieg und drückte mich an sich. James war warm und roch nach Bettdecke. So beschrieben wir den Geruch von frisch gewaschenen Bettbezügen seit wir klein waren.

„Carrie?"

„Hm?"

„Du zitterst.", stellte er fest und hielt mich eine Armlänge von sich entfernt, um mich mustern zu können.

Erst nun bemerkte ich, dass er recht hatte.

„Ja. Stimmt."

„Hast du heute deine Medikamente genommen?"

„Nein, seit heute Morgen nicht mehr."

Sofort liefen wir zum Badezimmer, wo ich meine Tabletten aus dem Schrank kramte und mir zwei in den Mund schob. Der Wirkstoff, Riluzol, verlängerte mein Leben, indem er die Wirkungen des Glutamathaushalt in meinem Gehirn schwächte. Ich hasste es. Dieses Zittern. Ich konnte meinen Körper nicht kontrollieren. Und in letzter Zeit wurde es immer schlimmer.

„Carrie?", erhob James erneut die Stimme, diesmal jedoch sehr leise und vorsichtig.

Er wirkte vollkommen normal und ruhig. Ganz anders als üblich. Das erste Mal seit langer Zeit, schien er wieder mein Bruder zu sein.

„Ja?"

„Darf ich heute Nacht bei dir schlafen?"

Ich sah ihm in die Augen und fühlte mich auf einmal klein und dünn und kindlich. Es war, als wäre er die Zuflucht, nach der ich seit Tagen suchte. Ich nickte einwilligend. Und auf mein Nicken folgte ein ehrliches, erleichtertes Lächeln meines Bruders.

Meine Bettdecke war um uns beide geschlungen. Zumindest so gut es ging. Eigentlich war nur die Hälfte meines frierenden Körpers bedeckt. James hielt mich mit beiden Armen fest umklammert.

Musste ich mir Sorgen um ihn machen? Stimmte etwas nicht? Oder machte er sich einfach nur Gedanken um mich? Zaghaft versuchte ich eine Frage zu formulieren.

„Ist alles in Ordnung mit dir?"

Er sah mich fragend an und zuckte mit den Schultern.

„Ja. Alles gut."

Ich schloss die Augen und versuchte meine Gedanken abzustellen. Doch sie wollten keine Ruhe geben.

„Bist du sicher? Ich glaube, irgendetwas stimmt nicht mit dir. Hast du Sorgen? Du weißt, du kannst mit mir reden.", flüsterte ich.

Im Zimmer war es dunkel. Nur durch das Fenster schien etwas Mondlicht herein und erhellte eine Stelle des Teppichs im Raum. James seufzte. Also hatte ich recht. Etwas war nicht in Ordnung. Nur was? Er war noch nie ein Mann der vielen Worte gewesen, hatte alles immer in sich hineingefressen. Vielleicht war dies einer der Gründe gewesen, weshalb er so abgerutscht war.

„Versprich mir, dass du es nicht Dad sagst!", verlangte er und sah mich eindringlich an.

„Ich verspreche es."

Ich hörte sein Herz schlagen, das ganz in der Nähe meines Ohres in seiner Brust pochte.

„Elin ist schwanger.", wisperte James erschöpft.

Mir stockte der Atem. Hatte ich mich gerade etwa verhört?

„Elin Devenport? Das Mädchen vom Blues & Roots Festival? Reeves Schwester?", wunderte ich mich ungläubig.

„Ja. Reeves Schwester.", bestätigte er.

Ich wusste nicht, was ich erwidern sollte, also schwieg ich einfach und legte meinen Kopf auf James' Schulter ab.

„Ich liebe sie...", hauchte er nach einer Weile, in der ich beinahe eingedöst wäre.

Er liebte sie. Ja, es machte Sinn, dass er in letzter Zeit nachts zu Hause war. Er war wieder der Alte, beinahe. Und er ging sogar regelmäßig arbeiten. Er musste sie lieben. Er hatte sich geändert. Vielleicht ja für Elin Devenport.

„Und liebt sie dich?"

„Ich glaube, das tut sie, ja."

Er lächelte und atmete freudig aus.

„Caroline, ich habe das Gefühl, durchzudrehen!", presste er nach einer Weile des Schweigens durch zusammengebissene Zähne in die Stille hinein. „Und sie ist der Grund dafür."

James seufzte, doch ich spürte, dass er lächelte. Er lächelte bei dem Gedanken an Elin.

„Vielleicht tust du das.", entgegnete ich.

Ich habe auch meinen Verstand verloren..., fügte ich im Stillen hinzu.

Reeve

Ehrlich gesagt hatte ich keine Ahnung, wie das mit Care und mir weitergehen sollte. Wann würde sie sich melden? Wann würde sie versuchen, mir zu verzeihen? Es waren weitere zwei Wochen vergangen, als ich erneut damit begann, die Hoffnung aufzugeben. Mein Appetit hatte sich mit der Zeit vollkommen abgeschaltet und joggen konnte ich auch nicht mehr weiter als dreihundert Meter. Das ganze belastete mich. Ich machte mir dauerhaft Sorgen, schrie meine Mutter ungehemmt an, wenn sie irgendetwas wollte und ging meinem Vater vollkommen aus dem Weg. Sogar die Schule schwänzte ich gelegentlich. Es war kaum zu ertragen, dass Caroline mich nicht eines einzigen Blickes würdigte, wenn sie überhaupt einmal da war. Es lag nicht daran, dass sie auf kindischste Weise versuchte, mich zu ignorieren, sondern eher daran, dass sie den Kopf höchstwahrscheinlich einfach mit tausend anderen Dingen voll hatte. Sie wirkte immer konzentriert, sah meistens zu Boden. So oft verspürte ich den Drang, auf sie zuzulaufen und sie in die Arme zu nehmen, sie zu halten, bis sie mir verzieh. Sie zitterte. Immer. Dies war mir allerdings erst aufgefallen, seit ich sie jede freie Sekunde beobachtete. Wenn wir nicht in der Schule waren, sah ich sie gar nicht mehr. Auf dem Nachhauseweg lief sie hinter oder vor mir, doch sobald sie ihr Haus betrat, war sie wie vom Erdboden verschluckt. Es war nicht auszuhalten. Die Funkstille brachte mich noch um.

Es war früher Nachmittag, als ich an diesem Sonntagmorgen das Haus verließ und in Richtung des Stadtrandes lief. Nicht zum Strand, sondern ans andere Ende von Byron Shire Council. Ich spazierte nachdenklich und auf den Boden starrend vor mich hin, bis ich plötzlich das Bedürfnis verspürte, stehen zu bleiben. Wie lange ich gelaufen war, konnte ich schon nicht mehr einschätzen. Aber es musste schon eine kleine Weile sein, denn ich stand vor dem Friedhofgelände unserer kleinen Stadt. Langsam hob ich den Blick und sah mich um. Die Grabsteine waren ordentlich aneinandergereiht. Die Gräber bedeckten Blumen und andere Dinge, die nun einmal an Grabsteinen zu finden waren. Meine Augen glitten über jeden einzelnen hinweg, bis sie plötzlich etwas weitaus Interessanteres entdecken. Etwas verblüffend Überraschendes. Gerade war eine Beerdigung in Gange. Viele dunkel gekleidete Menschen hatten sich um einen Sarg und einen ausgehobenen Quader in der Erde versammelt. Eine junge blonde Frau mit schulterlangen, blonden Haaren stand am weitesten entfernt von mir. Ein großgewachsener, lockenköpfiger Mann hielt sie im Arm und war damit beschäftigt, zu versuchen die Frau zu trösten. Plötzlich wurde mir schlecht. Ich musste daran denken, dass es bald auch mir so ergehen könnte, wie den Menschen, die nun hier standen. Ich schnappte nach Luft und wollte gerade umdrehen, um von dort weg zu gelangen, da sah ich in meinem Blickwinkel noch etwas anderes. Auf einer Bank, etwa hundert Meter von mir entfernt, saß sie. Kerzengerade und angespannt wie immer, den Blick auf die trauernden Gäste gerichtet, einen Ausdruck in den Augen, der mich dazu verleitete, sofort auf sie zuzugehen. Langsam setzte ich einen Fuß vor den anderen und steckte unbehaglich die Hände in die Jeanstaschen. Die Sonne schien mir ins Gesicht, was mir das Einhalten der Richtung sichtlich erschwerte. Als ich doch endlich bei der Bank ankam und mich vorsichtig näher an Care heranwagte, hob diese erschrocken den Blick und sah mich schwer schluckend an. Eine Träne lief über ihre Wange. Doch sie galt nicht mir, nicht diesem Moment.

„Reeve, was machst du denn hier?", fragte sie und hielt meinem Blick stand.

Ich konnte kaum glauben, dass wir gerade miteinander sprachen. In meinem Magen machte sich wieder dieses Gefühl bemerkbar. Das erste Mal seit Tagen hatte ich das Gefühl, lächeln zu müssen.

„Hi, Bambi."

Sie lächelte schwach, wandte den Blick wieder ab und sah erneut in Richtung der Beisetzung zu ihrer Rechten.

„Setz dich doch…", murmelte sie atemlos, ohne die Augen von dem Geschehen abzuwenden.

Ich starrte die Bank an und entschloss mich letztendlich dazu, mich niederzulassen.

„Warum bist du hier?", warf ich sehr leise ein, als könnte meine Stimme sie dazu bringen, aufzustehen und wegzurennen, auf ein Schiff zu steigen und mich für immer hier zurückzulassen.

„Warum nicht?"

Ich antwortete ihr nicht, sondern blieb mit dem Blick an den offenen Schnürsenkeln ihrer hellen Chucks kleben.

„Ich bin hergekommen, weil… Ich wollte bei meiner Mom sein. Ich hab durch Zufall gesehen, dass…"

Sie hielt inne und drehte das Gesicht zu mir. Tränen übersäten ihre Wangen. Sie schluchzte nicht, wie sie es sonst tat, wenn sie weinte. Die Tränen mussten sie im Stillen überkommen haben. Nur weshalb? Lag es an ihrer Krankheit? Hatte sie Neuigkeiten erhalten, oder war es doch, weil ich da war?

„Dass?", hakte ich nach und überlegte, ihr ein Stück näher zu kommen, entschied mich jedoch dazu, es nicht zu tun.

„Du weißt doch, dass als du im Krankenhaus lagst, wegen deiner Allergie, wegen mir… Du weißt doch, dass du dir dort mit einem Jungen das Zimmer geteilt hast, oder?"

Ich nickte. Damals hatte ich mir das Zimmer mit genau drei anderen geteilt. Ich beobachtete die Bäume, die am Zaun standen. Bäume, die eher Hecken waren, nur wie Bäume aussahen, weil der Friedhofswärter sie eigenartig geschnitten hatte.

„Da war ein Junge, mit dem ich mich unterhalten habe.", fuhr Caroline fort.

Nun fanden ihre Augen die meinen. Ich fühlte mich wie ein kleiner, dummer Junge, während sie meinen Blick erwiderte. Ihre Haare wurden vom Wind in verschiedene Richtungen geweht, ihre Wangen blass und ihre Sommersprossen deutlicher zu erkennen denn je. Wie gern ich sie doch geküsst, ihre Lippen gespürt und meine Nase in ihrem Haar vergraben hätte. Doch ich konnte nicht. Allein dieser Gedanke sorgte dafür, dass sich in meiner Brust etwas zusammenzog, während ich einatmete.

„Wer war es?"

„Er war groß und dünn, hatte aschblondes Haar und stechend grüne Augen.", flüsterte sie.

Es war schwer, Caroline zu verstehen. Der Wind verschluckte ihre Worte.

„Du meinst Stephen.", stellte ich fest und beugte mich ein wenig nach vorn.

Caroline sah mich überrascht an.

„War das sein Name?"

Verwirrt blinzelte ich sie an. Hatte sie nicht gerade angedeutet, dass sie sich kannten, oder irrte ich mich?

„So heißt er, ja. Was ist mit ihm?"

Caroline

Auch wenn er es mir höchstwahrscheinlich nicht anmerken konnte, war ich glücklich, ihn zu sehen. Reeve vermittelte mir ein Gefühl von Geborgenheit. Immer wenn er da war, fühlte ich mich beschützt und ein kleines Bisschen weniger hilflos. Selbst, wenn dies unangebracht war, wenn man bedachte, was er getan hatte, wusste ich lediglich, dass es so war. Daran konnte ich nichts ändern. Jeder Widerstand war zwecklos. Meine Gefühle taten und ließen, was sie wollten. Erleichtert, dass er hier bei mir saß, musste ich unerwartet lächeln. Ich vermisste ihn so sehr. Mein Herz hatte ihm schon längst verziehen, oder zumindest versucht, zu vergessen, was er getan hatte. Doch mein Verstand schrie mir zu, dass ich nicht mit ihm zusammen sein konnte. Nie wieder. Mein Kopf sagte mir, ich würde meine Mutter verraten, wenn ich Reeve verzieh. Schon viel zu lange grübelte ich darüber nach, wem ich letztendlich folgen sollte. Meinem Herzen? Oder meinem Verstand?
„Er ist tot, Reeve."
Ein überraschter Ausdruck huschte über sein Gesicht. Reeves Stirn legte sich in Falten. Ungläubig sah er in meine Augen.
„W-was?"
„Sein Herz...", schloss ich.
Sein Herz..., wiederholte ich in Gedanken.
In seinem Kopf mussten sich tausend Dinge abspielen. Reeves unruhige, hin und her zuckende Augen ließen mich ein paar dieser Gedanken vermuten. Er war geschockt und fragte sich gleichzeitig, woher ich ihn überhaupt gekannt hatte. Diesen Stephen. Ganz einfach. Stephen war der Junge, mit dem ich mich

zwei Stunden lang hatte unterhalten können, ohne seinen Namen zu kennen. Und nun kannte ich diesen, doch den meinen sollte er nie erfahren. Wie ungerecht der Tod doch war. So viele Fragen, die nach Antworten verlangten, ließ er offen.

Wir schwiegen eine ganze Weile. Mein Blick klebte auf den Menschen, die um das frische Grab herum standen. Manche von ihnen weinten, andere schwiegen, wieder andere unterhielten sich leise, sprachen sich tröstende Worte zu, wie ihre Augen es mich vermuten ließen. Von hier aus konnte ich nicht verstehen, was sie sagten. Ich war zu weit weg, um ihre Worte zu hören. Nun bemerkte ich, dass Reeve mich streng musterte. Mein Blick glitt zu Boden.

„Ich liebe dich, Caroline!"

In seiner Stimme lag so viel Verzweiflung, so viel Liebe, dass ich das Gefühl hatte, mein Herz würde mir noch in der Brust zerspringen. Einen kurzen Moment lang schwieg ich. Solange bis ich in der Lage war, die Kraft aufzubringen, ihm mein Gesicht zuzuwenden.

„Reeve, ich..."

„Care!", unterbrach er mich prompt. „Care...", flüsterte Reeve sanft, beinahe füllten sich seine Augen mit Tränen. „Ich brauche dich. Bitte... Bitte gib mir noch eine einzige, letzte..."

„Reeve!"

Nun war ich es, die ihn unterbrach. Kopfschüttelnd sah ich ihn an und löste seine Hände von meinem Gesicht.

„Was kann Schlimmeres passieren, als das, was wir bereits überstanden haben?", wollte er wissen.

Nun löste sich eine einzelne Träne und lief langsam

seine Wange herunter. Es schien mir, als wäre er ratlos. Was sonst, konnte er noch tun? An seiner Stelle, so dachte ich, wäre ich genauso verzweifelt. Doch das machte es nicht wieder gut. Es fühlte sich an, als verriete ich meine Mutter, mit jedem Mal, dass ich den Mund öffnete, um mit ihm zu sprechen.

„Aber wir haben es nicht überstanden…"

„Wir können! Du musst es nur zulassen! Wir schaffen es! Ich weiß, dass wir alles schaffen!", japste er schon fast.

„Nicht alles."

Ich spielte auf meine Krankheit an, Reeve verstand sofort und schüttelte den Kopf. Hin und her, hin und her. Eindringlich blickte er in meine Augen, bevor er den Mund öffnete, um erneut zum Sprechen anzusetzen.

„Alles."

Nun war ich es, die den Kopf unentwegt schüttelte und Tränen drohten mich wieder einmal zu übermannen.

„Es wird wehtun.", entgegnete ich und unterdrückte einen Schluchzer, der mir nun in der Kehle stecken blieb.

„Was sagst du denn da?"

Wie einem weinenden Kind, legte er mir die Hände auf die Wangen und strich sanft mit den Daumen über meine Haut. Ich unterdrückte alle unzulänglichen, widersprüchlichen Gedanken, vergaß das drückende Gefühl der Schuld, das ich meiner Mutter gegenüber verspürte, denn es hatte ja doch keinen Sinn. Egal was ich tat, ich konnte es nicht allen recht machen. Doch wenn ich nun Reeve vergab, hatte ich etwas, woran ich mich festhalten konnte. Meine

Mutter war gestorben. Sie war nicht mehr da. Würde sie wollen, dass ich unglücklich blieb? Nein, da war ich sicher.

„Wenn ich sterbe, Reeve. Glaub mir, es wird wehtun. Ich weiß wie das ist, *glaub mir*! Alles tut weh, die ganze Welt ist nur noch ein elender Schmerz und es gibt nichts, was du dagegen tun kannst! Es wird weh tun...", wiederholte ich bebend.

Reeve bewegte langsam den Kopf nach rechts und links. Er presste die Kiefer aufeinander und sah mir tief in die brennenden Augen.

„Das tut es schon!"

Und ohne auf meinen Verstand, ohne auf die Gedankenfetzen zu achten, die versuchten mir einzureden, ich könnte ihm nicht verzeihen, hörte ich auf mein *Herz*. Meine Arme schlangen sich wie von selbst um seinen Hals, meine Lippen zogen ihn in einen tiefen, von allem erlösenden Kuss. In dem Moment, in dem sein Mund den meinen endlich wieder berührte, schienen aller Schmerz und all der Kummer der letzten Zeit von mir abzufallen. Wie sehr hatte er mir nur gefehlt? Endlich war ich wieder vollständig. Mein Herz klopfte wie wild, was es schon seit Ewigkeiten nicht mehr getan hatte. Ich spürte die Wärme seines Körpers und endlich wieder, nach so endlos langer Zeit, wusste ich wieder, wie sich Leben anfühlte.

Reeve

„Als ich klein war, wollte ich Astronomin werden."
Caroline durchbrach die Stille, die uns einhüllte. Wir waren zum Strand gelaufen, wortlos. Den ganzen Weg über hatte ich ihre Hand gehalten. Immer wie-

der hatten meine Augen zu ihrem Gesicht gefunden, mein Herz mir in der Brust gehämmert, einfach weil Care neben mir lief, sie bei mir war. Nun lagen wir im Sand. Der schwarze, sternenübersäte Himmel über uns. Wie lange wir wohl schon hier lagen? Als wir hier angekommen waren, stand die Sonne noch am Himmel. Doch nun war die Nacht hereingebrochen und hüllte uns, bis auf das Licht des Mondes, in völlige Dunkelheit. Wir lagen so nah beieinander, dass unsere Arme sich berührten. Carolines Hände ruhten auf ihrer Bauchdecke, während sie hinauf in den Himmel sah. Ihre Worte brachten mich zum Lächeln. Ich musste sie lieben, denn dies von ihr zu erfahren sorgte dafür, dass ich sie an mich ziehen und für diese Erinnerung küssen wollte. Ich drehte mich zu Care und zog ihre Hand zu mir. Sie war kühl.

„Warum?", wollte ich erfahren und lauschte gespannt ihren Worten.

Care wandte mir ihr Gesicht zu und schmunzelte, als wäre sie überrascht, dass es mich interessierte.

„Meine Mom hat mir zu meinem siebten Geburtstag ein Teleskop geschenkt.", sprach sie leise und grinste mich an.

Meine Hand fand zu ihrem Hals. Ich ließ meinen Daumen sachte über die dünne Haut fahren, die sich dort spannte.

„Ich hab nie wirklich herausgefunden, wie das Ding zu benutzen ist, aber ich habe es geliebt, die Sterne zu beobachten. Da oben ist eine vollkommen fremde Welt, verstehst du? Von hier aus sieht es nur aus wie ein Haufen heller Punkte. Das Wort *Stern* beschreibt nicht ansatzweise, wie es dort oben von nahem aus-

sieht. Es ist bunt, dort sind farbenfrohe Nebel, fremde Galaxien und..."

Sie seufzte tief und sah wieder gen Himmel. Enttäuscht, dass sie plötzlich schwieg, schluckte ich im
Stillen und blickte erneut hinauf zu den Sternen. Sie
blinkten hell am Nachthimmel. Manche voll und
strahlend, andere vernebelt und weniger scheinend.
Ich erinnerte mich plötzlich, wie ich einmal mit
meinem Vater hier gelegen, und er mir Sternbilder
gezeigt hatte. Manche waren seiner Fantasie entsprungen, andere wirklich existent. Erfreut, eines
wiederzuentdecken, hob ich den Finger in die Höhe
und deutete auf eine Ansammlung hell leuchtender
Sterne.

„Sieh dir diese vierzehn Sterne an. Die hellen dort!",
flüsterte ich Care zu.

„Ich sehe sie."

„Das ist Andromeda."

Sie schwieg. Ihre Augen wurden vom Licht des zu-
nehmenden Mondes erhellt und glitzerten in stiller
Schönheit vor sich hin. Bei ihrem Anblick regte sich
etwas in meinem Inneren. Und mit einem Male
wurde mir schummrig. Wieder einmal musste ich
daran denken, wie es wäre, ohne sie zu sein. Die letzte Zeit war eine Qual für mich gewesen. Doch sie
hatte noch gelebt. Sie war noch immer da. Und wenn
sie starb, würde ich sie nicht einmal mehr ansehen
können. Sie würde nur noch in meiner Erinnerung
leben. Ich biss mir auf die Lippe und schloss die Augen für einen Moment. Sie brannten und ich wusste,
wenn ich sie wieder öffnete, würden ihnen feuchte
Tränen entgleiten.

„Es ist wunderschön.", lächelte Care. „Woher weißt

du, dass es dieses Sternbild ist?"

„Du weißt doch. Hyperthymestisches Syndrom.", grinste ich.

„Ach ja, dein Gedächtnis. Doch das beantwortet nicht meine Frage, Reeve."

Das einzige Geräusch in der Umgebung war das des leicht wehenden Westwindes. Sonst war alles ruhig. Nicht einmal eine Möwe kreischte in der Dunkelheit. Warum konnten wir hier nicht liegen bleiben und die Zeit verträumen? Von mir aus hätte diese stehen bleiben können, der Moment einfrieren. Ich wollte nur hier bei ihr sein, ihrer Stimme lauschen und ihre Haut an meiner spüren.

„Mein Vater. Als ich noch klein war, lagen wir sehr oft hier."

„Und er hat sie dir gezeigt? Die Sternbilder?"

Ich musste leise lachen.

„Ja, so einige."

„Zeig mir noch eins!", verlangte sie freudig.

Etwas weiter links von Andromeda befand sich eine Sternenverbindung, bestehend aus elf Sternen.

„Das dort ist Perseus."

„Wo? Ich sehe es nicht."

Mit meinen Fingern lenkte ich ihr Kinn in die richtige Richtung.

„Elf Sterne. Neben der Wolke. Siehst du?"

Caroline nickte, drehte im nächsten Moment jedoch das Gesicht zu mir. Ich erwiderte den Blick ihrer blau-goldenen Augen.

„Warum hast du mir vergeben?"

Die Frage verließ meinen Mund, ehe ich sie überdenken konnte. Ihr Mund öffnete sich ein Stück, doch sie hielt meinem Blick noch immer Stand. Ich wusste ihren Ausdruck nicht zu deuten. Gerade begann ich die Worte zu bereuen, da fing Caroline an zu lächeln und ich spürte ihre inzwischen erwärmte Hand an meiner Wange.

„Ich liebe dich, Reeve Devenport.", wisperte sie.

Es war das erste Mal, dass sie es sagte. Das erste Mal, dass ich die Worte aus ihrem Munde hörte. Und als wäre sie nicht sicher, ob ich sie auch wirklich verstanden hatte, wiederholte sie es noch einmal.

„Ich liebe dich."

Zögernd hielt ich den Atem an. Dann lachte ich auf, schnappte nach Luft und atmete stockend weiter. Meine Finger gruben sich in ihr blondes Haar und ich rutschte näher an sie heran. Als meine Lippen endlich auf die ihren trafen war es, als wäre endlich alles gut geworden. Mir wurde heiß und kalt zugleich, meinen Körper durchfuhr eine Hitzewelle, die erst in meinen Zehenspitzen wieder verflog. Ihre Arme schlangen sich um meinen Nacken und ich rollte mich auf sie. Mit den Ellenbogen stützte ich mich links und rechts neben ihrem Gesicht ab und streichelte mit den Händen ihre Schläfen. Noch immer grinsend schüttelte ich den Kopf.

„Bis zu den Sternen?"

Sie lachte auf und biss mir spielerisch in den Hals. Dann sah sie mir wieder in die Augen und legte die Zähne auf ihre Unterlippe.

„Idiot!"

Caroline

Heute war der dreizehnte Oktober und somit Reeves achtzehnter Geburtstag. Zu diesem Anlass hatten er und seine Eltern mich eingeladen, heute mit ihm und seiner Familie zu feiern. Es sollte wohl eine große Runde werden, vermutete ich zumindest, denn alle mussten sich herausputzen so gut sie konnten. Genau aus diesem Grunde, schlug mir das Herz in der Brust lauter, als Kit gerade unten in der Küche mit dem Kochlöffel gegen den Kühlschrank. Wo war James? Das dumpfe Geräusch brachte mich noch völlig um den Verstand und er dachte vermutlich nicht einmal daran, es zu unterbinden. Da Reeve in den letzten Tagen allerhand zu tun gehabt hatte, von dem er mir bis heute jedoch nichts sagen wollte, sah ich ihn das erste Mal seit drei Tagen. Aufgeregt stand ich vor dem Spiegel und betrachtete mich seufzend. Ich dachte, es würde komplizierter werden, wieder zueinander zu finden, nachdem wir so lange Zeit getrennt gewesen waren. Doch alle Sorgen waren nichtig, denn alles war genau wie früher. Kaum etwas hatte sich verändert. Lediglich, dass wir uns näher waren als je zuvor.

Das Essen sollte in einem Nobelrestaurant stattfinden, weshalb sich jeder so fein wie möglich anziehen sollte. Reeves Mutter sagte, es sei ein besonderer Tag für Reeve und deshalb musste er auch *besonders* werden. Aus diesem Grunde meinte sie wohl, mir ein verflucht edel aussehendes Kleid schenken zu müssen.

„Oh Gott, Mrs. Devenport! Das kann ich unmöglich annehmen!", sagte ich zu ihr.
„Ach, Kindchen! Hör bloß auf. Schließlich gehörst du jetzt zur Familie!"
Ich hörte sofort auf zu sprechen, musste sogar fast

weinen, weil ich plötzlich so mitgerissen und glücklich zugleich war. Doch ich unterdrückte es und nahm sie in den Arm.

„Das bedeutet mir ehrlich sehr viel, Mrs. Devenport!"

„Du bist ein gutes Mädchen, Caroline! Und Reeve ist ein guter Junge. Ich hoffe, das weißt du, Kleines."

„Ja, Ma'am. Das weiß ich."

Sie lächelte und konnte sich eine Träne nicht verkneifen.

„Ach ist das peinlich!", zeterte die temperamentvolle Italienerin und wischte sich die salzige Nässe aus dem Gesicht.

„Ich bin ja schon still. Los Kind, geh und grüß ja deinen Vater von mir."

Weshalb das Ganze so elitär abgehalten wurde, wusste ich zu diesem Zeitpunkt noch nicht. Mein Spiegelbild sah schöner aus, als ich mich fühlte. Das Kleid saß wie angegossen. Kein Wunder, Reeves Mom war selbstständige Schneidermeisterin. Sie hatte es selbst genäht und meine Größe lediglich geschätzt. Wie es aussah wusste sie, was sie tat. Man konnte es schon beinahe *Meisterwerk* nennen. Mein Dad und auch James hatten mir geholfen, so gut sie konnten, in dem die beiden mir die honigblonden Haare zu einer einigermaßen ordentlichen Frisur geformt hatten. Die vorderen Haare waren zu beiden Seiten nach hinten gesteckt, sodass nur mein langgewachsener Pony eine Seite meines Gesichts einrahmte. Der Rest meiner Haare hing offen über die nackten Schultern. Das Kleid verlief eng bis zu der Stelle, an der meine Hüften anfingen. Von dort an fiel es luftig bis zu meinen Knien herunter. Die Farbe des leicht glänzenden Stoffes war eine Mischung aus rosa und Champagne. Der Ausschnitt war herzförmig und wurde von Spaghettiträgern gehalten. Um meine Taille war eine hübsche, ordentlich gebundene Schleife gewickelt, die allem den letzten Schliff verpasste. Es war perfekt. Fast. Das Problem nämlich war, dass ich keine Schuhe hatte, die auch nur ansatzweise zu dem Aufzug passen konnten. Erneut seufzend, strich ich über den glatten Stoff über meinem Bauch. Erschrocken hob ich den Blick, als es plötzlich an meiner Zimmertür klopfte. Zu meiner Überraschung schob mein Vater seinen Kopf herein und hatte die Augen fest geschlossen.

„Kann ich schauen, Engel?"

„Wenn du willst.", lächelte ich und drehte mich zu ihm.

Mein Dad öffnete die Augen und begutachtete mein Kleid von oben bis unten.

„Caroline! Du bist atemberaubend schön!", staunte Dad und versteckte etwas hinter seinem Rücken, das aussah wie ein Karton.

„Danke, Dad."

Ich schnaufte und drehte mich erneut zum Spiegel. Meine Augen blieben an meinen nackten Füßen hängen.

„Es ist perfekt, Kleines."

Ich lachte leise.

„Nicht ganz.", entgegnete ich und plädierte dabei auf die nicht vorhandenen Schuhe.

„Es ist perfekt.", beharrte Dad.

Im Spiegel erkannte ich, dass er überzeugt die Brauen hob. Der entpuppte Karton kam hinter seinem Rücken zum Vorschein. Mein Vater hielt mir jenen hin und sah mir eindringlich in die erstaunten Augen. Langsam schob er den Deckel zur Seite und entblößte den Inhalt, bestehend aus einem zart rosé farbenden Chiffontüchlein, das irgendetwas einzuhüllen schien und einem kleinen Kärtchen. Unsicher sah ich Dad an. Er nickte mir nur zu und bedeutete mir, die Karte zu lesen. Ich nahm sie heraus und hielt sie mir unter die Nase. Sofort war Moms Schrift zu erkennen. Noch ehe ich das erste Wort las, kamen mir die Tränen.

„Meine geliebte kleine Caroline, auch wenn du wahrscheinlich nicht mehr klein bist, wenn du das hier liest.", begann ich die Worte vorzulesen und hielt mir unter Tränen die Hand vor den gleichzeitig lächelnden Mund.

„Den Inhalt dieses Päckchens übergebe ich dir zu deiner Hochzeit. Ich wünsche mir, dass du diesen trägst und du alles Glück dieser Welt erfährst, selbst, wenn all dies nicht genug ist. Ich liebe dich und werde immer bei dir sein, wenn du mich brauchst. In liebe, deine Mama."

Ich starrte die Worte *ich werde immer bei dir sein* an und blinzelte die Tränen fort, die mir die Sicht verschwommen. Dann klemmte ich mir die Karte unter den Arm und entblößte unter dem Chiffontüchlein ein paar cremefarbene Pumps. Mit offenem Munde starrte ich sie an. Wie schön sie waren...

„Samaire hatte sie zu unserer Heirat an.", flüsterte Dad und strich über den hellen Stoff.

„Dad! Ich weiß nicht, was ich sagen soll! Danke!"
Ich fiel ihm samt Paket um den Hals und drückte ihm einen Kuss auf die Wange.

„Ich dachte, weil du ja nicht heiraten...wirst."

Er schluckte schwer und strich mir eine Strähne hinters Ohr. Er hatte recht. Wenn ich nicht innerhalb der nächsten acht oder zehn Monate heiraten wollte, würde ich es wohl nicht mehr tun. Ich blinzelte mir erneut die Tränen aus den Augen und drückte ihn wieder an mich.

„Danke…", wiederholte ich und lächelte.

Reeve

Der achtzehnte Geburtstag wurde in unserer Familie schon seit ewigen Zeiten gefeiert, als wäre es etwas wirklich Außergewöhnliches. Vergleichbar mit dem Sweet Sixteen der Amerikaner, nur viel *englischer*. Das hieß also, die halbe Familie kam zu Besuch, es wurde ein riesiges Buffet veranstaltet und obendrein noch unendlich viele Freunde eingeladen. Meine Mutter hatte sogar einen ganzen Saal gemietet, mit Tanzfläche und DJ. Es war vermutlich wichtiger für sie, als für mich. Normalerweise hasste ich große Veranstaltungen, vor allem wenn es um mich ging, doch dieses Mal war es anders. Ich hatte vor, Care zu überraschen. In den letzten Wochen hatte ich an etwas gearbeitet und ihr nichts davon gesagt. In den letzten drei Tagen hatten wir uns gar nicht gesehen, denn ich musste alles unbedingt noch fertigstellen, bevor der Tag der Feier anbrach. Mein Dad und mein Cousin Hyde hatten mir geholfen. Als ich vierzehn wurde, hatte mein Dad mir versprochen, dass ich an meinem achtzehnten Geburtstag etwas bekommen würde. Nun war es soweit. Ich wurde achtzehn und bekam den alten Wagen meines Großvaters. Einen Dodge Charger von 1968. Ein Muscle Car, so nannte man diese Art von Autos. Wir hatten ihn wieder in Schuss gesetzt, den Motor erneuert und den Wagen frisch lackiert. Heute sollte ich ihn endlich bekommen und konnte kaum noch abwarten, Carolines Gesicht zu sehen, wenn ich ihn ihr präsentierte.

„Reeve?", rief meine Mutter hinunter und hämmerte gegen die Wand der Treppe.

„Ich höre dich, Mom!", schrie ich zurück und versuchte die verdammte Krawatte um meinen Hals zu binden, was sich als gar nicht so leicht erwies.

„Bist du fertig? Es ist gleich um sieben!"

Ich betrachtete mein Spiegelbild und hob die Brauen. Meine Mutter hatte mir einen schwarzen Anzug geschneidert, unter dem ich ein dunkelrotes Hemd und eine komisch geriffelte Krawatte trug. Letztere hatte meine Schwester ausgesucht, die sich nach langer Zeit tatsächlich wieder einmal dazu durchgerungen hatte, sich zu uns zu gesellen. Schließlich war es mein Geburtstag. Zu meiner Verwunderung, war sie dieses Mal jedoch weder aufmüpfig, noch genervt. Eigentlich wirkte sie die meiste Zeit still und irgendwie angeschlagen, als würde sie irgendetwas bedrücken. Ich wusste nur nicht, was es war.

„Hör auf, daran rumzuzerren!", zischte Elin und erhob sich von meiner Couch.

Erschrocken fuhr ich herum und klatschte mir die Hand an die Brust.

„Seit wann sitzt du da?!", prustete ich und legte die Stirn in tiefe Falten.

„Keine Sorge, seit etwa einer Minute.", seufzte sie und kam auf mich zugelaufen. „Du warst so vertieft in dein Wirrwarr hier, dass du..."

Sie griff nach meinem Kragen und richtete ihn auf.

„Wer zur Hölle hat diese Dinger erfunden?“, brummte ich und deutete mit den Augen auf den zerknitterten Schlips unter meinem Kragen.

Meine Schwester schmunzelte und half mir, die Krawatte zu binden.

„Muss auf jeden Fall jemand gewesen sein, der mehr Fingerspitzengefühl hatte, als mein kleiner Bruder.“, grinste Elin.

Ich runzelte die Stirn und sah sie warnend an, zwinkerte ihr jedoch im nächsten Moment zu. Sie strich den Stoff glatt, brachte den Kragen in Ordnung und schnaufte.

„So, fertig.“

„Wie sehe ich aus?“

„Wie ein Engländer.“, lachte sie.

Auch ich konnte mir ein Lächeln nicht verkneifen und schüttelte den Kopf.

„Ich hab Fingerspitzengefühl!“, verteidigte ich mich und schnipste mit Daumen und Zeigefinger eine Strähne ihrer platinblonden Haare zur Seite.

„Natürlich hast du das!“, schmollte sie sarkastisch und tippte mir auf die Nase.

„Ha. Ha.“, fügte ich hinzu und zog sie in meine Arme.

Sie lachte auf, und ließ im nächsten Moment die Schultern hängen, als wäre ihr gerade etwas eingefallen, das ihre Laune augenblicklich trübte. Meine Schwester trug ein lilafarbenes Kleid aus einem lichtreflektierenden Stoff und hohe, schwarze Absatzschuhe, mit denen sie jedoch noch immer nicht größer war, als ich. Sie ging mir bis zur Schulter, auf der sie nun ihren Kopf ablegte.

„Elin?“

Diese schwieg und reagierte nicht.

„Was ist los mit dir?", fügte ich besorgt hinzu.

Sie zögerte und ich konnte meine Schwester schwer schlucken hören. Obwohl meine Worte so sanft geklungen hatten, wie es mir nur möglich war, hob sie den Blick und sah mir energisch in die Augen.

„Nichts ist los!", giftete Elin plötzlich und löste sich abrupt von mir.

Aufgebracht stampfte sie mit großen Schritten auf die Couch zu, griff nach ihrer kleinen Tasche und verließ eilig mein Zimmer. Ich blinzelte verwirrt und schüttelte ahnungslos den Kopf.

„Frauen...", schnaufte ich, während ich mich die Treppe hinauf schleppte.

Dort wartete bereits die nächste Katastrophe auf mich. Meine Mutter stand vor mir im Flur, die Hände in die Hüften gestemmt, mit dem Fuß in regelmäßigen Abständen, stetig auf den Boden tippend, geweitete Nasenlöcher und einen Ausdruck im Gesicht, vor dem ich mich schon fürchtete, seit ich ein kleiner Junge war.

„Mom?"

„Du hast mir gefälligst zu antworten, wenn ich dich rufe!", zeterte Mom und beäugte mich von oben bis unten.

Gerade setzte ich an, um mich zu entschuldigen, da veränderte sich plötzlich alles an ihr und sie kam freudestrahlend auf mich zu.

„Reeve! Du siehst toll aus!"

Sie breitete die Arme aus und drückte mich an sich.

„Danke, Mom.", entgegnete ich und ließ mir einen Kuss auf beide Wangen drücken.

Sie sog scharf die Luft ein und sah hinter mich.

„Wir müssen los! Komm, Elin! Reeve, *Cliiive!*"
Nach Letzterem schrie sie so laut, dass meine
Schwester und ich uns die Ohren zuhalten mussten.
Dann wurden wir ins Auto dirigiert und fuhren so
brausend los, dass ich das Gefühl hatte, hinter uns
wurde der Staub nur so umher gewirbelt.

Caroline

Es war soweit. Aufgeregt stieg ich aus dem Auto.
James hatte mich gefahren. Wie angewurzelt stand
ich vor dem Eingang des Gebäudes, in dem die Feier
stattfinden sollte.
„Los, geh schon! Caroline!", rief mein Bruder mir zu
und bedeutete mir mit einer Handbewegung die Tür
zu öffnen.
Oh, Mann. Was mache ich überhaupt hier? Ich ken-
ne doch keinen! Verdammt, bin ich nervös!
Ich atmete tief durch und beobachtete meine zitternde Hand. Es war schlimmer geworden in letzter
Zeit. Inzwischen konnte ich es nicht mehr kontrollieren, wenn ich einen Finger bewegen wollte. Sie waren verkrampft ineinander geschlungen und bebten
unentwegt. Ich schloss die Augen und versuchte
mich zu beruhigen. Dass ich meine Bewegungen
nicht mehr kontrollieren konnte lag daran, dass die
Nervenstränge in meinem Gehirn, die die Bewegungen steuerten, unterbrochen waren und nicht mehr
richtig funktionierten. Signale, die durch jene Nerven vom Gehirn zu den Gliedmaßen gelangen sollten, fanden so keinen Weg mehr, Befehle auszufüh-
ren. Außerdem verlor ich von Tag zu Tag mehr Kraft.
Meine Beine waren wackelig, meine Arme schwach.
Ich hatte Angst davor, bald nicht einmal mehr lau-

fen, oder sprechen zu können. Bei dem Gedanken daran, wie Reeve wohl reagieren würde, wenn ich irgendwann anfangen würde zu sabbern, wenn ich sprach, denn das würde passieren, so viel stand fest, wurde mir übel. Es war nur noch eine Frage der Zeit, bis all das passieren würde. Das Gefühl, das plötzlich in mir aufstieg, machte mich wütend und traurig zugleich. Gerade wollte ich umdrehen und zurück zu meinem Bruder laufen, um ins Auto zu steigen, nach Hause zu fahren und am besten nie mehr aus dem Bett zu steigen, da öffnete sich die Tür, vor der ich gestanden hatte und Reeve stand vor mir. Ich hielt inne und sah ihn rot angelaufen an. Warum mir in diesem Moment das Blut in die Wangen stieg, das wusste ich nicht.

„Caroline!"

Breit grinsend trat er auf mich zu und küsste mich zur Begrüßung. Ich spürte, wie eine feuchte Träne meine Wange herunterlief und verfluchte diese augenblicklich. Reeve löste seine Lippen von den meinen und zog mich in seine Arme, in denen ich ungesehen die Träne mit meinem Handrücken fortwischen konnte.

„Hab dich vermisst, Devenport.", flüsterte ich erstickt und blinzelte ein paarmal.

Er hielt mich eine Armlänge von sich weg und sah mich stirnrunzelnd an.

„Alles in Ordnung?"

Er klang besorgt, als hätte er etwas in meiner Stimme bemerkt, das ich versucht hatte zu verbergen.

„Jetzt wieder."

Ich zwang mich zu einem Lächeln und war überrascht, wie schnell er überzeugt war, dass alles in

Ordnung war. Er zog mich erneut an sich.

„Hab dich auch vermisst, Bambi."

„Glückwunsch zum Geburtstag, Reeve."

Meine Stimme klang noch immer bebend und irgendwie schwach. Mit einem Räuspern versuchte ich dies zu berichtigen und lächelte, während ich in seine strahlend blauen Augen blickte. Er sah unglaublich glücklich aus, als konnte ihm nichts auf dieser Welt heute die Laune verderben.

„Danke!", grinste er und zog mich mit sich hinein.

Noch einmal drehte ich mich um, um James einen hilflosen Blick zuzuwerfen, doch dieser war bereits gefahren. Die Tür fiel hinter uns ins Schloss und ich war ausweglos gefangen. Wie sollte ich bloß den Abend überstehen? Was hatte ich mir nur dabei gedacht, meine Tabletten zu Hause liegen zu lassen? Ich schluckte schwer und trat Reeves Großeltern gegenüber, den ersten, denen er mich heute Abend präsentieren und vorstellen wollte.

„Du musst Caroline sein!", bemerkte Debby Elarsson, Reeves Großmutter mütterlicherseits und streckte mir freundlich lächelnd die Hand entgegen.

„Guten Abend, Ma'am. Freut mich, sie kennenzulernen.", flötete ich und nahm ihre Hand entgegen.

„Gran, Grap! Das ist meine Freundin. Caroline Swynford."

Augenblicklich fanden meine Augen die seinen. Und das nicht nur, weil ich es irgendwie verdammt süß fand, wie er seine Großeltern nannte. Er hatte mich als seine Freundin vorgestellt. Mein Herz machte einen Satz. Auf meinem Gesicht breitete sich das sonnigste Lächeln aus, das ich jemals gelächelt hatte und es wollte sich nicht mehr legen.

„Hallo, Sir. Freut mich."
„Mich ebenfalls, junge Dame.", sprach Mr. Elarsson,
Reeves Großvater und nahm den flachen Hut ab.

„Sie ist entzückend!", meinte Reeves Großtante
Tiffany. „Was für ein hübsches Mädchen!", seine
Großeltern väterlicherseits – Mr. und Mrs. Deven-
port Senior. „Sie ist so dünn! Mädchen, iss doch et-
was!", war die Meinung seiner dauerhaft zeternden
Tante Griselda.

Nach etwa einer Stunde hatte er mich dann endlich
allen vorgestellt und verzog sich mit mir für einen
kurzen Moment im Nebenraum, in dem die Jacken
und Hüte verstaut waren.
„Sie lieben dich.", grinste Reeve und legte die Arme
um meine Taille, um mich an sich ziehen zu können.

„Nicht Griselda. Die findet mich doch tatsächlich zu
dünn.", staunte ich und lachte leise.
„Hast du sie dir schon einmal angesehen? Für die ist
doch jeder zu dünn, der nicht unbedingt hundert
Kilo wiegt.", scherzte er.
„Habe ich dir eigentlich schon einmal gesagt, dass
du im Anzug verflucht sexy aussiehst?", raunte ich
leise.
„Nein.", lächelte er. „Das könnte vielleicht daran
liegen, dass du mich noch nie im Anzug gesehen
hast.", fügte Reeve hinzu.
„Dann wurde es ja höchste Zeit."
Ich schloss die Augen und zog Reeve an mich, um
ihn zu küssen. Er stieg sofort darauf ein und drückte
mich fester an sich. Sein harter Körper war warm
und passte perfekt in den meinen. Es war, als wären

wir füreinander geschaffen. Die gewohnte, wohlige Form und Temperatur seines Körpers zu spüren, fühlte sich gut an. Vor allem, da ich ihn nun seit einer halben Woche nicht mehr gesehen, geschweige denn geküsst hatte. Als die Tür sich ruckartig öffnete, sprangen wir auseinander und verließen eilig den Raum. Eine Freundin der Familie blinzelte überrascht und sah uns kopfschüttelnd nach. Ich verkniff mir das Lachen, genau wie Reeve, der nun meine Hand nahm und mich an einen Tisch führte, an dem wir uns niederließen. Ich sah ihm tief in die Augen und verlor mich in Gedanken. Würde er auch da sein, wenn ich nicht mehr so war, wie jetzt? Würde er bei mir bleiben, wenn es schlimmer wurde? Würde er mich nicht allein lassen, selbst wenn er Angst bekommen, und das Bedürfnis verspüren würde, alles hinter sich zu lassen und zu verschwinden? Er hatte es zumindest einmal versprochen. Damals, als ich ihm gesagt hatte, er sollte gehen, wenn er sich nicht hundert prozentig sicher war. Würde er das tun? Liebte er mich genug, um das alles mit mir durchzustehen? Ich wusste es nicht. Es blieb nur abzuwarten und ihm, bis es soweit war, einfach zu vertrauen. Langsam beugte ich mich vor und flüsterte ihm etwas ins Ohr. Etwas Ehrliches, aus tiefster Seele, etwas Wahres. Überrascht sah Reeve mich an.

Reeve

„Bis zu den Sternen!", hauchte Caroline mir ins Ohr. In den Augenblick zurückversetzt, erinnerte ich mich an den Moment, in dem wir des Nachts im Sand des Byron Bays lagen und hinauf in den Himmel blickten. Ich hatte sie gefragt, ob sie mich bis zu den Sternen liebte. Nun hatte ich die Antwort. Caroline liebte mich. Sie liebte mich bis zu den Sternen. Am liebsten hätte ich sie geküsst, Care auf meinen Schoß gezogen und geküsst. Dies war jedoch im Moment nicht möglich, da so gut wie alle meine Verwandten und Bekannten um uns herum schwirrten.

Es war ein großer, lagerhallenartiger Raum, indem wir saßen. Die Wände waren dank Mom mit Luftballons in verschiedensten Farben geschmückt. Auf dem Boden war ein bordeauxroter Teppich ausgelegt, der sich normalerweise nicht dort befand. Die Stühle und Tische waren mahagonifarbend und vom Besitzer des Saals geliehen. Die Tischdecken waren beige, die Teller darauf weiß. Alles Geschirr und Besteck war ebenfalls geliehen. An einer Seite des Raumes befand sich eine lange Fensterfront. Man konnte auf den Vorhof des Geländes sehen, welches umgeben von kleinen Bäumen war. Langsam begann es draußen zu dämmern. Mein Vater erhob sich von seinem Platz und sah mich grinsend an.
„Er hat versprochen, er hält keine Rede...", brummte ich genervt und seufzte.
Caroline stupste mich an und lächelte mir zu als sie bemerkte, dass er eine Rede anstimmen wollte, die sich eindeutig um mich drehen würde.
„Ach, komm. Kann ja nicht so schlimm werden.", kicherte sie, während mein Dad uns zuzwinkerte.
„Bitte bring mich um!"
„Niemals!", entgegnete sie und griff unterm Tisch nach meiner Hand.
Dad erzählte von meiner Kindheit, wie ich gesurft und geangelt, wie ich Elin jedes Mal, wenn wir

schwimmen waren, fast ertränkt hatte, dass ich alles liebte, das mit Wasser zu tun hatte und nie vor Mitternacht einschlafen konnte. Als er mit diesem Teil seiner Rede fertig war, dem Care natürlich gespannt gelauscht hatte, ging es weiter mit der Schule, dem College, bei dem ich angenommen wurde und letztendlich auch Caroline. Es hätte mir peinlich sein müssen, dass er plötzlich davon sprach, wie glücklich er mich erlebte, seit ich sie hatte. Doch das war es nicht. Care, die wohl nicht erwartet hatte, dass auch sie in seinem Redeschwall eine Rolle spielte, rutschte neben mir angespannt auf ihrem Platz herum, war rot angelaufen und sah mich hilfesuchend an. Wie süß sie war. Wieder einmal verspürte ich den Drang, sie an mich zu ziehen und in den Armen zu halten. Das jedoch musste leider noch warten.

„Jetzt, da ich endlich fertig bin,", lachte Dad und sah mich dabei schelmisch an. „lasst uns alle auf Reeve anstoßen!"

Er hob das Glas in die Höhe und nickte in meine Richtung.

„Auf Reeve!", riefen alle und taten es Dad gleich, das Glas zu erheben.

„Und darauf, dass er so schnell wie möglich auszieht.", fügte Dad nuschelnd hinzu und kassierte ein paar Lacher von den Gästen.

„Witzig wie immer, Dad!", meinte ich und sah dabei Caroline an.

Diese grinste und nippte an ihrem Sekt.

Dann musste ich das Buffet eröffnen und alle stürmten wild darauf los, wie ausgehungerte Zombies, die über einen Ozean geschwommen waren, um lebendige Menschen anzufallen, da sie alle Menschen auf ihrem Kontinent bereits zu Monstern gemacht hatten und sich nicht mehr von ihnen ernähren konnten. Der Gedanke brachte mich aus dem Konzept und unwillkürlich stellte ich mir vor, wie sie alle wohl als Untote aussehen würden. Grotesk. Nur Caroline war noch immer wunderschön, selbst blutüberschüttet und grün im Gesicht war sie noch immer eine Schönheit. Der gesamte Saal hatte sich ans Essen gemacht, sodass Care und ich einen Moment unbeobachtet waren. Ich legte meine Hand an ihren Nacken und zog sie rasch an mich, nur damit ich ihr einen viel zu schnell vorrübergehenden Kuss auf den Mund geben konnte, den sie jedoch, so kurz er auch andauerte, erwiderte.

„Du siehst übrigens atemberaubend aus.", ließ ich ihr zukommen, während wir zu *Thinking out loud* von Ed Sheeran auf der kleinen, bunt beleuchteten Tanzfläche standen und uns von so gut wie allen Gästen angaffen ließen.
Care hatte die Arme um meinen Hals geschlungen und sah lächelnd zu mir auf. Meine linke Hand ruhte auf ihrer Hüfte, während meine andere ihren Rücken hinab glitt.
„Reeve, warum sehen die uns alle so an?", flüsterte sie angespannt und schmiegte ihren Kopf an meine Schulter.
„Weil sie dasselbe denken.", entgegnete ich.
Der gesamte Raum war verdunkelt. Nur noch die hellen, roten, blauen, grünen und bunten Lichter erhellten den Saal stellenweise. Irgendwie erinnerte mich das Ganze an eine Hochzeit. Bei dem Gedanken musste ich schmunzeln. Care würde wohl niemals heiraten können...

Das Lied verklang. Care griff nach meiner Hand und zog mich vorsichtig hinter sich her aus dem Raum an die frische Luft. Ein paar der Gäste drehten sich zu uns um, sahen uns nach, bis wir verschwunden waren. Als ich an mir herunter und auf Cares Hand sah, bemerkte ich, dass diese zitterte. War ihr kalt? „Soll ich dir meine Jacke geben?", bot ich ihr an und legte den Kopf schief.

Ohne auf eine Antwort zu warten, zog ich mein Jackett aus und legte es ihr um die um einiges schmaleren Schultern, als dass ihr die Jacke gepasst hätte. Sie lachte leise, wirkte jedoch nicht belustigt.

„Mir ist nicht kalt, Reeve."

Sie sah zu mir auf und lächelte. Es war ein eigenartiges Lächeln. Sie sah gar nicht aus wie Care. Ihre Worte jagten mir einen Schauer über den Rücken. Unbehagen machte sich in mir bemerkbar. Sie zitterte nicht, weil ihr kalt war, sondern wegen ihrer Krankheit.

„Alles in Ordnung?", wollte ich wissen und runzelte die Stirn.

Erst jetzt, da ich ihre Finger musterte, fiel mir auf, dass diese seltsam verkrampft waren.

„Ja, alles in Ordnung. Ich wollte nur kurz raus."

Plötzlich kam mir ein Gedanke.

„Komm! Ich will dir was zeigen."

Caroline

Und mit einem Mal packte er mich und zog mich hoch. Meine Füße berührten nicht mehr den Boden, denn er trug mich in seinen Armen. Erst jetzt bemerkte ich, was für eine Erleichterung es für meine Beine war, nicht mehr stehen zu müssen. Reeve hielt mich mit dem einen Arm unter den Achseln und mit dem anderen unter den Kniekehlen fest. Ich klammerte mich an seinen Hals und sah hinauf in den Himmel. Die Sterne leuchteten heller denn je, so kam es mir vor. Der Boden unter unseren, besser gesagt Reeves, Füßen war reiner Sand. Es war ein Pfad, keine Straße, auf dem wir liefen. Nur einige hundert Meter hinter uns lag der Saal, in dem wir bis gerade eben noch gesessen und Krebse und Pavlova gegessen hatten. Kurze Zeit später, da setzte mich Reeve wieder auf dem Boden ab und strich mir eine blonde Strähne hinters Ohr, wie er es schon des Öfteren getan hatte. Wir standen vor einer kleinen Garage.

„Mach die Augen zu!", verlangte er leise.

Ich tat wie mir befohlen und schloss die Lider. Ein lautes Geräusch ertönte, gefolgt von Schritten.

„Okay. Kannst sie wieder aufmachen."

Ich blinzelte ein paarmal und erkannte vor meinen Augen Reeve, der die Arme ausbreitete und mir ein mattgraues, tiefliegendes Auto präsentierte. Ein Dodge, wie mir das Zeichen über der Stoßstange verriet, das den Kopf eines Widders darstellen sollte.

„Wow!", staunte ich. „Ist es deins!?"

„Noch nicht. Aber nach heute auf jeden Fall. Ist mein Geburtstagsgeschenk."

Ich schwieg einen Moment, dachte über seine Worte nach, darüber, war er gerade gesagt hatte.

„Damit also, warst du die ganze Zeit beschäftigt!", stellte ich breit grinsend fest.

Er nickte fröhlich und verschränkte, den Wagen musternd, die Arme vor der Brust. Da schoss mir eine Idee in den Kopf. Sie schwirrte in alle Winkel meines Unterbewusstseins und füllte es fast vollends aus. Es war ein verrückter, dummer Gedanke. Doch er wollte mich nicht mehr loslassen.

„Care?"

Ich starrte nachdenklich das Auto an und blickte erst auf, als Reeve mich an der Schulter berührte und mich eindringlich ansah.

„Care? Wie gefällt er dir?"

Der hinter mir stehende Reeve schlang die Arme um meinen Körper und legte das Kinn auf meiner Schulterbeuge ab. Ich ließ meine Unterarme auf der Oberseite der seinen ruhen, lehnte mich leicht bei ihm an und sah erneut hinauf zu den Sternen.

„Reeve?"

Noch immer gepackt von meinem Einfall drehte ich mich in seinen Armen um und sah ihm in die Augen. Die Hände auf seine Brust gelegt, blickte ich ihn nun direkt an.

„Lass uns wegfahren!"

„W-was?", lachte er stockend.

„Ja! Fahren wir irgendwo hin! Weg von hier!"

„Was redest du denn da?"

Mit sanfter Stimme redete er auf mich ein, streichelte über mein Gesicht und lächelte beruhigend.

„Ich brauche eine Pause. Verstehst du? Ich muss weg von all dem!"

„Wie kommst du plötzlich darauf? Ich dachte, du bist glücklich, so wie es jetzt ist…", stammelte er.

Überrascht sah ich ihm in die Augen. War ich glücklich? Nun, vielleicht war ich es mit ihm. Ich war glücklich mit Reeve, doch nicht mit allem anderen.

„Caroline! Du bist krank!"

Die Worte schossen aus seinem Mund. In seinen

Augen konnte ich sehen, dass er sich dafür verfluchte. Doch er hatte recht. Ich war krank. Das war ja der Grund, weshalb ich weg wollte. Wahrscheinlich hatte ich das Gefühl, wenn ich von allem hier weglief, konnte ich auch vor meiner Krankheit davonlaufen.
„Genau, Reeve! Ich bin krank!"
Meine Stimme klang felsenfest.
„Wir können doch nicht einfach... Du kannst nicht davor wegrennen, Care. Du müsstest doch am besten wissen, dass das nicht so einfach ist."
Er hielt inne und seufzte.

Reeve

Ich wollte ihr zustimmen. Ich wollte, dass sie glücklich war. Doch was würde aus der Schule werden? Aus ihr?! Aus *meinem* Leben?
„Nur für eine Weile...", flüsterte sie und legte mir die kalte Hand an die Wange.
Meine Lider schlossen sich. Mit einem Mal war ich furchtbar müde, fühlte mich erschöpft. Wie lange würde ich sie noch haben? Wie lange würde Caroline noch bei mir sein? Sie war krank. Todkrank. Wie schlimm es sich anfühlte, wenn man es sich in den Sinn rief.
„Einfach so? Warum?"
„Ich will... Ich will mit dir zusammen sein. Nur mit dir! Wenigstens für eine Weile."
„Was ist, wenn dir etwas passiert? Wenn du..."
Ich seufzte und umfasste ihre zitternde Hand. Ich hatte keine Ahnung von ihrem Leiden. Ich wusste nicht, was ich täte, wenn Carolines Zustand sich plötzlich verschlimmerte.
„Bitte, Reeve! Lass es uns versuchen! Lass uns weg-

fahren!"

Das sah ihr nicht ähnlich. Sie war nicht kindisch, nicht dumm. Dachte sie denn nicht daran, was passieren könnte? Sie lächelte bis über beide Ohren, nur ich konnte mich nicht freuen. Es war unverantwortlich. Warum wollte sie weg von hier? Bis jetzt war doch alles in Ordnung gewesen. War etwas passiert, von dem ich nichts wusste? Warum war sie plötzlich so besessen von dem Gedanken, abzuhauen?

„Aber, Care! Das ergibt doch keinen Sinn."

Caroline schüttelte enttäuscht den Kopf. Ihre Miene wandelte sich in Traurigkeit.

„Muss denn alles einen Sinn ergeben?"

Einen Moment lang sah ich ihr hilfesuchend in die Augen, als könnte sie es mir ersparen, das Wort *Nein* über die Lippen zu bringen.

„Ja, das ist wonach wir alle *lechzen*! Einem Sinn..."

Sie sah mich an, als hätte sie nicht im Traum damit gerechnet, dass ich sie davon überzeugen wollte, die Idee zu vergessen.

„Tut mir leid, wenn ich dich enttäuschen muss, Reeve. Aber es gibt keinen Sinn. Genauso wenig, wie es einen Gott gibt. Das Leben ist nur so bedeutsam, wie man es sich selbst einredet. Und deshalb muss es keinen Sinn geben!"

Ich belächelte ihre Worte. Es klang logisch, und zugleich nicht nachvollziehbar. Seit wann war sie zynisch?

„Ich kann nicht, Caroline!"

Ihre Augen blitzten überrascht auf. Nach einer scheinbar endlosen Stille schüttelte sie minimal den Kopf, als erreichte sie damit, ihren Verstand zu klären.

„E-es... Entschuldige, das war eine bescheuerte Idee...", haspelte sie und sah zu Boden.

„Nein. Es ist nur... Ich kann es nicht!"

Caroline wollte sich abwenden, doch ich hielt sie fest und zwang sie, mich wieder anzusehen.

„Du kannst es nicht?", hakte sie nach, die Augen glänzend vor Nässe.

„Bitte... Bitte wein' jetzt nicht. Ich hasse es, das zu sehen."

„Ich weiß.", entgegnete sie.

Vorsichtig hob ich die Finger und wischte ihr eine Träne aus dem Gesicht.

„Vielleicht können wir ja nicht für lange Zeit weg, aber wenn du willst, können wir in den Ferien fahren.", schlug ich zwinkernd vor.

Sie schmunzelte und schmiegte sich an mich.

„Fahren? Wohin?"

„Wohin du willst.", flüsterte ich.

Caroline hob eilig den Kopf und sah mich freudig an.

„Auch...bis zu den Sternen?"

Ihre Augen leuchteten auf. Sie kicherte.

„Bis zu den Sternen!", grinste ich.

Langsam beugte ich mich vor und hob ihr Kinn an.

„Weißt du...", säuselte ihre zarte Stimme. „Selbst wenn wir niemals fahren werden, ist es doch eine schöne Vorstellung, findest du nicht, Reeve? So, zum Träumen..."

Ihr Gesicht glühte. Vielleicht würden wir wirklich niemals fahren. Wer wusste das schon? Doch sie hatte recht. Die Vorstellung, einfach mit ihr durchzubrennen und vor der Krankheit weglaufen zu können, war wirklich schön. Ebenfalls jedoch, nur ein dummer Traum.

„Küss mich, Reeve.", hauchte sie leise.
Ihre Lider schlossen sich, noch bevor meine Lippen die ihren berührten, ich ihren Körper an mich zog und sie ungebremst küsste.

Am Ende der Feier wurden alle Gäste dazu aufgefordert, raus zu gehen und sich vor dem Gebäude zu versammeln, das Auto auf den Parkplatz gebracht und mir förmlich übergeben. Wieder einmal hielt mein Dad eine endlos lange Rede. Alle klatschten, als sie den Wagen sahen. Vor dem Gehen verabschiedeten sich alle noch einmal einzeln von mir und verschwanden in ihren Autos. Zuletzt blieben nur noch meine Eltern, Elin, Caroline und ich übrig.
„Wir werden dann auch mal gehen. Amüsiert ihr euch ruhig noch.", zwinkerte Mom und gab mir einen Klaps auf den Po.
Ich hasste es, wenn sie das tat. Es war erniedrigend. Caroline jedoch, schien es ziemlich lustig zu finden, wie ich versuchte Moms Hand auszuweichen, was mir meistens nicht gelang, sowie auch dieses Mal.
Gerade wollten meine Eltern den Raum verlassen, da hielt ich sie auf.
„Mom! Dad!"
Sie drehten sich um und sahen mich erwartungsvoll an.
„Danke..."
Mom lächelte und kam auf mich zu. Sie schloss mich in ihre Arme und drückte mich so fest an sich, dass ich kaum noch Luft bekam. Mit einem Kuss auf die Wange verabschiedete sie sich von mir und lief zurück zu Dad.
„Jederzeit wieder.", sprach Dad.
Er setzte erneut zum Gehen an, drehte sich jedoch

wieder herum und hob den Finger.

„Obwohl einmal auch genügt."

Dann zwinkerte er grinsend und verließ mit Mom an der Hand das Gebäude. Ich schüttelte lachend den Kopf und wandte mich an Care, die mich schief lächelnd ansah. Stille kam auf. Wir blickten uns wortlos in die Augen, bis mir plötzlich meine Schwester in den Sinn kam.

„Wo ist Elin?"

„Ich weiß nicht. Eben war sie noch da!", antwortete Care und sah sich um.

Als wir sie wenig später fanden, kauerte sie auf dem Boden im Nebenraum, in dem das Buffet untergebracht war, an die Wand angelehnt vor sich hin und schluchzte leise. Caroline und ich sahen uns erschrocken an und blieben im Türrahmen stehen. Dass Elin weinen würde, hatte keiner von uns erwartet.

„Mach etwas!", flüsterte Care und stupste mich mit dem Ellenbogen an.

Ich konnte nur die Achseln zucken, was mir den genervten Blick und ein Augenverdrehen von Seiten meiner Freundin einbrachte. Nun nahm sie es selbst in die Hand und näherte sich vorsichtig meiner weinenden Schwester.

„Elin?", machte sich Care bemerkbar.

„Verschwindet! Lasst mich in Ruhe!"

Gerade wollte ich Caroline vorschlagen zu tun, was meine Schwester sagte, und sie am besten allein zu lassen, da hob erstere die Hand in meine Richtung, als hätte sie geahnt, dass ich den Mund öffnen wollte, schüttelte leicht den Kopf und setzte sich neben Elin auf den Boden.

„Auf keinen Fall!", beharrte sie und legte ihr die

Hand auf das Knie.

Elin hob langsam den Kopf und entblößte ihr tränenüberströmtes Gesicht. Der schwarze Mascara war in alle Richtungen verlaufen und ließ sie fast aussehen, als wäre sie einem der *The Dark Night*-Teile entsprungen.

„Was willst du hier, huh? Kümmer dich lieber um Reeve! Ist schließlich sein Geburtstag! Ich wette, ihr hattet noch was *Nettes* vor.", zischte sie und betonte das Wort, als wäre es Gift unter ihrer Zunge.

„Ich will dir helfen, Elin.", entgegnete Caroline, als hätte sie die Worte meiner aufgebrachten Schwester überhört.

„Wie willst du mir schon helfen? Du hast doch keine Ahnung!"

„Vielleicht ja doch. Sag mir, worum es geht. Ich bin sicher, darüber zu reden wird helfen."

So sanft Carolines Stimme auch klang, Elin ließ sich nicht beschwichtigen und setzte noch einen drauf.

„Was willst du schon von Problemen wissen?! Du in deinem perfekten Strandhaus! Mit deiner perfekten, kleinen Familie, deiner gottverdammt perfekten Beziehung!", schnaufte Elin und holte Luft. „Du weißt doch gar nicht, wie sich Probleme anfühlen!!!"

Sie wusste gar nicht, wie weit sie danebenlag. Die Wahrheit nämlich war, dass Caroline Swynford weder eine perfekte kleine Familie, noch ein perfektes Leben hatte. Schon lange nicht mehr. Sie kämpfte mit einer Krankheit, hatte vor kurzer Zeit ihre Mutter verloren und war mit dem Menschen zusammen, der ihr diese genommen hatte. Von außen mochte Caroline wie ein normales, vielleicht sogar vollkommenes Mädchen wirken, das es einfach haben musste, doch in ihrer Welt lief nichts wirklich so, wie es sollte. Ich rechnete damit, dass Care nun aufgeben würde, oder zumindest ihre Hand von Elins Knie nahm, dass sie angeschlagen war. Doch es war nicht so. Caroline seufzte und sah einen Moment lang zu Boden.

„Hör zu, Elin. Ich weiß, was los ist. Doch es wird sich nicht in Luft auflösen, wenn du es für dich behältst, verstehst du? Nur weil du nicht darüber redest, wird es nicht fort sein! Glaub mir, ich weiß wie das ist! Auch wenn ich dir nicht helfen kann, gibt es genug Menschen, die es sehr wohl können. Du vertraust ihnen doch, oder nicht?"

Elin hörte ihr überrascht zu, die Stirn in Falten gelegt, den Mund einen Spalt geöffnet. Ihre Augen musterten Carolines Züge und ihr Gesicht genauestens. Elin senkte den Blick. Ein leises Seufzen ging von ihr aus, bevor ihr Körper sich entspannte, ebenso wie ihr Gesicht.

„Dann kannst du ihnen alles sagen, sie werden da sein. Sie werden immer für dich da sein.", versprach Care beharrlich, sah Elin eindringlich in die Augen. „Weil sie dich lieben!"

Elin atmete stockend ein und biss sich auf die Lippe.

Caroline hob den Blick, drehte das Gesicht zu mir und lächelte schief.

„Immer.", fügte sie still hinzu.

Es dauerte einen Moment, bis ich verstand, was sie mir mit ihrem Blick zu sagen versuchte. Als ich es endlich realisierte, schluckte ich schwer und lief mit ein paar Schritten auf sie zu, damit Cares Hand die meine erreichte.

„Woher weißt du, was los ist?", warf Elin nun in den Raum und sah Caroline, eine Antwort einfordernd, an.

„Mein Bruder hat es mir erzählt."

„Dein Bruder?! Woher weiß der es denn?", flüsterte sie erstickt.

Care lachte verwundert auf, schwieg jedoch, als sie Elins Blick wahrnahm.

„Du hast es ihm selbst gesagt."

Nun war Elin es, die lachte.

„Das wüsste ich ja wohl. Sag schon! Rede!", zischte sie.

„James. Er ist mein Bruder.", erklärte Caroline blinzelnd.

„Wovon redet ihr beide überhaupt?!", mischte ich mich ein.

Die beiden Mädchen sahen sich vollkommen fertig mit der Welt an. Eine Stille hüllte nun uns alle ein. Ein Schweigen, das erst unterbrochen wurde, als Elin erneut die bebende Stimme erhob. Sie sprach mit mir, sah Care jedoch dabei an.

„Ich bin schwanger."

Sofort löste ich meine Finger aus Carolines sanftem Griff und starrte Elin geschockt an.

„Was!?"

Caroline

„E-es war nicht geplant! Ein dummer Unfall!", schrie Reeves Schwester weinend.

Reeve sah auf sie herab und schüttelte den Kopf. Immer wieder. Von links nach rechts, links nach rechts, unentwegt.

„Ein Unfall? Bist du bescheuert? Wie stellst du dir

das vor, huh? Ohne Abschluss? Ohne Job?!"

Ich war erschrocken, wie unsensibel er mit ihr sprach. Verstand er denn nicht, wie es ihr damit ging?

„Ich hab einen Job!", schluchzte sie und versuchte sich vom Boden zu erheben.

„Ach, ja? Als Prostituierte? Oder vielleicht Dealerin?!", brüllte er und breitete die Arme aus.

Elins Nasenlöcher weiteten sich. Jeder Ausdruck in ihrem Gesicht war fort. Sie lief einen harten Schritt auf ihren Bruder zu, hob die Hand und schlug zu. Auf seinem Gesicht wurden rote Fingerspuren sichtbar, doch er reagierte nicht, sah Elin einfach nur an. Für einen Moment lang glaubte ich, er würde sich entschuldigen, doch dabei irrte ich mich.

„Du bist so ein Arschloch, Reeve!", knurrte sie.

Dann rammte sie mit aller Kraft seine Schulter und brauste an ihm vorbei aus dem Raum.

„Ja verschwinde nur! Wie immer!!!", brüllte er ihr nach.

Ein lautes Türknallen erklang und wir wurden allein im Gebäude zurückgelassen. Erschrocken starrte ich ihn an. Was war hier gerade passiert? Hatte ich nicht kurz zuvor noch gesagt, dass man sich auf ihn verlassen konnte, oder es zumindest angedeutet?

„Das war nicht richtig, Reeve!", mahnte ich und zog die Brauen zusammen.

Auf einmal war mir kalt und ich musste mich zusammenreißen, nicht anzufangen zu bibbern.

„Aber dass sie mich geschlagen hat, das war richtig, ja?"

Ich trat auf ihn zu und legte ihm die Hände von hinten auf die breiten Schultern.

„Beruhige dich...", hauchte ich und legte sachte die Lippen an seinen warmen Hals.

Sein Atem ging ruhiger.

„Sie ist unmöglich!", flüsterte er. „Jung und dumm!"

„Du bist doch jünger.", grinste ich und drehte ihn zu mir, damit ich seine Wange berühren konnte.

Reeve ließ die Schultern hängen und seufzte. Er schloss die Lider und legte seine Stirn an die meine.

„Wie bekommst du es nur hin, so ruhig zu bleiben?", flüsterte er erschöpft.

„Nun, zunächst einmal weiß ich wie es ist, ein Mädchen zu sein.", entgegnete ich und lächelte.

Gerade wollte ich meine Lippen befeuchten, um ihn zu küssen, da spürte ich auf einmal ein Drücken in meinem Körper. Es fing in meinem Nacken an und zog sich bis zu meinen Füßen herunter. Es war ähnlich wie ein Krampf, doch wesentlich schlimmer. Denn im Gegensatz zu einem einfachen Eisenmangel, gepaart mit Überanstrengung der Muskeln, bekam ich keine Luft mehr, egal wie verzweifelt ich auch versuchte zu atmen.

„Scheiße!", gab ich erstickt von mir und stieß mich ruckartig an ihm weg, als ob ich auf diese Weise verhindern konnte, dass er es mit ansah.

Dies war das Letzte, das ich gewollt hatte. Dass Reeve mich an einem Tiefpunkt sah, davor hatte ich bereits Angst, seit ich mich in ihn verliebt hatte, damals vor nun fast acht Monaten.

„Care? Was ist los?!"

Besorgt packte er meinen Arm, doch ich konnte ihm schon nicht mehr antworten. Mein Körper verkrampfte sich, bis ich nicht einen Muskel mehr bewegen konnte. Erst knickten meine Füße ab, dann landete ich unsanft auf dem Boden. Reeve versuchte mich aufzufangen, indem er meinen Arm nach oben riss. Es war vergebens. Ich landete hart mit dem Gesicht voraus auf dem Parkettboden und spürte einen pochenden Schmerz in meiner Schulter, bevor mir völlig schwarz vor Augen wurde.

Reeve

„Carrie! Caroline!", schrie ich sie verzweifelt an und zog ihren Körper in meine Arme.
Sie bewegte keinen Muskel mehr. Ihre Augen waren geöffnet, doch sie schien ohnmächtig zu sein. Vollkommen ahnungslos riss ich sie hoch und rannte aus dem Raum, raus aus dem Gebäude und Elin hinterher.
„Elin!!!!", brüllte ich unter Tränen.
Diese schien den Unterton in meiner Stimme zu hören und drehte sich augenblicklich um.
„Reeve!"
Sie erblickte die bewusstlose Caroline in meinen Armen, ihren reglos herunterhängenden Arm, ihre Augen und griff eilig nach dem Handy. Sie drückte auf dem Display herum und legte sich letztendlich das Handy ans Ohr.
„Hallo? Wir brauchen einen Krankenwagen!"
Ich starrte sie geschockt an, wie sie das Telefon anschrie.
„Sie wollen wissen, was los ist!", richtete Elin an mich.
Ich wollte den Mund aufmachen, um ihr zu antworten, doch es kamen keine Worte heraus. Meine Stimme war vollkommen verschwunden.
„Reeve!", schrie sie mich an.

Mir wurde schlecht. Was war mit Caroline los? War es schlimm? Würde sie wieder gesund werden? Wenn sie tot war... Daran wollte ich nicht denken. Alles verschwamm, vor meinen Augen sah ich blaue Punkte. Ich musste mich zusammenreißen. Caroline musste geholfen werden! Sie war nicht tot. Ich konnte ihren Puls spüren, ihren Herzschlag unter meiner Hand. Endlich fand ich meine Stimme wieder und presste mit angespanntem Kiefer die Worte heraus, die in meiner Kehle stecken bleiben wollten.
„ALS!"

Caroline

„Weißt du nun, wie es sein wird, Reeve?", flüsterte ich.
Ich lag im Krankenbett des Hospitals und sah zu ihm auf. Wie ich ins Krankenhaus gekommen war, wusste ich nicht mehr. Ich war nicht bewusstlos gewesen, als sie mich hergebracht hatten, doch die Erinnerung daran fehlte mir trotz dessen. Reeve hielt meine Hand fest umklammert und sah mich nun bereits seit beinahe zwanzig Minuten wortlos an. Sein Gesicht war tränenüberströmt, doch ich konnte mich nicht daran erinnern, ihn auch nur einmal schluchzen gehört, oder zumindest die Miene verziehen gesehen zu haben. Er saß still auf dem Stuhl neben mir und starrte leer in meine Richtung.
„Das war nur der Anfang, verstehst du?", fügte ich hinzu und versuchte mich aufzusetzen.
Die Kraft in meinem linken Arm, der nun der einzige war, den ich noch bewegen konnte, ließ nach und ich rutschte zurück in das Kissen. Bei dem vergeblichen Versuch, mich vor dem Fall zu bewahren, hatte Ree-

ve mir die rechte Schulter ausgekugelt. Der ganze Arm war verbunden und mit einer Halterung stillgelegt. Am liebsten hätte ich mich weggedreht und gar nicht gesprochen, weil ich mich aufgrund meines Zusammenbruchs so furchtbar schämte. Ich fühlte mich schwach und hilfebedürftig, als hätte ich keinen Deut von Stolz mehr. Es war nicht zu beschreiben. Warum sagte er denn nichts, verdammt?! Alles in mir schrie, er solle endlich antworten, doch er tat es nicht.

„Reeve! Rede mit mir, bitte!", stieß ich aus und rüttelte an seiner steifen Hand.

Endlich hob er mechanisch den Blick und erwiderte den meiner flehenden Augen stählern.

„Caroline!", flüsterte er meinen Namen.

Er begann so ruhig zu sprechen, dass ich mich fast augenblicklich entspannte und eine Gänsehaut meinen gesamten Körper überkam.

„Egal wie oft du das sagst, egal wie schrecklich es werden wird, ich werde immer bei dir sein. Ich werde bei dir sein, wenn du einschläfst und ich werde bei dir sein, wenn du die Augen wieder öffnest! Ich muss bei dir sein, verstehst du mich?"

Endlich sah er mir eindringlich in die Augen und sprach mit mir. Er wollte bei mir bleiben? Würde er das auch noch sagen, wenn wir am Tiefpunkt angekommen waren? Die nächsten Worte schossen aus mir heraus, ohne dass ich darüber nachdachte.

„Wenn ich im Rollstuhl sitze, weil ich nicht mehr laufen kann aufgrund des Muskelschwundes, wenn ich nicht einmal mehr die Kraft habe, selbst zu *essen,*", lachte ich ohne jeglichen Unterton von Belustigung, „wirst du da sein und mich die Treppe hoch-

tragen? Gottverdammt, wirst du mich *füttern*?",
würgte ich die Worte hervor.

Er sah mich einfach nur an, verzog die Miene weder
zum Guten, noch zum Schlechten.

„ Ich kann mir das alles nicht vorstellen, *verstehst
du*? Ich will eine normale Beziehung führen und
nicht so eine dämliche Trauerveranstaltung mein
Leben nennen!"

Tränen drohten mich zu überkommen, doch ich
blinzelte sie fort und hustete, um ein Schluchzen zu
übertönen, das mir in diesem Moment so ganz und
gar nicht in den Kram passte. Ich vergrub das Gesicht unter meiner linken Hand und lachte über
meine Worte. Nun wusste er, dass ich bald schon
wirklich hilflos sein würde. Und ich hatte Angst vor
seiner Reaktion. Schon so lange, fürchtete ich mich
davor. Plötzlich rutschte Reeve von seinem Stuhl
und fiel neben dem Bett auf die Knie. Seine Hand
umklammerte noch immer fest die meine, während
er zu mir aufsah und mich ebenso verzweifelt, wie
ernst ansah. Ich wusste nicht, wie mir geschah und
konnte nicht anders, als den Atem anzuhalten.

*Jetzt verlässt er mich! Ich wusste es. Nun sagt er, er
könne nicht mehr und müsse allein sein, nachdenken!*

Mein Herz raste wie wild, während meine Gedanken
mir um die Ohren flogen.

„Versteh du mich!", hauchte er stimmlos, fand diese
jedoch mit folgenden Worten wieder. „Ich liebe dich,
Caroline! Und ich *bleibe*! Ich werde niemals gehen,
es sei denn, du verlässt mich und sagst mir, dass ich
verschwinden soll!"

Schweigend erwiderte ich den Blick seiner geröteten

Augen. Ich fühlte, wie meine Wangen sich erhitzten und musste unbehaglich, wie gerührt lächeln. Womit hatte ich ihn verdient? War unser Leben zu einem Klischee geworden? Konnte so etwas wirklich real sein? Wie brachte er es fertig, diese Worte zu sagen, sie ernst zu meinen und mich dabei anzusehen, als würde er mich zur Hölle, gottverdammt, bis zu den Sternen lieben?

„Bis zu den Sternen, weißt du nicht mehr?"

Reeve

Ein Grinsen breitete sich auf Cares Gesicht aus, sodass auch ich mir ein Lächeln nicht verkneifen konnte.

„Bis zu den Sternen!", bestätigte sie letztendlich.

Ich erhob mich, um sie zu küssen. Nachdem dies erledigt war, richtete ich mich auf und sah zu ihr herunter.

„Und jetzt mach, dass du deinen süßen Hintern hier rausbekommst!"

Caroline lachte nickend.

Gerade hatten wir Cares Sachen zusammengeräumt und wollten das Krankenzimmer verlassen, da klingelte plötzlich mein Handy. Überrascht starrte ich dieses an und zuckte entschuldigend mit den Schultern, während ich Caroline ebenso ansah. Sie lächelte.

„Mach nur, ich warte draußen.", flüsterte sie und nickte mir zu, bevor sie den Raum verließ.

Ich nahm den Anruf an.

„Dad? Was ist los?"

„Reeve! Deine Mutter!", schrie mein Vater mir ins Ohr.

Da war ein Unterton in seiner Stimme. Ein Unterton, den ich nicht einzuordnen vermochte.

„Sie... Sie bekommt das Baby!"

Es war pure Aufregung. Noch nie hatte ich meinen Dad so aufgelöst erlebt. Er keuchte und atmete laut und schwer in den Hörer. Eine Autotür fiel zu. Nun atmete meine Mom ebenfalls in den Hörer hinein. Ich konnte sie förmlich vor mir sehen, wie sie dort in dem kleinen Auto saßen, Mom wie verrückt schwitzte und Dad fast einen Herzinfarkt bekam, so aufgeregt wie er war.

„Reeve! Schatz! Es kommt!", lachte sie unter zahlreichen Schnappatmungsversuchen.

„Wann?!"

Wie erstarrt fixierte mein Blick eine leere Ecke des Raumes, während meine Mutter laut in den Hörer schnaufte. Mein Mund blieb mir offen stehen. Ich war so überrumpelt, dass ich nicht einmal mehr in der Lage war, zu schlussfolgern, was das alles zu bedeuten hatte. Doch Dad half meinem Kopf auf die Sprünge.

„JETZT!"

Kaum hatten sie aufgelegt, rannte ich auch schon aus dem Zimmer heraus und geradewegs auf meine Freundin zu, die gerade am Kaffeeautomaten stand und sich eine Schokomilch kaufte. Eilig sprang ich auf sie zu, packte sie und riss sie in die Luft, nur um sie um mich herum zu wirbeln und zu küssen. Sie lachte überrascht auf.

„Reeeeve!", prustete Caroline und hielt mein knallrotes Gesicht in den Händen. „Was ist denn los?"

Vorsichtig platzierte ich sie wieder auf dem Boden, ergriff ihre Hand und zog sie hinter mir her zur Theke, hinter der ein paar Schwestern standen und in Akten blätterten.

„Hallo! Entschuldigen sie...", begann ich und hielt einen Moment inne, um mich an Care zu wenden. „Wie sagt man das?", nuschelte ich ihr zu, ohne auf eine Antwort zu warten. „Die Fruchtblase meiner Mom ist geplatzt und sie kommt jeden Moment hier herein!", haspelte ich letztendlich.

„Ihre Mutter? In Ordnung, wir..."

In diesem Moment öffnete sich die Tür und meine Eltern kamen hereingestürmt. Alle in der Eingangshalle sahen zu ihnen, denn meine Mom hinterließ eine flüssige Spur auf dem Boden. Caroline wusste gar nicht, wie ihr geschah. Zumindest ließ mich ihr Gesichtsausdruck jenes vermuten. Mom wurde in einen Rollstuhl gesetzt und weggefahren, dicht von Dad gefolgt, sowie zwei Schwestern und einem Arzt, der auf die beiden einzureden versuchte. Ich packte Cares Hand und konnte nicht mehr aufhören zu grinsen.

„Gleich hab ich eine kleine Schwester!", lachte ich.

„Was zum..."

Caroline war durcheinander, was man ihr auch ansehen konnte. Wieder einmal brachte mich ihre Menschlichkeit zum Schmunzeln und ich musste sie einfach in den Arm nehmen.

Plötzlich spürte ich, wie sich eine eiskalte Hand an meinen Arm legte und sich jemand an meinen Körper schmiegte. Care löste sich von mir, sodass ich das Gesicht zu dieser Person drehen konnte und feststellte, dass es Elin war.

„Hey, Bruderherz."

„Wo kommst du denn her?", hakte ich verwundert

über ihre Anwesenheit nach.

„Hab die beiden her gefahren. Dad war zu nervös, um... Naja, du weißt schon.", erklärte Elin ruhig.

„Um zu fahren?"

Sie nickte kaum merklich. Aus dem Augenwinkel konnte ich sehen, wie sie sich die Hand an den Bauch legte. Den Kopf auf meiner Schulter abgelegt, seufzte sie leise. Erst jetzt fiel mir wieder ein, dass meine große Schwester schwanger war. Außerdem, dass wir uns genau aus diesem Grund vor nicht allzu langer Zeit eine heftige Auseinandersetzung erlaubt hatten. Ich hatte überreagiert. Das wusste ich. Ich konnte mir nicht erklären weshalb, doch es war passiert. Caroline hatte recht behalten. Ich wusste nicht, wie sich Elin damit fühlte und würde es wohl auch nie verstehen. Schließlich war es unwahrscheinlich, dass mir jemals dasselbe widerfuhr.

„Ich kann es nicht behalten, Reeve...", flüsterte sie stimmlos, sodass nur ich und vielleicht auch noch Care es hören konnten.

Erschrocken sah ich sie an, versuchte jedoch Ruhe zu bewahren. Ich packte vorsichtig ihre Arme und sah ihr eindringlich in die Augen.

„Elin! Ich möchte, dass du dir noch einmal überlegst, was du tust. Es ist ein kleiner Mensch! Du hast dieses Leben zu verantworten und kannst es doch nicht einfach so wieder aus der Welt schaffen. Das ist unfair."

Sie schüttelte den Kopf.

„Das, was Mom und Dad haben, könnte ich dem Kleinen niemals bieten.", wisperte sie den Tränen nahe.

Ich wusste und verstand, wovon sie sprach. Sie

sprach von Geld und einem zu Hause.

„Ich weiß, dass du ihm genug Liebe für ein Heer von Babys geben kannst. Und ich glaube, für's Erste reicht ihm das aus.", grinste ich.

„Reeve!", hauchte meine Schwester und legte mir die Hand an die Wange. „Du hattest recht, mit dem was du gesagt hast. Ich habe nichts. Keine Ausbildung, keinen Job... Nicht einmal einen Mann."

Ein unglückliches Lächeln erschien auf ihrem Gesicht und verschwamm in ihren glänzenden Augen. Gerade wollte ich den Mund aufmachen, um zu sagen, dass ich und bestimmt auch Care und Mom und Dad ihr jederzeit helfen würden, da mischte sich meine Freundin ein.

„Elin, warum seid ihr nicht mehr zusammen?"

Care legte ihr die Hand an den Arm und sah ihr fragend in die Augen.

„I-ich glaube nicht, dass er damit klar kommen würde. Er hat schon genug Probleme und ein Kind wäre zu viel. Er hätte mich verlassen! Deswegen hab ich es zuerst getan."

Cares blonder Schopf bewegte sich von links nach rechts, links nach rechts.

„Das ist nicht wahr. Er hätte dich nicht verlassen. Ich weiß, dass er dich liebt."

„Was? Woher willst du denn das wissen?", warf sie ein.

Vollkommen durcheinander, wie an meinem Geburtstag, an dem sie ebenfalls in Rätseln gesprochen hatten, sah ich dem Schauspiel zu.

„Ich weiß es. Er ist mein Bruder. Er hat es mir erzählt, weil..."

Caroline schien Elins verstörten Blick zu bemerken

und sprach eilig weiter.

„Weil er es irgendjemandem sagen musste!"

Elin blinzelte. Ihre Stirn legte sich in Falten. Nun schwiegen sie beide. Meine Schwester seufzte tief.

„Warum muss alles immer so kompliziert sein?", flüsterte meine Schwester.

„Weißt du?", wisperte Care und sah dabei abwechselnd mich und Elin an. „Am Ende, wird immer alles gut. Wenn es nicht gut ist, dann ist es nicht das Ende.", schloss sie.

Ich hielt den Atem an. Sie schien sich so sicher zu sein, so sicher, dass aller Schluss gut sein würde, dass sich ein Lächeln auf ihrem Gesicht ausbreitete, das so unbeschwert und frei strahlte, dass für einen Augenblick lang, alles Schlechte und jeder unglückliche Gedanke wie ausgelöscht war.

Caroline

Es vergingen zwei Monate. Zwei Monate, in denen das kleine Namenlose, wie es noch alle zu nennen pflegten, da sich noch keiner für einen Namen entschieden hatte, beinahe sieben Zentimeter gewachsen war, Elin beschloss, ihr Baby mit James zu behalten, Dads Laden besser lief als jemals zuvor und Reeve die High School absolvierte. Mrs. Devenport hatte ein Mädchen bekommen. Ein kleines, wunderschönes, namenloses Baby. Ich war eine der ersten gewesen, die sie hatten halten dürfen. Reeve war fast umgekippt, so sehr hatte er sich gefreut, als das Kleine in seinem Arm lag. Elin hatte sich augenblicklich verliebt, was sie vermutlich auch überzeugt hatte, ihr Kind zu bekommen. Reeves Dad hatte die Kleine angesehen, gehalten und minutenlang geschwiegen. Sie hatte dunkelblaue Augen, so wie die Farbe des Meeres, wenn die Sonne gerade untergegangen ist, jedoch noch genug Licht am Himmel scheint, um die Höhe der Wellen auszumachen. Die Kleine hatte eine winzige Stupsnase im Gesicht und blondes Haar, wie Mr. Devenport. Es schien, als würden die beiden sich mit Blicken verständigen. Das Bild, das sich mir an jenem Tag dargeboten hatte, war unvergesslich. Was mit mir war? Mit mir war alles in Ordnung. Ich war glücklich. So glücklich, wie ich es lange Zeit nicht gewesen war. Ich hatte einen zufriedenen Vater, eine vollkommene Familie, Reeves Familie, die mich aufnahm, als wäre ich eine von ihnen, einen wundervollen, perfekten Freund, der mich liebte, beschützte und *bei mir blieb*, bis zum Ende. Ich starb am zwölften April, war siebzehn Jahre alt geworden. Es war kein bitteres Ende, was an dieser Stelle vielleicht hätte stehen können, sondern ein gutes Ende, ein *Happy End*, obwohl ich nie an eines geglaubt hatte. Das letzte, das ich sah, bevor die Narkose mich einschlafen ließ, während ich auf dem OP-Tisch lag und den Blick zu den Flurfenstern zu meiner Linken richtete, war Reeves Gesicht. Ich ahnte, dass ich ihn nicht wiedersehen würde. Aus irgendeinem Grund wusste ich, dass es das Ende war. Das Ende einer Geschichte. Und zwar der Geschichte von mir und Reeve, einem eingebildeten, egozentrischen, chaotischen, humorvollen, charmanten, unendlich liebevollen Idioten.

Es war, wie meine Mutter es ihr ganzes Leben lang zu sagen gepflegt hatte.
Am Ende wird alles gut. Wenn es nicht gut ist, ist es nicht das Ende.

Reeve

Am Schluss ging alles viel zu schnell. Ihre Krämpfe nahmen zu. Die Schmerzen. Es waren nicht einmal die physischen, die körperlich fühlbaren Schmerzen, die *sie* quälten, sondern Schmerzen, die durch nichts anderes zuzufügen waren, als durch die Angst etwas zu verlieren. Es waren nicht *ihre,* es waren *meine* Schmerzen. Zwei Leben, das eine, das nicht mehr sein würde, und das andere, das mit einem gebrochenen Herzen zurückbleiben musste. Ein Leben ohne Caroline, meine erste wirkliche Liebe, würde nie mehr so sein, wie es einmal war. Auch wenn das nicht unbedingt etwas Schlechtes zu bedeuten hatte, weil Care alles um einiges besser gemacht hatte, war es der Verlust ihrer selbst, der mein Leben verändern und mein Herz zerreißen würde, wenn sie fort, wenn sie *tot* war.

Care erlag letztendlich einer Lungenentzündung. Ich erinnere mich noch genau, wie sie dort auf dem OP-Tisch lag. Und bevor die Narkose sie übermannte, bevor sie einschlief, nichtsahnend, dass sie nie mehr aufwachen würde, drehte sie den Kopf zu mir und lächelte. Sie schenkte mir das schönste Lächeln der Welt. Es war das letzte Mal, das sie lächelte, das letzte Mal, das sie atmete. Die Ärzte führten mich weg von den Fenstern. Ich durfte nicht mehr bleiben. Ich wollte auch gar nicht. Zu sehen, wie sich ihre Augen schlossen, das wäre das einzige gewesen, an das ich nun hätte denken müssen, wenn ich es gesehen hätte. Doch stattdessen sehe ich ihr Lächeln, ihre strahlenden Augen und ihre rosafarbenen Wangen.
Ich erinnere mich an sie, wie sie lebte, wie sie war.

Das Wetter an jenem Tage war trüb. Schwül und wolkig. Es war, als traute die Sonne sich nicht, herauszukommen. So, als hätte sie Angst davor, in eine Welt zu blicken, auf der Caroline nicht mehr wandelte. An ihrer Stelle hätte ich dasselbe getan. Doch eine Wahl stand mir nicht zu. Ich musste weitermachen. Neu anfangen. Leben. So wünschte Care es sich doch. Es war schwer. Verdammt schwer. Doch irgendwann musste der Schmerz abnehmen. Irgendwann musste ich wieder atmen können, ohne das sich fremd anfühlende Herz in meiner Brust zu spüren, wie es sich zusammenzog bei dem Gedanken daran, dass ich auf's College gehen, und dort Care nicht vorfinden, dass ich sie nie wieder irgendwo sehen würde, denn sie war fort.

„Wir geht's der kleinen Namenlosen?", fragte ich müde und streichelte sachte die Wange meiner winzigen, rosafarbenen Schwester.
„Caroline.", verbesserte Mom.
Überrascht sah ich zu ihr herunter.
„Sie heißt Caroline. Caroline Sarah Devenport."
Liebevoll sprach sie die Namen aus und sah ebenso zu ihrer Tochter hinunter. Diese schlief seelenruhig in ihren Armen. Blinzelnd starrte ich die beiden an, bis meine Mom den Kopf wieder hob und mir in die Augen blickte.
„Du siehst furchtbar aus, mein Junge."
Meine Mutter legte eine Hand an meine Wange und sah zu mir hoch, die kleine Namenlose... Die kleine Caroline auf dem Arm.
„Ich dachte...der Anzug wäre...", begann ich und strich über die Tasche über meiner linken Brust.
„Ich spreche nicht vom Anzug, Reeve. Sondern von

deinem Gesicht. Sag, wann hast du das letzte Mal geschlafen?"

Ihre Augen glänzten, als wäre sie kurz davor in Tränen auszubrechen. Ich wusste, wie sehr sie Care gemocht hatte. Auch für meinen Dad war heute kein glücklicher Tag. Es war der Tag ihrer Beerdigung. Carolines Beerdigung. Ich zwang mich zu einem beruhigenden Lächeln, obwohl mir kein bisschen nach Lächeln zumute war. Selbst, wenn es an meine Mom gerichtet war.

„Und wann hast du das letzte Mal geschlafen?", wollte ich nun von ihr wissen.

Sie lächelte bemüht und legte den Kopf schief. Ihre Finger strichen sanft über meine Wange.

„Du bewältigst das alles so gut! Care wäre stolz auf dich."

Moms braun-grüne Augen sahen mich wehleidig an. Etwas in meinem Inneren zog sich zusammen und plötzlich hatte ich das Gefühl, an ihrem Schmerz Schuld zu sein. Auf einmal stand mein Dad im Türrahmen und sah mich an, ohne auch nur eine Miene zu verziehen.

„Deine Mutter hat Recht, Reeve.", sagte er. „Das wäre sie."

Ich konnte mir nicht so recht erklären weshalb, doch immer, wenn jemand auf sie zu sprechen kam, auf Care, meine Care, wurde ich fast wütend. Ich wollte nicht über sie sprechen und vor allem nicht über ihren Tod. Ich konnte nicht mehr schlafen, weil ich nur noch von ihr träumte. Immer wenn ich aufwachte, wurde mir wieder bewusst, dass sie nicht mehr da war. Ich wollte gar nicht schlafen. Die Enttäuschung und der Schmerz, den ich fühlte, wenn ich realisierte, dass ich sie nie wiedersah und sie nur noch in meinen Erinnerungen existierte, war zu stark, zu gewaltig, als dass ich ihn überwältigen konnte. Dad kam auf mich zu, legte mir eine Hand auf die Schulter und sah mich an.

„Das wird wieder."

Mit jenen Worten verließ er den Raum und ließ mich allein mit Mom und der kleinen *Caroline* zurück. Ohne dass ich es hätte kontrollieren können, sackte ich in mich zusammen und fand mich neben meiner Mutter auf dem Boden wieder, kniend. Heiße Tränen liefen mir über die Wangen. Ich versuchte, sie aufzuhalten. Vergebens. Natürlich war ich noch immer glücklich, dass ich eine kleine Schwester bekommen hatte, und vor allem, dass sie hieß wie sie, doch ohne Care fiel es mir verdammt schwer, mich noch an irgendetwas erfreuen zu können.

Es war der siebzehnte November, an dem Carolines Schwester Kit Geburtstag hatte. Care starb am 12. April. An Kits Geburtstag sollte sie noch gerade einmal fünf weitere Monate zu leben haben. Natürlich wusste keiner von uns genau, wann sie sterben musste. Wir wussten nur, dass es passieren würde. Wie so gut wie jedes Wochenende, war ich auch am Samstag dieses Novembers, dem fünften Geburtstag Kits, im Haus der Swynfords anzutreffen. An diesem Morgen war ich neben der noch immer schlafenden Caroline aufgewacht. Das erste, das ich hatte sehen dürfen, war ihr schönes Gesicht. Das erste, das ich spürte, ihr gleichmäßiger Atem an meiner Schläfe. Vorsichtig strich ich ihr eine Strähne hinters Ohr. Sanft streichelte ich über ihr Haar. Kaum hielt ich inne, um sie zu beobachten, öffnete sie auch schon die Augen und blinzelte mich schläf-rig an. Sofort breitete sich ein Lächeln auf ihrem Gesicht aus, das eindeutig mir zu gelten schien. Wie sehr ich doch ihr Lächeln liebte... Als hätte sie bemerkt, dass ich sie gemustert hatte, blickte sie mich strafend an und legte die Hand an meine Wange.

„Du weißt doch, dass ich es hasse, wenn du mich beim Schlafen beobachtest.", warnte sie und schmunzelte.

Ich legte den Arm um sie und zog Carolines schmalen Körper näher an mich.

„Ja, das weiß ich. Aber ich dachte ja, du schläfst.", verteidigte ich mich und drückte ihr sanft einen Kuss auf die Stirn.

„Das ist keine Entschuldigung."

Sie rutschte ein Stück nach oben und legte ihre Lippen an meinen Mundwinkel.

„Verzeih, aber es bot sich mir so an..."

Sie grinste und küsste mich zaghaft auf den Mund. Ohne zu Zögern legte ich ihr meine Hand in den Nacken und erwiderte den Kuss. Gerade wollte ich sie auf mich ziehen, da riss plötzlich ein ziemlich kleines Etwas die Tür auf und rannte auf das Wasserbett zu, auf dem wir lagen.

„Reeeeeeveeee!!!", piepste die kleine Kit und sprang in die Bettdecken.

Ihr Knie bohrte sich in meinen Schenkel, was dazu führte, dass ich ein ersticktes, dumpfes Keuchen von mir gab. Caroline schien mich auszulachen, während sie ihre Schwester in den Armen hielt. Ich sah sie warnend an und deutete auf das Kissen, das zu meiner Linken lag. Sie hob das Kinn fordernd an und zwinkerte mir zu.

„Alles Gute zum Geburtstag, mein Engel.", flüsterte sie ihrer kleinen Schwester zu und kuschelte ihre Nase in deren Haar.

„Jetzt bin ich so alt!", präsentierte sie und hob fünf Finger der rechten Hand.

„Ja, das bist du! Und dreimal darfst du raten, was ich für dich habe!", entgegnete Caroline und tastete nach etwas unter dem Bett, nur um es danach hinter ihrem Rücken zu verbergen.

„Ist das für mich?", wollte Kit breit grinsend wissen und verborg ihre Lippen ineinander.

Ich beobachtete das Geschehen und wuschelte ihr durch das Haar.

„Na, klar.", bestätigte ich und stupste ihr in die Seite.

„Ist es eine neue Barbie??!!", rief sie freudestrahlend aus.

Augenblicklich sah mich Caroline mit einer hochgezogenen Braue an.

„Hast du geplaudert, Devenport?", hakte sie drohend nach.

Ich schüttelte den Kopf und zuckte die Achseln. Zweifelnd gab Care Kit das Geschenk. Letztere riss das Papier auf und erkannte die blonde Barbiepuppe, die noch in der Verpackung steckte. Kit klatschte in die Hände, griff sich die Puppe und fiel Carrie um den Hals.

„Danke!"

Und schon verschwand sie aus dem Raum, schloss die Tür und ließ nur das zerrissene Papier zurück. Care und ich sahen uns lachend an.

„Du hast geplaudert, oder nicht?", wollte sie wissen und sah mich fragend an.

Ich schüttelte den Kopf.

„Nein!", beharrte ich.

„Ja, ja. Du hast ihr die Überraschung verdorben!",
zeterte sie und legte schmunzelnd den Kopf schief.

„Sie hat's selbst erraten. Sollte ich lügen?", grinste
ich kopfschüttelnd lachend.

„Na, warte!"

Ehe ich mich versah, zog sie mir auch schon das
Kissen über den Kopf, mit dem ich ihr noch vor we-
nigen Minuten gedroht hatte. Ich fiel zur Seite und
blieb regungslos liegen. Sie setzte sich auf und
gähnte. Blitzschnell sprang ich auf sie zu, schlang
ihr die Arme um die Taille und zog Caroline an
mich. Erstickt schrie sie auf und verlor ihre Stimme
in einem lauten Lachen.

„Ich liebe dich.", flüsterte ich, während meine Arme
sie fest umklammerten.

„Idiot.", belächelte sie das Geschehene und küsste
mich erneut.

Ich starrte ins Licht einer der Kerzen, die neben dem
Sarg standen. Da es draußen regnete, hatten alle
Gäste sich in der Kapelle versammelt, die auf dem
städtischen Friedhof stand. Es war ein kleines Gebäude mit bunten Fenstern, wie es sie auch in Kir-
chen gab. Sie lag in einem hellen Sarg. Die Farbe
erinnerte mich an die von Vanilleeiscreme. Während
der Pfarrer eine kurze, teilnahmslose Rede hielt,
senkte ich den Blick und starrte auf meine Finger.
Wochenlang hatte ich damit gerechnet heute, an
diesem Tag, in Tränen auszubrechen und nicht mehr
aufhören zu können. Doch wie es aussah waren mir
die Tränen ausgegangen. Zu oft hatte ich mich in
den Schlaf geweint, zu oft an sie gedacht, mir zu oft

vorgeworfen, nicht oft genug an sie gedacht zu haben. Nun fühlte ich gar nichts. Es war, als befände ich mich in einem Traum. Einem Traum, in dem ich nur eine unwichtige Nebenrolle spielte. Ich hatte weder Text, noch war ich wichtig für die ganze Geschichte. Ich war einfach nur da, musste mir alles antun. Jeden Moment würde er mich aufrufen. Der Pfarrer. Und mich bitten ein paar Worte zu sagen. Für die Angehörigen. Für mich. Für Care...

„Der Herr ist mein Hirte, mir wird nichts mangeln. Er weidet mich auf einer grünen Aue und führe mich zum frischen Wasser. Er erquicke meine Seele und führet mich auf rechter Straße, um seines Namens Willen. Und ob ich schon wanderte im finsteren Tal, fürchte ich kein Unglück, denn du bist bei mir. Dein Stecken und Stab trösten mich. Du bereitest vor mir einen Tisch im Angesicht meiner Feinde. Du salbest mein Haupt mit Öl und schenkest mir voll ein. Gutes und Barmherzigkeit werden mir folgen ein Leben lang, und ich werde bleiben im Hause des Herrn, immerdar."

Der Pfarrer las den kompletten Psalm 23 aus der Bibel vor. Doch ich hörte gar nicht richtig hin. Ich wusste noch genau, wie Caroline mich gebeten hatte, ihre Grabrede zu schreiben.

„Schreibst du mir meine Rede?", fragte sie und biss sich auf die Lippe.
Caroline lächelte beherzt.
„Rede? Welche Rede?"
„Meine Beerdigungsrede."
Entgeistert sah ich sie an. Dann schüttelte ich langsam den Kopf.
„Das kann ich nicht."

„Aber wieso denn nicht?", wollte sie wissen und sah mich betrübt an.

„Ich will nicht darüber sprechen."

„Worüber? Über meine Beerdigung?", hakte Care nach und rutschte ein Stück dichter an mich heran.

Schweigend starrte ich ihren Oberschenkel an.

„Reeve, bitte.", flüsterte sie und legte die Finger sanft in meinen Nacken.

„Warum ich?", wollte ich leise wissen.

„Weil du es brauchen wirst. Und weil sie es brauchen werden. Weil ich sicher bin, du kannst es ihnen leichter machen. Nur du kennst mich. Verstehst du?"

Meine Augen fanden die ihren, ehe ich mich davon abhalten konnte, sie anzusehen, sie in meine Arme zu schließen. Ich verstand, was sie meinte und drückte ihr einen Kuss auf die Stirn.

„Du traust mir das alles zu?", wollte ich wissen und sah ihr in die blauen Augen, die sich nicht entscheiden zu können schienen, in welches der meinen sie blicken sollten.

„Ja.", sagte sie ohne zu zögern.

„Dann werde ich es tun."

Meine Mom berührte meinen Arm und riss mich somit aus meiner Erinnerung.

„Mr. Devenport?", schien der Pfarrer bereits zu wiederholen.

„Los, geh nach vorn, mein Schatz."

Ich nickte kurz und erhob mich von meinem Platz in der vierten Reihe. Ich hatte den Zettel, auf dem die Rede stand, in der Brusttasche meines Anzugs gesteckt. Eigentlich war es keine richtige Rede. Ich war noch nie ein Redner gewesen. Ich war doch der Schreiber. Ich schrieb. Nichts anderes konnte ich wirklich gut. Die Worte auf dem knitterigen Papier hatte ich mit zittrigen Händen geschrieben, am Tag ihres Todes. Allerdings hatte ich sie zu oft gelesen, um sie nicht auswendig zu können. Ich ließ das Blatt Papier wo es war und stellte mich hinter das aus Mahagoni gefertigte Pult. An Letzterem war ein Mikrophon befestigt, das dafür sorgen sollte, dass mich auch die Gäste in den hinteren Reihen verstehen konnten. Gerade wollte ich beginnen, da öffnete sich die Tür der Kapelle und ein rothaariges Mädchen betrat den Raum. Sie war durchnässt und trug ein schlichtes, schwarzes Kleid. Sie sah mich einen Moment lang an, wandte den Blick jedoch dem Boden zu und setzte sich eilig. Es war Effie. Soviel ich wusste; war sie einmal Carolines Freundin gewesen.

Einmal hatte sie mir von einem Streit mit jener Freundin erzählt. Sie waren noch Kinder gewesen, als Effie und Caroline sich eines Tages in denselben Jungen verguckten. Sie hatten sich gestritten und Ewigkeiten nicht mehr miteinander gesprochen, bis sie sich ein paar Wochen später dann doch beinahe heulend in die Arme fielen. Ich konnte mich noch sehr gut daran erinnern, dass die beiden bis zur zehnten Klasse sehr eng befreundet gewesen waren. Mit Carolines Krankheit jedoch, und damit, dass sie sich von allen, die um sie herum waren abschottete, endete die Freundschaft der beiden. Bei dem Gedanken an dieses Gespräch, kam mir auf einmal eine unserer sinnlosen Streiteren in den Sinn. Den Grund für diese hatte ich bereits vergessen, wie ich feststellen musste. Doch an einen kurzen Wortwechsel, zwischen den aufbrausenden Argumentationen erinnerte ich mich noch sehr genau.

„Ja natürlich Caroline! Wir wollen doch alle bloß einen Job und dann sterben!", knurrte ich sarkastisch und verschränkte die Arme vor der Brust.

Carolines Augen weiteten sich. In ihr Gesicht trat ein fast wahnsinniger Ausdruck. Sie grinste. Doch nicht, weil sie etwas lustig oder amüsant fand, nein. Sie grinste vor Wut. Dass so etwas möglich war, hatte ich bis zu diesem Moment noch nicht gewusst. Ihr Gesicht lief langsam aber sicher rot an. Wir steigerten uns immer mehr in den Konflikt hinein. Ihr Kopf bewegte sich mechanisch von links nach rechts.

„Ja, ja! Ich weiß schon Reeve! Deine Welt ist dir nicht genug!"

„So ist es. Ich will doch nicht vergammeln! Willst du etwa für den Rest deines Lebens Briefe ablecken oder Papiere zusammenheften? Akten ordnen oder Pulte abwischen? Das ist nichts für mich. Nein, danke!"

„Du bist so bescheuert.", zeterte sie.

„Wieso denn jetzt schon wieder?"

Was war nur wieder los mit ihr? Andauernd gerieten wir in letzter Zeit in Streitereien. Lag es an mir, oder war irgendetwas passiert? Hatte ich etwas falsch gemacht, etwas gesagt, das ich besser nicht gesagt hätte?

„Denk doch mal an deine Zukunft. Bewirb dich an einem verdammten College! Du kannst doch etwas erreichen!"

Noch während sie sprach, schüttelte ich ablehnend den Kopf. Hin und her, hin und her, auf den Boden blickend, die Stirn runzelnd. Davon wollte ich nichts hören. „Pflicht" klang für mich exakt so, wie das Wort „Gefängnis".

„Das ist doch viel zu... Viel zu... Das ist mir einfach nicht genug!"

Meine Stimme wurde leise, mein Blick fand den ihrer Augen. Ihre Miene entspannte sich, ebenso wie meine.

„Was ist dir dann genug?", flüsterte sie stimmlos und ließ die Arme sinken.

Cares Lippen waren ein winziges Stück geöffnet, ihr blonder Schopf leicht schiefgelegt. Sie sah mich mit ihren blaugoldenen Augen an und blinzelte. Einmal. Zweimal. Sie war so schön. Warum war sie nur so schön? Ich dachte kurz darüber nach, wie es in der Zeit gewesen war, in der Care und ich uns noch nicht richtig gekannt hatten. Wie hatte mein Leben damals ausgesehen? Ich wusste es nicht mehr... Doch ich war mir sicher, dass es mit ihr besser war. Mit ihr konnte ich reden, sie war spannend, aufgeweckt. Caroline war einfach im Stande, mich glücklich zu machen. Egal was sie tat, immer konnte sie mich zum Lachen bringen. Ich spürte, wie sich ein Schmunzeln in mein Gesicht schlich. Überrascht zog mein Gegenüber die Augenbrauen zusammen. Ich liebte es, wenn sie verwirrt aussah.

„Du.", hauchte ich. „Du bist genug."

Nun fiel mir wieder ein, was der Anlass unserer Auseinandersetzung damals gewesen war. Sie hatte mich gefragt, was ich nach der Schule machen würde. Und ich hatte ihr geantwortet, dass ich erst einmal etwas erleben will, bevor ich arbeite und diesen ganzen Kram mache, von dem Menschen in ihrem

Leben nie mehr loskommen, nachdem sie erst einmal damit angefangen haben.

Nachdem ich es geschafft hatte, die Augen von Effie loszureißen, räusperte ich mich, schluckte schwer und überlegte, wie ich mit meiner Rede beginnen sollte. Meine Lider waren schwer und schlossen sich einen Moment lang wie von selbst, bevor ich begann zu sprechen. Ich konnte mein Herz schlagen hören. Dies lag nicht daran, dass ich sonderlich aufgeregt war, oder Ähnliches. Es lag daran, dass in dem kleinen Raum, durch dessen Fenster nur ein paar vereinzelte Sonnenstrahlen hereindrangen und das bunte Licht des Glases verstreuten, vollkommene Stille herrschte. Ich warf einen Blick zu meiner Linken, auf deren Seite der Sarg stand. *Sie* lag darin. Ihr lebloser, kalter Körper, der jedoch noch immer so aussah, wie Care. Mit dem Unterschied, dass sie nicht mehr darin war. Ihre Seele. Ich atmete tief ein und begann zu sprechen.

„Es war nicht der Tod selbst, vor dem sie Angst gehabt hat. Care. Es war das Gefühl, das sie wohl verspüren würde, wenn sie nicht mehr hier, sondern woanders wäre, das sie ängstigte."
Einmal hatten sie darüber gesprochen. Sie hatten am Strand gesessen und sich darüber unterhalten, was nach dem Leben passierte, nach dem Tod. Sie hatte ihm ihre geheimsten Ängste und Gedanken anvertraut. Diese, und noch so viel mehr. Reeve hätte überrascht sein müssen an jenem Tag in der kleinen Kapelle, wie man ihn kannte, dass alle ihm zugewandt dasaßen und seinen Worten lauschten. Er war es nicht gewohnt, dass jemand wirklich hörte

und verstand, was er sagte. Außer von ihr. Von Caroline. Sie hatte ihn immer gehört und ihn verstanden. Immer.

„Denn Caroline glaubte an ein *woanders.*", fuhr er eilig fort, denn die Tränen schienen ihn letztendlich doch übermannen zu wollen.

Noch hielt er sie versteckt, konnte sich fassen. Wie lange er sie jedoch zurückhalten konnte, wusste er nicht. Ein tiefer, stechender Schmerz biss sich in seiner Brust fest und Reeve hatte das Gefühl, seine Seele würde zerbersten. Früher, so hatte Caroline ihm einmal erzählt, hatte diese gedacht, die Seele sei ein tatsächlich vorhandenes Organ. Bei dem Gedanken an ihr dabei grinsendes, schönes Gesicht musste Reeve fast lächeln. Das Lächeln verzog sich jedoch wieder, als er von dem dunklen Holz des Pultes zu den Gästen aufblickte. Bis zu diesem Moment hatte er nicht gewusst, *wie sehr* er Caroline *wirklich* vermisste, sie brauchte. Er wusste, dass er sie brauchte, dass er sie liebte, doch *wie sehr* wurde ihm erst nun klar. Er dachte zurück an einen Tag, an dem er für einen kurzen Augenblick lang geglaubt hatte, alles wäre aus und vorbei. Dieser Tag lag gerade einmal sechs oder sieben Wochen zurück.

Reeve und Caroline waren gerade aufgewacht und hatten es sich in der Küche gemütlich gemacht. Da sie bei ihm geschlafen hatten, war Reeve nun derjenige, der sich bereiterklärt hatte, Care und sich ein Frühstück zuzubereiten. Es war ein Samstag. Ein heller, ahnungsloser Tag. Ahnungslos von dem, was kommen sollte. Caroline saß bereits am Tisch und rührte in ihrer warmen Milch mit Honig, während Reeve vor dem Herd stand und die letzte Waffel briet. Sie unterhielten sich aufgeweckt. Über was, wusste Reeve nicht mehr. Es war etwas Unbeschwertes, etwas Normales. Konzentriert auf die Waffeln, vertieft in sein Handwerk, bemerkte Reeve nicht, dass Caroline plötzlich aufgehört hatte zu sprechen. Als ihm dies nun jedoch auffiel, drehte er sich um. Gerade hatte er ansetzen wollen, etwas zu sagen wie „Hat es dir die Sprache verschlagen?" oder „Endlich mal Stille.", wie er es schon des Öfteren getan hatte, um zu sticheln. Doch er schluckte den Satz herunter und spürte, wie sich ein riesiger, brennender Kloß in seiner Kehle bildete, als er sie erblickte. Cares Augen waren weit aufgerissen, ihre Finger hielten den Tisch fest umklammert. Sie sah hilflos aus, als könne sie nicht mehr atmen. Reeve war nicht in der Lage zu reagieren, bis sie plötzlich einfach vom Stuhl rutschte und auf dem kalten Fliesenboden aufschlug. Panik packte ihn. Als hätte jemand ihn urplötzlich zurück ins Leben geholt, schnappte er nach Luft und stürzte auf ihren Körper zu.

„Carrie!", schrie er sie an, zog sie an sich und schüttelte sie so fest es ihm nur möglich war. „Nein!"

Sie atmete nicht. Tränen rannen seinen Gesicht herunter. In diesem Moment dachte er, sie wäre tot. Das Gefühl war unerträglich. Er war hilflos, verzweifelt, panisch, ängstlich, aufgeregt, wollte schreien und fühlte diesen unbändigen Hass in sich aufkommen. Warum genau er letzteres empfand, war ihm nicht klar. Doch es war so. Er hasste die Welt, weil sie ihm das antat. Reeve hielt den Atem an, um zu wissen, wie lange sie es noch schaffen würde, wenn sie noch lebte. Er musste Hilfe holen.

Wo war sein Telefon?
„Mom!!!", brüllte er.
Völlig verzweifelt küsste Reeve ihre Stirn, als könne die Geste sie davor bewahren, zu sterben. Sein Gesicht war nass. Schweiß und Tränen machten es ihm unmöglich, klar zu sehen. Dann kamen endlich seine Eltern die Treppe heruntergerannt. Alles fühlte sich verlangsamt an. Wie in Zeitlupe versetzt, wählte sein Vater die Nummer des Notdienstes. Reeve schrie ihn an, er solle sich beeilen. Er brüllte und hatte trotzdessen das Gefühl zu flüstern. Alles war betäubt. Alles. Reeve drückte Care an sich so fest er konnte. Sie lag reglos in seinen Armen. Die Augen geschlossen, der Atem still stehend.
„Bitte nicht Caroline! Bitte verlass mich nicht..."

„Care ist jetzt irgendwo auf einer Wiese oder in einem Garten.", fuhr er etwas lauter fort, froh, die schmerzende Erinnerung fortschieben, und sie durch eine andere, eine gute, ersetzen zu können.
Seine Stimme klang fast fröhlich, während er weitersprach und zurück zu dem Tag blickte, als sie mit Kit im Flur gesessen und sich darüber unterhalten hatten, ob Ameisen in den Himmel kamen, oder nur Menschen. Hätte man nicht in seine Augen geblickt, sich seinen Schmerz in ihnen widerspiegeln sehen, dann hätte man glauben können, er hätte einen guten Tag gehabt, ohne Tod, eine Beerdigung oder Tränen. Doch man sah in seine Augen und man konnte seine Tränen sehen.
„Auf einer Terrasse. Mit ihrer Mom.", schloss er.
Nun sah Reeve Cares Dad an, dann James. Sie beide hörten ihm aufmerksam zu, wenn auch trüb und blass aussehend.

„Sie essen Pancakes...oder Müsli im Flur...auf dem...auf dem Boden...", grinste er.

Ein paar der Gäste lächelten gerührt. Eine ältere Dame, dürr und groß, mit einem breiten Hut auf dem grauen Haar, wischte sich mit einem weißen Stofftüchlein die Tränen aus den Augen.

„Das ist für sie der Himmel...", fügte er leise hinzu.

Während dieser Worte fanden seine Augen zu Kit. Diese trug die blonde Barbie, die Caroline ihr zum Geburtstag geschenkt hatte, auf dem Schoß und drückte sie fest an sich. Kit weinte nicht. Sie wirkte ruhig und still, ganz anders als James, der sich nun nach vorn beugte und sich angespannt durch die Haare fuhr, sein Gesicht verborgen unter seinem langen Pony.

„Und ich denke, dass... Ich weiß,", verbesserte er sich eilig. „dass, wenn ich eine geheiratet hätte...wenn ich jemals ein Mädchen geheiratet hätte...eine Frau..."

Reeve hielt inne und lächelte unter Tränen. Mit einem Schluchzer zusammen rutschten ihm die nächsten Worte heraus.

„Sie wär's gewesen."

Alle Anwesenden sahen ihn beklagend an. Sie wussten um seinen Schmerz. Auch sie fühlten ihn. Vielleicht nicht auf dieselbe Weise, doch sie kannten seine Gedanken, das Gefühl der Leere in seinem Inneren. Er fühlte sich hilflos, alleingelassen und verletzlich, zugleich war er unbändig verzweifelt, da er wusste... Er wusste, egal was er tat oder machte, was er sagen, denken, fühlen, erreichen, besiegen oder verlieren würde, nichts brachte ihm Caroline zurück. Gar nichts. Nie mehr.

Nicht den Tod sollte man fürchten, sondern dass man niemals beginnt zu leben. Und Caroline hatte gelebt. Mit jeder Faser ihres Körpers. Reeve war sich dessen bewusst. Dies machte es einen winzigen Deut leichter für ihn, weiter zu atmen. Ohne sie. Ohne Care. Und über noch eine Sache, war er sich ebenfalls im Klaren. *Sie* hatte ihm gezeigt, wie sich Liebe und *Vergebung* anfühlten.

Der Mensch ist erst wirklich tot, wenn niemand mehr an ihn denkt.

- Bertold Brecht

Ein großer Teil der im Inhalt dieses Buches enthaltenen Ereignisse ist frei erfunden, Orte fiktiv und Gebäude nicht existent.

DANKE!

Hiermit bedanke ich mich aller herzlichst bei allen Menschen, die mir geholfen haben, dieses Buch so weit zu bringen, dass es in die Hände von Lesern gelangen konnte. Ohne das Zutun von Euch wäre ich niemals eigenständig auf die Idee gekommen, mein Buch tatsächlich zu veröffentlichen. Ein besonderes Dankeschön gilt meiner Mutter *Annett H.* und meine Tante *Yvonne S.*, die mir als meine sogenannten Lektoren zur Verfügung standen.

Es ist ein ganz schönes Stück Arbeit, ein Buch von vorne bis hinten zu einem gelungenen Werk werden zu lassen. Mich persönlich hat es Mühe, Geduld und natürlich Kreativität gekostet. Ausdauer spielt auch eine große Rolle. Wenn man die Lust am Weiterarbeiten verliert, sollte man sich dazu durchringen, trotzdem fortzufahren. Man findet wieder Anschluss, sobald einem beispielsweise ein guter Schluss, eine schöne Passage oder Ähnliches einfallen.

Niemals aufgeben, sage ich.

FSC
www.fsc.org
MIX
Papier | Fördert
gute Waldnutzung
FSC® C083411

Zeitfracht Medien GmbH
Ferdinand-Jühlke-Straße 7
99095 Erfurt, Deutschland
produktsicherheit@kolibri360.de